名医传说与名医拟象研究

贾利涛 著

上海古籍出版社

图书在版编目（CIP）数据

名医传说与名医拟象研究／贾利涛著. —上海：
上海古籍出版社，2018.7
ISBN 978-7-5325-8825-1

Ⅰ.①名… Ⅱ.①贾… Ⅲ.①民间故事－文学研究－
中国 Ⅳ.①I207.7

中国版本图书馆 CIP 数据核字（2018）第 095331 号

名医传说与名医拟象研究

贾利涛 著

上海古籍出版社出版发行

（上海瑞金二路 272 号 邮政编码 200020）

（1）网址：www.guji.com.cn

（2）E-mail：guji1@guji.com.cn

（3）易文网网址：www.ewen.co

上海惠敦印务科技有限公司印刷

开本 890×1240 1/32 印张 12.375 插页 2 字数 281,000
2018 年 7 月第 1 版 2018 年 7 月第 1 次印刷

ISBN 978-7-5325-8825-1

G·678 定价 48.00 元

如有质量问题，请与承印公司联系

序

贾利涛的博士论文，经过两年多时间的认真修改完善，即将付梓，这是值得庆贺的事。

近些年来，在民俗学、非物质文化遗产保护成为热门之后，民间文学的研究显得有些沉寂，尤其是在民间文学基础理论方面，少有新的学术成果出现。这对于一门学科的发展来说，多少是有些遗憾的。贾利涛的《名医传说与名医拟象研究》，选取名医传说作为研究对象，提出了以"拟象"来阐释传说的发生、传播等问题的观点，无疑是具有学术创新价值和学科意义的。

传说是民间文学中重要的文类，也是最具有生命力的文类之一。无论是作品的数量，还是作品的影响力，传说在各个民族的民间文学中都占有重要的地位，我国也是如此。在已公布的四批国家级非物质文化遗产代表作名录民间文学类中，传说占50%以上。另一个值得关注的现象是，当人类社会进入后工业化、信息化时代后，以口头语言为载体的民间文学，因为人们娱乐方式的多样化和讲唱环境的消失，传统作品的传承出现了危机，新作品的产生也大为减少；但传说的情况显得有些特别，时至今日新的作品仍然不断产生。如美国学者布鲁范德《消失的搭车客——美国都市传说及其意义》①中所列举的大量"都市传说"，像流传于上海的"龙柱的传说"已经有十几个版本，像大量流传于各高校的校园传说，像流传于各旅游景区的新风物传说等等，呈现出生机蓬勃的状态。但

---

① ［美］布鲁范德著、李扬、王珏纯译.桂林：广西师范大学出版社.2006

整体而言，与神话、故事相比较，传说研究又是最为薄弱的。早在20世纪80年代中期，钟敬文先生就指出："我们理想中以马克思主义哲学为指导的、具有明显的中国特色的民间传说学，正在努力建筑的过程中。"①尽管三十多年时间过去了，中国传说学的建设仍然在路上，任重道远。

《名医传说与名医拟象研究》分上、下两编。上编主要是对中国名医传说的研究，从三个方面展开了探讨：一是全面梳理中国传说学的发展历史以及名医传说研究学术史；二是对名医传说叙事模式、故事类型、艺术特色、传播特点的提炼和概括；三是对神农传说、岐黄传说、扁鹊传说、张仲景传说的研究。应该说这三方面都具有一定的开创性，尤其是第三部分的个案研究，运用文献、考古、民俗的三重证据法对最具有代表性的四位名医传说进行了全方位的探讨。该研究是有一定难度的，名医的史料、传说散见于各种文献之中，其中涉及古籍文献、中医中药、民间信仰等众多学科的知识，作者尽可能齐全地搜罗相关的资料，并在此基础上展开研究，提出自己见解。可以说是至今为止对中国名医传说最为全面的研究。

下编主要是拟象与名医拟象的探讨。在传说研究的学术史上，曾出现过许多至今仍为学界所广泛运用的观点和理论，如胡适提出的"箭垛式人物"和"滚雪球式生长"观点②、柳田国男的"传说核"③理论、邹明华提出的"专名说"④、陈泳超的传说演变"动力

①　钟敬文.《中国民间传说论文集》序[A].见中国民间文艺研究会理论研究部.中国民间传说论文集[M].北京：中国民间文艺出版社.1986：4

②　胡适.《三侠五义》序[A].胡适文存三集[M].上海：亚东图书馆.1930：661、685-686

③　[日]柳田国男著、连湘译.传说论[M].北京：中国民间文艺出版社.1985

④　邹明华.专名与传说的真实性问题[J].文学评论.2003(6)：175-179

学说机制"①等等,都从不同的角度、不同的层面(如传说的发生机制、传说中人物形象的塑造、传说的传承与变异、传说的传播等)对传说学某些理论问题的解决做出了贡献。本书中所提出的"拟象"说是在前人研究基础上对传说生成机制的有益探索。

作者从中国传统文化源远流长的拟象思维中吸收养料,借鉴《周易》中的"拟象"概念,有限度地吸收了哲学家鲍德里亚的simulacre(拟像)理论,将"拟象"界定为"人拟仿客观实在而构之象",认为拟象具有拟构之象、真实之象、抽象之象的内涵,兼具客观性与主观性、稳定性与变动性、个体性与集体性的性质。以此明确本书所使用的"拟象"概念的基本定义、内涵及性质。同时对"拟象"运用于民间传说研究的合法性和合理性问题进行了论证,以"名医拟象"为切入点对名医传说展开探讨。

作者认为"名医拟象"是人们在生存的实践中对于解决疾病问题的渴求而逐渐形成的,是对"医者"的集体记忆,它的出现要早于名医传说,但其成形是在名医传说的传播过程中逐渐完成的;名医传说为名医拟象提供了足够丰富的医者个案库,名医拟象在不断吸收名医传说某些元素的基础上得以完善。名医拟象是关于名医群体的象,内含了医者群体的性质,不是关于某个名医的象,因此名医拟象是作为观念而存在的。名医拟象的功能:一是统领名医传说的发展方向。"拟象"是叙事的凭依,在新传说产生的过程中,创作的群体会按照潜意识中的"名医拟象"预设建构名医传说,以特定的叙事模式,选择合适的类型;每一个传播者的每一次讲述都会根据个体对"名医拟象"的设定修改某些细节和具体措辞,但演述中的细微改动都不是随心所欲的,都有一定的约束机制,"名医拟象"即是演述者演述时的约束之一。二是影响到名医

---

①　陈泳超.民间传说演变的动力学机制——以洪洞县"接姑姑迎娘娘"文化圈内传说为中心[J].文史哲.2010(2):60-73

传说的传播。传说的演述由演述者和受众共同完成，"拟象"则是演述者—受众的"共同经验"，使得演述者和受众的信息交流得以完成，使得传说不断传播；演述者和受众如果没有这种"共同经验"，那么信息交流就难以进行，传说的演述行为也就无法实现。"拟象"说在一定程度上揭示了传说在创作、传播、演进、衍生等方面的特殊机制。

虽然本书的"拟象"说是从名医传说中提炼并用于分析名医传说的生成、变异、传播等问题。但从其分析框架和理路中可以看出，同样适用于其他传说类型(尤其是人物传说)的分析，如文化名人传说、清官传说、能工巧匠传说、机智人物传说等等，具有普适性，因此具备成为传说研究一个创新性、原创性理论的潜质。当然，作为一本探索性著作，其中仍有许多值得商榷、值得进一步完善的地方，希望得到学界同仁的批评指正。

贾利涛是一位刚踏入学界的青年学人，在本书中已经体现了作为一个学者应有的基本素质，如踏实的学风、质疑的精神、严谨的逻辑推演能力、创新的意识等，希望他再接再厉，为中国传说学的建立和完善做出自己应有的贡献。

郑土有

2018 年 2 月 27 日于浦东

目　录

下　　编

上　编

绪　论

　　民间传说是民间文学的重要组成部分，一般与神话、民间故事并列。中国民间传说历史悠久，数量丰富，不乏质量上乘之作。历史上的民间传说通过各种途径保存了下来，成为宝贵的文化财富，展现了顽强的生命力和饱满的文化活力。通过民间传说，可以了解一个族群的生活样貌，可以洞察一个族群的思想特点，可以概观一个族群的文化构成。因此，对于民间传说研究的重要性，如何强调都不为过。

　　作为学科意义上中国现代传说学，肇始于清末民初的新兴学术觉醒期。对20世纪中国现代传说学发展脉络的梳理，可以更为清晰地认识到民间传说研究在中国走过的路途。诸多研究者的学术实绩在今天看来依然具有典范意义和指导价值。本书基本的学科立足点是传说学，所提出的新概念和进行的新尝试是以前贤的研究为基础的。在具体问题的解决上，本书希望以名医传说为聚焦点，以名医传说为典型和代表，管窥民间传说之全貌。

第一节　20世纪中国现代传说学发展简史

　　中国现代传说学承继中国古代对传说的基本观念，在现代学术大潮的促发下逐步发展。20世纪最初的十几年，中国现代传说学有萌发的倾向，但过于零散和偶发。20世纪20年代起，学术界开始集体关注传说学的基本问题，虽然没有出现传说学诞生的宣言,但实质的传说学开始起步了。1937 年全面抗战爆发,之后的四十年,学术环境除了一段短暂的宽松期外,多数时候受制于当时急剧变化的社会环境,中国现代传说学与学术意义上的研究有些疏离,呈现了另一种样貌。1976 年之后,学术环境开始恢复,到了 80 年代,中国现代传说学进入一个蓬勃发展的时期。纵观中国现代传说学的发展历程,其走过了摇曳而多样的世纪路途。

一、1937 年前传说学发展概况

"传说"一词古已有之,其成为专有的学术术语,是近代以来的事。中国现代传说学的创立,首先在于"传说"的发现:不仅在于大量的民间传说进入研究视野,而且在于"传说"独立于其他术语,有成为一门学问的趋向。"传说"最初努力摆脱神话、童话、故事的裹挟,在增益该汉语词汇固有意义的同时,作为学科细分的"传说"同样受到东西洋学术的直接影响。20 世纪的二三十年代,可以看作中国现代传说学的创立时期,它承继了中国传统学术的变革规律,也受到了国际学术话语的影响。客观讲,这一时期并没有能够产生公认的中国现代传说学,但这一时期学人们的努力已经让中国现代传说学具备了基本的形态,影响深远。

鲁迅和周作人分别在其小说和童话研究中涉及传说,对传说采取了全新的观念。鲁迅《中国小说史略》中的《神话与传说》一章、周作人《自己的园地》中的《神话与传说》一文,1923 年周氏兄弟的这两篇《神话与传说》是中国现代传说学肇始阶段的两声春雷。鲁迅论传说,在于论述神话,在于论述神话是小说的渊源,因此在神话的演进上,才有成为传说的阶段:"迨神话演进,则为中枢者渐近于人性,凡所叙述,今谓之传说。传说之所道,或为神性之人,或为古英雄,其奇才异能神勇为凡人所不及,而由于天授,或有天相者,简狄吞燕卵而生商,刘媪得交龙而孕季,皆其例也。此外尚甚众。"①鲁迅虽未直面传说,但把传说之于神话单独阐述,一变神话、传说混同的状态,传说得以与神话并驾。至于文中所论传说中人物特点诸种,已属传说特点的探讨了。

周作人从童话研究入手,比较童话与神话、传说、故事的差异,所论及的分类、形式、性质等观点,依然为今人所采用:

> 神话一类大同小异的东西,大约可以依照它们性质分作下列四种:
>
> 一神话(Mythos = Myth)
>
> 二传说(Saga = Legend)
>
> 三故事(Logos = Anecdote)
>
> 四童话(Maerchen = Fairy tale)
>
> 神话与传说形式相同,但神话中所讲者是神的事情,传说是人的事情;其性质一是宗教的,一是历史的。传说与故事亦相同,但传说中所讲的是半神的英雄,故事中所讲的是世间的名人;其性质一是历史的,一是传记的。这三种可以归作一类,人与事并重,时地亦多有着落,与重事不重人的童话相对。②

周作人前期论及童话时,又把"传说"称之为"世说":

> 童话(Marchen)本质与神话(Mythos)世说(Saga)实为一体。上古之时,宗教初萌,民皆拜物,其教以为天下万物各有生气,故天神地祇,物魅人鬼,皆有定作,不异生人,本其时之信仰,演为故事,而神话兴焉。其次亦述神人之事,为众所信,但尊而不威,敬而不畏者,则为世说。童话者,与此同物,但意

---

① 鲁迅.中国小说史略[M].上海:北新书局.1927:10。该书初版在1923—1924年。

② 周作人.神话与传说[A],见周作人.自己的园地[M](第四版).北京:晨报社.1923:36-37

主传奇,其时代人地皆无定名,以供娱乐为主,是其区别。盖约言之,神话者原人之宗教,世说者其历史,而童话则其文学也。①

周氏兄弟在传说与神话的关系、传说人物特点、传说的性质等方面的观点颇为近似。传说并列于神话、故事、童话逐渐成当时学人共识。茅盾的神话研究也涉及传说,他认为:

传说(Legend)也常被混称为神话。实则神话自神话,传说自传说,二者绝非一物。神话所叙述者,是神或半神的超人所行之事;传说所叙述者,则为一民族的古代英雄(往往即为此一民族的祖先或最古的帝王)所行的事。原始人对于自然现象如风雷昼暝之类,又惊异,又畏惧,以为冥冥之中必有人(神)为之主宰,于是就造作一段故事(神话)以为解释,所以其性质颇象宗教纪载。但传说则不然。传说内的民族英雄,自然也是编造出来的,同神话里的神一样,可是在原始人的眼中,这些英雄是他们的祖宗,或开国帝皇,而不是主宰自然现象的神。所以传说的性质颇象史传。这便是神话与传说的区别,然因二者同是记载超乎人类能力的奇迹的,而又同被原始人认为实有其事的,故通常也把传说并入神话里,混称神话。②

茅盾以神话论及传说,更近似鲁迅之说,所论又较鲁迅更加直面"传说"的探究。

赵景深和周作人一样,由童话研究涉及传说:

童话是从神话传说转变下来的;换一句话说,神话(Myth)传说(Sagas)发生较早,童话发生较迟。神话和传说都

①　周作人.童话略论[J].绍兴县教育会月刊.1913(2):2-9
②　玄珠(茅盾).神话的意义与类别[J].文学周报(第五辑).1928:633-641

是民族文学,由民族全体创造出来的,不是一个人创造出来的;并且是口述的,不是笔书的。……至于神话传说,原始人类都极信仰。他们把神话和传说看作严肃的故事。因之神话传说都有时间,地点,人名可据,神话是记神的事,传说是记半神和英雄,伟人的事。这是神话传说与童话不同的地方。……神话,传说,童话三者虽各不相同,却又时常相混,其实他们是一个东西。有时一篇故事,可以当作神话,又可以当作传说,又可以当作童话。①

无论是鲁迅和周作人,还是茅盾和赵景深,他们论及传说都是从其他领域进入的,并非直接把传说作为研究对象,他们对传说的认识稍有差异,但在传说人物的性质,传说独立于神话、故事等方面有高度共识。

传说独立于毗邻的神话、故事,是传说学迈出的第一步,它急切需要有价值的理论观点和研究方法,尤其是高水准的研究实绩。

胡适的"箭垛式人物"和"滚雪球式生长"观点可以看作中国现代传说学的首次理论尝试。胡适在评述包公传说时说:

历史上有许多有福之人,一个是黄帝,一个是周公,一个是包龙图。上古有许多重要的发明,后人不知道是谁发明的,只好都归到黄帝的身上,于是黄帝成了上古的大圣人。中古有许多制作,后人也不知道究竟是谁创始的,也就都归到周公的身上,于是周公成了中古的大圣人,……这种有福气的人物,我曾替他们取个名字,叫做"箭垛式的人物"。就同小说上说的诸葛亮借箭时用的草人一样,本来只是一扎干草,身上刺猬也似的插着许多箭,不但不伤皮肉,反可以立大功,得大名。

……

① 赵景深.童话概要[M].上海:北新书局.1927:10-11

传说的生长，就同滚雪球一样，越滚越大，最初只有一个简单的故事作个中心的"母题"（Motif），你添一枝，他添一叶，便象个样子了。后来经过众口的传说，经过平话家的敷演，经过戏曲家的剪裁结构，经过小说家的修饰，这个故事便一天一天的改变面目：内容更丰富了，情节更精细圆满了，曲折更多了，人物更有生气了。①

"箭垛式人物"和"滚雪球式生长"论及传说中人物形象的充实、传说在流传中的变迁、传说的传播规律等问题，被后世传说研究者广泛使用，而且扩展至神话、故事的研究，可以看作胡适基于传说的研究成果而对整个民间文学研究领域的贡献。

1924—1925年间《歌谣周刊》出了9次孟姜女专号，以顾颉刚的孟姜女故事研究最具代表性。尽管顾颉刚初衷是史学研究，主要依据古代史料，并一直把孟姜女传说称为"故事"，但丝毫不影响他的孟姜女研究在中国传说学初期的典范意义。顾颉刚以史学治传说，采用了史学的研究方法，对史料进行了重新考量，把信史或非信史的材料归到传说研究素材里，并且按照时间线索进行重新梳理排列，以期能够在确定的史料基础上发现传说演进的脉络和规律。他开创了传说学里史学的一派，给传说和历史的关系以崭新的展示。由于他的倡导，孟姜女故事研究成为传说学中兴起的第一个研究热点，这个热点持续至今。顾颉刚的研究方法和史学取向被后人争相仿效。当然，任何理论和方法都可能有不足。传说有其自身的传播、发展、演进规律，很难有仿照历史事件的前后相继，更不要说建立在不同性质史料基础上的线性演进猜想。顾颉刚的孟姜女故事研究是案头式的，尚缺乏田野材料的有力支撑，因此它虽然课题是传说学的，但实质上仍然是史学的。

---

① 胡适.《三侠五义》序［A］.胡适文存三集［M］.上海：亚东图书馆.1930：661、685－686

对于孟姜女故事研究,顾颉刚也表示是"料想不到的一宗收获"①,他的主力还用在辨证伪史上。孟姜女故事的研究在辨证古史上的作用还较为含蓄,而舜(兼及尧禹)故事的研究则主要是为了辨古史。

> 我很想俟孟姜女故事考明之后,再着手考舜的故事。这一件故事是战国时的最大的故事(战国以前以禹的故事为最大,可惜材料太少,无从详考),许多古史上的故事都以它为中心而联结起来了。后世儒者把其中的神话部分删去,把人事部分保存,就成了极盛的唐虞之治。……这件故事如果能研究明白,一方面必可对于故事的性质更得许多了解,一方面也可以对于伪古史作一个大体的整理。②

从顾颉刚的研究设想和实绩来看,舜(兼及尧禹)传说就是他所说明的"层累古史观"的主要途径和证据:

> 我很想做一篇《层累地造成的中国古史》,把传说中的古史的经历详细一说。这有三个意思。第一,可以说明"时代愈后,传说的古史期愈长"。……第二,可以说明"时代愈后,传说中的中心人物愈放愈大"。……第三,我们在这上,即不能知道某一件事的真确的状况,但可以知道某一件事在传说中的最早的状况。③

顾颉刚所强调的上述三点,无一不通过舜(兼及尧禹)传说的研究来支撑。顾颉刚涉及传说的史学研究,给传说学开辟了全新视角,不仅使得传说研究重新审视历史资料,而且引出了对中国古

---

①　顾颉刚.孟姜女故事研究集自叙[J].民俗周刊.1928(1):13-16

②　顾颉刚.古史辨自序[A],见顾颉刚.古史辨(第一册)[M].上海:朴社.1926:序70-71

③　顾颉刚.与钱玄同先生论古史书[A],见顾颉刚.古史辨(第一册)[M].上海:朴社.1926:60

史传说时代的持续关注。

整个20世纪20年代，传说的概念逐渐被学人们接受，各个学科的学者开始界定并使用"传说"这个术语，而且不同领域的学者自觉不自觉进行着传说的研究。1929年《民俗周刊》传说专号的刊布可以看作当时学界对传说态度转变的标志。顾颉刚在此专号序中说："传说，这是从前人瞧不起的东西。……但是，现在我们要改变态度了。"①这样的话由顾颉刚说出来，颇有宣言的性质。在这篇序文中，顾颉刚发表了自己对传说研究价值的看法：

> 第一，我们如果要知道实事的，就不能不去知道传说，因为有许多实事的记载里夹杂着传说，而许多传说里也夹杂着实事。我们要确实知道一方面，就不得不兼顾两方面。第二，就是靠不住的传说也是一宗研究的材料呵。何以这件事实会成为一种传说？从这个人到那个人，从这个时代到那个时代，从这个地方到那个地方，这件传说是怎样变的？为什么要这般那般的变？这都是可以研究的。研究的结果，归纳出各种传说变化的方式，列举出各种传说变迁的程序，这便是一件历史学和民俗学上的大贡献。②

传说专号收录了二十余篇传说，涉及人物传说、风物传说、地方传说、风俗传说等。容肇祖的《传说的分析》一文作为研究文章引人注意。容肇祖是中国现代传说学创立时期的重要学者，主要传说研究论文收入《迷信与传说》一书中，尤以这篇《传说的分析》为代表。直接把传说视为研究对象，作宏观学理的分析，正是《传说的分析》一文的可贵之处。该文除对传说性质、起源等方面进行讨论外，精彩之处是对传说进行了分类。③ 文中的观点依然对后来的

---

① 顾颉刚.传说专号序[J].民俗周刊.1929(47)：序1
② 顾颉刚.传说专号序[J].民俗周刊.1929(47)：序1
③ 容肇祖.传说的分析[J].民俗周刊.1929(47)：1－5

传说研究有着积极影响。

接《歌谣周刊》孟姜女研究专号的足踵,《民俗周刊》1930 年推出了祝英台传说专号,以钱南扬研究成果最为突出。钱南扬也有史学倾向,他不仅关注了古代关于梁祝传说的记载,而且专心搜集了一些民间材料,尤其是一些民间戏曲和俗文学的材料。这使得梁祝传说研究中出现了明显的戏曲取向。结合一定的实地考察,钱南扬的梁祝传说研究较为注重某些传说自身问题的求索,例如他在《祝英台故事叙论》中关注的三个问题:怎样的起源? 怎样的增饰附会? 怎样的流传各地?① 这样的问题设置显然切中了民间传说产生、发展和传播的脉络。

1920 年代至 1940 年代,北新书局以"林兰"的名义出版发行了一套民间故事集,近四十种千篇上下。这一套书的出版,是中国民间文学史上的大事件:

> 这套由"林兰女士"编辑的民间故事集,绝大多数书稿是从征集的来稿中选编而成的,不少篇目还保留了原采录者的姓名。它是作为普及性的文学读物来出版的,许多篇目只是粗略地转述梗概,各册的文学水平与学术价值参差不齐。以江苏、浙江、广东一带的故事居多,较为集中地展现了本世纪(指 20 世纪,笔者注)初这一大片地区城乡流传故事的风貌。②

与倾向于求诸古籍的学者不同,这套书更倾向于选编当时流传的活态传说故事。这套书主要集中在民间传说故事上,传说占相当大的比例,因此是传说学史上首要的结集出版。大量传说的搜集出版,直接受益于传说的研究,而且反过来又推动传说的研究。最

---

① 钱南扬.祝英台故事叙论[J].民俗周刊.1930(93 - 95):8 - 20
② 郑土有.研究者、编辑家、出版商共同构建的学术空间——试论民国时期上海的民间文学研究与书籍出版[J].民俗研究.2006(1):94 - 113

具代表性的是徐文长故事的研究,代表人物是李小峰和赵景深,他们分别是北新书局的总经理和总编辑,亲自收集整理徐文长故事并结集出版,在徐文长故事成为研究热点的过程中发挥了重要作用。

钟敬文的传说研究持续一生,在20世纪40年代以前,他的传说研究除了亲自搜集整理的实绩外,论著主要集中在传说个案研究上。在顾颉刚的孟姜女研究突起时,钟敬文既有给顾氏的通信,也有单篇论文。其后的《歌仙刘三妹故事》《马头娘传说辨》等论文让钟敬文在传说学上初露锋芒。从其后的《中国的水灾传说及其他》《中国的地方传说》《关于中国的植物起源神话》《老獭稚型传说的发生地》等论文中可以看出,钟敬文的学术兴趣主要集中在不同类型传说的思考上。此时的钟敬文已经有意识地对不同类型的传说展开深入讨论,而不仅仅停留在传说现象的分析上了。更为重要的是,钟敬文的研究往往注重活态传说的搜集应用,把搜集和研究结合起来,在当时的社会条件下显得尤为可贵。

20世纪的二三十年代(1937年前)是中国现代传说学的创立期。在这一时期,"传说"的概念逐渐被学界接受并使用,传说研究取得了一定的实际成绩,在传说学理论和方法上都进行了有益的探索,形成了若干研究热点,出版了较有规模的传说资料,出现了较为固定的研究群体,中国现代传说学具备了基本完备的形态。不足在于,"传说学"这个名号并没有明确出现;研究群体的构成复杂,多来自毗邻领域,没有出现专门的传说研究者;对当时流传的传说搜集研究力度不够;仅仅局限在小圈子的学术活动,与传说生存之"民间"缺乏互动。1937年全面抗战爆发,改变了中国现代传说学的走向。1937年至1976年这四十年间,是中国现代传说学继创立期之后一个特殊的时期,它随着急剧变化的社会环境进入一个别具样貌的时期。

二、1937—1976 年中国现代传说学发展概况

　　作为一种学术活动,中国现代传说学在 20 世纪 30 年代中期以前主要是学人的参与,形成了一定的学术群体,有供学术成果发表的刊物,出版环境较为稳定,学人间有一定的学术交流,既有老学者在本领域的研究开拓,也有年轻学者在前辈指引和带动下的积极参与。如果不是社会环境的急剧变化,这种学院式的传说学研究定将持续下去。尽管民间传说与民众生活是紧密相关的,学者们亦认识到搜集活态传说的重要性,并且一直有着以此教育启发民众的意愿,但是中国现代传说学的创立期并没有展现出对社会生活的明显影响。传说学的研究活动与民众生活在某种程度上是脱离的。1937 年全面抗战的开始,学院式研究所需要的条件逐渐受损,1949 年之前,一些学者在炮火中依然继续原有的研究,出现了一些成果,但与前一时期已经有大不同了。1949 年之后,新中国承续了延安时期的文艺政策。民间文艺的研究出现了回归学院式的倾向,但较为短暂。1966—1976 年“文革”时期,很多学者的学术活动暂停。1937—1976 年这一时期,传说学的学院式研究在被不断削弱的同时,民间传说配合社会需要的倾向不断增强。

　　在 1937—1949 年的战争时代,直面传说的研究开始减少,涉及传说学的主要有三个方面:一个是少数民族调查及西南采风,一个是学院派研究的延续(主要来自古史研究和神话研究),一个是解放区的民间文艺研究。

　　凌纯声等人的少数民族调查,开始于 20 世纪 20 年代末当时中央研究院社会科学研究所民族学组的研究课题,赫哲族的调查在 1930 年进行,湘西苗族的调查在 1933 年进行。后者因战争,调查难以顺利进行,调查报告迟至 1947 年才出版①。关于神话传说

① 凌纯声、芮逸夫.湘西苗族调查报告[M].上海:商务印书馆.1947

的部分内容,芮逸夫 1938 年发表了《苗族的洪水故事与伏羲女娲的传说》①一文。《湘西苗族调查报告》承继《松花江下游的赫哲族》的做法,搜录了该民族的神话、传说、故事,作为报告的重要组成部分。这种做法反映出调查者对民间文学的重视,视之为民族文化的重要构件,是了解该民族的重要素材,具有民俗和历史等多方面的价值。

凌纯声等人的调查如果算是主动进行的,1937 年开始的少数民族调查就显得有些被动。抗日战争全面打响,学人内迁,主要集中到西南省份。这一地区少数民族的神话传说故事进入学者视野,在传说研究上主要有岑家梧《槃瓠传说与瑶畲的图腾崇拜》②、楚图南《中国西南民族神话的研究》③、吴泽霖《苗族中祖先来历的传说》④等论文。少数民族地区的调查与采风,挖掘了生动有活力的民间文学素材,引起了学人的强烈兴趣。20 世纪 20 年代以来"纸上谈兵"式的研究悄然发生着改变。一手的田野材料得到诸多学科学者的真正重视,当然包括传说学。

徐炳昶的古史研究和闻一多、孙作云的神话研究,可以看作这一时期传说学的古史方向与神话方向的延续。

徐炳昶(旭生)《中国古史的传说时代》是来自古史、归于古史的传说研究,明确地提出了中国古史有一个"传说时代",是古史研究和传说研究的双重拓进。"传说时代的范围限定于商朝盘庚以前。因为此后即已有明确的材料,进入了真正历史的范围,不属

---

① 芮逸夫.苗族的洪水故事与伏羲女娲的传说[J].人类学集刊.1938(1):155-203

② 岑家梧.槃瓠传说与瑶畲的图腾崇拜[J].责善半月刊.1947(7):2-8、1947(8):9-15

③ 楚图南.中国西南民族神话的研究[J].西南边疆.1938(1):32-63

④ 吴泽霖.苗族中祖先来历的传说[N].革命日报.1938(5):19、26

于传说时代了。"①从史学角度来看,传说时代的提出,有反驳"传疑之期,并无信史"②的倾向,也有反驳把上古史全看作神话史的倾向。从传说学来看,徐炳昶使用的"传说"一词,并不严格等同于今天所言之"传说",而且与同时代民间文学学者所使用的"传说"也不相同。徐炳昶认为:

> 很古时代的传说总有它历史方面的质素,绝不是完全向壁虚造的。古代的人不惟没有许多间空,来臆造许多事实以欺骗后人,并且保存沿袭传说(tradition)的人对于他们所应承先传后的东西,总是认为神圣;传说的时候不敢任意加减。换句话说,他们的传说,即使有一部分的失真,也是由于无意中的演变,并不是他们敢在那里任意造谣。所以古代传说,虽不能说是历史经过的自身,可是他是有根据的,从那里面仔细钻研和整理,就可以得到历史真象的,是万不能一笔抹杀的。③

徐炳昶实际使用的"传说"一词,主要集中在缺乏文字记载口耳相传时代的历史,到记载的时代被书之纸面,无法考证但彼时人又都这么说的一类"传说"。

徐炳昶对现代口头流传的传说也十分看重,并适当用于古史研究。他和苏秉琦合撰《试论传说材料的整理与传说时代的研究》一文,对传说材料的诸方面论断颇为精彩。徐苏二人尽管强调口头传说在古史研究中的价值,而且详细阐述了传说资料的整理、使用,但涉及古史的研究,徐苏二人较为看重传说的史料价值。徐

---

① 徐炳昶.中国古史的传说时代[M].重庆:中国文化服务社.1943:序5
② 夏曾佑.中国古代史[M].上海:商务印书馆.1935:5
③ 徐炳昶.中国古史的传说时代[M].重庆:中国文化服务社.1943:1-2

炳昶把传说看作与文献、文物同等重要的材料,是为古史研究上的
"三重证据法":

> 　　一部理想的中国上古史必须是根据全部可用的文献,传
> 说,和遗物,三种材料综合运用,适当配合,写成的。……文
> 献,主要是流传下来的古代典籍。其次是各种古器物上的文
> 字。……传说,即是先由口耳相传,经过千百年后,始被写下
> 来的历史故事。……遗物是考古学和民族学的研究对
> 象。……以上所述研究我国古史的三种材料,无疑的,第一
> 种,关于记载文献的研究,已经有了很坚实的工作基础。第三
> 种,关于地下遗物的发现与研究,成绩虽然还有限,应用还有
> 问题,亦已经能够约略说明我国的远古文化和民族背境。唯
> 有第二种,关于传说材料的整理研究,尚无确实基础。[①]

这种对传说材料的重视着实具有卓著眼光。

中国神话研究在闻一多那里颇显得气势恢宏,表现在研究专
题多是伏羲、女娲、盘古等"民族大神";研究素材旁征博引,不受
任何学科限制;研究方法既有驰骋想象,也有仔细考据。孙作云的
神话研究受到闻一多的直接影响。闻一多、孙作云师徒在神话研
究同时涉及传说,但主力在神话。他们在传说学上的贡献是多学
科视野下"三重证据法"的运用:

> 　　闻一多对伏羲、女娲人首蛇身图像与洪水遗民神话的研
> 究,是把王国维1925年在清华学校研究院讲课的讲义中提出
> 的把"纸上之材料"与"地下之新材料"互相参证的"二重证据
> 法"发展为"三重证据法",即扩而大之,把考古学、民族学、训
> 诂学、文化史、文艺理论的材料、理论和方法熔为一炉,拿现时
> 还生存于边疆少数民族中间的种种文化现象(包括活态神话

---

①　徐炳昶、苏秉琦.试论传说材料的整理与传说时代的研究[J].史学集
刊.1947(5):1-28

及其残留的零碎情节),参证和解读古代已经死亡了的神话,取得了超越前人的重大进展,从而为"以今证古"和跨学科比较研究提供了一种范式。①

孙作云将"三重证据法"归结为"以纸上材料,参以古物实证,益以民间传说"②。他们的研究实绩具有典范意义。

这一时期得到学者普遍响应的"三重证据法",主要是在二重证据之外添加了仍在流传的口头神话传说材料。出现这种方法论上的进步,主要在于民间文艺学科的整体努力,让民间文学的活态素材得到重新认识和估值;民间传说故事歌谣等田野资料的搜集整理,提供了进步的基础;少数民族地区的调查采风,尤其是抗日战争爆发后,学者群体内迁,少数民族的神话传说故事让人视野扩大。闻一多、孙作云等人的研究即十分倚重当时采录的少数民族神话。

这一时期解放区的民间文艺呈现另一种面貌,它从一开始就不是学院式的。在延安的文艺工作者进行了民间文艺的采集工作,但是同"学术的"目的不同,主要用于"改造"和"战斗"。战争的环境,需要"新"的文艺,新的民歌、新的说书、新的秧歌等,同时改造一切"旧"的。因此,在搜集整理原则上,考量的主要标准是可否被改造为民众喜闻乐见的,可否被改造为用于革命战斗的。民间文艺(包括传说)的社会功能得到强调,并且主要用来为政治服务。

相对秧歌、快板书、民歌等体裁,传说(尤其是古代人物的传说)很难受到重视,在新秧歌、新民歌、新说书的呼声中有些落寞。解放区的传说搜集(部分属于创作),集中在对政治和军事

① 刘锡诚.20世纪中国民间文学学术史[M].开封:河南大学出版社.2006:462

② 孙作云.蚩尤考[J].中和月刊.1941(4):27-51、(5):36-115

领袖的歌颂上,例如《毛泽东的故事》①《刘志丹的故事》②《朱总司令的故事》③《吴玉章同志革命故事》④《刘伯承的故事》⑤等,这类人物传说(故事)构成了解放区传说的主要类型,并且不断翻印,有些到解放后仍再版多次。还有一类是反映红军或解放军战斗的,如《长征的故事》⑥《大时代的插曲——敌后抗战故事》⑦《保证打胜仗的人——后方支援前线的故事》⑧《一切为了前线——拥军故事》⑨等,都是配合战争形势需要的。

毛泽东《在延安文艺座谈会上的讲话》是 20 世纪 40 年代后解放区的文艺工作指导方针,也是 1949 年后全国的文艺指导方针。解放区的民间文艺工作是其后全国民间文艺工作的先导,解放区的传说学,主导者来自政治领域,传说学面临的首要属性是"革命"。

1949 年之后,全国社会环境渐趋稳定,至 1966 年间,传说学一方面继续保持延安时期的样貌,一方面出现了短暂的学术回归。传说学的学者群出现了明显的分流。中国民间文艺研究会(以下简称民研会)的成立标志着民间文艺研究的重新起步。《民间文艺集刊》《民间文学》杂志提供了研究成果发表的阵地,各类学报期刊也有相关论文刊载。

---

① 新华书店.毛泽东的故事[M].新华书店.1949
② 董均伦.刘志丹的故事[M].东北书店.1947
③ 萧三.朱总司令的故事[M].东北新华书店辽东分店.1949
④ 何其芳.吴玉章同志革命故事[M].苏南新华书店.1949
⑤ 中原新华书店.刘伯承的故事[M].中原新华书店.1949
⑥ 阿大等.长征的故事[M].韬奋书店.1945
⑦ 白刃.大时代的插曲——敌后抗战故事[M].东北书店.1948
⑧ 华北新华书店编辑部.保证打胜仗的人——后方支援前线的故事[M].华北新华书店.1947
⑨ 宜琴等.一切为了前线——拥军故事[M].东北书店.1947

　　1949—1966 年间,较有代表性的传说学论文有:何其芳《关于梁山伯祝英台故事》①、程毅中《从神话传说谈到"白蛇传"》②、罗永麟《试论"牛郎织女"》③、贾芝《民间传说刘三姐的新形象》④等,延续了 20 世纪 20 年代以来的传说学研究热点,并且融入了鲜明的时代话语;吕霜《略谈中国的神话与传说》⑤、陈汝惠《民间童话与神话、传说的区别及其传统形象》⑥、陈伯吹《简说神话、传说和童话》⑦、吴超《传说与历史》⑧等,延续了 20 世纪 20 年代以来讨论的传说学基本问题;白寿彝《殷周传说和记录中的氏族神》⑨、吴泽《女娲传说史实探源》⑩、刘金《怎样探索传说故事的来源?——与顾颉刚先生商榷》⑪等,延续了传说学古史研究的一脉;汪玢玲《试论长白山区人参的传说》⑫、刘乃和《关于梁颢的传说和事实》⑬是不同传说专题的探索;王庆成《读关于太平天国的歌谣传

　　①　何其芳.关于梁山伯祝英台故事[J].民间文艺集刊.1951(2):14-22
　　②　程毅中.从神话传说谈到"白蛇传"[N].文学遗产.1954(4):1
　　③　罗永麟.试论"牛郎织女"[J].民间文学集刊(上海).1958(2):1-15
　　④　贾芝.民间传说刘三姐的新形象[J].文学评论.1960(5):21-27
　　⑤　吕霜.略谈中国的神话与传说[N].文学遗产.1954(4):12
　　⑥　陈汝惠.民间童话与神话、传说的区别及其传统形象[J].厦门大学学报(哲学社会科学版).1956(3):16-17
　　⑦　陈伯吹.简说神话、传说和童话[J].语文学习.1958(9):20-22
　　⑧　吴超.传说与历史[J].民间文学.1963(4):93-102
　　⑨　白寿彝.殷周传说和记录中的氏族神[J].北京师范大学学报(人文社会科学版).1962(3):33-48
　　⑩　吴泽.女娲传说史实探源[J].学术月刊.1962(4):55-61
　　⑪　刘金.怎样探索传说故事的来源?——与顾颉刚先生商榷[J].学术月刊.1964(6):50-54
　　⑫　汪玢玲.试论长白山区人参的传说[J].吉林师范大学学报.1959(4):114-125
　　⑬　刘乃和.关于梁颢的传说和事实[J].北京师范大学学报(哲学社会科学版).1961(4):43-45

说三种——并谈历史研究如何利用歌谣传说问题》①、许钰《略论近代反对帝国主义的传说》②等,则是对新类型传说的分析。所有的论文都紧跟当时的政治话语,有一定的新意,但就学术系统性而言则略显不足。

　　1949—1976 年间民间传说的整理出版较战乱时期有了很大的进步,传说类出版物大量出现,大致可以分为六类:歌颂党和国家领导人的,如民研会《毛泽东的故事和传说》③(1954)、凌峰《朱德同志的故事和传说》④(1958)等;歌颂党和人民军队的,如湖南人民出版社《红军桥(革命传说)》⑤(1957)、四川民研会《大巴山红军传说》⑥(1960)等;歌颂农民起义及其领袖的,如袁飞《太平天国的歌谣和传说》⑦(1959)、《民间文学》编辑部《关于"义和团传说故事"调查报告》⑧(1959);关于友好国家的,主要是译著,如《俄罗斯民间传说》⑨(1956)、《不屈的好汉们(捷克斯洛伐克古代传

　　① 王庆成.读关于太平天国的歌谣传说三种——并谈历史研究如何利用歌谣传说问题[J].新建设(哲学社会科学).1962(11):66-75

　　② 许钰.略论近代反对帝国主义的传说[J].民间文学.1964(4):79-92

　　③ 中国民间文艺研究会.毛泽东的故事和传说[M].北京:工人出版社.1954

　　④ 凌峰.朱德同志的故事和传说[M].上海:少年儿童出版社.1958

　　⑤ 湖南人民出版社.红军桥(革命传说)[M].长沙:湖南人民出版社.1957

　　⑥ 四川民间文艺研究会.大巴山红军传说[M].成都:四川人民出版社.1960

　　⑦ 袁飞等.太平天国的歌谣和传说[M].上海:上海文艺出版社.1959

　　⑧ 《民间文学》编辑部.关于"义和团传说故事"调查报告[M].内部资料.1959

　　⑨ [法]茹贝尔编选、郑永慧译.俄罗斯民间传说[M].上海:新文艺出版社.1956

说）》①（1955）；关于地方风物的，如陶阳《泰山的传说》②（1955）、吉林民研会《地方风物传说》③（1962）等；关于少数民族的，1959 年出版了"民间文学资料"系列，主要是各少数民族的传说故事。前三类被看作是"新传说"，题材高度集中，具有鲜明的时代特点。

1966—1976 的十年，作为 20 世纪传说学中的一环，尽管缺乏通常意义上的研究成果，仍有几点值得注意。首先，对于传说而言，民众的传说行为并没有中止，传说文化得以延续，没有中断。其次，一个时代有一个时代的传说，产生于这十年、关于这十年的传说，是新产生传说的一类，是普通民众关于这一时期的文化记忆，是重要的传说现象，应当予以学理研究。再次，传说学经历了一次彻底摆脱学院环境的历险，尝到了缺乏正常学院环境的苦头。1977 年之后，中国现代传说学又开始迅速回归到学院式研究上来，并且保留了 1937—1976 年间所有的印记。

三、1976 年至今传说学的发展概况

1976 年之后，学术条件趋于完善，中国现代传说学进入了一个高速发展的时期。"传说学"这一术语的提出并被广泛使用，即是从 20 世纪 80 年代初开始的。短短的三十余年时间，中国现代传说学发展迅速，呈现全面铺开的局面。在传说类型的研究上，由原先较为集中的几种类型发展到多种多样，各种类型的传说进入学者视野，不同性质的传说专题开始涌现。在研究群

---

① ［捷克斯洛伐克］依腊谢克著、丁如译.不屈的好汉们（捷克斯洛伐克古代传说）［M］.上海：少年儿童出版社.1955
② 陶阳.泰山的传说［M］.济南：山东人民出版社.1955
③ 吉林民间文艺研究会.地方风物传说［M］.长春：吉林人民出版社.1962

体上,以专业学者为主,大量的基层文化工作者参与其中。在研究方法上,更加注重多学科的介入。国家层面对民间民族文化非常重视,启动多项文化工程,推进了传说研究。地方政府注重文化开发,在搜集、宣传、保护本地区传说资源方面功不可没。中国现代传说学从来就不缺乏全球视野,20 世纪 80 年代以后,海内外的传说学者交流频繁,海外学者的研究成果被介绍到国内,国内学者积极参与国际性质的传说研究。中国传说学与世界范围的传说研究有了良性互动。这一时期传说学的成果数量超越了过去时代的总和。

1. 钟敬文的积极倡导

钟敬文在 20 世纪 20 年代就开始进行民间传说的搜集整理研究工作,并且持续了一生。1979 年之后,钟敬文亦进行了不同传说专题的研究,但这一时期他对传说学的贡献主要表现在积极倡导上。这种倡导是以钟敬文倡导民间文艺学学科为背景的。

钟敬文主编的《民间文学概论》中对民间传说的表述,对后来的传说研究产生重要影响。这部分内容主要包括民间传说的含义及其产生和流传、民间传说的内容和分类、民间传说的艺术特色三个方面。该书给传说下的定义是:"民间传说是劳动人民创作的与一定的历史人物、历史事件和地方古迹、自然风物、社会习俗有关的故事。"继而分析了传说和历史的关系。在传说的产生问题上,强调其历史源头和基本的历史演变脉络。传说产生后,在流传过程中不断受到人民群众的检验和挑选。在传说流传的地域性上,该书认为传说流传有中心点。同时,在传说的流传过程中,有"两种文化"的激烈斗争,无产阶级革命新时期的歌颂革命事业的传说被归为"新传说"。民间传说主要分为三个种类:人物传说、史事传说、地方风物传说。民间传说的艺术特色主要表现在故事情节的"传奇性"和人物塑造的技巧上。① 后人的研究不同程度地建立在这些论述之上。

从 20 世纪 80 年代开始,钟敬文开始频繁地使用"传说学"一词,使其成为重要的学术概念。在梳理学术史时,钟敬文认为顾颉刚的孟姜女故事研究开创了"传说科学",这种科学就是"传说学",并且号召大家继承先辈事业,推进传说学:

> (顾颉刚的孟姜女故事研究)不但本身为我们学界建立了一种崭新的传说科学,而且给从长期封建社会的古旧学术传统中开始醒觉过来的青年学者,开辟了一条新的学术道路,形成了一种新的学术风气。……此外,这个传说学的研究成果还有某些值得商榷的地方。……这个集子,分量不大,但我们希望它能够使今天热心民间文艺学的同志,看到这个在"五四"后产生的新传说学的创始人的业绩及后继者们的向前努力,因而鼓起劲头,广泛研究先行者的在学术上的成就,并在新的基础上推进这种人文科学:传说学!②

在传说受到越来越多的重视,搜集研究工作取得一定成绩,诸多学术问题需要共同面对的情况下,钟敬文积极推动中国民间文艺研究会召开了专门围绕传说的学术研讨会,会后部分论文结集出版。这部论文集收录了当时传说学的最主要成果,是中国传说学在新时期的标杆性成果。钟敬文的愿望是建立民间传说学:"我们理想中以马克思主义哲学为指导的、具有明显的中国特色的民间传说学,正在努力建筑的过程中。"③刘晔原的《传说的崛起与传

---

① 参见钟敬文.民间文学概论[M].上海:上海文艺出版社.1980:183－202

② 钟敬文.孟姜女故事论文集序[A],见顾颉刚、钟敬文等.孟姜女故事论文集[M].北京:中国民间文艺出版社.1983:1－6

③ 钟敬文.中国民间传说论文集序[A],见中国民间文艺研究会理论研究部.中国民间传说论文集[M].北京:中国民间文艺出版社.1986:序4

说学的建立》①即是对钟敬文倡导传说学的积极响应,这篇论文主要讨论了传说的界定、建立应用传说学、传说研究的深化三个问题,具有一定的理论探讨和预见意义。

由于钟敬文在中国现代民间文艺学上的重要地位和引领作用,很多学者更加重视传说的研究,有很多学者投入传说学的研究中,传说学的成果越来越多,形成一定风尚。钟敬文的积极倡导,使中国现代传说学至少在学科意义上取得了与中国现代神话学、中国现代故事学同等的地位。

2. 四大传说的拓进

四大传说研究是中国现代传说学中的重地,不同时期的四大传说研究往往代表着该时期传说学的最高成就。在新时期,四大传说依然是研究热点。

首先是《孟姜女故事论文集》②的出版,有继往开来的意义。这本论文集不仅包含了顾颉刚有代表性的孟姜女故事论文,而且收录了魏建功、刘复等与顾颉刚同时代学者的论文,此外还包含了钟敬文新时期的孟姜女研究论文以及路工、张紫晨、刘守华等人的最新研究成果。可以说,这部集子代表了孟姜女研究的阶段性成果总结。

罗永麟对四大民间传说的研究始于 20 世纪 50 年代。车锡伦在《"四大民间传说故事"和"民族故事"》一文中指出:"据我所知,'四大民间传说故事'(牛郎织女、孟姜女、梁祝、白蛇)最早是罗永麟在五十年代中期提出来的,并开始了系统的研究。"③罗永

① 刘晔原.传说的崛起与传说学的建立[J].民间文学论坛.1985(5):53－56

② 顾颉刚、钟敬文等.孟姜女故事论文集[M].北京：中国民间文艺出版社.1981

③ 车锡伦."四大民间传说故事"和"民族故事"[EB/OL]. http://www.pkucn.com/chenyc/thread.php? tid=8625

麟四大民间传说研究系列论文集《论中国四大民间故事》在20世纪80年代出版,最大特色是回归到传说本身,分析其思想内容和艺术特色,很大程度上是为了避免前人研究过于偏重材料堆积和考证的弊端。

　　用什么方法进行研究,我也经过一番思考。因为现在有一种风气,不管是研究民间文学或文人文学,如果不从历史考证的角度出发,旁征博引,堆积资料,写出来的东西就不算学术论文。反而轻视从文学作品本身的思想内容和艺术形式进行分析。这样一来,总觉得有点喧宾夺主,无补实际。……虽然我国四大民间故事中外驰名,影响这样大,但是我们除了对其故事演变,加以历史考证的兴趣外,对其思想内容和艺术特色,并没有作过较多而深入地钻研,至今尚无一本专著,不免令人遗憾。我的研究方法就是企图用历史唯物论和辩证唯物论对具体作品进行具体分析。①

贺学君的《中国四大传说》②是第一本以"四大传说"为名的著作,也是第一本对四大传说做整体分析的著作。这部著作多有创新,在传说的生成和发展中,提出了"生命场"的概念,为四大传说的分析提供了必要的理论背景。对于四大传说在国内外的多种表现也让人们大开眼界,尤其是海外传播,虽然以前有所关注,但却没有人系统梳理过。对于四大传说的文学分析亦是本书的重要部分,主要表现在人物形象和情节设置等艺术层面。传说分析的多学科特点在这里也有展现,如四大传说与民俗的关系及其背后的文化深层解读。最后,分析了四大传说的总体特征。把四大传说看作一个有机整体,置于广阔的文化背景下予以观照,是本书的创

　　① 罗永麟.论中国四大民间故事[M].北京:中国民间文艺出版社.1986:序3

　　② 贺学君.中国四大传说[M].杭州:浙江教育出版社.1995

新之处。

　　此外,还有谭达先《中国四大传说新论》①(1993)、巫瑞书《孟姜女传说与湖湘文化》②(2001)、叶涛和韩国祥主编《中国牛郎织女传说》③(2008)等诸多四大传说研究的成果。相关论文亦颇为丰富,不能尽举。

　　3. 传说学的理论建设

　　中国现代传说学在 20 世纪 20 年代起步时就受到东西洋学术的明显影响,虽然走过了几十年的路途,20 世纪 80 年代传说学重新被认识的时候,也受到国外学术的影响。柳田国男《传说论》④被翻译成中文,是 20 世纪 80 年代中国传说学中的大事。

　　日本学者岩濑博的《传说学探索》⑤被译成中文,发表于《民间文学论坛》。这篇论文虽是柳田国男的《传说论》发表之后很久之后的事,但因差不多同时传入中国,因此对中国学者而言,更像是为了引出《传说论》。《传说论》被翻译成中文出版的时候,中国现代传说学才刚刚被提倡,尤其缺乏理论性的著作,柳田的著作满足了人们的迫切需要。《传说论》对中国现代传说学的影响是多方面的,后来的学者不仅采纳柳田的基本观点,使用柳田"传说核"、"传说圈"等学术概念,而且直接借鉴柳田的分析方法。《传说论》成为中国现代传说学者的必读书目,直到现在,中国现代传说学的诸多理论探讨都是建立在《传说论》之上的。

---

　　① 谭达先.中国四大传说新论[M].台北:贯雅文化事业公司.1993

　　② 巫瑞书.孟姜女传说与湖湘文化[M].长沙:湖南大学出版社.2001

　　③ 叶涛、韩国祥.中国牛郎织女传说[G].桂林:广西师范大学出版社.2008

　　④ [日]柳田国男撰、连湘译.传说论[M].北京:中国民间文艺出版社.1985

　　⑤ [日]岩濑溥撰、白希智译.传说学探索[J].民间文学论坛.1985(3):74－80

中国学者基于本土文化的传说学理论探索也从多个角度展开。张紫晨的《中国古代传说》①兼具知识性和理论性,主要研究对象是中国古代传说。该书最大的特点是材料丰富,有传说与祖国、传说与名胜、传说与园林、传说与古代建筑、传说与地方风物、传说与祖国医药、传说与土特产、传说与食品菜肴、传说与手工艺品、传说与风俗习惯、传说与历史人物、传说与文学家艺术家等各个方面。该书还讨论了古代传说的类型、记载、价值等基本理论问题,而且还提出了古代传说的现实性与幻想性的问题,颇为新颖。

程蔷的《中国民间传说》②是中国现代传说学中具有完整理论框架的著作。程蔷较为注重思考传说学的理论问题,她在《关于传说学的几个理论问题》③一文中主要探讨了以下问题:传说的定义,传说的解释性,传播者在传说发展演变中的作用,传说价值的三个特征。这些问题有些是常问常新的,有些则是首次触及,显示了程蔷在理论上的推进。《中国民间传说》一书即是此种推进的结晶。此书中面对的是传说的基本问题,如产生、分类、特征、流传、价值等。每一方面都有新论,例如把传说分为描述性传说和解释性传说,就是发前人所未见,显得弥足珍贵。谭达先《中国描述性传说概论》④(1993)、《中国的解释性传说》⑤(2002)二书的分类法显然来自程蔷。

祁连休和程蔷主编的《中华民间文学史》⑥涵盖了神话、史诗、

① 张紫晨.中国古代传说[M].长春:吉林文史出版社.1986
② 程蔷.中国民间传说[M].杭州:浙江教育出版社.1989
③ 程蔷.关于传说学的几个理论问题[J].民间文学论坛.1987(5):67-74
④ 谭达先.中国描述性传说概论[M].台北:贯雅文化事业公司.1993
⑤ 谭达先.中国解释性传说概论[M].台北:贯雅文化事业公司.1993;谭达先.中国的解释性传说[M].北京:商务印书馆.2002
⑥ 祁连休、程蔷.中华民间文学史[M].石家庄:河北教育出版社.1999

传说、故事、歌谣、叙事诗、曲艺小戏、谚语谜语多方面,全面梳理了它们的历史分期问题。尽管并非针对传说,但该书《传说编》却有重要意义。祁连休和程蔷在梳理大量古代传说记载的基础上,把上古至战国末时期看作民间传说的混沌期,把秦汉至隋时期看作民间传说的成立期,把唐五代宋元时期看作传说的繁荣期,把明清时期看作传说弥散期。这种分期是一种创新,对不同时期传说的分析亦是创新,是研究中国古代传说的新成绩。

乌丙安提出了"传说积层"的观点。在《传说学浅识》①一文和《民俗文化新论》②的《传说学论析》章,乌丙安着重阐释了"传说积层"的观点:

> 传说,就像森林中的落叶一样,年年积累,层层叠叠,越积越厚,甚至将要随着历史的发展,永远积累下去,所以,把它叫作传说积层。传说积层构成的经纬是比较清晰的。它的经线是用历史时代所标志的时间构成的;它的纬线是用地理环境所标志的空间构成的。这两组纵横交织的线路,构成了多种类型传说的系统。③

这种积层有三部分构成,分别是对历史事件和历史人物的追忆部分、对特定事物的解释说明部分、对某些奇异事象的渲染部分④。"传说积层"对特定传说现象有说明性和解释性。

顾希佳以梁祝传说为案例提出了"传说群"的概念。

> 民间文学作品是一种始终"活着"的文学活动,它的作品不可能一次定型,因而也无所谓权威的"原作"版本,它是人民群众在口耳相传的漫长过程中集体创作和集体修改出来的,它随

① 乌丙安.传说学浅识[J].民间文学论坛.1983(3):78-88
② 乌丙安.民俗文化新论[M].沈阳:辽宁大学出版社.2001
③ 乌丙安.民俗文化新论[M].沈阳:辽宁大学出版社.2001:294
④ 乌丙安.民俗文化新论[M].沈阳:辽宁大学出版社.2001:295

着时空的变换而不断地在变异,不断更新而永无止境。这种变异,不仅仅是指一个作品本身的不断丰满充实,也包括了在一个作品母体的基础上不断滋生出许多小作品,而最终成为一个庞大的作品群。梁祝传说群的出现便是个鲜明的例证。①

顾希佳不仅把"传说群"看作民间文学作品可能的呈现形态,而且看作是民间文学作品传播和变迁的规律。

邹明华提出民间传说的"专名说"来面对传说的真实性问题。《专名与传说的真实性问题》一文"通过梳理关于传说特征的'实存说'和'相信说',引入罗素和克里普克关于专名与真实性的哲学思想,从而树立传说特征的'专名说':虚构的传说的真实性在于对专名的运用"②。

随着传说研究的深入,针对传说学基本问题的讨论具备相当的广度和深度,到了新时期,除了传说学的基本问题,学者们更倾向于针对具体问题做深度挖掘。

4. 传说的搜集整理

新时期传说的搜集整理主要受到国家文化工程的影响,学者们参与其中。传说搜集整理的成果,以《中国民间故事集成》为代表,让原先只存在于口头的传说大规模地转变为书面资料,极大程度上推动了传说的研究。少数民族传说的搜集整理方面,20世纪50—60年代随着民族普查和调查已经积累了相当丰富的材料,《中国民间故事集成》的编纂也涉及少数民族传说。《中华民间故事大系》历时十五年,专门搜集整理少数民族的民间文学资料,提供了少数民族传说的丰富素材。这些成果的出现,单凭学者个人之力或在动荡的社会环境下都是不可能的。21世纪以来,作为国

---

① 顾希佳.传说群:梁祝故事的传说学思考[J].民俗研究.2003(2):67-76

② 邹明华.专名与传说的真实性问题[J].文学评论.2003(6):175-179

家文化工程的非物质文化遗产保护,其中涉及传说的内容再次得到系统挖掘和整理,而且以此为契机,国家支持,地方主动,学者参与,传说的研究出现了新的动向。

1976年以来的传说学取得了重大的成绩,但纵观近一个世纪的中国现代传说学历程,总有些许遗憾。真正学科意义上的纲领性《传说学》著作并没有出现,说明在传说学的理论层面还没有真正成熟。缺乏这一标志,只能说传说学尚未真正独立出来,或者作为单独学科的合理性尚需论证。没有完全意义上的传说学理论,没有完全意义上的传说学方法论,中国现代传说的研究进行了近一个世纪,完全意义上的中国现代传说学尚未进入一个属于它的时期。

第二节　20世纪中国名医传说研究综述

中国古代名医辈出,名医传说盛行,古人为名医作传、编辑医史、汇集医案向来都不回避名医传说。现代学术意义上的名医传说研究,自当在中国现代民俗学及民间文学研究兴起之后。一般认为现代搜集记录名医传说以1926年北大《国学门》刊登的《关于刘守真的传说掇拾》为早。其后虽然不断有关于名医的传说见诸报刊,但属零星现象。尽管民间流传着大量的名医传说,但搜集整理的工作直到20世纪80年代《中国民间文学集成》的编纂才得以推进。在此基础上有了结集出版的成果,也出现了若干研究文章。

一、总体研究

1.“名医传说”的归属与名称

名医传说以名医为中心,符合人物传说的特征,归于人物传说的一类。钟敬文《民间文学概论》①一书虽然在“人物传说”下没有

---

① 钟敬文.民间文学概论[M].上海:上海文艺出版社.1980

再细分,但从叙述中名医华佗的举例就可以看出"名医传说"归于此类。段宝林、祁连休等《民间文学词典》将"名医传说"与帝王将相传说、农民起义领袖传说、革命领袖传说、文学艺术家传说、能工巧匠传说并列起来,同归入"人物传说"。① 这种观点广为接受,出现在民间文学的各种概论类书籍中。

"名医传说"也有不同名称,《民间文学手册》称之为"神医传说":

> 神医传说是在古代医生的事迹基础上在民间流传中逐步形成的。各个时代都有许多名医治病的传说,如春秋战国时代的扁鹊、汉代的张仲景、华佗,唐代的孙思邈,明朝的李时珍,都是为人称道的名医。他们的事迹在人民中广泛流传,反映人民战胜疾病追求美好生活的愿望。②

《民间文学词典》称之为"医学家传说":

> 历史人物传说的一种。源远流长,内容丰富,遍及中国各地民间。这些医学家大都蔑视权贵,不求功名利禄,不畏艰险和强暴,刻苦探求真理,勇于实践,提倡科学,虚心搜求民间偏方、验方,丰富和提高自己的医术,为民众解除病苦,深受人民的爱戴。像扁鹊、华佗、孙思邈等,被尊称为"药王"、"药圣",并修祠塑像供奉。这类传说具有历史人物传说的特征,都是以历史上实有的名医为原型。故事却富于夸张,具有浪漫色彩,甚至将医学家的高超医术进行了神化。像神农的水晶肚子能透视药物在脏腑内的功能;扁鹊的双目能透视人体内的病变;华佗能剖腹开颅除病;孙思邈能为龙、虎疗疾等神奇的传说,在民间几乎妇孺尽知。③

同时该词典收录了"扁鹊的传说"、"李时珍的传说"、"傅山的传

---

① 段宝林、祁连休.民间文学词典[M].石家庄:河北教育出版社.1988:437
② 于开庆等.民间文学手册[M].沈阳:辽宁大学中文系.1982:82-83
③ 段宝林、祁连休.民间文学词典[M].石家庄:河北教育出版社.1988:

说"、"华佗的传说"、"叶天士的传说"、"朱震亨的传说"等词条。

姜彬主编的《中国民间文学大辞典》称为"名医传说"：

> 人物传说的一种。是关于古代名医的传说故事。主要表
> 现古代名医在学医过程中的谦虚好学和在医疗过程中所表现
> 出来的高尚医德和神奇医术。这类传说产生甚早。远古时期
> 就有"神农尝百草"的传说,春秋战国之后,历代都有以名医
> 为主人公的传说。如扁鹊、华佗、孙思邈、李时珍等人的传说。
> 也有的讲述名医教给人们健身防病的方法。他们的事迹在流
> 传中被神奇化,但在一定程度上反映了中医的发展历史,具有
> 一定的认识价值。①

从实际使用的情况来看,尤以"名医传说"最为常用。

2. 搜集整理情况

《中国民间故事集成》分省卷共有各类名医传说近两百则,数量
较为可观。各省卷均有不同篇数的名医传说,各省市名医传说中的
主人公多不相同,也就是说各地流传着关于不同名医的传说。就像
《中国民间文学集成》分省卷和各县市资料本那样,中国名医传说的
搜集一般处于散落的状态,尚没有一个系统的整体的面貌出现。

单个名医的传说,如扁鹊传说、华佗传说、孙思邈传说、李时珍
传说的搜集整理情况下文详述。把有代表性的名医传说集合在一
起的,有窦昌荣、吕洪年《古代名医的传说》②一书,收入神农、扁
鹊、张仲景、华佗、孙思邈、刘守真、朱震亨、李时珍、沈佺期、傅青
主、叶天士、顾尚之、刘金芳等十余位名医的传说六十三篇。黄泊
沧、陈林涌编辑《神医名药的传说》③一书,其中名医部分收录了神

---

① 姜彬.中国民间文学大辞典[M].上海:上海文艺出版社.1992:
77-78

② 窦昌荣、吕洪年.古代名医的传说[M].上海:上海文艺出版社.1982

③ 黄泊沧、陈林涌.神医名药的传说[M].北京:中国妇女出版社.1987

农、扁鹊等三十余位名医的传说八十四篇。郭翔等人编的《民间传说神话》①一书,作为"神农中药文化系列丛书"之一,没有以传说的主人公划分章节,而是以中药材为主线,名医的传说分散在不同中药材的来历、发现等故事中。它们(主要是前两本书)选取具有代表性的名医传说,作为一个整体展现出来,具有一定的示范性。

3. 理论探索

目前专门讨论名医传说的文章不多,兼及讨论名医传说的也不多。

窦昌荣、吕洪年在《古代名医的传说》的后记里②,讨论了名医传说的思想内容和艺术特点。在思想内容方面,他们认为名医传说中的名医与劳动人民有着深厚的情感,不为权贵所动;这些名医大多虚心向学、博采众长,刻苦钻研、注重实践;提倡科学,与迷信做斗争。在艺术特点上,首先名医传说具有历史人物传说的特征,所写的人物都是实有的,故事常有一定的历史根据,但又不拘泥史实,容许虚构;名医传说的故事生动,人物各有特点;名医传说的叙述语言朴素自然,富于生活气息,人物语言各有个性。此外,还简略回顾了名医传说的现代研究。

在此篇后记的基础上,两位作者之后将其充实为《谈名医传说和它的民俗学意义》①一文。这篇文章除了论及名医传说的思想内容和艺术特点外,还探讨了名医传说的源流、价值和民俗学意义。在论及名医传说的民俗学意义时,他们强调名医传说突破了

① 郭翔、陈美仁、郑湘宁.民间传说神话[M].北京:中医古籍出版社.2008

② 吕洪年、窦昌荣.祖国医学的艺术之花——谈谈古代名医的传说[A],见窦昌荣、吕洪年.古代名医的传说[M].上海:上海文艺出版社.1982:221-232

① 窦昌荣、吕洪年.谈名医传说和它的民俗学意义[J].上海师范大学学报(哲学社会科学版).1986(2):129-134

巫术治病的藩篱,是宗教迷信的根本对立物;名医传说与民间习俗的紧密结合,使它成为民俗志和地方志编写的重要资料;某些传说与时俗有关,寓警戒于治疗。

贾芝在给《神医名药的传说》所做的序中,极力赞扬了民间传说中的中国传统医学,并且认为:"不仅神医、名药的生动传说,可为医学提供珍贵的历史资料,各民族的史诗、谚语中也蕴藏着丰富的生活和医药知识。"①

文学与医药的交叉往往是论者看重名医传说的方面。张紫晨在《中国古代传说》中独辟专节《关于祖国名医的传说》,分别介绍了孙思邈、扁鹊、华佗的若干则传说,并总结道:

> 关于名医的传说,反映出人民对祖国良医的种种敬仰,其表现手法既是现实主义的,又是浪漫主义的。传说既讲述了神医之"神",又把他放在现实中间。他们的伟大在于关心人民的疾苦,学医就学的勤奋,和谦虚谨慎的作风。他们几乎无一例外地都把人民的疾苦放在第一位,救死扶伤,不慕名利,不避危险,备尝艰苦,为祖国医药事业献身,鞠躬尽瘁。他们有失败,也有成功,从失败中求得成功,因而立于不败之地。特别是能够反复实践,细心观察,不断总结经验,乃是他们走向成功的重要道路。这些传说所描绘的名医的形象品格,成为过去人民为人处世的榜样。对于了解祖国医学的发展也有重要价值。②

程薔在《中国民间传说》一书中把工匠传说和名医传说合并起来讨论,认为名医传说内容和艺术上的特色在于渲染名医技艺的高超和赞颂名医品德的高尚。该书还着重探讨了名医传说的生存基础:中国古代医学的深厚传统,孕育了无数名医;名医在长期

---

① 贾芝.民间传说中的中国传统医学——序《神医名药的传说》[A],见黄泊沧、陈林涌.神医名药的传说[M].北京:中国妇女出版社.1987:9
② 张紫晨.中国古代传说[M].长春:吉林文史出版社.1986:192

的活动中积累下来丰富的实践经验;传说创作者的心理需要等三个方面。①

二、名医传说专题分述

较有代表性的名医传说分别有岐伯传说、扁鹊传说、华佗传说、张仲景传说、孙思邈传说和李时珍传说。黄帝和神农虽然被认为是中国医药史上开创性的人物(后文中对其"名医"的角色做专门讨论),但是逐渐被神化和帝王化,具备文明始祖的地位,很多发明归于他们,对他们的研究关涉面甚广。因此这里的代表性传说对黄帝和神农的(神话)传说暂不梳理。

1. 岐伯传说研究简说

目前看来,对岐伯的整体研究并不十分可观,对于岐伯传说的研究更有些微弱。关于岐伯这个人物的籍贯、官职、著述、医学思想等方面较为引人关注。关于岐伯诸多方面的讨论都涉及岐伯传说,只不过很多研究者讳言"传说"这个词。关于岐伯这个人物的研究者大多数有着中医学背景,因此涉及岐伯传说的研究也主要由他们来完成。整体来说,岐伯研究是附着在《黄帝内经》研究上的,较为独立的岐伯研究尚未发育,岐伯传说的研究尤难成形。

岐伯传说可以分为两类,一类是历史态的,一类是现时态的,前者指历史上有关岐伯传说的书面化记载,后者是指当下流行的岐伯传说。前者下文再论,对于后者的搜集整理,现在公开可见的岐伯传说大概只有三十余则。如左思科《岐伯在庆阳的传说故事》②收

---

① 程蔷.中国民间传说[M].杭州:浙江教育出版社.1989:99-110

② 左思科.岐伯在庆阳的传说故事[A],见甘肃省中医药学会2010年会员代表大会暨学术年会论文集[C].2010,又见甘肃省中医药学会2013年学术年会论文集[C].2013

录7则,《炎黄汇典·民间传说卷》①收录17则,《黄陵文典·黄帝故事卷》②收录3则,夏小军《岐伯汇考》③收录36则,多有重复。上述除了左思科是搜集者之外,其他著述均为转引,并非一手搜集而来。它们多数引自《岐伯周先祖在庆阳的传说故事》等当地内部资料的册子。目前搜集的岐伯传说几乎全部来自庆阳,地域范围较为单一,数量也不大,因此搜集整理中的研究还很初步。

由于岐伯首见于史料即是传说人物的形态,因此我把各个历史时期出现的有关岐伯的记载都看作岐伯传说的历史态,亦当属于岐伯传说的行列。在处理岐伯传说的历史态时,忽视特定历史时期的背景,强制把后世的传说变换成岐伯时代的"事实",类似的"岐伯考"都是靠不住的。而目前可见的几乎全部"岐伯考"类著述,均以"岐伯是历史人物"为先入之见,以后世出现的史料溯证前世,把后世的传说当作前世的信史,在此基础上得出"古代的岐伯确有其人,这是毋庸置疑的"④的结论,学术价值大打折扣。

因此,关于岐伯人物性质的讨论要谨慎看待岐伯传说,关于岐伯里籍、官职、著述等各个方面的"考证"都是建立在传说基础上的考证。把岐伯传说裹挟其中,又不承认其是传说的性质,这是岐伯研究的基本样貌。对岐伯的研究主要集中在两个方面,一个方面是医学的,一个方面则是"岐伯是哪里人"上。其实"岐伯"仅是作为托名出现,能够坐实的医学著作、医学思想几乎无从谈起。因此,医学的研究也是为了"岐伯是哪里人"这个问题服务。对这个问题的讨论占据了岐伯研究相当大的比重,使之区别于扁鹊研究、张仲景研究、李时珍研究等类似的名医研究。"岐伯是哪里人",

---

① 贾芝.炎黄汇典·民间传说卷[M].长春:吉林文史出版社.2002
② 高院艾.黄陵文典·黄帝故事卷[M].西安:陕西人民出版社.2008
③ 夏小军.岐伯汇考[M].兰州:甘肃科学技术出版社.2008
④ 夏小军.岐伯汇考[M].兰州:甘肃科学技术出版社.2008:95

没有被当作一个严肃的学术问题,更多地表现为地方文化利益的博弈。岐伯被"绑架"了,岐伯传说研究自然被引入歧途。

《辞海》"岐伯"条说:"岐伯,传说中的古代医家。"①《中医大词典》"岐伯"条说:"岐伯,传说上古时代医家,后人又称岐天师。"②《中国神话传说词典》"岐伯"条说:"岐伯,黄帝臣。……岐伯传说由来已久。"③无论来自哪个领域,对"岐伯来自传说"的认识都较为严谨的,代表了对岐伯的普遍认知。岐伯的研究不应背离基本常识,应当采用科学严谨的研究方法,回归正轨,岐伯传说的研究才会深入。

2. 扁鹊传说研究简说

关于扁鹊的研究成果十分丰富,涉及扁鹊传说的内容亦较为可观。扁鹊这个人物具有特殊性,既不同于邈远难求的俞跗、桐君,又不同于有大量同代人相佐证的华佗、张仲景。作为神话人物,但正史有传;作为历史人物,史传中却矛盾百出。因此,光是扁鹊人物性质的讨论就篇章甚多,而且从古延续至今。纯粹的扁鹊传说研究,那是较为晚近的事。对于扁鹊的讨论主要有四个大的方向,除了其中一个算是明显的扁鹊传说研究以外,其他三个与扁鹊传说研究关系甚密。

首先,对于现代流传的扁鹊传说的搜集整理。现代流传的扁鹊传说数量较为可观,《中国民间故事集成》县市卷中扁鹊传说十分常见,可见扁鹊传说流传极广。散见于各地的扁鹊传说足以构成一个较为系统的扁鹊传说群,这是扁鹊传说搜集的一个成绩。另外,还

---

① 辞海编辑委员会.辞海·医药卫生分册[M].上海:上海辞书出版社.1981:13
② 李经纬等.中医大辞典[M].北京:人民卫生出版社.1995:765
③ 袁珂.中国神话传说词典[M].上海:上海辞书出版社.1985:232

有扁鹊传说的搜集专辑出现,如郑一民的《神医扁鹊的故事》①。除了搜集整理,针对扁鹊传说的讨论也在深入,例如日本学者山田庆儿的《扁鹊传说》②、韩健平的《传说的神医:扁鹊》③等。

其次,关于扁鹊的历史考据。即使是直面扁鹊传说的讨论,也无法回避历史上丰富的扁鹊记载,尤其是《史记·扁鹊传》。围绕扁鹊的考证类文章占了相当大的比例,而且主要围绕《扁鹊传》展开。这类著述相当多,《史记》注疏校补都对《扁鹊传》有所关注,以《集解》《索引》《正义》为代表。日本学者的《扁鹊仓公列传割解》《扁鹊传解》《扁鹊仓公传四种》《扁鹊仓公传考证》等专注于《扁鹊传》。这些代表了史传研究的一脉,对《扁鹊传》的研究是立足史学视野的,在史学研究中对涉及传说的内容亦有灼见。这样的考证一直延续至今,例如卫聚贤《老子与扁鹊的年代及籍贯考》④、黄竹斋《神医秦越人事迹考》⑤、章次公《史记扁鹊列传集释》⑥等等。何爱华、郎需才、东人达、宋长贵、曹东义等人刊文颇多。如果说20世纪80年代以前的文章尚属心平气和的话,那么此后关于扁鹊的各类"考证"文章,陷入地方对名人的争夺中,尤以河北任丘和山东长清两地为最。论文数目虽多,可读可取者寥寥。

《扁鹊传》之前的扁鹊记载即是当时扁鹊传说的书面化,《扁

① 郑一民.神医扁鹊的故事[M].北京:新华出版社.1985

② [日]山田庆儿.扁鹊传说[J].东方学报.1988:73-158

③ 韩健平.传说的神医:扁鹊[J].科学文化评论.2007(5):5-14

④ 卫聚贤.老子与扁鹊的年代及籍贯考[J].史学季刊.1933(1):48-69

⑤ 黄竹斋.神医秦越人事迹考[A].难经会通[M].中华全国中医学会陕西分会、陕西省中医研究所.1981

⑥ 章次公.史记扁鹊列传集释[J].新中医药.1955(9):23-25;史记扁鹊列传集释(一续)[J].新中医药.1955(10):40-45;史记扁鹊列传集释(二续)[J].新中医药.1955(11):30-38

鹊传》是扁鹊传说的串接,此后的历代记载则是不同时期的扁鹊传说。整体上看这些记载都属于扁鹊传说的历史态。因此,所谓的扁鹊史传研究,很大程度上材料是传说的,而方法是史学的。这种情况所取得的成就和带来的问题,目前仍没有得到承认和解决。

第三个方向主要讨论扁鹊的医学成就,以李伯聪《扁鹊和扁鹊学派研究》①为代表,对扁鹊医学贡献的散见文献更是难以尽数。这一研究方向专注医学,但一般均讨论扁鹊这个人物的问题,毕竟目前尚没有哪本医籍可以毫无争议地定为扁鹊所著。因此,这个方面的论者不得不在医学之外,做一些史学的工作,他们自然也走着史传研究者所走过的路。

第四个方向有关扁鹊的民俗研究,关注扁鹊遗迹(墓、祠、庙等)、庙会、崇祀等诸多方面。如吕超如《药王考与郑州药王庙》②、马堪温《内丘县神头村扁鹊庙调查记》③、丁鉴塘《扁鹊遗迹辑略》④、毛光骅《汤阴县扁鹊墓和墓碑的访查》⑤、程守祯《扁鹊信仰探究》⑥等等。关于汉画像石中的扁鹊,亦大体属于这一行列,如刘敦愿《汉画象石上的针灸图》⑦、张胜忠《扁鹊的图腾形象》⑧、杨金萍等《汉画像石中鸟图腾与中医》⑨等文。这一类著述别开生

① 李伯聪.扁鹊和扁鹊学派研究[M].西安:陕西科学技术出版社.1990
② 吕超如.药王考与郑州药王庙[M].广州:实学书局.1948
③ 马堪温.内丘县神头村扁鹊庙调查记[J].中华医史杂志.1955(2):100-103
④ 丁鉴塘.扁鹊遗迹辑略[J].中华医史杂志.1981(4):228-232
⑤ 毛光骅.汤阴县扁鹊墓和墓碑的访查[J].中华医史杂志.1985(2):125-126
⑥ 程守祯.扁鹊信仰探究[D].山东大学硕士学位论文.2011
⑦ 刘敦愿.汉画象石上的针灸图[J].文物.1972(6):47-52
⑧ 张胜忠.扁鹊的图腾形象[J].河南中医杂志.1997(4):201-202
⑨ 杨金萍、何永.汉画像石中鸟图腾与中医[J].医学与哲学(人文社会医学版).2007(1):63-65

面,而且更乐于被扁鹊传说研究者接受。

总体说来,扁鹊传说研究的成果十分丰富,史学者、医学者、文学者、民俗学者均参与其中,各个领域的交叉产生了颇为可观的成果,出现了很多高水平的著述。但整体说来,存在的最大问题是人们更倾向于从史学角度出发,而忽视了传说视野下的考量,无论他们是否愿意承认正在处理的是传说。

3. 华佗传说研究简说

"华佗"是中国古代名医最为著名的代表,也是对后世医术高超者最常用的褒奖词。"华佗"名号的家喻户晓,很大程度上得益于华佗那些流传甚广的传说,而不是正史上记载的医案。华佗与张仲景时代相近,华佗在《三国志》《后汉书》均有传,张仲景无传。从后世传说的情况来看,有传者或许有所凭依,然而传中事迹过于奇谲而近传说,后世新生传说不绝于途;无传者更无所羁绊,传说渐趋隆盛。华佗因为正史有传,因此在生平事迹、人物性质等方面引来的争议相对要少。正因为有传的缘故,可以把历史上实在的"华佗"与传说中的"华佗"区别开来。

《三国志·华佗传》和《后汉书·华佗传》虽是正史,但不排除有吸收传说的成分(甚至也不妨看作传说)。其后,《搜神记》《独异志》及《太平广记》中关于华佗的记载当属传说无疑了。此类记载很多,算是华佗传说的历史态。搜罗整理现代流传的华佗传说也有一定的成绩。在各省市县的民间故事卷中,关于华佗的传说数量可观。散见于各地各种类型的民间文学集子中,尚没有系统整理过,但依然大致可以看到华佗传说的分布及流传情况。把华佗传说编成专书的,有穆孝天的《华佗的传说》①一书,大概改写自史传,而非来自收集。缪文渭、黎邦农所编《华佗故事》②,搜集于

①　穆孝天.华佗的传说[M].合肥:安徽人民出版社.1960
②　缪文渭、黎邦农.华佗故事[M].合肥:安徽人民出版社.1983

民间传说,或有多处改动。改写自三国故事,个人编创的华佗故事更是多不胜数。

华佗生平事迹多有模糊,引来许多考证,其中不乏涉及传说者。陈寅恪先生以华佗的名字、麻沸散的发明及独特医技和印度相关现象结合起来考察,认为《三国志·华佗传》杂糅进了佛教故事,并且说:"陈承祚著《三国志》,下笔谨严。裴世期为之注,颇采小说故事以补之,转失原书去取之意,后人多议之者。实则《国志》本文往往有佛教故事,杂糅附益于其间,特迹象隐晦,不易发觉其为外国输入者耳。"①此文或为传说杂入正史之一说。但这些传说故事是否确切来自佛教或印度,也有不同说法②。20世纪80年代,有日本学者提出华佗是波斯人时,立刻引起了国内学者的强烈反驳③。论争中其实不自觉地涉及了传说在史学考据中如何辨析及运用的问题。

在主要讨论华佗医学贡献的著述中,都包含了相当比例的传说。例如尚启东《华佗考》④、牛正波《华佗研究》⑤、高文铸《华佗

---

① 陈寅恪.三国志曹冲华佗传与佛教故事[J].清华学报.1930(1):17-20

② 何爱华.华佗姓名与医术来自印度吗?——与何新同志商榷[J].世界历史.1988(4):155-158;庞光华.华佗非梵语译音考[J].古汉语研究.2000(3):55;彭华.《华佗传》《曹冲传》疏证——关于陈寅恪运用比较方法的一项检讨[J].史学月刊.2006(6):77-85,等等。

③ 郎需才.华佗果真是波斯人吗?——与日本松木明知先生商榷[A].中华全国中医学会安徽分会等.华佗学术讨论会资料汇编[C].1981:26-30;罗舒庭.《华佗果真是波斯人吗?》辨补——兼就教松木先生[A].中华全国中医学会安徽分会等.华佗学术讨论会资料汇编[C].1981:31-33;孙红晏.驳华佗非中国人说——兼答日本松木明知副教授[J].新医学杂志.1985(8):444-445;李起.华佗焉非中国人——兼议松木明知先生的"新知见"[J].日本学论坛.1994(1):56-57,等等。

④ 尚启东辑、尚煦整理.华佗考[M].合肥:安徽科学技术出版社.2005

⑤ 牛正波等.华佗研究[M].合肥:黄山书社.1994

遗书》①等著作中,都有关于华佗传说的内容。另外,《华佗学术讨论会资料汇编》②《华佗研究集成》③等集子也对华佗传说给予必要的关注。除医学之外,关于华佗信仰及崇祀的研究有助于华佗传说研究的拓进。

4. 张仲景传说研究简说

尽管正史没有留下《张仲景传》,但丝毫不影响张仲景传说的丰富多彩。对于现代流传的张仲景传说的搜集整理,以河南省的桐柏、邓州、卧龙、宛城、西峡、南召、镇平、新野等县市区为最,周边县市次之,再外围的地区则分布零星。就公开出版的搜集成果来看,张仲景传说也主要出自这些地域。尽管数量较多,但目前尚没有一个较为完备的系统整理工作,不同的张仲景传说依然处于单篇状态。目前可见系统的有关张仲景故事,主要是儿童读物和通俗读物,张仲景传说还没有整体样貌的呈现。

张仲景在中国医学史上地位崇高,但正史无传,相关记载也不多,因此后人就不断努力着补充张仲景传。由于距离张仲景较近的时代留下的资料太少,后人只能根据不同历史时期出现的张仲景传说来充实张仲景传。所以,目前看到的各种《张仲景传》都是张仲景传说历史态的集合,是把出现于不同历史时期的张仲景传说串连起来,以史传的形态呈现。由于来自民间传说,张仲景的事迹有"史"的表象,而没有"史"的实质。后世对张仲景生平事迹的考证与求索,我认为属于张仲景传说的研究。

补辑《张仲景传》的工作一直没有停止过,近代黄竹斋作的

①　高文铸.华佗遗书[M].北京：华夏出版社.1995

②　中华全国中医学会安徽分会等.华佗学术讨论会资料汇编[C].内部资料.1981

③　钱超尘、温长路.华佗研究集成[M].北京：中医古籍出版社.2007

《张仲景传》①综合前人成果，能够代表近人作《张仲景传》的完备
程度。成体系的《张仲景传》不多见，而探讨张仲景事迹的单篇文
章不算少，1949—2010 年间的论文不下百篇②。大多数文章通过
史料中相关人物来推断张仲景的基本事迹，同时还必须处理与别
的史料相扞格之处。如果选择的史料不同，评判的标准不同，所得
出的结论也不同。况且以目前可见的有关张仲景的记载来看，论
者很难说服彼此。例如就张仲景是否担任过长沙太守的问题，论
辩双方各执一词，似乎都有理，似乎又都有不足之处。在我看来，
张仲景生平事迹的考证研究是变相的传说研究。目前可见的历代
有关张仲景的记载都是张仲景传说，以传说来作信史的考证，总不
能够得出满意的结论。

  与托名扁鹊、华佗的医书受到巨大质疑不同的是，张仲景有医
书《伤寒杂病论》传世，这一点较为公认。对于张仲景的研究依然
主要集中在医学方面，主要的研究群体也来自医学界。不可否认，
相当大比例的张仲景传说有赖于他们的搜集整理。与张仲景传说
密切相关的医圣崇祀，有《医圣张仲景与医圣祠文化》③可资参考。
与民间崇祀的繁盛景象相比，此类研究尚显冷落。

  5. 孙思邈传说研究简说

  孙思邈传说在民间的储量颇大，搜集当下流传的孙思邈传说
如同探得富矿。来自孙思邈故乡的学者颇重视相关传说的搜集整

---

  ① 黄竹斋撰述.医圣张仲景传[M].中华全国中医学会陕西分会、陕西
省中医研究所.1981

  ② 参见：张仲景医史文献馆.张仲景研究资料索引（1926—1982）
[M].张仲景医史文献馆.1983;钱超尘、温长路.张仲景研究集成[M].北京：
中医古籍出版社.2004;温长路、高树良.张仲景研究文献索引[M].北京：中医
古籍出版社.2005

  ③ 王新昌、唐明华.医圣张仲景与医圣祠文化[M].北京：华艺出版
社.1994

理与发表,如王明皋自20世纪70年代末开始,不断有关于孙思邈的传说见诸报刊,数量颇为可观,可见当地学者对孙思邈传说搜集整理的用力。这些主要流传在陕西的传说,后经整理辑为《药王史话》①一书,大致包括了较有代表性的孙思邈传说。同样是整理出版的《药圣孙思邈的传说》②一书,虽名为"传说",更多地倾向于儿童读物。此外,故事搭配绘画的儿童读物有数种,虽采自传说,但改动颇大,已非原貌。除了陕西学者搜集外,全国其他省市地区也有大量的孙思邈传说,少则一篇,多则三五篇,散见于各省市地区的民间文学集成中,其中山东、河北、河南、江苏、辽宁等地多有搜集刊载。目前公开出版的孙思邈传说数量较为可观,陕西耀州最多,而出版后的成果改动也最大,其他地区一般遵从民间文学集成搜集整理的要求,改动较小。

孙思邈传说与孙思邈生平事迹的研究密切相关。《新唐书》《旧唐书》均有《孙思邈传》,但《旧唐书·孙思邈传》过于奇幻,《新唐书·孙思邈传》又因删去奇谲之处而显得太过简略。关于孙思邈生平事迹方面的考证一直进行着③。一般而言,如黄竹斋《孙思邈传》④、干祖望《孙思邈评传》⑤等主要著述并不讳言孙思邈生平事迹里存在的传说成分。从《新唐书》《旧唐书》里的《孙思邈传》充满传说色彩来看,孙思邈的很多生平事迹来自传说的可能性极大。

陕西铜川市耀州区药王山,以纪念和崇祀孙思邈而著称,这里保存了大量有关孙思邈的遗迹遗物和唐以后历代碑铭石刻,是研

---

① 李振清.药王史话[M].北京:中国民间文艺出版社.1989
② 高少峰.药圣孙思邈的传说[M].通辽:内蒙古少年儿童出版社.1997
③ 主要论文参见钱超尘、温长路.孙思邈研究集成[M].北京:中医古籍出版社.2006:279-286
④ 黄竹斋.孙思邈传[M].中华全国医学会陕西分会.1981
⑤ 干祖望.孙思邈评传[M].南京:南京大学出版社.1995

究药王文化的珍贵资料。除了这些实物遗存外,药王庙古会由来已久,影响力很大。无论是历史的、民俗的还是文学的视角,药王庙和药王庙会均得到学界广泛关注。近60年来,有马堪温《唐代名医孙思邈故里调查记》①、马伯英《孙思邈故里纪念建筑现状及沿革》②、陈兰《药王孙思邈》③、王宁宇等《陕西药王祀风俗考察记》④、惠磊《孙思邈药王文化考》⑤等可资参考。药王庙的庙会活动与孙思邈的传说属于一个文化整体,因此把传说与庙会结合起来讨论就显得视角独特、弥足珍贵,宁锐、王明皋的《孙思邈的传说与耀县二月二庙会》⑥做了有益的讨论。

对于孙思邈的研究,以其医学方面的贡献为主干,孙思邈传说的搜集整理很大程度上为彰显其医学成就服务,纯粹从民间传说角度出发的研究还难以真正谈及。对药王文化的民俗研究涉及了孙思邈的传说,这个方向推进了孙思邈传说的研究。总结孙思邈生平、医学等研究概况的,《孙思邈研究集成》⑦可备一览,对于传说的文献有部分涉及。

6. 李时珍传说研究简说

《明史》有《李时珍传》,但太过简略,使后人连李时珍的生卒年都不是十分清楚,尚需搜寻其他各种材料来考证。即使简略,聊

---

①　马堪温.唐代名医孙思邈故里调查记[J].中华医史杂志.1954(4):253-258

②　马伯英.孙思邈故里纪念建筑现状及沿革:孙思邈故里考察记[J].中华医史杂志.1981(4):205-208

③　陈兰.药王孙思邈[J].民俗研究.1995(2):86-87

④　王宁宇、党荣华.陕西药王祀风俗考察记[M].北京:学苑出版社.2010

⑤　惠磊.孙思邈药王文化考[D].陕西中医学院.2012

⑥　宁锐、王明皋.孙思邈的传说与耀县二月二庙会[J].中国民间文化.1993(1):215-223

⑦　钱超尘、温长路.孙思邈研究集成[M].北京:中医古籍出版社.2006

胜于无,讨论传说时反而有相当的便利,至少不用在人物性质上费过多笔墨。《李时珍传》在《明史》中不过几百字,而围绕他的很多传说则没有进入正史,这些传说流传在民间,并且不断有新的传说产生出来。作为李时珍晚辈和同乡的顾景星,他做的《李时珍传》选取了一些真实的史料,也没有回避他听到的李时珍传说,因此他一上来就讲了"时珍生,白鹿入室,紫芝产庭,幼以神仙自命"的传说。虽不脱"圣人出必有异象"的惯用手法,但也反映出当时李时珍传说之盛。李时珍生活的时代距今不过五百年,即便没有历代的层层积累,李时珍传说在数量上丝毫不逊色于其他名医的传说。

搜集整理李时珍传说最力者来自李时珍故乡的学者,他们广泛搜寻李时珍传说,除了单篇发表于报刊外,还编辑出版了《李时珍的传说》①一书。这本书可以说为李时珍传说的搜集整理开了一个好头,因此刘守华等学者评价道:"当李时珍传说于一九八〇年前后开始整理发表时,民间文艺界的专家们就称颂它'填补了搜集工作的一个空白'。现在,经过近几年的努力,在比较广泛深入地展开搜集整理活动的基础上所编成的这个集子,虽然不能说包罗了民间口头流传的李时珍传说的全部,但可以说已将李时珍家乡流传最广的有关这位名医的传说发掘整理出来了。"②湖北当地学者搜集的李时珍传说被编入当地的民间文学集子中,如《千古风流》③。之后,当地的学者进一步整理,出版了《神医李时珍》④一书,该书增加了李时珍传说的数量,提高了质量。

---

① 湖北省蕲春县文化局.李时珍的传说[M].湖北省蕲春县文化局.1983
② 刘守华等.盖世的业绩 不朽的魅力——《李时珍的传说》前言[J].黄冈师范学院学报.1985(2):36-37
③ 湖北省群众艺术馆、湖北省民间文艺研究会.千古风流[M].武汉:长江文艺出版社.1983
④ 郑伯成等.神医李时珍[M].武汉:湖北少年儿童出版社.1993

谭达先赞扬这本书是"世界性'医圣'传说的里程碑"①。如果相比较于其他名医传说的搜集整理情况来看,李时珍传说的搜集整理确实有许多值得赞许之处。除了湖北(主要是蕲春)流传外,其他省市卷的民间故事中也有相当数量的李时珍传说,河南、江西、江苏、山东等省卷或县市卷中均可见。

张慧剑创作的《李时珍》②,吸收民间传说,出版时配以蒋兆和绘图,此种通俗文学读物,对推进李时珍传说的传播功效非凡。着力于李时珍生平考证及研究的著作,如钱远铭主编《李时珍研究》③《李时珍史实考》④、唐明邦《李时珍评传》⑤等均对李时珍传说采取开放的态度,适当采纳传说的说法。郝长燚的硕士学位论文《不断被记忆的李时珍》⑥关注了李时珍形象的历史变迁过程,其中涉及了李时珍传说的作用。概观李时珍研究状况的,有《李时珍研究集成》⑦可资查索。

民间流传的名医传说除了这些代表性的之外,尚有数量甚大的关于其他名医的传说,这些传说大部分散落在不同性质的出版物中,有些甚至还没有被搜集起来,依然流传在口头。像《名医朱丹溪的传说》⑧搜集朱震亨传说、《建安神医董奉传奇及养生智

———————————

① 谭达先.世界性"医圣"传说的里程碑——鄂东民间故事传说集《神医李时珍》评略[J].黄冈师范学院学报.1995(2):73–74

② 张慧剑著、蒋兆和绘图.李时珍[M].上海:华东人民出版社.1954

③ 钱远铭.李时珍研究[M].广州:广东科技出版社.1984

④ 钱远铭.李时珍史实考[M].广州:广东科技出版社.1988

⑤ 唐明邦.李时珍评传[M].南京:南京大学出版社.1991

⑥ 郝长燚.不断被记忆的李时珍——李时珍形象演变与社会文化变迁[D].南开大学硕士学位论文.2011

⑦ 钱超尘、温长路.李时珍研究集成[M].北京:中医古籍出版社.2003

⑧ 诸葛珮.名医朱丹溪的传说[M].杭州:浙江文艺出版社.1985

慧》①搜集部分董奉传说,已经算是在代表性名医传说之外较为突出的成绩了。名医传说的主体依然存在于民间,存在于口耳相传中。

三、综评

首先,就名医传说的搜集整理情况来看,20世纪以来,名医传说的搜集一直如滴水一般积累着,尽管数目不断增多,但总是处于零散自发的状态。在20世纪后半段的民间文学普查和民间文学集成的搜集热潮中,名医传说的搜集整理才初步形成一定规模。之后,名医传说的搜集整理回复到细流状态。作为一类传说,名医传说并没有引起人们格外注意的特质,因此,对于它们的搜集整理既没有出现过什么高潮,也没有真正停止过。纵观近一个世纪的搜集整理工作,数量上较为可观,质量上参差不齐。岐伯传说、扁鹊传说、华佗传说、张仲景传说、孙思邈传说、李时珍传说的搜集整理较为突出,绝大多数名医传说尚没有结集的可能,依然散见于各种报刊。

其次,就名医传说的研究情况来看,尚难以称得上真正意义上的研究。尚没有出现一部专著以名医传说为主要研究对象,尚没有出现一部理论著作以名医传说为典型案例,尚没有出现一部较为完备的名医传说的合集。尽管有文章谈到了名医传说的思想内容、艺术特点、生存基础等问题,但尚属起步。出现目前这样的情况,一方面在于名医传说在理论深挖上的价值属性不明确,一方面在于名医传说并没有展现出吸引研究者的特殊之处,一方面在于没有恰当的研究群体参与进来。

再次,就岐伯传说、扁鹊传说、华佗传说、张仲景传说、孙思邈

---

①   冯模健.建安神医董奉传奇及养生智慧[M].北京:中国中医药出版社.2010

传说、李时珍传说来看,属于名医传说在搜集整理及研究方面较为突出的,综合起来代表了名医传说的最高水平。但是,这些传说的搜集工作中出现明显的地域性,岐伯传说的搜集者来自甘肃庆阳,扁鹊传说的搜集者来自河北任丘或山东长清,华佗传说的搜集者来自安徽亳州,张仲景传说的搜集者来自河南南阳,孙思邈传说的搜集者来自陕西耀州,李时珍传说的搜集者来自湖北蕲春,这样的地域性不等同于民间传说的地域性。传说具有地域性,以某地为中心向周围辐射,上述名医的传说往往具有全国性。搜集者在搜集当地某种传说时可谓得天独厚,但常常忽视了普遍性。而且,地域性的背后潜藏了某种功利性,搜集整理工作更多地出于地方文化(政绩)工程,在地方利益需要时,可能会违背基本学术规范。学术性质的搜集整理和研究都有些走样。

总之,目前的中国名医传说研究,有成绩也有问题,但首要的工作是广泛收集整理名医传说,在研究上有所拓进。

第一章
名医传说的基本特征

名医传说是民间传说中人物传说的一个子类,除了兼具民间传说及人物传说共性的特点外,还有独有的特征。关于名医传说的叙事模式、故事类型、艺术特色和传播特色等基本特征的分析属民间文学分析的常用方法。其中叙事模式和故事类型分析侧重于形式结构层面,艺术特色分析侧重于故事内容方面,传播特色分析侧重外在流传方面。

第一节 名医传说的叙事模式

中国传统医学史上名医众多,单是正史人物列传中所载名医就多不胜举。名医并非是人物传记中显赫的一支,从史迁出于"扁鹊言医,为方者宗,守数精明;后世循序,弗能易也,而仓公可谓近之矣"的考虑而"作扁鹊仓公列传"①开始,凡史均有医,而医多在方伎,反不如太史公认识之卓著。史家记名医事迹,多如陈寿所言:"华佗之医诊,杜夔之声乐,朱建平之相术,周宣之相梦,管辂之术筮,诚皆玄妙之殊巧,非常之绝技矣。昔史迁著扁鹊仓公日者之传,所以广异闻而表奇事也,故存录云而。"②故此,名医史传对一

---

① [汉]司马迁.史记[M]卷一百三十.太史公自序.北京:中华书局.1995:3316

② [晋]陈寿撰、[南朝宋]裴松之注.三国志[M]卷二十九.(转下页)

般人物传记的模式做了少许修改,将"主要功绩"改换成了"异闻奇事",并且以此为最主要内容,连人物传记最基本的所生所终也不大重视了。姓名籍贯—异闻奇事—撰述—所终,此即名医史传的叙事模式,以扁鹊、张仲景、孙思邈、李时珍为例说明之。

表1.1.1 名医史传叙事模式举例

	传 载	姓名籍贯	异闻奇事	撰 述	所 终
扁 鹊	《史记》	扁鹊者,姓秦氏,名越人,渤海郡郑人	从长桑君得禁方;诊赵简子;诊虢太子;诊齐桓侯	无	被秦太医令李醯刺死
张仲景	《医史》	张机,字仲景,南阳人	诊王仲宣	《伤寒杂病论》《金匮玉函要略方》	无
华 佗	《后汉书》《三国志》	华佗,字元化,沛国谯人也,一名旉	诊数人异症得瘥	一卷书,索火烧之,不存	被曹操所杀
孙思邈	《旧唐书》《新唐书》	孙思邈,京兆华原人	预言太宗将出;长寿;孙处约事;卢齐卿事	《千金方》《福禄论》《摄生真录》《枕中素书》《会三教论》	尸解而去
李时珍	《明史》	李时珍,字东璧,蕲州人	无	《本草纲目》	寿终而卒

(接上页)魏书·方技传.北京:中华书局.1995:829-830

　　名医传说的叙事模式,与名医史传有异有同:相同处是名医传说也使用了最通行的从生到死的时间线性叙事顺序;所不同的是,名医传说一般不会刻意强调名医的姓名、籍贯,学医和行医的过程是名医传说最主要的部分,名医最后封神成圣、墓在何处、立祠堂祭祀(所终)也是名医传说的重要组成。诞生—医术来历—行医过程—封神成圣,此即名医传说的叙事模式,分述如下:

　　1. 诞生:奇人诞生必有异象,所有名医在诞生时都有诸种异象发生。这一点较为符合"圣人出必有异象"的常见手法。名医在诞生时,虽不如帝王将相那般有星聚云来麒麟现等异象的震撼,但往往有不寻常的现象出现,以引来人们的惊叹,昭示出生者的不同凡响。

　　2. 医术来历:但凡名医,或曰神医者,都是具有一般医者难以企及的高超医术。在民间传说中,高超的医术自然神奇,很容易想象是从神仙处得来的。名医医术的来历,若不是直接从神仙处得到,那也是得到了某种宝物。凭借这种宝物,名医才能超越普通人、超越普通医者,表现出超常的医术。这种宝物最直接的是医书或者某种医疗工具,但最常见的则是"神兽"。神农尝百草的神话中,由"神兽"来尝百草是流传甚广的说法,被很多传说所借用。名医从神仙处学来高超医术是倾向于神话的一脉,而倾向于写实的一脉则是名医自幼年即对医学兴趣浓厚,之后拜高师访高友,通过勤学苦读、不耻下问,不断积累,终成名医。这是名医传说中常见的"劝学篇"。

　　3. 行医过程:这部分内容最为丰富,是名医传说的主干部分,是叙事的重点。这部分内容,一方面可以是民间某种医疗知识的演绎,一方面也可能是宣扬名医的名声而与医药无关的人物故事。这一部分是名医传说得以充实的最广阔空间,是最具有名医个性,具有医药韵味的集中点,并且具备与其他各种故事结合的能力。这部分内容虽然繁多,叙事的目的主要是为了说明名医医术的高超,会使用各种修辞手段,展现各种风格。另外,名医传说中一个较为独立的分支是名医授徒和撰述,这方面内容一般和名医行医过程紧密结合,因此归入行医过程中来。

4. 封神成圣:在民间传说中,名医如何封神成圣,也是人们津津乐道的话题。这些故事既可以独立传播,也可以与上述故事结合,作为叙事的收束。

综上所述,诞生—医术来历—行医过程—封神成圣,是名医传说的叙事模式。它的细部构成和整体性,都有足够的传说案例支撑,具有典型性和解释力。具体到某个名医的传说中,此模式是整理分析的有效工具。而对于作为整体的名医传说而言,内容虽庞杂,叙事模式依然如此。名医史传模式从广义上讲亦属于此种叙事模式,只不过在侧重点上稍有差异而已。

第二节　名医传说的故事类型

根据现代流传的名医传说,依照诞生—医术来历—行医过程—封神成圣的细部大致分为四类。每一类传说的故事类型大体相似,因此作一故事类型的划分。关于名医诞生的传说,数量和比重极少,因此不再单列为一种类型。医术来历划分为神授得宝型和拜师学艺型;行医过程划分为来历起源型、起死回生-预断生死型、降龙伏虎型、奇方怪治型、除冤劝善型五种类型;封神成圣作为一种类型。总共八种类型,其中拜师学艺型有拜师苦学型和不耻下问型两种亚型,来历起源型有发现某种药物或疗法、某种医俗的来历两种亚型,起死回生-预断生死型有起死回生型和预断生死型两种亚型,奇方怪治型有奇特药方型和奇特疗法型两种亚型。表示如下:

表 1.2.1 名医传说故事类型

编号	故事类型	亚型	代表性传说
1	神授得宝型		海上仙方
2	拜师学艺型	1. 拜师苦学型	华佗拜师
		2. 不耻下问型	一药之师
3	来历起源型	1. 发现某种药物或疗法	苏枋的来历
		2. 某种医俗的来历	倒药渣的来历
4	起死回生-预断生死型	1. 起死回生型	一针救二命
		2. 预断生死型	饭吃八分饱
5	降龙伏虎型		诊龙治虎
6	奇方怪治型	1. 奇特药方型	激怒法
		2. 奇特疗法型	悬线诊脉
7	除冤劝善型		巧治贪官
8	封神成圣型		皇封药王

1. 神授得宝型

大致讲某位名医因缘际会(往往是做了善事或孝顺),得到神仙的法术,或者得到宝物(或直接是医书之类),此宝物有助于行医,因此名医才得以具有超乎普通医者的能力,完成伟业。这个类型最为典型的即孙思邈"海上仙方"(龙宫方)的传说。

2. 拜师学艺型

大致是讲名医学习医术和积累经验的过程。拜师苦学这个亚型主要是刚开始学医时,拜某位高人为师,接受老师考核,之后苦学很多年,终于学成。这个类型如"华佗拜师"的传说。不耻下问型是拜师学艺型的另一亚型,大致讲某位名医此时已经在医学上有些成就,但人外有人,天外有天,他虚心求教,不断积累自己的医学知识和技能。这个类型的代表诸如"一药之师"、"飞舟追草医"、"脚夫这里也有祖传秘方"等。

3. 来历起源型

主要解释某种药物或医疗器具的命名来历和与医药相关风俗习惯的来历。发现某种药物或疗法是其一种亚型，一般是在偶然的情况下，病人生病后无目的地吃了一些药物或做了一些反常的举动，之后痊愈，名医将其总结为医疗经验。这个类型的代表如"苏木方的来历"等。

与医药相关的风俗习惯甚多，这些不成文的规矩都有些讲究，颇有些来历。这些来历一般都是某位名医个人的某个事迹留下来的。较为有代表性的如"倒药渣的来历"等。

4. 起死回生-预断生死型

起死回生型和预断生死型是起死回生-预断生死型的亚型，主要是说明名医的医术高超，在一个人表面看来无恙的时候，能够预先准确判断出将来的某个时候出现某种症状，乃至死亡。在人们都认为已经死去的人，名医又可以抢救回来。因此，这个类型可以通俗地表达为"死人诊得活，活人断得死"。起死回生型最有代表性的传说是"一针救二命"，预断生死型最有代表性的传说是"饭吃八分饱"。

5. 降龙伏虎型

大致讲某位名医为龙、虎、蛇、猿等动物或灵兽治病，并得到它们的庇佑和保护，或者得到某些珍贵的药物或宝贝。代表性传说如"诊龙治虎"等。

6. 奇方怪治型

主要为了说明名医在常规治疗方式之外，必有一些奇特的异于常人的治疗方式或使用十分奇怪的药物。奇特药方型是一个亚型，大致讲某人得了某种病，往往是心理疑惑、担忧等，一般不使用常规的药物治疗，需要使用大笑、大怒、大哭等奇特或虚拟的药方。较有代表性的如"激怒法"治病等。

奇特疗法型亦是奇方怪治型的亚型,大致讲某位名医通过特别奇怪的诊断方式得知病情,或者通过特别奇怪的方式实施治疗,整个过程是奇怪的,不像是治病的过程。最有代表性的如"悬线诊脉"等。

7. 除冤劝善型

大致讲某人有某种恶习,或某人与某人间有矛盾,或因某件事有误会,名医根据自己的医疗知识,规劝某人改掉恶习,消除人与人之间的矛盾,解除某件事的误会。这个类型,最常见的是"巧戏贪官"之类。

8. 封神成圣型

该类型一般作为一种结果出现,因为名医通过自己的医疗本领,取得了某种功绩,因此得到帝王的封赐,或者人们自发地拥戴他们,建庙立祠纪念,并有某种名号确定下来。最常见的如"封药王"之类。

名医传说故事类型(包括亚型)的划分,对于张仲景传说、华佗传说、孙思邈传说、李时珍传说等这类具体名医的传说具有解释力。具体某位名医的传说可以划归到特定的故事类型中。通过不同名医传说在各种故事类型中代表性传说的对比,可以发现名医传说在故事类型上的整体特征。

以孙思邈传说和李时珍传说在故事类型上的代表性传说分布为例,列表如下:

表 1.2.2　孙思邈传说故事类型表

编号	故事类型	原　　名	出　　处
1	神授得宝型	孙思邈得宝	《中国民间故事集成·河南卷》p.94－96
2a	拜师苦学型	孙思邈学医	《丝路传奇》p.17－29

（续表）

编号	故事类型	原　名	出　处
2b	不耻下问型	不耻下问	《药王孙思邈的传说》p.8-10
3a	发现某种药物或疗法	孙思邈给母治病	《中国民间文学集成·河南通许县卷》p.300-301
3b	某种医俗的来历	药渣倒在门口的由来	《中国民间故事选》（第3集）p.85-87
4a	起死回生型	棺材里救活人	《中国民间文学集成·邯郸市故事卷》p.129
4b	预断生死型	孙思邈巧治眼病	《中国民间文学集成·辽宁卷·昌图资料本》p.55-56
5	降龙伏虎型	治龙	《泰山民间故事大观》p.79-80
6a	奇特药方型	泥球收神	《古代名医的传说》p.101-103
6b	奇特疗法型	引线诊脉	《药王孙思邈的传说》p.30-35
7	除冤劝善型	石头汤	《中国民间故事全书·江苏·新沂卷》p.55-56
8	封神成圣型	孙思邈封药王	《中国民间故事集成·遵义卷》p.342-343

表1.2.3　李时珍传说故事类型表

编号	故事类型	原　名	出　处
1	神授得宝型	仙道遗药	《李时珍的传说》p.5-6
2a	拜师苦学型	千里拜师	《李时珍的传说》p.11-12
2b	不耻下问型	一药之师	《神医李时珍》p.75-77
3a	发现某种药物或疗法	"双龙戏珠水"的妙用	《李时珍的传说》p.33-34

编号	故事类型	原　　名	出　　处
3b	某种医俗的来历	踏药渣的来历	《李时珍的传说》p.54－55
4a	起死回生型	开棺救母子	《李时珍的传说》p.47－48
4b	预断生死型	吃饭莫吃十分足	《神医李时珍》p.64－65
5	降龙伏虎型	扬州诊青龙	《神医李时珍》p.94－95
6a	奇特药方型	巧治知府怪病	《神医李时珍》p.114－116
6b	奇特疗法型	悬线三搦脉	《李时珍的传说》p.65－66
7	除冤劝善型	妯娌相仇变相亲	《神医李时珍》p.23－24
8	封神成圣型	李家出医圣	《李时珍的传说》p.3－4

　　从上两表的对比可以看出,在孙思邈传说中,每一种故事类型都有具有代表性的传说,李时珍传说亦然。因此,可以说,孙思邈传说和李时珍传说在故事类型上高度雷同,这应当是较为妥当的。对于其他名医的传说,如扁鹊传说、张仲景传说、华佗传说,同样可以看到这种情况,不烦一一列表对比。这八种故事类型从大量名医传说中归纳而来,对名医传说的整体特征有概括性。

　　综上,借助这些著名的事例,串联而成某位名医的一系列传说,不仅是名医传说具体事例上的共同点,也是名医传说故事类型上的整体特征。由此,故事类型并不能成为区分名医的标准,传说中的名医不能借此区分彼此,而某个事例为某位名医专属不大能够成立。八种故事类型下的诸多代表性故事是名医的事迹集合,是名医群体而非个体的身份标识。

第三节 名医传说的艺术特色

名医传说作为传说的一类,具备传说所共有的艺术特色,如情节离奇、人物塑造粗线条理想化、语言朴实等。在这些共性的艺术特色上,名医传说有着与其他传说不同的个性表现;与此同时,名医传说还具备其他传说不太明显的艺术特色。相对于传说整体和其他类型的人物传说而言,名医传说以名医为叙述核心,这不仅是其所成为一类的标志,而且是最为显著的艺术特色。就内容上来说,医术高超、医德高尚是名医传说主要表现的方面。其次,名医传说在情节上往往出人意料,具有离奇性的特点,这种离奇性主要是通过"医术"环节来表现的。再次,贯穿名医传说始终,都有浓浓的情感寄托,表达了普通民众的真情实感,这种情感高度凝结在"医德"环节来表现。"医术"和"医德"在一则传说中并不截然分开,情节离奇和情感寄托也不泾渭分明,它们往往是糅合在一起的,只不过侧重点不同。最后,名医传说包含一定的医药知识,这些知识虽然并不都是经过证实可用于治疗的科学知识,但从艺术风味来讲,确实是名医传说较其他种类传说最为特别的地方。

首先,名医是名医传说叙述的中心。名医传说之为名医传说,最为明显的标志是传说的主人公是名医,叙述以名医为中心,故事情节围绕名医展开,以塑造名医形象为主。这一点不仅是名医传说作为一类的评判标准,也是最突出的艺术特色。同样一则传说,如果侧重点不同,可能被视为不同的传说。如"关云长刮骨疗伤"的传说,如果侧重点在关公身上,那么可以视为关公传说,虽然涉及华佗,但华佗只是作为一个配角出现,算是宽泛范围上的名医传说,但却不是典型的名医传说。如果这则传说侧重点在华佗身上,主要来表现华佗医术的高超,那么就成为"华佗刮骨疗伤",就是典型的名医传说了。名医的叙述中心地位,作为类属标准,可以用来区分不同的传说,而作为艺术特色,则反映了名医传说的艺术旨归。名医传说在情节设置上围绕名医展开,而不是其他人或其他事,这个线索贯穿始终,构成有开有合的完整结构。名医传说在人物形象塑造上,对名医的形态、动作、语言都格外用意,让名医始终处于亮点上。

　　名医是名医传说叙述的中心,但此"名医"是个类属概念,而且还带有感情判断色彩。实际流传的名医传说中的"名医"往往是具体人物,既可能是名声隆盛的扁鹊、华佗、张仲景、李时珍,也可能是不大为人熟悉的王叔和、刘完素、叶天士,还可能是乡野医士张王李赵,还可能是游方僧人、隐士高道。不同地域的名医传说有着不同的名医,不同时期的名医传说有着不同的名医。无以计数的个体医者构成了"名医"集体。名医传说的文化多样性很大程度上借助于不同的名医体现出来。名医传说以名医为叙述中心,但又不固定为某一名医,因此名医传说不仅在叙述对象上是丰富多彩的,在叙述手法上也是丰富多彩的,数量丰富的名医传说互相促进,容易达到极高的艺术水准。无论名医传说中所叙述的"名医"是哪一个具体人物,他在具体传说的地位都体现了名医传说的整体艺术特色。

　　名医是名医传说叙述的中心,不仅体现出名医传说既有的艺术特色,而且反映出名医传说作为民间艺术背后普通民众的艺术选择和艺术旨趣。以扁鹊为例,《史记·扁鹊传》开创性地以扁鹊为传主,但传中每一医案都并非以扁鹊为中心,从中可以看出史迁采录传说但没有改变扁鹊在传说中的从属地位。换句话说,《扁鹊传》采录了帝王将相故事中涉及扁鹊的部分。现在民间流传着大量的扁鹊传说,细细比较,就可以看出扁鹊在叙述中心问题上与《扁鹊传》的区别。普通民众虽然不从事艺术理论的探讨,但在艺术选择和艺术旨趣上可以通过爱说不爱说、爱听不爱听、爱看不爱看等形式直接表达。扁鹊见蔡桓公的传说,在民间流传愈久,扁鹊的中心地位愈强,那么这则最早关于蔡桓公的轶事或纪事就完全成为扁鹊传说了。"刮骨疗伤"的故事既传变为关羽传说,又传变为华佗传说,同样反映了民众不同的选择倾向。情感因素自然是一方面,艺术选择和艺术旨趣亦是重要的一方面。

第二,医术高超、医德高尚是名医传说主要表现的方面。名医是名医传说叙述的中心,而名医之为名医,其最闪光之处就在于医术高超和医德高尚两个方面。就名医传说整体而言,尽管有关于名医的生平轶事、情感生活等等诸种,但绝大多数的名医传说笔墨着力在医术高超和医德高尚两个方面。普通民众认知的名医,具备的优点就在于医术和医德两个方面。如果某医者并没有高超的医术和高尚的医德,那么不但不成为"名医",反而成为传说中的反面形象,被人们揶揄和嘲讽。民间流传着的大量关于庸医和恶医的笑话故事即是证明,这些当然算不上是"名医传说"。因此,医术高超和医德高尚是名医的群体身份特征,这两个方面当仁不让地占据名医传说的主要篇幅。

医术高超、医德高尚成为名医传说主要表现的方面,除了表现对象的要求之外,还有艺术创造层面的原因。涉及某个具体的名医,他的名字、籍贯、亡故等基本信息,往往是较为固定的,即使有演绎的成分,也并不能引起广泛的兴趣。恰恰在医术高超和医德高尚两个方面,艺术创造的空间最大,自由度最高,为民间创造力提供了充分的舞台。如何反映某位名医的医术高超、医德高尚,并没有什么条条框框的限定,人们可以根据自己的认识增减内容。不同的名医在表现医术高超和医德高尚上呈现出的故事千姿百态,并且可以互相借用。反映医术高超和医德高尚的故事不计其数,人们可以根据生活经验的积累不断创造出新的故事来。医术高超和医德高尚的话题,为民间无限的创作力提供了发挥的场所。这两个方面也是名医传说最具生命力的地方。不仅不断有新的故事补充进来,而且在名医传说的传播过程中往往不易丢失。名医传说最为人们津津乐道的部分,就在于表现名医医术高超和医德高尚的部分,在传播过程中,有可能名医的名字丢失了,名医行医的地点丢失了,名医行医的对象丢失了,表现名医医术和医德的核心部分却一般不会丢失。人们又可以根据这些核心部分自行添加其他信息而重新传播。从目前流传的名医传说的整体状况来看,表现医术高超和医德高尚无疑是最主要的内容。

第三,名医传说主要通过"医术"环节来表现情节离奇。并非每一则名医传说都是针对名医医术高超进行的,但名医传说中表现高超医术的部分显然是最能够体现其情节离奇的。情节离奇作为名医传说的艺术特色,可以说具有普遍性。但就表现力度和集中度而言,医术的部分称得上是名医传说中最有特色的部分。例如民间常见的张仲景用激将法给人治病的故事①,这种类型的故事十分常见,在其他名医的传说中几乎都可以见到。该故事首先设置了一个张仲景故去后仍给人看病的背景,本身就带有新奇的色彩,大将军求医而不遇一折,遇医而被骂又一折,怒起而病愈又一折,真可谓一波三折。名医传说中表现医术高超的部分,集夸张、想象、变形等各种艺术手法于一体,往往是最吸引人的部分。

第四,名医传说主要通过"医德"环节来体现情感寄托。名医传说中关于医德和医术的部分并非一分为二,往往二者是结合在一起,是一则传说的共同组成部分。不可否认,它们在表现上具有共同的目的。通常情况下,一则名医传说难以剖分出医德或医术的部分,它们浑然一体。因此,关于情节离奇和情感寄托的划分自然也是宽泛的。这里所阐述的问题主要是针对大体的倾向而言的。名医传说可以不表现医术,但从来没有不表现医德的。从名医传说的产生发展过程就可以看出它被人们寄予了丰富的情感。

---

① 参见王俊义.中国民间故事全书·河南·西峡卷[M].北京:知识产权出版社.2011:124

在缺医少药的时代，人们渴望有名医的出现；在疾病缠身时，人们渴望名医药到病除。名医传说表现了人们对健康的渴望、对生命的珍爱、对疾病的排斥。这是针对作为整体的名医传说而言的，是名医传说较为普遍的情感寄托。在名医传说的流传过程中，不同的名医传说所寄托的情感也更加细化，这样的情感寄托往往附着在对名医医德的赞颂上。例如张仲景治手病的传说①，这则传说设置了一个官医对立的结构，通过张仲景给县官治病迫使县官承认张仲景医术的高明，进而对医者表示尊重。对于讲述者来说，这则传说自然是针对社会上存在的轻视医者的现象所表达的不满，某种情况下特指权贵阶层对从医者的轻视。正是通过对张仲景不畏权贵、玩弄权贵于股掌之间的赞扬，对来自社会的轻视给予还击。名医传说赞扬名医刻苦求索、为苍生服务、与社会不良现象作斗争的精神，也反映了人们对心目中名医在道德修养上的企盼。

　　第五，包含一定的医药知识是名医传说独具的艺术特色。民间传说都有一定的知识性，民间传说所包含的知识在民间生活中有某种实用价值。名医传说由于内容的特殊性，自然涉及医药的内容。当然，传说即是传说，其所包含的医药知识，与现代医药学所谓的医药知识有明显的差别。尽管名医传说包含的医药知识并不一定能应用于临床，也不见得具备科学的价值，但名医传说包含的医药知识更多地具备民俗价值和文化价值。无论是"三月茵陈四月蒿"这样真实的中医药知识，抑或是"悬丝诊脉"这样虚构的治疗方式，不可否认名医传说包含有医药知识。这些医药知识使名医传说带有浓浓的药香味，具有独特的美学风格。从艺术角度来看，名医传说中的医药知识，让传说听起来更加可信，好像真的发生过一样。尤其是某些医药知识是真实有效的，更加确证了传

---

　　① 　参见范牧.河南民间文学集成·南阳民间故事［M］.郑州：中原农民出版社.1992：271

说的可信性。而且,在医药知识的映衬下,名医的身份得到彰显,人们也更容易接受这是关于名医的传说。同时,某些医药知识虽然不具备有效性,但也不会损害名医的形象。传说毕竟是传说,某些医药知识仅是假借医药的壳子创作出来的,是艺术手法,这就让名医传说有浓浓药香的同时不失趣味性。名医传说或多或少都包含有一定的医药知识,尽管包含过于专业和严谨药物知识的传说不是名医传说的必备要素,但作为一类,或许不能不说是名医传说所独有的。

综上所述,相对于传说的整体特征和其他类型的人物传说来讲,名医传说的艺术特色主要表现在以下几个方面:首先,名医是名医传说叙述的中心,这是名医传说首要的艺术特色。其次,名医的医术高超、医德高尚是名医传说主要表现的两个方面,这是名医传说在表现内容上的两个重点。再次,名医传说主要通过"医术"的环节来表现情节离奇。再次,名医传说主要通过"医德"环节来表现情感寄托。最后,名医传说包含一定的医药知识。这些艺术特色的提出,都是把名医传说作为整体看待的,每一点都侧重不同的方面。

第四节　名医传说的传播特色

作为传说的一类,名医传说具备传说在传播中的一般特点。名医传说既是人物传说,又可以看作行业传说。从地域上来讲,各个地区都有名医传说的传播,不同地区的名医传说在具体名医上颇有差异。从时间上讲,历朝历代都不乏名医传说,有些传播至今,有些则逐渐湮没了。从传播群体上讲,名医传说的传播具有全民性。与此同时,不同于其他类型的传说,无论从时间和空间看,医家都在名医传说的传播中发挥重要作用,这是名医传说尤为突出的传播特色。

一、医家是编创名医传说的主力

名医传说是关于医者的传说,那么医家是最关注名医传说的群体。无论是流传时间很长的名医传说,或是刚刚出现不久的名医传说,都能够看到医家在其中的编创之功。就拿最为著名的"神农尝百草"传说来看,它从一则农业神话改变为医药神话,并呈现名医传说的样貌,从中可以看到医家的作用。

《世本》里"神农和药济人"的记载可以看作是神农和医药发生关系的最初记载,但《世本》散佚已久,后人重辑的记载总有诸多矛盾而显得不大可信。《世本》"作篇"中伏羲、神农、黄帝等人的发明传说多种多样,并不十分固定,因此神农和医药的关系也不是十分稳固的。在中国古代记载中,神农的主要角色是农业神,"神农尝百草"是出于农业的需要,而非医药的需要。秦汉间陆贾的《新语》,明确说了神农尝百草,全然是为了农业耕种的需要,"教民食五谷",并非出于医药的目的。《淮南子》说神农尝百草一日遇七十毒,流传最为广泛,可是《淮南子》说神农尝百草仍是为了"教民播种五谷",这个"神农尝百草"最为通行的版本也没有明确提出关于医药的事情。

本来是一个农业神话的"神农尝百草",后来被改造为医药起源神话,"教民播种五谷"的说法逐渐被"本草出,医药方兴"的说法所取代。与"尝百草"相关的,早期是土壤、水文状况(相土地宜燥湿肥墝高下,尝百草之滋味,水泉之甘苦①),后期则是药物的属性(尽知其平毒寒温之性,臭味所主②)。这种变化主要发生在汉代,是在医家的推动下完成的。

---

① 〔汉〕刘安等编、〔汉〕高诱注.淮南子[M](影印浙江书局本)卷十九.修务训.上海:上海古籍出版社.1989:208

② 〔晋〕干宝.搜神记[M]卷一.北京:中华书局.1979:1

　　东汉开始,《神农本草经》已经成书并产生了一定的影响,促使医家对先前与神农有关医药的神话做系统化处理。东汉末《帝王世纪》出现了很多圣人"尝百草"的说法,岐伯尝百草、伏羲尝百草、炎帝尝百草、神农尝百草,大家都来尝百草,并非为了农业的目的,这些圣人尝百草的结果都是"著本草"、"《本草》出焉"。把尝百草的结果直接表述为"医药方兴",把医药起源直接归结于"神农尝百草","神农尝百草"与医药自此紧密联系起来。完成这种联系的首要人物,正是当时的医家,如皇甫谧等人。在他们的一再申说下,固定下来为《针灸甲乙经序》所说的"神农始尝草木而知百药"。在此之后,神农尝百草为了辨别五谷的农业戏份越来越少,为了辨别药性的医药戏份越来越多,正式进入医药起源神话里去了。《本草图经序》说:"昔神农尝百草之滋味,以救万民之疾苦,后世师祖,由是本草之学兴焉。"①神农尝百草就成为医药起源神话了。

二、医家是整理名医传说的主力

　　名医传说在历代不断得到整理,有来自各种领域的精英参与其中,修史者撷取符合史料标准的传说写入历史,集文者选择符合典故要求的传说撰入文中。在对名医传说的整理中,医家无疑是用力最甚者。以张仲景的传说为例,现在整理出的较为完整的"张仲景传",实则距离张仲景的时代已经久远,完全出自传说。而这看似完备的"张仲景传",就是历代医家整理张仲景传说的结果。

　　首先关于张仲景的姓氏籍贯,先可见《伤寒论》卷首所题的"汉长沙太守南阳张机仲景述"和序文所署"长沙太守南阳张机仲景",可以较为清晰地说明张仲景姓张名机字仲景,汉代南阳人。又可依据《伤寒论序》中提到的"建安纪年以来,犹未十稔"的说

---

　　①　[宋]苏颂.图经本草序[A],见[宋]苏颂编撰、尚志钧辑校.本草图经[M].合肥:安徽科学技术出版社.1994:序1

法,得知张仲景是东汉人,活动在建安年间。但今日能见到的《伤寒论》早期版本,均刊刻在宋以后,难免经过了宋人的手脚,可信度是要打些折扣的。宋人林亿在校正《伤寒论》序中说"张仲景,南阳人,名机,仲景乃其字也",也言明引自唐人甘伯宗《名医录》①。唐以前说法已不可见。从《医说》《历代名医蒙求》到元《文献通考》,再到明《医史》,再到清《古今医史》,历代医家继承了这种说法,成为定论。

张仲景的事迹,是历代医家搜集的重点。他们把新发现的张仲景事迹,都整合到张仲景传中。

林亿校正《伤寒论》序引《名医录》云:"(张仲景)始受术于同郡张伯祖。时人言,识用精微,过其师。"②这是张仲景师从张伯祖的事迹首见于籍载。"张仲景举孝廉,并官至长沙太守"的说法也来自林亿所引的《名医录》。《医说》《医史》《古今医史》皆从此说。无论是甘伯宗,还是林亿,均是医家。

张仲景与何颙的事,《太平广记》和《太平御览》中均见,《太平广记》言此事引自《小说》,当指《殷芸小说》,该书已散佚,今人将何颙条根据《太平广记》辑入《殷芸小说》;《太平御览》曰此事引自《何颙别传》,已佚。医家作张仲景传,十分注重此条文献,并以此推测张氏生卒年。

至于张仲景的几个著名诊断案例,各有来由。《医说》言:"(张机)在京师为名医,于当时为上手,时人以为扁鹊仓公无以加之也。"③《医说》此言,前半部分引自《仲景方论序》,后半部分引

---

① ［宋］林亿.校正《伤寒论》序［A］.［汉］张仲景.伤寒论［M］,见中华医书集成［G］(第2册).北京:中医古籍出版社.1999:序3

② ［宋］林亿.校正《伤寒论》序［A］.［汉］张仲景.伤寒论［M］,见中华医书集成［G］(第2册).北京:中医古籍出版社.1999:序3

③ ［宋］张杲.医说［M］卷一.景印文渊阁四库全书［G］(第742册).台北:商务印书馆.1986:26

自《针灸甲乙经》序,均不出医家范围。"穿胸以纳赤饼"事出自葛洪《抱朴子内篇》①,"诊王仲宣"事出自皇甫谧《针灸甲乙经序》②,"诊汉武帝"事出《医说》所引《泊宅编》③,"诊老猿"事《六研斋笔记》所载较早,张仲景授二徒之说当起于《仲景方序》,原文已不得见,可见于《医说》《太平御览》所转引。张仲景的这些事迹,较早的记载均出自医家之手,并且后世医家层层转引,张仲景的事迹就渐次多了起来。

医家搜集张仲景传说中的蛛丝马迹,并把它们改造后整理成较为系统的类史记载,淘汰掉过于玄乎的事迹,把出现于不同历史时期的事迹按照假想的张仲景生平先后排列起来,包装成史传的形式,尽量褪去传说的色彩。完成这项工作的,主要是历代的医家。通过张仲景传说整理的过程,大致可以看出名医传说整理的整体状况。医家掌握较为丰富的相关资料,并且有主观搜集整理的动力,整理的结果较为容易被其他领域的人所接受,因此理所当然成为整理名医传说的主力。

三、医家是丰富名医传说的主力

名医传说以名医为主人公,一般情况都包含或多或少的医药知识,有的是为众人所知的医药常识,有的是较为专业的医药技艺。医家在为名医传说增添医药知识,解释医药民俗和医药常识上具有无可比拟的优势。例如下面这个关于华佗的传说:

> 第二年春三月,华佗采了许多青蒿,试着给害黄病的人

---

① [晋]葛洪著、王明校释.抱朴子内篇校释[M]卷五.至理篇.北京:中华书局.1980: 101

② [晋]皇甫谧.针灸甲乙经序[A],见[晋]皇甫谧.针灸甲乙经[M](影印明刻《医统正脉》本).北京:人民卫生出版社.1956: 2

③ [宋]张杲.医说[M]卷五.景印文渊阁四库全书[G](第742册).台北:商务印书馆.1986: 115

吃。怪哩,吃一个,好一个,而四月间采的青蒿,就不能治病。为了把青蒿的药性摸得更准,等到第三年,华佗逐月把青蒿采来,分别按根、茎、叶放好,然后给病人吃,结果,发现只有嫩的茎叶可以治黄病。为了使人们易于区别,华佗把可以入药的嫩青蒿取名"茵陈"。他还编了一首歌诀,留给后人:

三月茵陈四月蒿,传与后人切记牢;

三月茵陈能治病,四月青蒿当柴烧。

……

华佗要那姑娘领他到山上去看"黄鸡",华佗看那野草,开着白色的花儿,挖出草根,肥大色黄,还有鳞斑,真像小黄鸡一样。华佗挖了一些带回家中,试着给病人吃,发现它果然是一味养身补气的良药,还有润肺、生津的作用。但是华佗觉得"黄鸡"不像药名,就把它改叫"黄精"。

讲述者:封宗荫 男 65 岁 沛县唐楼乡韩楼村教员
高中

采录者:魏以伦 中医 中专

1981 年 10 月采录于沛县华佗医院门诊部①

这个传说包含了前后两个部分,前半部分是关于茵陈的,后半部分是关于黄精的。通过讲述,解释了茵陈的特点和药效,"三月茵陈四月蒿"俗谚的来历和内涵,黄精的特征和药效,"黄精"名字的由来。像这类故事,若不是经过医家的丰富,可能会在医药常识方面有所缺损。正因为医家对名医传说的丰富,才让名医传说具有浓浓的医药味道。

---

① 《中国民间故事集成》全国编辑委员会、《中国民间故事集成·江苏卷》编辑委员会.《中国民间故事集成·江苏卷》[M].北京:中国 ISBN 中心.1998:53-54

四、医家是传播名医传说的重要群体

从上文中已经可以看出,历代医家在整理名医传说方面的重要
作用。在现代流传的口头传说中,医生群体仍然是传播名医传说的
重要群体。在《中国民间故事集成》所收录的各省卷中,传说主人公
为名医的传说故事,讲述者或收录者很多都具有医药学的背景。为
了更清晰地说明问题,对三十省卷(省、直辖市、自治区)中以名医为
主人公的传说故事做了统计,共计 147 则(含异文)。这些传说故事
的讲述人,标明职业的有 122 则。他们的职业多种多样,有农民、医
生、工人、干部、教师、艺人等,具体分布如下:

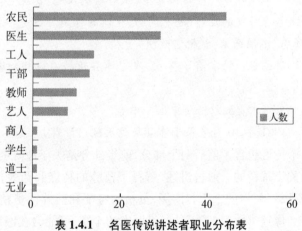

表 1.4.1　名医传说讲述者职业分布表

从上表中可以看出,名医传说并不仅仅流传在某个群体中,它
们被众多民众所接受,其中农民所占人数最多,其次才是医生,再
次是工人、干部和教师,艺人、商人、学生等其他职业所占人数较
少。这一分布可以说明,由于农民在我国人口中占绝对优势,因此
各类传说的讲述人的身份是农民并不为奇,这反映了我国国民职
业分布基本状况。严格意义上说,"农民"并不能算同等意义上的

职业,却被泛化运用到各种语境中去了,因此具有了多种内涵。但无疑,各种神话传说故事,农民是主要传播群体,并不仅仅是名医传说。

表1.4.2 名医传说讲述者各职业人数及百分比

职 业	人 数	百 分 比
农 民	44	36.07%
医 生	29	23.77%
工 人	14	11.47%
干 部	13	10.65%
教 师	10	8.20%
艺 人	8	6.56%
商 人	1	0.82%
学 生	1	0.82%
道 士	1	0.82%
无 业	1	0.82%
总 计	122	—

除去农民之外,医生明显是最为重要的群体,人数比工人或干部的两倍还多,几乎是教师的三倍,接近艺人的四倍。这个群体不仅包括就职于正规医疗场所的医生,而且还有民间医生;不仅有中医,也有少数民族医者。如果把药农、医院职工等其他近似职业者包括进来,这个群体将更大。

考虑到《中国民间故事集成》各省卷搜集时间、地点所限,编辑选摘的标准略有差异,所统计的样本在反映真实情况上存在一定的偏差。然而,就样本的广泛性、代表性和来源科学性等方面来讲,依然足以说明在现代传说中,医生是名医传说讲述的重要群体。在这个层面上，"医家是传播名医传说的重要群体"这一说法，在现代传说的传播中依然有效。

综上所述，名医传说的传播特色主要表现在以下四个方面：医家是编创名医传说的主力；医家是整理名医传说的主力；医家是丰富名医传说的主力；医家是传播名医传说的重要群体。名医传说在传播上具有全民性，属于全体民众共同创造的文明财富，显然医家在其中发挥着重要作用。

第二章
"神农尝百草"解读

第一节 "神农尝百草"神话的核心情节

神农是中国神话中至为重要的人物,其中"神农尝百草"的神话流传广远,影响巨大。如果按照先因后果的叙事顺序,可以将"神农尝百草"的神话划分为以下几个情节:

1. 尝百草的缘起:a. 民受疾病;b. 为了农业需要。

2. 尝百草的方式:a. 亲口尝;b. 鞭草;c. 以兽试草(獐狮、蟾蜍等)。

3. 尝百草的条件(神性):身体玲珑(或兽玲珑)。

4. 尝百草的结果:a. 中毒身亡;b. 成神;c. 发现食物或药物(创立农业或医学)。

下面逐一来看。

1. 尝百草的缘起

在后人的心目中,神农所生活的时代,虽然已经告别了茹毛饮血的原始时期,但人们的生活并不算十分美满,"民茹草饮水,采树木之实,食蠃蚘之肉"①,主要依靠采集渔猎生活。在这样的生活条件下,首要考虑的问题是能够吃饱,能够活下去。因此,吃饱(食物的需要)和活下去(摆脱疾病死亡的需要),这是两个一体又侧

---

① [汉]刘安等编、[汉]高诱注.淮南子[M](影印浙江书局本)卷十九.修务训.上海:上海古籍出版社.1989:208

重不同的问题。根据现实需要,神农尝百草的原因可归为一个:使得生命得以存活。只不过在不同的文献记载和不同的故事讲述人那里,偏重的方面会有不同,为了人民摆脱疾病、为了农业需要是万变所宗。

首先,饥饿是威胁生命的首要问题。粗放的打猎和采集已经不能满足人们的需要,精细化的农业生产应时而生。"神农"被假想为带来农业变革的关键人物。陆贾说:"至于神农,以为行虫走兽难以养民,乃求可食之物,尝百草之实,察酸苦之味,教民食五谷。"①(又有《贾谊书》曰:"神农以为走禽难以久养民,乃求可食之物,尝百草,察实咸苦之味,教民食谷。"②与陆贾言仅个别字之差,这种说法在当时颇有代表性。)现在流行的神话依然这样传讲:

> 老早时候的人,只晓得捕鱼、打猎、采集树果当饭吃,不晓得种田。地里一片荒芜,到处长的都是野草、野树。③

> 很久很久以前,人们靠打野兽为食,有时候一连几天打不到野兽,肚子饿了,只得吃草。④

基于这样的原因,清代俞樾在评价陆贾的那句话时认为,当初神农尝百草的原因并非出于采药,而是寻找作为农作物的植物:"汉陆贾言神农尝百草之实,察酸苦之味,教人皆食五谷。然则尝草之初,原非采药,但求良品,以养众生,果得嘉谷,

---

①　[汉] 陆贾.新语[M].道基第一.诸子集成[G](第七册).北京:中华书局.1986:1

②　出自[汉] 贾谊.新书[M],原文已佚,引自[唐] 欧阳询.艺文类聚[M]卷一一.帝王部一.上海:上海古籍出版社.1982:209

③　中国民间文学集成全国编辑委员会、《中国民间文学集成·浙江卷》编辑委员会.中国民间故事集成·浙江卷[M].北京:中国 ISBN 中心.1997:5

④　陆健、赵亦农.中国民间故事全书·上海·虹口卷[M].北京:知识产权出版社.2011:6-7

爱种爱植。"①

同时,死亡的威胁不仅来自饥饿,而且来自疾病。"古者,民茹草饮水,采树木之实,食蠃蛖之肉,时多疾病毒伤之害。"②今日流行的这种说法尤多:

> 那个时候,人们还不会用火烧东西吃。无论花草鱼虫,全都生吞活咽的。这样,人们就常常闹病,甚至于死掉。神农见着好难过呵!③

> 很早以前的人,要是遇到生疮害病、摔倒跶倒恼火很了的话,十有九个都只有等死,特别是那些小娃儿,更容易成短命鬼。④

> 盘古王开出天地,神农造了百草树木,伏羲造了飞禽走兽,女娲又造了人,从此,世上便热闹了。热闹了几年,也勿晓得是谁得罪了天帝,天帝派瘟神到世上散瘟。勿出几年,人死的死病的病,没一个像样的了。这样下去,人要绝种。女娲慌了,去找伏羲,伏羲说:"这得找神农。"女娲去找神农。神农说:"百草都是药,只是识不得,我去尝尝。"神农要去尝百草了。⑤

---

① [清]俞樾.郑小坡医故序[A].春在堂杂文[M](影印清光绪刻本).五编.卷六,见《清代诗文集汇编》编纂委员会.清代诗文集汇编[G](686).上海:上海古籍出版社.2010:72

② [汉]刘安等编、[汉]高诱注.淮南子[M](影印浙江书局本)卷十九.修务训.上海:上海古籍出版社.1989:208

③ 陈玮君.神农尝百草[J],转引自窦昌荣、吕洪年.古代名医的传说[M].上海:上海文艺出版社.1982:2,原载《民间文学》1979年第9期,这则传说流传于浙江。

④ 中国民间文学集成全国编辑委员会、中国民间文学集成四川卷编辑委员会.中国民间故事集成·四川卷[M].北京:中国ISBN中心.1998:75

⑤ 中国民间文学集成全国编辑委员会、《中国民间文学集成·浙江卷》编辑委员会.中国民间故事集成·浙江卷[M].北京:中国ISBN中心.1997:58

　　所以,神农尝百草的原因,拯救人命是同一的,至于农业(食物)和医药(药物)的分野,是后人认识上的差异让它有了不同侧重。

　　2. 尝百草的方式

　　所谓"神农尝百草",亲口尝是较为常见的说法:"于是神农……尝百草之滋味,水泉之甘苦,令民所知辟就。当时之时,一日遇七十毒。"①"古者民有疾病,未知药石,炎帝(即神农,笔者注)始味草木之滋,察其寒温平热之性,辨其君臣佐使之义,尝一日而遇七十毒。"②现代流传的神话着重突出"口尝"这个细节。

　　　　人间有个神农氏,他看到人类得病,就到大山林、大草原去寻找药草,给人类治病。那些草丛中,有各种各样的毒草,神农啥样草都尝,中了好多回毒。后来,他发现一种草药,能治一种病。有一天,他中了七十次毒,醒来又尝草。③

　　　　神农不晓得哪些果实和根、叶能吃,哪些不能吃。他就弄来各种果实、叶子和根,一样一样地尝。他把啥子东西的味道是甜的,啥子东西的味道是苦的,是涩的,都挨一挨二地记下来。有时,他尝到有毒的,弄得他眼花,心跳,脑昏,肚痛,上吐下屙,便仔细地把这些东西的味道和样子记下来。有几次,他吃了毒性重的东西,差一点送了命。④

------

　　①　[汉]刘安等编、[汉]高诱注.淮南子[M](影印浙江书局本)卷十九.修务训.上海:上海古籍出版社.1989:208

　　②　[清]陈梦雷等.古今图书集成[G]卷五三九.医部.北京:中华书局;成都:巴蜀书社.1986:(56):860,言引自《外纪》,现存《通鉴外纪》无此文。

　　③　中国民间文学集成全国编辑委员会、中国民间文学集成四川卷编辑委员会.中国民间故事集成·四川卷[M].北京:中国ISBN中心.1998:76

　　④　中国民间文学集成全国编辑委员会、中国民间文学集成四川卷编辑委员会.中国民间故事集成·四川卷[M].北京:中国ISBN中心.1998:78

神农爬过一道道山,涉过一道道水,把长在山坞里,挂在岩壁上,漂在水沼里,伏在平地上的草、木、藤、菌,不分根、茎、叶、果,也不论甜、酸、苦、辣,一样一样都尝遍了。①

《搜神记》里载:"神农以赭鞭鞭百草,尽知其平毒寒温之性,臭味所主,以播百谷,故天下号神农也。"②至于"赭鞭"为何物,引发无尽猜测,可能从此之后,神话里的神农就有了这样一条"神鞭"来帮助辨别百草的性味了。"神农乃作赭鞭、钩鎁,从六阴阳,与太乙外巡五岳四渎,土地所生草石,骨肉心灰,皮、毛、羽,万千类,皆鞭问之,得其所能治主,当其五味,一日七十毒。"③唐司马贞《补史记·三皇本纪》:"(神农)以赭鞭鞭草木,始尝百草。"④杨炯《药园诗序》有"神农旋赤鞭而驱毒"⑤之说,改赭鞭为赤鞭,仍为神鞭。南宋罗泌《路史·后纪》:"(炎帝神农)磨蜃鞭芰察色腥,尝草木,而正名之,审其平毒,旌其燥寒,察其畏恶,辨其臣使,厘而正之,以养其性命而治病。一日之间而七十毒,极含气也。"⑥今天口头流传的神话里也有这条"神鞭":

> 他这种精神,感动了天帝。天帝就给了他一支神鞭,只要用这支神鞭打在毒草上,就莫得毒了。这样,神农就发现了很

---

① 中国民间文学集成全国编辑委员会、《中国民间文学集成·浙江卷》编辑委员会.中国民间故事集成·浙江卷[M].北京:中国 ISBN 中心.1997:58

② [晋] 干宝.搜神记[M]卷一.北京:中华书局.1979:1

③ 佚名.神农本草经[M].中华医书集成[G](第5册).北京:中医古籍出版社.1999:75

④ [唐] 司马贞.补史记三皇本纪[A].二十五史[G](百衲本)第一册.史记(影印宋庆元黄善夫刊本).杭州:浙江古籍出版社.1998:7

⑤ [唐] 杨炯.晦日药园诗序[A],见[唐] 杨炯著、徐明霞点校.杨炯集[M]卷三.北京:中华书局.1980:46

⑥ [宋] 罗泌.路史[M](影印酉山堂嘉庆间重镌宋本).后纪三.先秦史研究文献三种[M](第4册).北京:国家图书馆出版社.2013:182-183

多草药,能治很多病。①

根据"神农尝百草"中鞭草的事迹出现了相关的地名。"太原神釜冈中有神农尝药之鼎存焉。咸阳山中,有神农鞭(辨)草处,一名神农原药草山。山上紫羊观,世传神农于此辨百药。"②

如果说,"尝百草"或许还有点近似历史真实的话,"鞭百草"的说法神话意味更浓了。所以有人说,要用植物做药,也并不是非尝不可的,之所以又出现神鞭,不过是郑重其事罢了。("夫草木之类,虽则散殊,然察其形色,嗅其臭味,自可别善恶,堪作某药,可治某病,固不待尝而后知。然圣人必逐一尝啖,制神鞭者,盖以重其事尔。"③)

神农尝百草借助的工具,神鞭是一种,神兽又是一种。"神农时白民进药兽,人有疾病则拊其兽,授之语,语如白民所传,不知何语。语已,兽辄如野外衔一草归,捣汁服之即愈。"④这样的神兽有多种名字:

> 相传,神农采药时,在一座山里得到这个奇兽。……**獐狮**不但能吃百草,而且能吃百虫。……原来神农只能尝百草,而对鸟、兽、虫、鱼能不能当药,却没有办法断定。自从有了獐狮,神农识药再也不用发愁了。⑤

> 一天,神农到一座山上去寻找草草苗苗,看到一只**癞疙宝**

①　中国民间文学集成全国编辑委员会、中国民间文学集成四川卷编辑委员会.中国民间故事集成·四川卷[M].北京:中国 ISBN 中心.1998:76

②　[南朝梁] 任昉.述异记[M]卷下.北京:中华书局.1985:20

③　[宋] 罗泌.路史[M](影印酉山堂嘉庆间重镌宋本).后纪三.先秦史研究文献三种[M](第4册).北京:国家图书馆出版社.2013:183

④　[元] 陶宗仪等.说郛三种[M].上海:上海古籍出版社.1988:1457,言引自《芸窗私志》。

⑤　黄泊沧、陈林涌.神医名药的传说[M].北京:中国妇女出版社.1987:

5-6

正在吃草草。癞疙宝吃了这边,又跳到另一边去吃。他想:癞疙宝能吃的,人也能吃,就把癞疙宝逮回去找根绳绳拴来喂起,每天把癞疙宝放出去吃草草。只要癞疙宝吃过的,神农就把这些草草扯回去亲口尝尝,并记下这些草草的味道和样子。①

无论叫什么名字,这种似狮似狗,长着卷长毛的动物,被供奉在中药铺里,有"药不过獐狮不灵"之谚流传于今。

3. 尝百草的条件

神农在"神农尝百草"神话中,最具有神性的地方在于有个晶莹剔透的肚子,以帮助他完成尝百草的功绩。"后世传言神农乃玲珑玉体,能见其肺肝五脏,此实事也。若非玲珑玉体,尝药一日遇十二毒,何以解之?"②

　　神农一生下来,才新奇呢!是个水晶肚子,光亮透明。肝脏肠肺,全都能看得一清二楚。③

　　传说神农生下来后,全身透明,自己能看清自己的心肝肠肺。④

　　神农的皮肤是透明的,不但经络分明,连五脏六腑也看得清清楚楚,它们分为两种不同的颜色。⑤

---

①　中国民间文学集成全国编辑委员会、中国民间文学集成四川卷编辑委员会.中国民间故事集成·四川卷[M].北京:中国 ISBN 中心.1998:78

②　[明]周游、王黉.开辟衍绎[M](影印明崇祯麟瑞堂刊本)第十八回.上海:上海古籍出版社.1990:138

③　陈玮君.神农尝百草[J],转引自窦昌荣、吕洪年.古代名医的传说[M].上海:上海文艺出版社.1982:2,原载《民间文学》1979 年第 9 期,这则传说流传于浙江。

④　中国民间文学集成全国编辑委员会、中国民间文学集成四川卷编辑委员会.中国民间故事集成·四川卷[M].北京:中国 ISBN 中心.1998:7

⑤　陆健、赵亦农.中国民间故事全书·上海·虹口卷[M].北京:知识产权出版社.2011:6-7

或者他身体的个别部位具有特殊功能：

> 三皇五帝手里，出了一个药王菩萨。这个人生得奇怪，有一双铜铃眼，能看见自己满身的血脉。……他吃草头时，留心自己身上的血脉变化。吃了什么草，血脉走到哪里，脉根又停在哪里，还有那种草的味性、形状都一一记在心里。他见的草多了，怕记不住，就一样一样地把草的名字记下来。①

又或者他带的神兽通体透明，可辨药性：

> （獐狮）周身透明，好像水晶做的一样，五脏六腑，骨骼经络，可以看个一清二楚。獐狮不但能吃百草，而且能吃百虫。各种药性，都能从它的肺腑、经络中看个明明白白。②

> 有一天，天上突然现出了很大一根周身透亮的白龙。它在云头游来游去的，身身比水桶粗些。这家伙，张起个大嘴，吐些须须叉叉的东西出来。它吐在哪里，哪里就长些取不到名字的草草和树树。这家伙吐了很久，硬把各处都吐遍了才走了。③

4. 尝百草的结果

神农尝百草的结果有很多，它们一般情况下不是非此即彼的，而是共存的。他即使中毒身亡了，也不妨碍他生前创立农业和医学，也不妨碍他死后被封为神而享祀。只不过在不同的异文中有不同侧重。古籍有载：

> （神农氏）尝味草木，宣药疗疾，救夭伤之命，百姓日用而

---

① 中国民间文学集成全国编辑委员会、《中国民间文学集成·浙江卷》编辑委员会.中国民间故事集成·浙江卷[M].北京：中国 ISBN 中心.1997：59

② 黄泊沧、陈林涌.神医名药的传说[M].北京：中国妇女出版社.1987：5-6

③ 中国民间文学集成全国编辑委员会、中国民间文学集成四川卷编辑委员会.中国民间故事集成·四川卷[M].北京：中国 ISBN 中心.1998：75

不知,著本草四卷。①

上古神农,始尝草木而知百药。②

(神农氏)始尝百草,始有医药。③

昔神农尝百草之滋味,以救万民之疾苦,后世师祖,由是本草之学兴焉。④

现代流传:

这天,神农见到一朵黄黄的小花,像小茶花,那叶子还一张一缩动着哩!怪啊,是"妖草"吧?他把叶儿才放进嘴里,肚肠就一节一节断开,来不及吃茶叶,就死啦!人们就称呼这草为"断肠草"。常言道:"神农尝药千千万,可治不了断肠伤。"就是说的这件事情。神农就是这样,为了拯救人们而牺牲了自己。人们也没忘记他,都称他为"药王菩萨"。好多地方都盖上"药王庙"祭祀他哩!⑤

神农在山岩边发现了一种尺多高开黄花的野草草。这种草草有一股子难闻的气味,神农把这根草草连根吃下。谁知这种草草就是断肠草,神农发觉后,肠子已经断成无数截了。神农就这样归了天。人们为了感谢神农的功德,称他为医药

① 原书佚,此条从《太平御览》中辑出。见[晋]皇甫谧著、徐宗元辑.帝王世纪辑存[M].北京:中华书局.1964:13

② [晋]皇甫谧.针灸甲乙经序[A],见[晋]皇甫谧.针灸甲乙经[M](影印明刻《医统正脉》本).北京:人民卫生出版社.1956:2

③ [唐]司马贞.补史记三皇本纪[A].二十五史(百衲本)[G](影印宋庆元黄善夫刊本)第一册.史记.杭州:浙江古籍出版社.1998:7

④ [宋]苏颂.图经本草序[A],见[宋]苏颂编撰、尚志钧辑校.本草图经[M].合肥:安徽科学技术出版社.1994:序1

⑤ 陈玮君.神农尝百草[J],转引自窦昌荣、吕洪年.古代名医的传说[M].上海:上海文艺出版社.1982:2,原载《民间文学》1979年第9期,这则传说流传于浙江。

的祖师爷,并为他修了庙宇,四时祭祀。①

　　他见的草多了,怕记不住,就一样一样地把草的名字记下来。后来他用这些草治外疮、内症,就有了中医草药。药王菩萨后来还尝过动物。他尝呀尝,尝到蜈蚣,结果被蜈蚣毒死了。这蜈蚣也成了一味药,就叫百脚虫。②

　　从以上的异文中可以看出,神农通过尝百草,获得了药神、药仙、药王、药王菩萨等名号,在神话里,成为人们公认的医药之祖。

第二节　"神农乃本草之祖"的身份建构

　　"本草"之名首出《汉书》,后因《神农本草经》的显著影响,"本草"遂成中药统称。"神农尝百草"的神话故事认为神农尝遍百草,并忠实做了记录,所以才有了《神农本草经》。然古来论者多以《本草经》实则托神话人物神农之名,神农著述《本草经》,无文字可稽,不足征信。托名之说,无可辩驳。神话与医药不同于泾渭,托名亦非无故之举。神话人物"神农"先秦记载甚多,"神农尝百草"的神话记载迟至汉魏后才蔚为丰满。考本草起源,必溯及《神农本草经》,又必述及"神农尝百草"神话。"神农尝百草"神话深入人心,"神农是本草(有时指中国传统医学)的祖师"是民间较为通行的说法。后世对两者关系所持的看法,很有深究的必要。从中可以看到"神农尝百草"神话依医药学典籍而取势,"神农乃本草之祖"的说法依仗神话传讲而坐实。中国传统医药的起源通

---

　　①　中国民间文学集成全国编辑委员会、中国民间文学集成四川卷编辑委员会.中国民间故事集成·四川卷[M].北京:中国 ISBN 中心.1998:76

　　②　中国民间文学集成全国编辑委员会,《中国民间文学集成·浙江卷》编辑委员会.中国民间故事集成·浙江卷[M].北京:中国 ISBN 中心.1997:59

过神话建构起来,并逐步形成文化心理认同。

"神农尝百草"神话与"神农乃本草之祖"说联系起来的纽带有二,一是共同的人物——神农;二是共同的媒介——本草(百草、草木)。下文将对这两个方面分别考察。

一、尝百草者谁

在所有"尝百草"的神话、传说、故事中,神农无疑是最有势力的,其他神话或历史人物也尝过百草。例如,孙思邈、李时珍等人都曾尝过百草,他们的故事基本没有神话色彩,为了效仿神农而亲身试验了某些药物,传说故事主要在于赞扬他们严谨的科学态度,因此可以说是神农尝百草影响下的作品,不足以颠覆"神农尝百草"的说法。即使后世很多传说故事将"神农尝百草"的某些情节安在孙思邈、李时珍的头上,都是传播中出现的正常情况。

与"神农尝百草"具有相等地位的说法是"炎帝尝百草"、"伏羲尝百草"、"岐伯尝百草"等神话。

古者民有疾病,未知药石,**炎帝**始味草木之滋,察其寒温平热之性,辨其君臣佐使之义,尝一日而遇七十毒,神而化之,遂作方书,以疗民疾,而医道自此始矣。复察水泉甘苦,令人知所避就,由是斯民居安食力,而无夭札之患,天下宜之。①

伏羲氏仰观象于天,俯观法于地,观鸟兽之文与地之宜,近取诸身,远取诸物,于是造书契以代结绳之政,画八卦以通神明之德,以类万物之情。所以六气、六府、五藏、五行、阴阳、四时、水火升降,得以有象。百病之理,得以有类。乃尝味百

① [清]陈梦雷等.古今图书集成[G]卷五三九.医部.北京:中华书局;成都:巴蜀书社.1986:(56):860,言引自《外纪》,现存《通鉴外纪》无此文。

药而制九针,以拯天枉焉。①

伏羲始尝草木可食者,一日而遇七十二毒,然后五谷乃形,非天本为人之生也。②

(黄帝)又使岐伯尝味百草,典医疗疾,今《经方》《本草》之书咸出焉。③

岐伯,黄帝臣也。帝使岐伯尝味草木,典主医药,《经方》《本草》《素问》之书咸出焉。④

"炎帝尝百草"的问题最复杂也最简单。关于炎帝和神农是否是一个人,至今仍在探讨。如果延续已有两千余年的"炎帝神农氏"之称,则炎帝和神农是一个人,神农尝百草也就是炎帝尝百草,神农和炎帝的事迹不分彼此,都是一个人的。这种情况反映在后世很多文献中,如:"炎帝,即神农也。"⑤"丙丁,火日也。炎帝,少典之子,姓姜氏,以火德王天下,是为炎帝,号曰神农,死托祀于南方为火德之帝。"⑥所以后世文献说"位南方主夏,故曰炎帝。作耒耜,始教民耕农。尝别草木,令人食谷,以代牺牲之命,故号神农,一号魁隗氏,是为农皇"⑦就一点也不奇怪了。

① 原书佚,此条从《太平御览》中辑出。见[晋]皇甫谧著、徐宗元辑.帝王世纪辑存[M].北京:中华书局.1964:4-5

② 题[秦]孔鲋.孔丛子[M].连丛子下.北京:中华书局.1985:177

③ 原书佚,此条从《太平御览》中辑出。见[晋]皇甫谧著、徐宗元辑.帝王世纪辑存[M].北京:中华书局.1964:17-18

④ 原书佚,此条从《太平御览》中辑出。见[晋]皇甫谧著、徐宗元辑.帝王世纪辑存[M].北京:中华书局.1964:19

⑤ 题[汉]宋衷注、[清]王谟辑.世本[M]。见世本八种[M].北京:中华书局.2008:3

⑥ [战国]吕不韦编、[汉]高诱注.吕氏春秋[M](影印浙江书局本).孟夏纪·孟夏篇.上海:上海古籍出版社.1989:32

⑦ [隋]萧吉著、钱杭点校.五行大义[M]卷五.论五帝.上海:上海书店出版社.2001:125

但是也有很多主张炎帝和神农并非一个人的,顾颉刚认为汉代人为了五德终始说的完满而伪造了历史:

> 只是以前人都说黄帝炎帝为同父昆弟,他们是同时人,并不能划分两个时代。如何可以把表示黄帝前一代的"神农氏"和表示火德的"炎帝"兼而有之呢? 于是勇于造伪史的汉人就把这两位漠不相关的古人生生地合起来了,"炎帝神农氏"一名就出现了,战国秦汉间陆续出现的神农事迹全给炎帝收受了! 这时的炎帝,再不是《国语》中的炎帝,再不是《淮南子》中的炎帝,也不再是《史记》中炎帝了。①

延续顾氏说法,论者甚多②。如果遵从这种说法的话,那么神农在前、炎帝在后,炎帝尝百草完全是掠夺了神农的事迹,是炎帝神农二合一后的产物。就神话故事中的神农和炎帝而言,尽管也受到了正史记载的影响,但炎帝尝百草的神话是神农尝百草的补充,因为很大程度上人们都默认炎帝就是神农。神话故事中的"炎帝尝百草"神话没有否定"神农尝百草",反而是对"神农尝百草"的肯定。

"岐伯尝百草"也拥有一定的支持者。宋代寇宗奭在《本草衍义》中说:

> 本草之名自黄帝岐伯始,其《补注·总叙》言,旧说《本草经》者,神农之所作,而不经乎……《世本》曰: 神农尝百草以和药济人,然亦不著本草之名,皆未臻厥理。尝读《帝王世纪》曰: 黄帝使岐伯尝味草木,定《本草经》,造医方,以疗众疾。则知本

---

① 顾颉刚.五德终始下的政治和历史[A].古史辨[M](第5册).上海: 上海古籍出版社.1982: 562

② 参见: 龚维英."炎帝神农氏"形成过程探索[J].华南师范大学学报(社会科学版).1984(2): 109-112;李颖科.炎帝非神农考[A].史前研究[C].西安: 三秦出版社.2000: 651-653;周及徐."炎帝神农说"辨伪[J].四川师范大学学报(社会科学版).2006(6): 67-73等文章。

草之名自黄帝岐伯始。其《淮南子》之言,神农尝百草之滋味,一日七十毒,亦无本草之说。是知此书乃上古圣贤具生知之智,故能辨天下品物之性味,合世人疾病之所宜。①

"伏羲尝百草"、"岐伯尝百草"的情况和炎帝的情况不大相同,如果它们较为早出的话,那么很可能是神农篡夺了伏羲和岐伯的神话事迹,换句话说,尝百草的事迹张冠李戴了。就史籍记载先后而言,"神农尝百草"首出于秦汉间陆贾的《新语》,远早于记载"伏羲尝百草"和"岐伯尝百草"的东汉时的《帝王世纪》。就史籍记载连续性而言,"神农尝百草"延续至今不绝,"伏羲尝百草"和"岐伯尝百草"鲜见于汉以后文献。而且,《帝王世纪》一书载"神农尝百草"、"炎帝尝百草"、"伏羲尝百草"、"岐伯尝百草"四事,恐有后世互相窜入的情况。

因此,可以说"伏羲尝百草"、"岐伯尝百草"的说法在历史上出现过,很有可能是受到"神农尝百草"神话的影响,但很快就被历史淹没了。现在依然流传在口头上的神话,尝百草的那位神人固定下来为神农。

二、药食同源里的神农

清人俞樾言曰:"汉陆贾言神农尝百草之实,察酸苦之味,教人皆食五谷。然则尝草之初,原非采药,但求良品,以养众生。果得嘉谷,爰种爰植,是称神农。既得所宜,兼求所忌,是以《汉志》载有神农食禁之书,有宜有忌,而医书兴矣。《本草》一经,附托神农,良非虚也。"②按照俞樾的观点,《神农本草经》之所以托神农之名,并不

---

① [宋]寇宗奭.本草衍义[M]卷一.北京:中华书局.1985:2-3

② [清]俞樾.郑小坡医故序[A].春在堂杂文[M](影印清光绪刻本).五编.卷六,见《清代诗文集汇编》编纂委员会.清代诗文集汇编[G](686).上海:上海古籍出版社.2010:72

是随手为之的,也并没有玷污神农的名声,因为神农可能尝百草之初并没有想着采药,只为了寻找一些可供种植的粮食种子,同时发现某些可以吃、某些不能吃,积累多了,也便有了医书。对于神话故事里的尝百草,参照历史真实中的农医起源或食药起源并没有多大意义,神话本身的起源并没有神话展示的起源那么自然有效。

神农作为农神(农皇)应当是没有问题的。"谓之神农何? 古之人民皆食禽兽肉,至于神农,人民众多,禽兽不足。于是神农因天之时,分地之利,制耒耜,教民农作,神而化之,使民宜之,故谓之神农也。"①神农很早就享飨祭祀,以农业保护神出现,保佑风调雨顺。但由于"世俗之人,多尊古而贱今。故为道者,必托之于神农、黄帝而后能入说"②心理作祟,所以很多行业都将神农奉为始祖,都将自家典籍归为神农所作。

神农最主要的身份是农神,农家自然追为祖宗,攀附有《神农二十篇》。和农业有关的各个方面就附会到神农身上来:农业要辨别土壤水分地势,是之为风水神,农业要观察天气气候,是之为占卜者,有《神农教田相土耕种》;农业有所产,则食物有禁忌,可为经方,有《神农黄帝食禁》。九流百家竞相攀附,五行家之《神农大幽五行》,神仙家之《神农杂子技道》,兵家之《神农兵法》等等③。如此观之,医药之有《神农本草经》,认神农为祖,既有自身的原因,也有时代风潮的影响。对于"此方技家说,经史不载"的"神农尝百草知药"之说④,医药典籍又作何处理呢?

---

① [汉]班固.白虎通[M].北京:中华书局.1985:21

② [汉]刘安等编、[汉]高诱注.淮南子[M](影印浙江书局本)卷十九.修务训.上海:上海古籍出版社.1989:215

③ [汉]班固.汉书[M]卷三十.艺文志.北京:中华书局.1985:1742、1773、1777、1767、1779、1759

④ [元]陈栎.历代通略[M]卷一.景印文渊阁四库全书[G](第688册).台北:商务印书馆.1986:4

　　神农和医药的联系,最早可以追溯到战国时的《世本》,在史籍中还没有明确出现"尝百草"的神农,已经"和药济人"了①。由于这样的联系,神农尝百草之说一直被医家所继承。如果《淮南子》关于神农鞭草的记载无法确定是否出于医家,那么东汉皇甫谧在《针灸甲乙经序》"上古神农,始尝草木而知百药"②的话当属医家无疑了。当然,医家对神农尝百草的观点就平实得多,尽力去除过于浓厚的神话色彩,取其辨别草物以入药的部分,主要赞扬他拯救苍生不惜己命的品格。"旧说皆称《神农本草经》,余以为信然。昔神农氏之王天下也,画《易》卦以通鬼神之情,造耕种以省煞害之弊,宣药疗疾以拯夭伤之命。……岐黄彭扁,振扬辅导,恩流含气。并岁逾三千,民到于今赖之。"③陶弘景相信神农作《本草经》的说法,也间接地证明了他相信神农尝百草和为本草之祖之间的联系。《本草图经序》就说得更加明确了:"昔神农尝百草之滋味,以救万民之疾苦,后世师祖,由是本草之学兴焉。"④对于神农尝百草而后医学兴的说法,俞樾也说:"是以《汉志》载有神农食禁之书,有宜有忌,而医书兴矣。"⑤

　　"神农尝百草"的诸多细节中,神农作为农神是理所当然

　　①　题[汉]宋衷注、[清]茆泮林辑.世本[M],见世本八种[M].北京:中华书局.2008:108

　　②　[晋]皇甫谧.针灸甲乙经序[A],见[晋]皇甫谧.针灸甲乙经[M](影印明刻《医统正脉》本).北京:人民卫生出版社.1956:2

　　③　[南朝梁]陶弘景.本草经集注序[A],见[南朝梁]陶弘景编、尚志钧、尚元胜辑校.本草经集注[M].北京:人民卫生出版社.1994:1

　　④　[宋]苏颂.图经本草序[A],见[宋]苏颂编撰、尚志钧辑校.本草图经[M].合肥:安徽科学技术出版社.1994:序1

　　⑤　[清]俞樾.郑小坡医故序[A].春在堂杂文[M](影印清光绪刻本).五编.卷六,见《清代诗文集汇编》编纂委员会.清代诗文集汇编[G](686).上海:上海古籍出版社.2010:72

的,理应的主线是"生存需要→尝百草→播五谷农业兴",但是在神农的众多神话中,神农发明农具、神农得嘉谷、神农降雨等有关农业的神话分散了"尝百草"神话的农业压力,虽然这些神话很多都是互相交叉的,"尝百草"的主线更加明显地表现为"黎民病苦→尝百草→医药兴"。植物具有食物和药物的多重属性,使得"尝百草"能够在食物和药物之间游移,神农游移于农神和药神颇为便利。当食物和药物的分野开始明显,医药需要区别于食物的时候,神话就会发生一定变异。中国传统医药(本草系统)很长时间内沿着《神农本草经》指出的路径前进,《神农本草经》又将药食起源的问题归溯于"神农尝百草"的神话。

三、神话建构的审视

"神农尝百草"初起时主要是一个农业神话,逐渐被改造为医药起源神话。作为药典定基之作的《神农本草经》有意无意地佐证神农真正尝过本草,让神话在传播中增加了可信度。反过来,《本草经》奠定"本草系统",不断地重复着"神农尝百草"的说法,以作为"本草"兴起之源。在医药方兴之际,对"神农尝百草"的神话格外珍视,《神农本草经》的托名,即承认自身是神农思想的直接传承者。在医药学的地位逐步得到提升后,人们开始审视医药起源神话带来的某些误解,同时又不愿完全抛弃神话带来的"神圣性"。这样的理性审思让本草起源的神话色彩愈加衰减。

常见的做法是把"神农尝百草"的神话直接看作历史事实。历史和神话的关系是微妙的,医家往往采取了模糊的态度,至于他们口中的"神农尝百草"是指神话,还是无法考证的历史,我们无法搞清楚。不过从他们去除神话色彩的做法来看,他们眼中的"神农尝百草"就是史实,面对"神农尝百草"的神话色彩时,有时只能含糊一下"神农尝百草,虽非经见,理或有之"①,或者就持激烈的反对态度,如元代王履就直接对《淮南子》中的"神农尝百草"记载发难:

> 《淮南子》云:神农尝百草,一日七十毒。予尝诵其书,每至于此,未始不叹夫孟子所谓"尽信书,则不如无书"。……其神农众疾俱备而历试之乎? 况污秽之药不可尝者,其亦尝乎? ……又药中虽有玉石虫兽之类,其至众者惟草为然,故遂曰尝百草耳,岂独尝草哉? 夫物之有毒,尝而毒焉,有矣。岂中毒者,日必七十乎? 设以其七十毒,偶见于一日而记之,则毒之小也,固不死而可解;毒之大也,则死矣,孰能解之,亦孰能复生之乎? 先正谓《淮南》之书多寓言,夫岂不信!②

王履认为神农不可能一一尝遍那么多药,药的外形和味道还能看看尝尝,药物的性状尝也尝不出来,很多药物都有毒,神农怎可应对? 王履斥"神农尝百草"的说法为滑稽,视之为无稽之谈的"寓言"。以过于理性的眼光看待神话,没能看到神话的艺术特征和文化价值,未免迂泥。王氏表面批判了"神农尝百草"的神话,背后反映出医学具有一定的独立性之后,对发展初期托名的现象进行了反思。"神农尝百草"存在数千年,医学领域惯性地接受着。一旦医学作为科学门类而独立,反驳神话就显得意义不足。

《神农本草经》里的几个说法颇有意思。很多医学文献中,均有"据《神农本草经》曰:神农尝百草,日遇七十(二)毒,得茶(荼)而解之"之类的话,可以说明《神农本草经》确实提到"神农尝百草",但现行的辑本《神农本草经》并没有这句话,不免让认为"《本草》为神农所作"的人失望。现行的辑本《神农本草经》有关

①　[明] 韩愗著、丁光迪点校.韩氏医通[M].绪论第一.北京:人民卫生出版社.1989:2

②　[元] 王履.神农尝百草论.医经溯洄集[M].北京:中华书局.1985:1

于"神农尝百草"类的记载：

> 神农稽首再拜，问于太乙子曰：曾闻之时寿过百岁，而殂落之咎，独何气使然也？太乙子曰：天有九门，中道最良。神农乃从其尝药，以拯救人命。

> 太一子曰：……神农乃作赭鞭、钩鉰，从六阴阳，与太乙外巡五岳四渎，土地所生草石，骨肉心灰，皮、毛、羽，万千类，皆鞭问之，得其所能治主，当其五味，一日七十毒。①

这两条记录均从《太平御览》中辑出，其中对神农鞭药记载较他处还详。从中可以看到《神农本草经》托名"神农"的一些旁证。至于这两条是不是确实是《本草经》的原文，无从考证。但由于此记载的神话色彩太浓，肯定无法得到取得独立地位的医学的认可。

《中华医书集成》的编者在此处加按语曰："此诸条，与今《本经》卷上文略相似，诸书所引，较《本经》文多。又云是太乙子说，今无者，疑后节之。其云赭鞭、钩鉰，当是煮辨、候制之假音，鞭问之，即辨问之，无怪说也。"②希望彻底去除神话的荒诞色彩，用医学术语来解释神话，让神话看起来更"合理"些，完全忽视神话建构的特殊性。此按语颇能代表当下医学对"神农尝百草"神话的一种态度。

综上所述，中医药神话是中医药文化的重要组成部分，"神农尝百草"神话是中国最为著名的医药起源神话。分析该神话起源、定型、变迁诸方面，对于探究中国传统文化中农业起源和医药起源的观点具有重要意义。对本草起源的解释，"神农尝百

① 佚名.神农本草经[M].中华医书集成[G]（第5册）.北京：中医古籍出版社.1999：75-76

② 佚名.神农本草经[M].中华医书集成[G]（第5册）.北京：中医古籍出版社.1999：75-76

草"神话扮演了重要角色,形成了独特认识路径。"神农"被视为本草起源中最为重要的人物,乃至被后世奉为医药之祖,是经过一定的历史发展变化才定型下来的。在其定型过程中,"神农尝百草"显然发挥了不可替代的作用。关于医药起源的"药食同源"说也离不开神话的语境。正是"神农尝百草"神话的解释多重性,带来了"药食同源"的神话取向。"神农"多重角色间的游移和神话角色细分,使"神农尝百草"神话在本草起源的神话建构中作用愈加突出。在科学审视本草起源的诉求下,"神农尝百草"的神话色彩有所削弱,人们试图以更令人信服的态度来改造神话。神话没有被完全抛弃,时至今日,"神农尝百草"依然是深入人心的本草起源神话。从中可以看到,神话建构的本草起源说具有的文化影响力。

第三节 《神农本草经》与神农神话的文化关联

托名之书不可胜数,托神农之名的书亦不可胜数。往往托神农之名者,终归要和神农的事迹有些关联。或农或商或兵,或道或神仙或阴阳,一个基本的态度是,既然托神农之名,即承认是神农思想的直接传承者。对于《神农本草经》的托名,也属此类。民间故事中认为神农尝遍百草,忠实做了记录,所以有《神农本草经》;然史籍中认为《神农本草经》完全是托名之作,神农著述《本草经》,无文字可稽,不足征信。托名之说,无可辩驳。然而《本草经》托神农之名,与神农的文化关联性是显而易见的。因此,在托名之外,尚有可细究的问题。

首先应当涉及的一个问题是,"神农尝百草"并没有像神农这个神话人物那样古老,关于他尝百草的传说很可能相比他的历史出场已经很晚了,甚至为了医学地位的提高,医家才杜撰了这样的神话。其次,"神农尝百草"的神话与作为药学经典的《神农本草经》并没有像后世人们想象的那样走上了两条方向迥异的道路，药学经典里往往都会提到"神农尝百草"的神话，神农的神话成就里也往往添加了《本草经》的著述作为故事收束。二者在历史上的关系没有如同当今学科划分般地清晰，它们相互作用的合力对各自都有相当的裨益。

一、"神农尝百草"神话（仙话）出于医家

1. 从产生时代来看，神农尝百草出现于医家勃兴的时代。

神农和药物联系起来，最早的记载出于战国时代的《世本》"神农和药济人"。但这里的记载并没有说神农是否尝百草，只是孤零零地把神农和药物联系了起来。在《世本》的记载中，神农、黄帝、炎帝等上古人物和农业、商业、音乐、礼制、建筑等联系起来，某物归于某人的发明，不胜枚举，且都没有详细阐述，也带有很大的偶然性。同一个人发明了几样东西和同一样东西有不同发明者的情况比比皆是。因此，在《世本》的语境中，"神农和药济人"里的"神农"换成其他任何人都并不会显得不合适。因此，神农和药物联系起来，可能只是一个发端，也可能已经有了尝百草之说，才和医药联系，也可能先与医药联系起来，然后再有尝百草之说。史料不足，难以深究。另外，《世本》八种辑本，唯茆氏一辑载"炎帝神农氏"条，颇有可疑之处。汉代才将炎帝神农合二为一，这个辑本似有后世窜入之嫌。

神农和药物联系起来的记录偏偏没有提到"尝百草"，而关于"尝百草"的记录也偏偏不去提到神农与药物的关系。最早记述神农尝百草的当属秦汉间陆贾的《新语》，明确说了神农尝百草，但是与后世传说迥异的是，这里尝百草全然是为了辨别五谷（"教民食五谷"），没有关于医药的任何信息。因此，可以说，神农是农神的身份，更为古远，而且是那个时期的基本共识。更多的关于神农的古老记载都是这样的："（神农）作陶冶斤斧为耒耜鉏耨，以垦

草莽,然后五谷兴,以助果瓜实而食之"①,"包牺氏没,神农氏作,斫木为耜,揉木为耒,耒耨之利以教天下。"②尝百草是为了农业需要,与发明耒耨的意义区别不大。至于"尝百草"如何与医药联系起来,还需要之后的史料支撑。西汉初《淮南子》最著名的"一日七十毒"说法被当作神农舍己为人的典型事例,可是《淮南子》说神农尝百草仍是为了"教民播种五谷",这是延续了前代的说法,没有关于医药的事情。

东汉末《帝王世纪》出现了很多圣人"尝百草"的记载,岐伯尝百草、伏羲尝百草、炎帝尝百草、神农尝百草,而且与前代记述明显不同的是,这些圣人尝百草的结果都是"著《本草》"、"《本草》出焉"。在这个时期,《神农本草经》已经成书并产生了一定的影响,可以说这本药物学经典的出现,促使医家对先前神农有关医药的神话做一系统化。由此,或许可以推知,先有《本草》书出,后才将"神农尝百草"与医药联系起来。而作这个联系的,正是来自医学家阵营的人,如皇甫谧。并在他们的一再申说下,固定下来为《针灸甲乙经序》所说的"神农始尝草木而知百药"。在此之后,神农尝百草为了辨别五谷的戏份越来越少,为了辨别药性的戏份越来越多,正式进入医药起源神话里去了。《本草图经序》说:"昔神农尝百草之滋味,以救万民之疾苦,后世师祖,由是本草之学兴焉。"③尝百草就没有农业发明什么事了,专意于医药探索。东汉之后的《搜神记》《述异记》等都是在此基础上的演绎。

---

① [宋] 刘恕.资治通鉴外纪[M](影印涵芬楼藏明刊本)卷一,见四部丛刊初编·史部(第35册).上海:上海书店.1989(据商务印书馆1926版重印):第五叶

② [魏] 王弼注、[晋] 韩康伯注、[唐] 孔颖达疏、[唐] 陆德明正义.周易正义[M].系辞下.北京:中华书局.2009:180

③ [宋] 苏颂.图经本草序[A],见[宋] 苏颂编撰、尚志钧辑校.本草图经[M].合肥:安徽科学技术出版社.1994:序1

将"神农尝百草"的神话丰富，并且与"医药方兴"的说法联系起来，汉代的医家功不可没。

2. 从内容上来看，"神农尝百草"中的"百草"应当为植物，一开始就是农作物的种子，具体有没有药物的甄别，这很难说清楚。但是一个基本事实是，前期的尝百草，尝出来的是谷、粟，后来就出现越来越多的药物。与尝百草相关的，早期是土壤、水文状况（"相土地宜燥湿肥墝高下，尝百草之滋味，水泉之甘苦"），后期则是药物的属性（"尽知其平毒寒温之性"）。而这个分水岭就是汉代，促成这一分野的是秦汉方士中的医家。因为，能够在神农尝百草传说的流传中掺入大量药名，并且和药物性质相符的，医家最有便利条件。

3. 从内涵上来看，"神农尝百草"本来是一个很简略的农业神话，后被当作医药起源神话，反映出的重要信息是，对药物重视程度的提高，而且是无上的提高，乃至提高到不死仙药的高度。这是符合汉代方士中医家的需求，既符合他们提高自身地位的需要，又传播着神仙说。因此可以说，方士中的医家按照自己的思想改造了神农的神话，后世添加的鞭草、神兽、升仙等情节，是神仙思想的延续，并非神农农业神话的延续。促成这个转折的，就是神仙说的代表——（医家）方士。

综上所述，"神农尝百草"的神话（仙话）出于医家。正如唐兰所言："所谓神农黄帝之言，都是战国时兴起的。儒家常常讲复古，从三代一直推到尧舜。而这些反儒家的隐者为了压倒儒家，索性拿出神农黄帝来，一则比尧舜还要古，二则讲到黄帝就不需要讲诗书了。"①

① 唐兰.马王堆出土《老子》乙本卷前古佚书的研究——兼论其与汉初儒法斗争的关系[A]，见马王堆汉墓帛书整理小组.经法[M].北京：文物出版社.1976：155

二、"神农尝百草"神话与《神农本草经》药典的相互佐助

"尝百草,医药兴"的事迹和《本草经》的首创之功都归于神农名下,不是偶然的。关于起源问题无法考证,但历史上二者相互佐助的情况是确实存在的。

1. 药典变相验证了神话,促进神话传播

陶弘景说:"旧说皆称《神农本草经》,余以为信然。"至少他相信《神农本草经》就是神农尝百草而来,冠以神农之名并无不可。从《神农本草经》记述的药物来看,似乎佐证着"神农尝百草"传说的几个细节。例如,对药物毒性的描述,暗合"一日七十毒";对药物数量的记载,暗合"百草"之约数;又有仙药种种,暗合神农以此求不死长生。

有"神农尝百草"的神话,又有以神农冠名的药典,在神话传播中就可以自圆其说。以《神农本草经》这样一部真正药典来佐证神农真正尝过本草,让神话在传播中增加了可信度。而且,在《本草经》奠定的中药"本草系统"中,一再重复着"神农尝百草"的说法,以作为"本草"兴起之源。一方面医学界成为传播和改造"神农尝百草"神话的主力,一方面医学界的很多药物成果又变相地证明了神话中的某些新说法,很多还作为民俗保存下来。

所以,药典并非仅仅借了神农的名目,对神农神话的传播具有极大的推动作用。

2. 神话阐释了药典的起源,增强了药典的信心

在最初《本草经》成书之时,因托古的传统,攀附神农之名。可能由于这个原因,药典才能够扩大自己的影响力,顽强地生存下来。所以后世"本草"著作言必称神农,奉为祖师。按道理讲,中药药典不需要再攀附圣人就可以自立了,为什么后世不绝。正因为"神农尝百草"巨大的影响力,特别是在民间,神话传说是

民间的信史。"本草"系统有神农祖师在,可以毫不胆怯地宣称医药是继承上古神农氏的东西,可以极大提高药典的认可度。更为重要的是,中国传统医学的医药成就巨大,一来是神农神话注重实践、严谨求实的传统影响,为后世医学家树立了对待药物的典范;二来神话中神农以身试药的精神对民众具有增强信心的作用。这样,一个优秀的医药起源神话可以形成一个民族健康的医药传统。

第四节 《神农本草经》的神话—仙话元素

《神农本草经》是我国现存最早的药学专书,载药365种,其中植物252种,动物67种,矿物46种。它在作为一部中药学经典的同时,也保留了大量的神话—仙话信息。在传统医学和现代医学看来,某味药材具有什么性状、可以治疗什么病症,被当作医药资料珍视起来,而一些类似"去鬼注"、"神仙"的信息则被丢弃了。所以,对于"久服神仙不死"之类的记载,不属于医药学考察的重点,却可以作为分析那个时代思想的直接素材。

一、不死药:《神农本草经》中的成仙思想

成仙的主要途径之一就是服药,这些药被称作仙药,也就是不死药。特别是神仙说盛行的时代,对不死药的追求愈加强烈。郑土有先生统计了刘向《列仙传》中的七十余位神仙的成仙过程,其中服食仙药的就达35人,并列表说明[1]:

---

① 郑土有.晓望洞天福地——中国的神仙和神仙信仰[M].西安:陕西人民教育出版社.1991:64

表 2.4.1 《列仙传》中神仙与所服仙药统计表

神 仙	仙药名	神 仙	仙药名	神 仙	仙药名
赤松子	水玉	商丘子胥	苍术、菖蒲	赤须子	松实、天门冬、石脂
偓佺	松实	黄阮丘	葱薤	园客	五色香草
涓子	苍术	崔文子	黄散赤丸	昌容	蓬蔂根
师门	桃李葩	赤斧	硝石	山图	地黄、当归、独活、苦参散
仇生	松脂	赤将子舆	百花草	文宾	菊花、地肤、桑上寄生、松子
邛疏	石髓	方回	云母	朱璜	七药物
葛由	桃	吕尚	泽芒、地髓	陵阳子明	五石脂、沸水
寇先	荔枝、葩实	务光	韭根、蒲	玄俗	巴豆
修羊公	黄精	彭祖	桂芝	主柱	丹沙
犊子	松子、茯苓、苍耳	陆通	橐卢木实、芜青子		
鹿皮公	芝草、神泉	范蠡	桂		
鸡父	桂、附子、芷实	桂父	桂、葵、龟脑		
毛女	松叶	任光	丹		

　　这些仙药基本都可以在《神农本草经》中找到,个别药名有所差别。

　　《神农本草经》所记载的三百余种药物,划分为上中下三经,分类的标准便是"君臣佐使"的关系,中经、下经药物多以"养性"、"养病"为主,而上经药物主要目的在于"养命",何以称为"养命"呢?"欲轻身益气,不老延年者,本上经。"①也就是说,养命首先要身体轻健,精力充沛,气血顺畅,以此达到长寿的目的。葛洪在《仙药篇》中加以改造而认为:"神农四经曰:上药令人身安命延,升为天神,遨游上下,使役万灵,体生毛羽,行厨立至。"②换言之,《神农本草经》中的"养命说"不仅在于延长寿命,而且希望达到长生不死、自由自在的神仙状态,在药物选择上直接表现为对不死药的追求。

根据药物功效统计,直接标注"神仙"或"不死"的药物有:玉泉、朴消、石胆等 16 种,其中主要集中在上经(14 种),中经 2 种,下经无。

具有"不老"、"耐老"功效的药物有:丹沙、玉泉、涅石等 69 种,其中主要集中在上经(60 种),中经 9 种,下经无。

具有"不夭"、"增寿"、"延年"、"增年"、"长年"功效的药物有:升麻、石胆、王不留行等 57 种,其中主要集中在上经(53 种),中经 3 种,下经 1 种。

具有"不饥"、"耐饥"功效的药物有:玉泉、滑石、禹余粮等 34 种,其中上经 30 种,中经 4 种,下经无。

具有"轻身"功效的药物甚多,有:云母、涅石、消石等 137 种,其中上经 111 种,中经 22 种,下经 4 种。

从上文的统计信息可以看出,《神农本草经》中有大量的药物与追求成仙有关,这些药物主要集中在上经,是比较契合葛洪《仙药篇》观点的。从上文也可以看出,《神农本草经》希望通过对这

① 佚名.神农本草经[M].中华医书集成[G](第 5 册).北京:中医古籍出版社.1999:1

② [晋]葛洪著、王明校释.抱朴子内篇校释[M]卷十一.仙药篇.北京:中华书局.1980:177。"神农四经",《太平御览》引此无"四"字。

些药物的服用(并且是长时间的服用,上述药物都标明了"久服"的字样),达到成仙的目的。因此,对于这些药物,并不能简单地等同于治疗人类疾病的药物,而是追求不死的仙药。正如葛洪所说:"若夫仙人,以药物养生,以术数延命。"①

在《神农本草经》中,"轻身、不饥、不老、神仙"等术语往往是并列连用,并且与其治病功效明显区别,例如"赤芝"条:

> 赤芝　味咸,平。主胸中结,益心气,补中,增慧智,不忘。久食,轻身、不老、延年、神仙。一名芝丹。

此例说明,《神农本草经》明确列出了某味药作为仙药的特质,而且"轻身、不饥、不老、神仙"绝不是治病意义上的。"轻身"之效是成仙的准备。按照通俗的医学解释,"轻身"可以理解为身体轻健,躯干没有沉重感。但是,在《神农本草经》的语境中,"轻身"就是成仙所要达到的身体轻盈。无论是白日飞升、坐化还是尸解、水解成仙,之前的身体变化就是越来越轻,飘飘然有升腾之感。同理,不饥、不老、延年都是神仙的特点,偏向于医疗效果的解释较为弱化。《神农本草经》在精炼叙述仙药性质的同时,也于少数几处提到了神仙的特异功能,如:"菌桂,久服……,面生光华,媚好常如童子"、"太一余粮,久服……轻身,飞行千里,神仙"、"泽泻,久服……能行水上"、"莨荡子,久服,轻身,走及奔马"。因此,在这个意义上,《神农本草经》的这部分为医学不取的部分可以看作"炼丹指南"的原料目录,所以被《抱朴子》的"仙药篇"所直接吸收。

二、通神明:《神农本草经》中的巫术思想

中国传统医学认为,疾病是由于正邪不相协造成的,邪不胜

---

① [晋] 葛洪著、王明校释.抱朴子内篇校释[M]卷二.论仙篇.北京:中华书局.1980: 13

正,人体平衡就被打破,就要生病。邪一般指邪气,现在用来指一切可能致病的因素。"夫子言贼风邪气之伤人也,令人病焉。"①邪气一般具体指哪些因素,不同时代的医学家都有不同的看法。从历史上来看,邪气大致包括两个方面:"邪者不正之因,谓非人身之常理,风寒暑湿饥饱劳佚,皆各是邪,非独鬼气疫疠者矣。"②既有"风寒暑湿饥饱劳佚"的自然机理方面,也有"鬼气疫疠"的巫术方面。越到后世,医学的科学自觉性越高,邪气所指的内容也越偏重于前者,乃至到现在完全摒弃了后者。而在《神农本草经》中,邪气的两方面内容是并重的。这里主要关注其巫术的一方面。

《神农本草经》对药物的描述中,以"主五内邪气"、"主腹中邪气"等开始的很多,此类药物有丹沙、云母、消石等86种,上中下三经都有分布,所占比例相近。从中可以看出,接近四分之一的药物在药性定位上与致病的"邪气"相关。

此种邪气来源于精物灵怪(主要是鬼),造成的主要疾病有鬼注、蛊毒、伏尸、魇魅、迷惑、不悦等,治疗疾病的方法是以药物的药力"益气",以药物的神力"通神明"。

经过历代中医学者的探索和现代科学的证明,鬼注、蛊毒、伏尸、魇魅、迷惑、不悦等疾病一部分是难以治愈的传染性极强的传染病,一部分是精神异常的疾病,除了迷惑、不悦两种较为轻微外,其他疾病的患病者行为极其异常,犹如鬼怪作祟,在人们无法确切查明病因的时候,只能将之归于鬼怪。这些疾病的记载带有神秘的色彩。

　　鬼注:韶州南七十里,古田有富家妇陈氏,抱异疾。常日

---

① 佚名著.[宋]史崧重编、胡郁坤、刘志龙整理.灵枢经[M].贼风篇.中华医书集成[G](第1册).北京:中医古籍出版社.1999:65

② [南朝梁]陶弘景编、尚志钧、尚元胜辑校.本草经集注[M].北京:人民卫生出版社.1994:15

无他苦,但遇微风吹拂,则股间一点奇痒,把搔不定手,已而举体皆然,遽于发厥,凡三日醒,及坐,有声如咳,其身乍前乍后若摇兀之状,率以百数,甫少定,又经日始困卧,不知人,累夕愈,至不敢出户。更十医,不效。刘大用视之,曰:吾得其证矣。先用药一服,取数珠一串,病家莫省其用,乃当妇人摇兀时,记其疏数之节,已觉微减。然后云:是名**鬼注**,因入神庙,为邪所凭,至精气荡越。法当用死人枕,煎汤饮之。既饮,大泻数行,宿疴脱然。大用云:枕用毕,当送还原处。如迟留,使人癫狂,盖但借其气耳。①

蛊毒:蛊有怪物,若鬼,其妖形变化,杂类殊种。或为狗豕,或为虫蛇,其人皆自知其形状。行之于百姓,所中皆死。②

剡县有一家事蛊,人啖其饮食,无不吐血死。游尝诣之。主人下食,游依常咒愿。双蜈蚣,长尺余,便于盘中逃走。③

魇魅:血气少者属于心,心气虚者其人则畏,合目欲眠,梦远行而精神离散,魂魄妄行。④

《神农本草经》这种鬼怪摄人魂魄而致病的理论影响很大,陶弘景继承了这种观点:"精神者,本宅身为用。身既受邪,精神亦乱,神既乱矣,则鬼灵斯入,鬼力渐强,神守稍弱,岂得不至于死乎?"⑤

---

①　[明] 江瓘.名医类案[M]（缩影《知不足斋丛书》刊本）卷八.北京:人民卫生出版社.1957: 242

②　[晋] 干宝.搜神记[M]卷一二.北京: 中华书局.1979: 157-158

③　[晋] 陶潜.搜神后记[M]卷二.北京: 中华书局.1981: 12

④　[汉] 张仲景著、旷惠桃整理.金匮要略方论[M].五脏风寒积聚病脉证并治第十一.中华医书集成[G]（第2册）.北京:中医古籍出版社.1999: 24

⑤　[南朝梁] 陶弘景著、尚志钧、尚元胜辑校.本草经集注[M].北京:人民卫生出版社.1994: 15-16

使人恢复健康,就需要祛除邪气,具体说来就是借助药物实行巫术,沟通神明,逐鬼除疫。所以《神农本草经》中的诸多药物具有巫术作用。

具有"去鬼注、鬼毒"作用的药物有蓝实、蘼芜、石龙刍等29种。可以"去伏尸"的药物有天门冬、粉锡、蚯蚓、彼子4种。具有驱除"蛊毒"的药物有龙胆、赤箭、蘼芜等44种。可用于"魇魅"的药物有木香、麝香、羚羊角、犀角4种。令人"不乐"的药物有闾茹、鹿藿2种,令人"喜悦"的药物有合欢、伏翼2种,令人"不迷惑"的药物有菖蒲、犀角2种。

除了这些针对具体疾病的药物外,还有大量用于巫术的药物,例如标明具有"辟不祥"的药物有兰草、丹雄鸡、猪苓等10种,驱除一切精物鬼怪的药物有丹沙、木香、赤箭等27种,具有"通神明"作用的药物有丹沙、蘼芜、兰草等18种。

具体这些药物是如何发挥"驱邪"作用的,《神农本草经》记载颇为简略,但仍有几条可供参考。例如"麝香,主辟邪恶气,杀鬼精物",具有直接杀死鬼灵精物的作用;"丹雄鸡,头,主杀鬼,东门上者尤良。鸡子,可作虎魄神物",鸡血驱邪避鬼的民俗一直保存到了今天;"莨荡子,使人健行,见鬼,令人狂走",莨荡子可通神,使人有"走及奔马"的特异功能,以此可以在遇到鬼灵入侵时,迅速避开,从而避免受害。"桃花,杀注恶鬼,令人好颜色。桃蠹,杀鬼邪恶不祥",可以上溯至神话中桃木驱鬼的说法,作为民俗也流传到今天。这些药物具有辟邪气功能的一个重要原因可能在于它们都具有"益气"的作用,通过益气,增加身体的抵抗力,从而安五脏、定魂魄。

另外一个需要特别注意的现象是,具有巫术功能的驱邪药物在上中下三经中都有分布,以中经和下经为多。换言之,上经具有仙药性质的药物虽具有辟邪功能,但一般不用于驱邪。在《神农本草经》看来,上经主养命,中经和下经主要是治病,所以驱邪的药物主要集中在中经和下经。同时,以今天的目光来看,《神农本草经》中的很多药物是有毒的,根本不可能用来治病,但原书认为上经无毒,中经少毒,下经多毒。相应地,中经、下经的多毒药物反而可以去除蛊毒、虫毒、鬼毒。这也是一种带有巫术联想的观点。以毒化毒,以毒解毒,以药物之毒,杀虫蛇虎狼之有形的毒和鬼魅精怪之无形的毒,某种程度上也反映了对药物毒性认知方面的巫术色彩。

三、巫掌不死药的神话

如果回溯比《神农本草经》更久远的"巫掌不死药"神话,就可能在丰富的历史信息中发现,走向医学的《神农本草经》还保留着古老神话的遗响,并在自己的时代发出了独特的声音。

有很多关于不死的神话,如《山海经》载:"不死民在其东,其为人黑色,寿不死。"①"有人焉三面,是颛顼之子,三面一臂,三面之人不死。"②"有轩辕之国,……不寿者乃八百岁。"③"流沙之东,黑水之间,有山名不死之山。"④《淮南子》:"昆仑之丘,或上倍之,是谓凉风之山,登之而不死。"⑤"石城金室饮气之民,不死之野,少皓蓐收之所司者,万二千里。"⑥《吕氏春秋》:"羽人裸民之处不死

---

①　佚名著、[晋]郭璞传.山海经[M](影印浙江书局木)卷六.上海:上海古籍出版社.1989:81
②　佚名著、[晋]郭璞传.山海经[M](影印浙江书局本)卷十六.上海:上海古籍出版社.1989:113
③　佚名著、[晋]郭璞传.山海经[M](影印浙江书局本)卷十六.上海:上海古籍出版社.1989:111
④　佚名著、[晋]郭璞传.山海经[M](影印浙江书局本)卷十八.上海:上海古籍出版社.1989:118
⑤　[汉]刘安等编、[汉]高诱注.淮南子[M](影印浙江书局本)卷四.地形训.上海:上海古籍出版社.1989:41
⑥　[汉]刘安等编、[汉]高诱注.淮南子[M](影印浙江书局本)卷五.时则训.上海:上海古籍出版社.1989:59

之乡,西至三危之国巫山之下。"①

神话中的人物天然是不死的,但也有需要凭借他物达到不死的,不死药就是一种。不死药的种类很多,以草木为主。《山海经》载"有不死之国,阿姓,甘木是食"②,这里的甘木就是不死药(郭璞注:甘木即不死树,食之不老)。《山海经·海内西经》说:"开明北有视肉、珠树、文玉树、玗琪树、不死树。"③《列子·汤问》:"珠玕之树皆丛生,华实皆有滋味,食之皆不老不死。所居之人,皆仙圣之种。"④《淮南子》:"中有增城九重,其高万一千里百一十四步二尺六寸,上有木禾,其修五寻,珠树、玉树、琁树、不死树在其西。"⑤《海内十洲记》说:"祖洲,近在东海之中,地方五百里,去西岸七万里,上有不死之草,草形如菰苗,长三四尺。人已死三日者,以草覆之,皆当时活也,服之长生。"⑥《博物志》载:"员邱山上有不死树,食之乃寿,有赤泉,饮之不老,多大蛇为人害,不得居也。""山有沙者生金,有谷者生玉,名山生神芝,不死之草,上芝为车马,中芝为人形,下芝为六畜。""二臣恐以刃自贯其心而死,禹哀之,乃拔其刃疗以不死之草。""昔高阳氏有同产而为夫妇,帝放之此野,相抱而死,神鸟以不死草覆之,七年男女皆活,同颈二头四手,

① [战国]吕不韦编、[汉]高诱注.吕氏春秋[M](影印浙江书局本).慎行论第二.上海:上海古籍出版社.1989:201

② 佚名著、[晋]郭璞传.山海经[M](影印浙江书局本)卷十五.上海:上海古籍出版社.1989:108

③ 佚名著、[晋]郭璞传.山海经[M](影印浙江书局本)卷十一.上海:上海古籍出版社.1989:93-94

④ 题[战国]列御寇.列子[M]卷五.汤问.北京:中华书局.1985:61

⑤ [汉]刘安等编、[汉]高诱注.淮南子[M](影印浙江书局本)卷四.地形训.上海:上海古籍出版社.1989:40

⑥ 题[汉]东方朔.海内十洲记[M].景印文渊阁四库全书[G](第1042册).台北:商务印书馆.1986:274

是蒙双民。"①

在上古对药物尚无明确认知的时候，人们还以草木为食，不死药应当表现为不死草、不死树之类。而不死药的神话也不晚出，不死药在神话中的主要作用就是保持长生不死和起死回生。

《山海经·海内西经》："开明东有巫彭、巫抵、巫阳、巫履、巫凡、巫相，夹窫窳之尸，皆操不死之药以距之。窫窳者，蛇身人面，贰负臣所杀也。"②《山海经·大荒西经》："有灵山，巫咸、巫即、巫盼、巫彭、巫姑、巫真、巫礼、巫抵、巫谢、巫罗十巫，从此升降，百药爰在。"③因此，可以认为，巫是药物（包括不死药）的直接掌管者。《山海经·大荒南经》："有云雨之山，有木名曰栾。禹攻云雨，有赤石焉生栾，黄本，赤枝，青叶，群帝焉取药。"④不死药的管理权在昆仑山最高统治者西王母手中，所以有了"羿请不死之药于西王母"的神话。

由于不死药的特殊性质，神仙学说兴起时，不死药很快进入仙话的领域。即使今天看到的关于不死药的神话，也大多是经过了仙话的改造，而不是纯粹的神话了。

郭璞注"皆操不死之药以距之"时说"为距却死气，求更生"，已经是明显的仙话说法了。郭璞注还有很多处，如"天帝神仙药在此也"、"言树花实皆为神药"、"有员丘山上有不死树，食之乃寿，亦有赤泉，饮之不老"、"言长生也"⑤等等，对神话的不死药做了仙

①　［晋］张华.博物志[M].北京：中华书局.1985：52、4、52、53
②　佚名著、［晋］郭璞传.山海经[M]（影印浙江书局本）卷十一.上海：上海古籍出版社.1989：94
③　佚名著、［晋］郭璞传.山海经[M]（影印浙江书局本）卷十六.上海：上海古籍出版社.1989：111
④　佚名著、［晋］郭璞传.山海经[M]（影印浙江书局本）卷十五.上海：上海古籍出版社.1989：109
⑤　详参见佚名著、［晋］郭璞传.山海经[M]（影印浙江书局本）卷十四.上海：上海古籍出版社.1989

话解读。《淮南子》："羿请不死之药于西王母,嫦娥窃以奔月,怅然有丧,无以续之。"①不死之药首先是食者长生不死的,神话中的不死药除了让天神们维持不死之外,尚无其他特殊功能。而嫦娥吃了不死药,顿时飞升,颇有迫不得已的意思,由此看出不死药显然增加了白日飞升的神异功能。嫦娥奔月的神话,实是一则仙话,是变相的仙人飞升而已,只不过增添了神话人物的外衣。

《太平经》载："'今天地实当有仙不死之法,不老之方,亦岂可得耶?''善哉!真人问事也。然,可得也。天上积仙不死之药多少,比若太仓之积粟也;仙衣多少,比若太官之积布白也;众仙人之第舍多少,比若县官之室宅也。"②陶弘景《真诰》载:"有长明太山、夜月高邱,各周回四百里,小小山川如此间耳。但草木多茂蔚,而华实多蒨粲。饶不死草、甘泉水,所在有之,饮食者不死。……有浮图,以金玉镂之,或有高百丈者,数十曾(层)楼也。其上人尽孝顺而不死,是食不死草所致也。皆服五星精,读夏《归藏经》,用之以飞行。……亦多有仙人,食不死草,饮此酒浆,身作金玉色泽,常多吹九灵箫以自娱乐。"③这里的不死药、不死草已经不纯然是昆仑山天神之药了,已经是仙话中的仙药了。

仙话中的不死药直接化用了神话中的不死药,因为不死药在仙话和神话中都具有长生不死的功效。但不同话语情境下的不死药有着不同的内涵,仙话不死药和神话不死药具有显著差别。首先,就对神和仙的意义而言,神话中的神并不依靠不死药保持长生,他们天然是不死的,他们的神性无关生死。不死药只是诸神们表现其神性的一种方式,用以表现神不同于人的方面。不死药对

① [汉]刘安等编、[汉]高诱注.淮南子[M](影印浙江书局本)卷六.览冥训.上海:上海古籍出版社.1989:67
② 佚名著、王明编.太平经合校[M]卷四十七.北京:中华书局.1960:138
③ [南朝梁]陶弘景.真诰[M]卷九.北京:中华书局.1985:117-118

于神的意义在于食物和药物上的优越性和优先性。仙话中的仙并没有长生不老的仙性，需要借助不死药才能达到长生的目的。所以，从这个意义上讲，神脱离不死药仍为神，仙脱离不死药难为仙。其次，就不死药的获得上来看，神话中的不死药的获得是便利的，不会给神设置重重障碍，而且神会给人或鬼设置门卡，不让他们随意取得不死药。而仙话中的不死药并不十分容易得到，要么通过艰苦的寻找，要么通过长时间的炼造，总之，不死药不是现成的，必须费尽周折。就这个意义上来，不死药在神话中属于天上，在仙话中属于人间。再次，就不死药的构成而言，神话中的不死药以天然的草木居多，也有水、空气等物质，但基本是人生活必须，自然存在。仙话中的不死药构成复杂，除了植物、动物，还有金银矿物、人造合金、人体组织等，而且往往并不单纯，是多种物质的混合体。在这个意义上，神话中的不死药倾向于自然获得，仙话中的不死药多是人工合成。

《神农本草经》中的不死药属于仙话不死药，是仙话中关于成仙思想的表述，它和早期仙话中关于不死药的记载一道，都继承了神话不死药的长生特征，又在当时神仙学盛行的历史条件下，做了仙话性质的解读。

"巫掌不死药"的另一个主角是"巫"，《神农本草经》保存了丰富的关于巫的信息。对于巫与医的关系，存在着很多争论。现代一些医学工作者，特别是医学史学者，偏向于肯定医学的独立性，而将巫术理解为带有神秘色彩的"黑巫术（black magic）"并一概予以排斥，坚决不接受巫与医的任何联系。而另外一些论者则没有清晰地辨析"巫"在中国各个历史时期的具体表现形态，将所有时期的巫都与医联系起来，势必带来巨大的误解，招致医学界的不满。对待医与巫的关系，严谨的学者持较为客观的态度，既肯定它们之间的联系，又不简单地归结为"巫医同源"或"医源于巫"等轻率的结论。

陈邦贤认为:"中国医学的演进,始而巫,继而巫和医混合,再进而巫和医分立。"①史前的巫,承担着祭祀、天文、历史、地理、医疗、军事等各种重任,是上层知识分子群体,也可以说是社会精英。他们能够沟通神明,以此作为自己各项工作的指导,进而为国家政策、社会发展提供依据。就医学而言,巫是掌握史前时代医药知识最多的群体,因此具备基本的治病能力,但是在无法认识确切疾病来源的时代,只能求之于鬼神,特别是一些传染性的、精神性的疾病,需要巫术的心理暗示和精神慰藉。他们对医药知识的积累,也不断促进了巫医走向分离,早期医学仍保存了一些巫术成分。"殷商时期的巫医治病,从殷商甲骨文所见,在形式上看是用巫术,造成一种巫术气氛,对患者有安慰精神的心理作用,真正治疗身体上的病,还是借用药物的。"②

至于"神农尝百草"的神话传说,有学者认为也是巫术性质的:

> 这则广为流传的传说,明显地带有夸张成分,但也提示了三个信息:一、神农尝百草是个主动的,有意识地加以探索的行为,而不只是被动的偶然积累过程;二、尝百草,一日遇七十毒而无恙,作为凡人,绝无此可能,传说除有意渲染外,还暗示一点,即神农氏非凡人也,是神巫,是神巫的努力,始有百药;三、神农氏是用赭鞭"鞭"草木,而知有毒无毒的,……所谓"赭鞭",赭为赤色,在中国古人眼中,赤有特殊的巫术意义,赭鞭,系巫师手中的法器。……赭鞭……属于巫师行巫技以祛毒禳灾也。可见,在先民眼中,神农氏始创医药,借助了巫术之法力。药学知识的起源,传说中带有浓重的巫韵。③

---

① 陈邦贤.中国医学史[M].北京:团结出版社.2006:9
② 陈邦贤.中国医学史[M].北京:团结出版社.2006:9
③ 何裕民、张晔.走出巫术丛林的中医[M].上海:文汇出版社.1994:109

　　《神农本草经》中药物描述带有的巫术色彩,和"神农尝百草"的巫术色彩貌似遥远,实则相同。它们都是远古巫文化的遗留。而且,秦汉时的方士也继承了古巫的某些文化角色,他们虽然在地位上已不能与古巫相比,但一定程度上延续了古巫沟通神明的"能力",并且将古巫所承担的医卜星相等职责继承下来。春秋时,医学开始走向独立,与巫术分道扬镳,渐行渐远。而方士却将巫医混合的历史信息变相地接受下来,并且最终掺杂入神仙学说中。《神农本草经》中巫术的色彩表明了作书者"巫"的身份,展示了其通神明、掌药物的能力,回应了古老的"巫掌不死药"的神话。

第三章
岐黄神话传说解读

第一节　史载岐伯事迹的基本脉络

对于历史上是否确有岐伯这个人物,大致有三种意见:一种认为确有其人,岐伯是确确实实的历史人物;一种认为岐伯只是传说中的人物;一种认为岐伯是神话人物。① 然而,这三种意见的分歧并不是真正存在的,历史人物、传说人物、神话人物并不相互排斥,历史人物可以成为传说人物、神话人物,传说人物和神话人物也可以堂而皇之地进入历史,这只不过是某个人物在不同的语境下扮演不同的角色而已。从这个意义上来讲,上述三种意见的争论是没有意义的。抛开历史人物和神话人物之间的流动性,对岐伯——这个对中国医学影响至深至远,历史信息却相对匮乏的人物——回溯性的求索,表明了当下中国传统医学信心的重拾和中国传统文化重要片段的挖掘,显得弥足珍贵。

一、西汉的记载

《大人赋》是较早提到岐伯的文献。司马相如因为汉武帝的喜好作了《大人赋》,里面提到"岐伯"的段落如下:

> 邪绝少阳而登太阴兮,与真人乎相求。互折窈窕以右转

① 参见赵际勐、樊蕾.岐伯研究简述[J].中华医史杂志.2011(3):(41)179-182

兮，横厉飞泉以正东。悉征灵圉而选之兮，部乘众神于瑶光。使五帝先导兮，反太一而从陵阳。左玄冥而右黔雷兮，前长离而后矞皇。厮征伯侨而役羡门兮，诏**岐伯**使尚方。祝融警而跸御兮，清雰气而后行。屯余车其万乘兮，綷云盖而树华旗。使句芒其将行兮，吾欲往乎南娭。①

此片段主要描写"大人"畅游，与众（神）仙为伍的景象。仅有145字的小段，包含了18位神和仙：灵圉、瑶光、五帝、太一、陵阳、玄冥、黔雷、长离、矞皇、伯侨、羡门、岐伯、祝融、句芒。既有天神，也有人神，也有仙人。司马相如明确地认为他们是"真人"和"众神"。岐伯名列这些神和仙之中，说明至少在司马相如看来，岐伯属于神仙行列，与火神、木神、五帝、仙人是无异的。《史记·司马相如传》亦录了《大人赋》，"诏岐伯使尚方"一句为"属岐伯使尚方"，"诏"改作"属"，语气有异，意思相同。

《史记》中还有两处提到了岐伯，这两处内容一样，只能算作一例。这一例同样并非出于司马迁的直接记述，而是方士公玉带对汉武帝说的话：

> 公玉带曰："黄帝时虽封泰山。然风后、封钜、岐伯令黄帝封东泰山，禅凡山合符，然后不死焉。"②

如同李少君、公孙卿、栾大等方士一样，向汉武帝宣称看见了神人、仙人，可以得见仙人、求得不死药、化石为黄金等等，公玉带也是借黄帝、风后、封钜、岐伯等无法考证的人物提高自己的身价，以显异能而已。方士们借以提高身价的无法考证的人物要么是西王母等天神，要么是黄帝等人神，要么是安期生等仙人。因此，在

---

① 《史记》《汉书》《艺文类聚》中个别文字不同，此处据［汉］司马相如著、金国永校注.司马相如集校注［M］.上海：上海古籍出版社.1993：97

② ［汉］司马迁.史记［M］卷十二.孝武本纪、卷二八.封禅书.北京：中华书局.1995：484、1403

这里,公玉带和汉武帝对话的一个基本共识是,岐伯是(神)仙。

到了西汉时,岐伯属于彼时的"古代"而已经无法考证是否存在了。但是由于岐伯有深远的影响,所以名字确切地保存了下来。岐伯往往和远古的天神、人神、仙人们并列在一起。也有个别例外,如《易林》解释"旅变损"卦时说:"损,皋陶听理,岐伯悦喜。西登华道,东归无咎。"①皋陶既是一个历史人物,也是一个传说人物,据《尚书·舜典》记载,帝曰:"皋陶,蛮夷猾夏,寇贼奸宄。汝作士,五刑有服,五服三就。五流有宅,五宅三居。惟明克允。"②这里,岐伯与皋陶相应,在没有其他信息的情况下,大致可以说明,岐伯具有历史人物的一面。但他生活在什么时代,有什么事迹,并没有详细记载。

岐伯表现出较多的一面仍是神话人物。班彪的《览海赋》中有"命韩众与岐伯,讲神篇而校灵章。"③岐伯是与韩众相同的仙人,承担着讲神篇、校仙经的工作。这个说法与《史记》中公玉带的说法是一致的,岐伯在黄帝时承担的主要工作有巫师的成分,所以才可能涉及封禅、校灵章等事情。而太医,只是他工作的一部分,而不是全部。《大人赋》《史记》的注者都是西汉以后的学者,所以注者的观点尚不能提前到原著的时代来,进而影响对原著的解读。

因此,可以说"岐伯使尚方",这里的"尚方",应该不仅仅指方药,而且包含通神之方、养身之方、成仙之方诸类数术大全。岐伯应当是掌管包括医工在内的高级巫师长官。由于《黄帝内经》在

---

① [汉]焦延寿.焦氏易林[M]卷四.北京:中华书局.1985:262

② [汉]孔安国传、[唐]孔颖达等正义.尚书正义[M]卷三.舜典.上海:上海古籍出版社.2007:100-101

③ [唐]欧阳询.艺文类聚[M]卷八.水部上·海水.上海:上海古籍出版社.1982:152,言引自班彪《览海赋》。

汉之后的影响,岐伯是黄帝太医的身份才突出出来,后世注书者见到岐伯自然就注"黄帝时名医",久而久之,岐伯原来的身份反而淡化了。即使到了汉魏时期,华佗还以从医为耻,巫医乐师百工之人,怎么可能如《黄帝内经》中那样与黄帝坐而论道。司马相如并没有直接说明"岐伯使尚方"的真正意思,对它的注解是在《黄帝内经》的影响下进行的,所以岐伯才和医药发生了直接关系。

二、岐伯和医药的联系

《汉书》云:"方技者,皆生生之具,王官之一守也。太古有岐伯、俞拊,中世有扁鹊、秦和,盖论病以及国,原诊以知政。汉兴有仓公,今其技术晻昧。故论其书,以序方技为四种。"①因此,东汉以降,"岐伯是黄帝名医"就被坐实了,特别是后世医家,后代转引前代,代代相传,不复更改。这个说法就和《黄帝内经》互相佐助,越到后来越加显得真实了,细节也越来越多了。

根据神话传说的特点,岐伯的形象越到后世越加丰满,表现在三个方面:医术越来越高、地位越来越高、写作《黄帝内经》被坐实。这三个方面互相影响,互相促进。正因为医术越来越高,地位才越来越高,才可能具备《内经》作者的资格;地位越来越高,成为《内经》作者就是体现和证明,医术也应当足够高明;作为《内经》作者,基本条件就是医术很高、地位很高。

首先,在西汉以前仅见的几处记载中,岐伯只在后世注解中才勉强和医药产生联系,即使这样,他作为名医的信息依然有限,到了后世就多了起来。东汉郑玄说"岐伯榆树则兼彼数术者"②,说明岐伯兼通医学各个方面。"命俞跗、岐伯、雷公,察明堂,究息脉,

---

① [汉]班固.汉书[M]卷三十.艺文志.北京:中华书局.1985:1780
② [汉]郑玄.周礼郑氏注[M]卷二.天官冢宰下.北京:中华书局.1985:28

谨候其时,则可万全。"①说明岐伯医术十分高明。"若黄帝创制于九经,岐伯剖腹以蠲肠,扁鹊造虢而尸起"②,岐伯能够驾驭高难度的手术,并且具有起死回生之能。

其次,地位越来越高,从《史记》来看,岐伯应当是黄帝的一个属臣,这个基本地位未变,但医学地位开始突出。"岐伯,黄帝臣也。帝使岐伯尝味草木,典主医病,《经方》《本草》《素问》之书咸出焉。"③"须知神农、岐伯所以用此草治此病本意之所由。"④从皇甫谧杜撰岐伯仿神农尝百草,到葛洪将神农、岐伯并称,岐伯的医学地位几乎超过黄帝,和神农并驾。有时神农、岐伯并称,黄帝也被省却了:"虽神农分药,岐伯提针,冥众因缘,难可匡救。"⑤唐代官方的诏令也这样说:"神农鞭草以疗人疾,岐伯品药以辅人命。"⑥所以,"岐伯,明于方,世之为医者宗焉。"⑦岐伯具备了和尝百草之神农同样的地位,神农被称为中药之祖,岐伯被尊为中医之祖。

再者,岐伯是《黄帝内经》的作者被历代人士所引述。"(黄

---

①　[宋]罗泌.路史[M](影印酉山堂嘉庆间重镌宋本).后纪五.先秦史研究文献三种[M](第4册).北京:国家图书馆出版社.2013:308

②　[唐]房玄龄等.晋书[M]卷五十一.列传第二十一.北京:中华书局.1995:1414

③　原书佚,此条从《初学记》中辑出。见[晋]皇甫谧著、徐宗元辑.帝王世纪辑存[M].北京:中华书局.1964:19

④　[晋]葛洪著、王明校释.抱朴子内篇校释[M]卷三.对俗篇.北京:中华书局.1980:44

⑤　[南朝陈]徐陵.让散骑常侍表[A].徐孝穆集[M](涵芬楼影印明屠隆本)卷三.四部丛刊初编·集部(第101册).上海:上海书店.1989(据商务印书馆1926版重印):第四叶

⑥　[宋]宋敏求.唐大诏令集[M]卷一百十四.政事医方.北京:商务印书馆.1959:595

⑦　[宋]苏辙.古史[M](影印国图藏宋刻元明递修本)卷一.北京:北京图书馆出版社.2003:第一叶

帝)又使岐伯尝味百草,典医疗疾,今《经方》《本草》之书咸出焉。"①"黄帝有熊氏,命雷公、岐伯论经脉,傍通问难八十一,为《难经》;教制九针,著内外《术经》十八卷。"②皇甫谧也是医家,他的这种说法前代所无,应当是自行添加的成分居多,然而却也为后世引用来作为岐伯为《内经》作者的证据,其实在皇甫谧的时代也是无从证实的。《黄帝内经》在前,皇甫谧在后,后者采前者之说,再后来者又以后者之说证明前者,不足成立。岐伯为《内经》作者,无论真实与否,丝毫不妨碍民间的传说。岐伯奉黄帝之命制方立书,是广泛流传的说法。"神农桐君论本草药性,黄帝岐伯说病候治方,皆圣人之所重也。"③"时有仙伯,出于岐山下,号岐伯,善说草木之药性味,为大医,帝请主方药。帝乃修神农所尝百草味性,以理疾者,作《内外经》。"④这种说法不仅在民间广为流传,而且尤为医家所重:"考医之书,《天元玉册》、《本草》、《灵枢·素问》三经,始自伏羲氏、神农氏、轩辕黄帝与臣岐伯等所作也。"⑤颇能代表后世医家认同古医书非出于托名的一派。

三、岐伯的籍贯、族系、师承

　　岐伯作为医家祖师的证据除了《黄帝内经》的确实存在、是不是其作者的争论及大量的争论性记载之外,还有一些重要的史料,

---

① 原书佚,此条从《太平御览》中辑出。见[晋]皇甫谧著、徐宗元辑.帝王世纪辑存[M].北京:中华书局.1964:17-18
② 原书佚,此条从《太平御览》中辑出。见[晋]皇甫谧著、徐宗元辑.帝王世纪辑存[M].北京:中华书局.1964:20
③ [唐]李百药等.北齐书[M]卷四十九.列传第四十一.北京:中华书局.1995:673
④ [宋]佚名.轩辕黄帝传[M].北京:中华书局.1991:8
⑤ [清]吴谦等.医宗金鉴[M](影印清武英殿刊本).北京:人民卫生出版社.1957:1

即岐伯的籍贯、族系、师承。但遗憾的是,这些材料都十分晚出,而且并未注明出处,只能作为一家之说,不宜坐实而论。

关于岐伯籍贯,唐代王瓘《轩辕本纪》中说:"时有仙伯,出岐山下,号岐伯。"①该书演绎的成分很大,因岐伯之岐而与岐山产生联想,不是偶然的事情。"岐,古有岐伯,至古公避狄,迁岐之阳,今凤翔岐山县西北,有岐城故址,后魏为岐州,以山之岐而名。"②又有云:"(黄帝)复岐下见岐伯,引载而归访于治道。"③总之,岐伯被认为与岐山有联系,就在于"岐"字的关联。

《记纂渊海》引地理书《舆地纪胜》载:"上古岐伯,郡人,黄帝尝与论医,有《素问》《难经》行于世。"④这里的"郡"指庆阳府。地理书的记载理应较为可信,但不排除采集民间传说的成分(譬如《水经注》中记载了大量和地名、地方风物相关的传说故事)。该记载中除了"郡人"二字,其他都可以找到最早出处,而此书却开"岐伯是庆阳人"之始,采自谁人之说却无载。⑤《明一统志》载"岐伯,北地人。"⑥这里的"北地"属庆阳旧称。到清乾隆时的《庆阳府志》(最早撰写的部分可追溯到明末)就承续了这种说法:"岐

---

① ［唐］王瓘.轩辕本纪［M］、见［宋］张君房.云笈七籤［M］.北京:中华书局.2003:2167

② ［宋］罗泌.路史［M］(影印西山堂嘉庆间重镌宋本).国名纪三.先秦史研究文献三种［M］(第5册).北京:国家图书馆出版社.2013:480

③ ［宋］罗泌.路史［M］(影印西山堂嘉庆间重镌宋本).后纪五.先秦史研究文献三种［M］(第4册).北京:国家图书馆出版社.2013:284

④ ［宋］潘自牧.记纂渊海［M］卷二十四.景印文渊阁四库全书［G］(第930册).台北:商务印书馆.1986:557

⑤ 《记纂渊海》现存多种版本,文中关于"岐伯郡人"的记载出现于四库本中,四库本所据为明刊本,该版本被认为已非潘书原貌。宋本《记纂渊海》没有关于岐伯是庆阳人的记载。

⑥ ［明］李贤等.大明一统志［M］卷三十六.景印文渊阁四库全书［G］(第472册).台北:商务印书馆.1986:914

伯,北地人,精医术,黄帝师事之,著《难经》《素问》。"①然而这些记载已经在南宋之后了,实在是距离岐伯始见史籍太远了,应当只能作为一种说法。

关于岐伯的族系,有论者认为"岐伯是神农的孙子",并引文献证明之:"《古今合璧事类备要·外集》卷十三云:'岐伯为炎帝之孙。'《事物纪原》卷二谓:'《山海经》曰:'炎帝之孙岐伯,因鼓遂为钟。'《山堂肆考》卷一百六十二也有同样的记载。"②上述三处文献面世甚晚,唯一可以作为"岐伯是神农之孙"的证据或许就是《事物纪原》引《山海经》的话。但遗憾的是,现存的《山海经》无此说。那么是辑补的《山海经》遗漏了呢,还是《事物纪原》引错了呢?后者的可能性最大。《山海经》原话说:"炎帝之孙伯陵,伯陵同吴权之妻阿女缘妇,缘妇孕三年,是生鼓、延、殳,始为侯。鼓、延是始为钟,为乐风。"③这里的"伯陵"常常被写作"伯岐",例如《太平御览》卷五百七十五引此条即作"伯岐",明代书《事物考》卷五所引此句亦作"伯岐"。那么"伯岐"与"岐伯"相混淆就不足为奇了,或由"陵"、"岐"字形相近而致。因此,所有以《山海经》为依据推说出的"岐伯是炎帝之孙"的说法都是错引而来。今人又在"炎帝即神农"说的指引下推说"岐伯是神农之孙",未免走得更远了些。

关于岐伯的师承,《内经》中屡次提到了僦贷季这个人。《路史》中说他是神农时代的名医((神农)命僦贷季理色脉,对察和

① [清]赵本植.(乾隆)庆阳府志[M]卷三十三.中国地方志集成·甘肃府志辑[G](第22册).南京:凤凰出版社.2008:434

② 李良松.《四库全书》中的岐伯文献通考[J].中医研究.2011(3):71-76

③ 佚名著、[晋]郭璞传.山海经[M](影印浙江书局本)卷十八.上海:上海古籍出版社.1989:120

齐,摩踵诎告,以利天下,而人得以缮其生①)。由于《内经》的巨大影响力,后世多从僦贷季为岐伯之师的说法。关于岐伯之后的传承,王勃认为是这样的:"昔者岐伯以授黄帝,黄帝历九师以授伊尹,伊尹以授汤,汤历六师以授太公,太公授文王,文王历九师以授医和,医和历六师以授秦越人,秦越人始定立章句,历九师以授华佗,华佗历六师以授黄公,黄公以授曹夫子……"②一直延续到了唐代。这种延续之说开始于王勃,有推断的成分。

四、岐伯的其他成就

岐伯的主要成就除了在医学方面之外,还发明了短箫铙歌的军乐。《东观汉记》记载:"短箫铙歌,军乐也。其传曰:黄帝岐伯所作,以建威扬德,风劝士也。盖《周官》所谓'王大献则令凯乐,军大献则令凯歌'也。"③这种说法为后世广泛引述,蔡邕《礼乐志》亦从此说。后世可见到的转引蔡邕《礼乐志》的文字,与这段文字基本一字不差。李贤注《后汉书》引蔡邕《礼乐志》云:"短箫铙歌,军乐也。其传曰:黄帝岐伯所作,以建威扬德,风劝士也。"④该段文字不同时期的人都提到了,个别字稍有差异。如崔豹《古今注》云:"短箫铙歌,军乐也。黄帝使岐伯所作也,以建武扬盛德,风劝战士也。"⑤沈约等人修的《宋书》也说:"鼓吹,盖短箫铙歌。蔡邕

————————

　　① ［宋］罗泌.路史［M］(影印酉山堂嘉庆间重镌宋本).后纪三.先秦史研究文献三种［M］(第4册).北京:国家图书馆出版社.2013:184

　　② ［唐］王勃.王子安集［M］(影印明张绍和刊本)卷四.黄帝八十一难经序.四部丛刊初编·集部(第102册).上海:上海书店.1989(据商务印书馆1926版重印):第四叶

　　③ ［汉］刘珍等.东观汉记［M］卷五.志.北京:中华书局.1985:38

　　④ ［南朝宋］范晔撰、［唐］李贤注.后汉书［M］.志第五·礼仪中.北京:中华书局.1995:3132

　　⑤ ［晋］崔豹.古今注［M］卷中.音乐第三.北京:中华书局.1985:11

曰:'军乐也,黄帝岐伯所作,以扬德建武,劝士讽敌也。'"①这些记载的共同之处是"黄帝岐伯所作",从文字推断似乎是二人共同发明的,至少从字面意思上不能看出短箫铙歌的军乐是岐伯一个人的成果。

据《事物纪原》的记载可以知道,代代相因的说法也在不断增加细节。在"鼓吹"条下说:"《唐·乐志》曰:黄帝使岐伯作鼓吹,以扬德建武。蔡邕《礼志》亦云。然《唐绍传》曰:绍谓鼓吹本军乐,黄帝战涿鹿,以为警卫也。"②说明唐代还延续旧说,唐绍却将鼓吹和黄帝涿鹿之战联系起来,增加了新的片段。该书又在"凯歌"条下说:"蔡邕《礼志》曰:黄帝使岐伯作军乐、凯歌,今还军有乐,即其遗意也。"③在蔡邕说法的基础上,黄帝和岐伯之间加了一个"使"字,也就是说鼓吹是岐伯发明的,是在黄帝的命令下发明的。总之,军乐凯歌,还有很多乐器的发明权归了岐伯。(需要指出的是,该书还提到岐伯的儿子发明了钟:"《山海经》曰:炎帝之孙伯岐,因鼓遂为钟。又曰:岐伯生鼓、延,是始为钟。"④上文已述该书对《山海经》的错引,这里的"岐伯"应当是"伯陵",另有其人。)这些增加的细节也出现在其他史籍记载中。罗泌就说:"岐伯作鼓吹、铙角、灵鞞、神钲,以扬德建武,厉士风敌而威天下。"⑤在发明鼓吹的基础上又增加了具有神仙法器属性的

① [南朝梁] 沈约.宋书[M]卷十九.志第九.北京:中华书局.1995:558
② [宋] 高承等.事物纪原[M]卷二.乐舞声歌部.北京:中华书局.1985:68
③ [宋] 高承等.事物纪原[M]卷二.乐舞声歌部.北京:中华书局.1985:68
④ [宋] 高承等.事物纪原[M]卷二.乐舞声歌部.北京:中华书局.1985:69
⑤ [宋] 罗泌.路史[M](影印酉山堂嘉庆间重镌宋本).后纪五.先秦史研究文献三种[M](第4册).北京:国家图书馆出版社.2013:302

"灵鞭、神鉦",已经将岐伯神化了。宋代《轩辕黄帝传》云:"诸侯有不从者,帝皆率而征之。凡五十二战,天下大定。帝以伐叛之功,始令岐伯作军乐、鼓吹,谓之箫铙歌,以为军之警卫。棡鼓曲、灵夔吼、雕鹗争、石坠崖、壮士怒、玄云、朱鹭等曲,所以扬武德也,谓之凯歌。"①就是将岐伯的发明详细地演绎到具体战争中了。后世的记载就延续了增加细节后的说法,如《宋史》这样载:"鼓吹者,军乐也。昔黄帝涿鹿有功,命岐伯作凯歌,以建威武、扬德风,厉士讽敌。"②正史记载也悄然发生了改变。这中间的改变主要集中在上面讲过的两个方面,一是将鼓吹的发明权从黄帝岐伯并列归到了岐伯身上,一是将军乐的发明与战争(逐鹿之战)联系起来。

五、岐伯的仙化

从最早的西汉的记载来看,岐伯在那时已经被当作神或仙来看待了,所以可以说西汉时岐伯的仙化(有神化成分,但主要是仙化,以下统称仙化)已经进行着,后世也在不断延续这个仙化过程。如果岐伯是一个并不存在的历史人物,那么他就是以神或仙的形象出现的;如果岐伯是一个历史上真实存在过的人,那么他也是被仙化了的人物。总之,岐伯出现在世人视野中,无论是正史、野史,还是各家经典(包括医家),还是小说笔记,还是当今仍在流传的口头文学,岐伯都是一个神仙的形象。至于岐伯到底历史上是否真实存在过,在目前可见的史料中,无法得到确实的结论。

岐伯仙去是仙人自然的归宿。《太平御览》说:"《黄帝岐伯

---

① [宋] 佚名.轩辕黄帝传[M].北京: 中华书局.1991: 14
② [元] 脱脱等.宋史[M]卷一百四十.志第九十三.北京: 中华书局.1995: 3301

经》曰：'岐伯乘绛云之车，驾十二白鹿，游于蓬莱之上。'"①另一个方面，他还在黄帝时期发挥了重要作用："（黄帝）复岐下见岐伯，引载而归访于治道。"②他是黄帝造访的诸多神仙之一："黄帝游于青城之野，见广成子、岐伯、黄谷子而问道焉，于是得百刻之神符。"③岐伯与黄帝论医也有仙化的成分："（黄帝）至盖上，见中皇真人，受九茄散方。至罗霍，见黄盖童子，受金银方十九首。适崆峒而问广成子，受以《自然经》。造峨嵋山，并会地黄君，授以《真一经》。入金谷，问导养而质玄、素二女。著体诊则问对雷公、岐伯、伯高、少俞之论。备论经脉，傍通问难，以为经，教制九针，著内外《术经》十八卷。"④现在还在流传的关于岐伯的传说，岐伯仍然是神仙的形象。例如岐伯降生是其母感天受孕，后来经常与雷公论医，最后遨游蓬莱而去⑤，未尝不是历史上岐伯仙化的延续。

岐伯的仙化有三个特点：首先，岐伯的仙化过程受到黄帝仙化的影响，岐伯的仙话是黄帝仙话的附属部分，从中可以看出岐伯和黄帝的密切关系。黄帝的大臣各有分工："入金谷而谘涓子，论导养则资玄、素二女，精推步则访山稽、力牧，讲占候则询风后，著体诊则受雷公、岐伯……"⑥从中可以看出，岐伯是被框定在黄帝

① ［宋］李昉等.太平御览［M］（据涵芬楼影印宋本重印）卷八.天部八·云.北京：中华书局.1960：40

② ［宋］罗泌.路史［M］（影印西山堂嘉庆间重镌宋本）.后纪五.先秦史研究文献三种［M］（第4册）.北京：国家图书馆出版社.2013：284

③ ［宋］曾慥.道枢［M］卷九.道藏［G］（第20册）.北京：文物出版社、上海：上海书店、天津：天津古籍出版社.1988：658

④ ［宋］张杲.医说［M］.景印文渊阁四库全书［G］（第742册）卷一.台北：商务印书馆.1986：21

⑤ 参见贾芝.炎黄汇典·民间传说卷［M］.长春：吉林文史出版社.2002：400－401、413－414

⑥ ［晋］葛洪著、王明校释.抱朴子内篇校释［M］卷十三.极言篇.北京：中华书局.1980：219

的身边的;其次,历史上岐伯的仙化并没有刻意突出其医学家的身份,反倒是他深谙天地人间大道的形象更为突出。黄帝把岐伯车载回来,主要是为了"访于治道"。所以《黄帝内经》在医学之中,有大量对答集中在天人关系等形而上的问题和治国安邦的具体权术上;再次,无论历史上还是现在,岐伯仙话中其名医的名号及行医过程主要得益于医家的记载和搜罗。故有言"黄帝与岐伯问答,三坟之书无传,尚矣。此固出于后世依托,要是医书之祖也"①。

第二节 《黄帝内经》建构的黄帝形象

远古时的黄帝已遥不可追,人们只能凭借想象去描摹他的样子。神话传说中的黄帝,多半也是借了后人的想象,以传给更后来的人。考察《黄帝内经》中的黄帝形象,意义就在于可以展示特定时期内医家想象的黄帝形象,而且更为重要的是,后世的黄帝形象(特别是在医药方面)受到了《黄帝内经》直接影响。可以说,黄帝神话传说中有涉医药方面的表现和成就,取决于《黄帝内经》建构的形象。

尽管是托名于黄帝,但是《黄帝内经》中的黄帝,并不等同于远古时期的黄帝。《内经》的作者(或辑者)对这两个不同所指的"黄帝"做了区分。《灵枢·阴阳二十五人》中,黄帝询问人之阴阳,岐伯首先列出五行之人,与五方之帝对列,其中木形之人似于苍帝、火形之人似于赤帝、金形之人似于白帝、水形之人似于黑帝,那么土形之人本应似于黄帝,但发问的黄帝本就在面前,本是后人托黄帝言古事,却又正巧言到古之黄帝上,只好在这里做了处理,土形之人似于上古黄帝。那么在如此对话语境中,岐伯以上古黄帝区别于面前的

① [宋]陈振孙.直斋书录解题[M]卷十三.北京:中华书局.1985:367

黄帝,实则说明了托名的黄帝并非远古时期的黄帝。

托名黄帝无非出于拟古和提高自身价值的需要,在实际处理中又需确定好黄帝在书中的角色,以发挥阐述医药知识的功能。黄帝本身即是尊贵的帝王,《内经》奉黄帝为中心,其他人均是臣属,以君臣对话的形式讨论医理,这是基本的修辞手段。在《内经》的《素问》《灵枢》共 160 篇中(亡佚 2 篇),与黄帝对谈的有岐伯、鬼臾区、少俞、少师、伯高、雷公 6 人,除不具名的 23 篇外,黄帝独自阐述的 1 篇,鬼臾区在 2 篇中出现,少俞和少师分别在 4 篇中出现,雷公在 11 篇中出现,而岐伯出现次数最多,在 113 篇中出现。在 8 篇中出现二人共同回答黄帝的发问,可能是集体讨论的表现。在所有人中,黄帝为最重,岐伯次之,雷公再次之,此三人功劳最大。又以岐伯、黄帝对话占绝对篇幅,故中医又称"岐黄"、"黄岐"、"轩岐"等。在黄帝与诸臣的对话中,岐伯、鬼臾区、少俞、少师、伯高是具有一定地位的名医,是黄帝请教的对象;而雷公则是晚辈,向黄帝请教,是黄帝的学生。所以大致讲来,他们的师承关系是:岐伯传黄帝,黄帝传雷公。因此,"按《铜人腧穴图序》曰:黄帝问岐伯以人之经络,穷妙于血脉,参变乎阴阳,尽书其言,藏于金兰之室,泊雷公请问,乃坐明堂以授之,后世之言明堂者以此。"①较为符合《内经》的师承关系。"黄帝有熊氏命雷公、岐伯论经脉,傍通问难八十一,为《难经》;教制九针,著内外《术经》十八卷"②,岐伯雷公并称的说法虽并不为谬,但却也为后世错乱岐伯、黄帝、雷公关系的说法提供了依据。

《黄帝内经》的《素问》开篇就给出了对黄帝的整体评价:"昔

---

① [宋] 高承等.事物纪原[M]卷七.技术医卜部.北京:中华书局.1985:279

② 原书佚,此条从《太平御览》中辑出。见[晋] 皇甫谧著、徐宗元辑.帝王世纪辑存[M].北京:中华书局.1964:20

在黄帝,生而神灵,弱而能言,幼而徇齐,长而敦敏,成而登天。"
(《素问·上古天真论》)①这几句话最早见于《大戴礼记》中引孔
子的话:"黄帝,少典之子也,曰轩辕。生而神灵,弱而能言,幼而慧
齐,长而敦敏,成而聪明。"②后来《史记》直接引用了这里的话:"生
而神灵,弱而能言,幼而徇齐,长而敦敏,成而聪明。"③这基本上成
为正史记载对黄帝的评语。由于高度相似,所以《上古天真论》的
这句话,一般被认为并非《内经》原文,特别是"这二十四个字与医
理没有任何关系"④,后人掺入的可能性更大。《内经》记载黄帝与
《大戴礼记》《史记》唯一不大相同的地方是最后一句,前者是"成
而登天",后两者是"成而聪明"。相较而言,前者更倾向于神仙思
想,后者则偏重于历史思维。黄帝登仙的传说由来已久,《山海
经》已言及,《史记》中也有记载。"成而聪明"未必与医理有何交
涉,但"登天"却寄托了长寿成仙的思想,因此,这擅入的话也经过
了恰当的修改。这么一改,黄帝的形象在作为人君的同时,也成了
飘飘然的神仙。

《黄帝内经》中的黄帝形象可以分为两个方面,一是治国圣
帝,二是医药圣祖。

一、治国圣帝

黄帝历来是君王的形象,《黄帝内经》利用了这一形象。而之
所以称为"圣帝",是来自岐伯对黄帝的尊称:

> 岐伯稽首再拜对曰:昭乎哉问也! 此天地之纲纪,变化

---

① 下文引《黄帝内经》文,只在句后标出篇目,不再一一注出。

② [汉] 戴德撰、[北周] 卢辩注.大戴礼记[M]卷七.五帝德篇.北京:中
华书局.1985:115

③ [汉] 司马迁.史记[M]卷一.五帝本纪.北京:中华书局.1995:1

④ 郭霭春.黄帝内经素问校注语译[M].贵阳:贵州教育出版社.2010:1

之渊源,非圣帝孰能穷其至理欤?(《素问·六元正纪大论》)

　　岐伯稽首再拜对曰:窘乎能问也! 其非圣帝,孰能穷其
道焉!(《素问·气穴论》)

　　岐伯曰:博哉! 圣帝之论。(《灵枢·卫气》)

另外,岐伯还称呼黄帝为"圣人"、"圣王",无非是和"圣帝"一
样的意思。

　　岐伯曰:昭乎哉圣人之问也!(《素问·五常政大论》)

　　岐伯稽首再拜曰:请听圣王之道。(《灵枢·官能》)

黄帝作为治国圣帝,有以下三个方面。

1. 仰慕上古圣人、盛世

在黄帝的心目中,上古是一个圣人生活的时代,是一个美好圆
满的时代,是一个值得追求和向往的时代。

他仰慕上古圣人之道("黄帝曰:窘乎哉! 圣人之为道也。"
《灵枢·逆顺肥瘦》),仰慕上古圣人之术("圣人之术,为万民式,
论裁志意,必有法则,循经守数,按循医事,为万民副。"《素问·疏
五过论》),因此,师法上古是必由之路("帝曰:善。其法星辰者,
余闻之矣,愿闻法往古者。"《素问·八正神明论》)。就医学方面
而言,上古圣人有高妙的医学理论("帝曰:余闻上古圣人,论理人
形,……"《素问·阴阳应象大论》),有高超的治病技术("黄帝问
曰:余闻古之治病,惟其移精变气,可祝由而已。"《素问·移精变
气论》),有精深的药物知识("帝曰:上古圣人作汤液醪醴,为而
不用何也?"《素问·汤液醪醴论》)。

圣人的长生久视,是黄帝追求的目标,所以问岐伯:"余闻上古
之人,春秋皆度百岁,而动作不衰。"(《素问·上古天真论》)对于
圣人、真人、贤人的仰慕,是"登天"黄帝形象的关键。

　　余闻上古有真人者,提挈天地,把握阴阳,呼吸精气,独立
守神,肌肉若一,故能寿敝天地,无有终时,此其道生。中古之
时,有至人者,淳德全道,和于阴阳,调于四时,去世离俗,积精

全神,游行天地之间,视听八达之外,此盖益其寿命而强者也,亦归于真人。其次有圣人者,处天地之和,从八风之理,适嗜欲于世俗之间。无恚嗔之心,行不欲离于世,被服章,举不欲观于俗,外不劳形于事,内无思想之患,以恬愉为务,以自得为功,形体不敝,精神不散,亦可以百数。其次有贤人者,法则天地,像似日月,辨列星辰,逆从阴阳,分别四时,将从上古合同于道,亦可使益寿而有极时。(《素问·上古天真论》)

2. 遵从天道

黄帝一再追问:"天地之数终始奈何?"(《素问·六元正纪大论》)黄帝一再表达的观点是:"令合天道,必有终始。"(《素问·三部九候论》)这个"天道"是什么呢? 狭义地讲,就是医道:"谨奉天道,请言终始。终始者,经脉为纪。持其脉口人迎,以知阴阳有余不足,平与不平,天道毕矣。"(《灵枢·终始》)然而,天道也仅仅是在医学的语境下对应于人体而已:"黄帝问于岐伯曰:余闻人之合于天地道也,内有五脏,以应五音、五色、五时、五味、五位也;外有六腑,以应六律。六律建阴阳诸经而合之十二月、十二辰、十二节、十二经水、十二时、十二经脉者,此五脏六腑之所以应天道。"(《灵枢·经别》)

天道,还有更加广泛的所指。这个天道可以表述为阴阳,可以表述为至数,可以简略为天地,也可以扩为天之纪、地之理。

黄帝曰:阴阳者,天地之道也,万物之纲纪,变化之父母,生杀之本始,神明之府也。(《素问·阴阳应象大论》)

帝曰:善言始者,必会于终。善言近者,必知其远。是则至数极而道不惑,所谓明矣。愿夫子推而次之,令有条理,简而不匮,久而不绝,易用难忘,为之纲纪,至数之要,愿尽闻之。鬼臾区曰:昭乎哉问! 明乎哉道!(《素问·天元纪大论》)

帝曰:善。论言天地者,万物之上下;左右者,阴阳之道路。未知其所谓也。(《素问·五运行大论》)

　　黄帝问曰：……欲通天之纪，从地之理，和其运，调其化，使上下合德，无相夺伦，天地升降，不失其直，五运宣行，勿乖其政，调之正味，从逆来何？岐伯稽首再拜对曰：昭乎哉问也，此天地之纲纪，变化之渊源，非圣帝孰能穷其至理欤！臣虽不敏，请陈其道，令终不灭，久而不易。（《素问·六元正纪大论》）

　　天道可以表述为阴阳，同时以阴阳为本。此时的天道，又因为阴阳的关系，和五行联系在一起。它们一并成为哲学术语。"黄帝曰：夫自古通天者生之本，本于阴阳。"（《素问·生气通天论》）"黄帝问曰：天有五行御五位，以生寒暑燥湿风，人有五藏化五气，以生喜怒悲忧恐。论言五运相袭而皆治之，终养之日，周而复始，余已知之矣，愿闻其与三阴三阳之候奈何合之？鬼臾区稽首再拜对曰：昭乎哉问也。夫五运阴阳者，天地之道也。"（《素问·天元纪大论》）

　　整部《内经》，都充满了黄帝对天道的追求和探究。

　　黄帝问曰：呜呼远哉天之道也，如迎浮云，若视深渊，视深渊尚可测，迎浮云莫知其极。夫子数言谨奉天道，余闻而藏之，心私异之，不知其所谓也。愿夫子溢志尽言其事，令终不灭，久而不绝，天之道可得闻乎？岐伯稽首再拜对曰：明乎哉问天之道也！此因天之序，盛衰之时也。（《素问·六微旨大论》）

3. 遵从人道

　　黄帝对天道的探究几近于哲思，反而让人难以清晰把握，也无从考察他视为珍宝的天道如何表现在他除医学之外的其他地方。而黄帝遵从的人道则现实得多，毕竟他是作为人王出现，所以亲子爱民是人们一致期盼的作为，况且医药救人本就是人本思想的体现。黄帝遵从人道直接表现在贵人和贵民的思想上。

　　黄帝问曰：天覆地载，万物悉备，莫贵于人，人以天地之气生，四时之法成，君王众庶，尽欲全形，形之疾病，莫知其情，留淫日深，着于骨髓，心私虑之，余欲针除其疾病。(《素问·宝命全形论》)

　　黄帝问于岐伯曰：余子万民，养百姓而收其租税；余哀其不给而属有疾病。余欲勿使被毒药，无用砭石，欲以微针通其经脉，调其血气，荣其逆顺出入之会。(《灵枢·九针十二原》)

　　黄帝将自己向岐伯请教的初衷总结为哀怜百姓("余诚菲德，未足以受至道，然而众子哀其不终，愿夫子保于无穷，流于无极，余司其事，则而行之奈何？"《素问·香气交变大论》)，如果看到百姓的痛苦而不能除去，百姓会看待自己如同残贼("帝曰：余念其痛，心为之乱惑，反甚其病，不可更代，百姓闻之，以为残贼。"《素问·宝命全形论》)。学习医学是为了更好地治理国家、安抚百姓，并且使他们子孙无忧，造福万代。("帝曰：夫子之言，上终天气，下毕地纪，可谓悉矣。余愿闻而藏之，上以治民，下以治身，使百姓昭著，上下和亲，德泽下流，子孙无忧。传之后世，无有终时。"《素问·天元纪大论》《灵枢·师传》)

　　黄帝作为治国圣帝的形象，主要是寓于他阐述医学之外的论说。在《黄帝内经》中很难抽象出独立的黄帝治国方面的成就，之所以仍能表现出圣帝的成分来，是当时对黄帝的固有印象在作怪，所以不得不在申述医学内容的同时，兼顾黄帝"人君"的一面。而对健康长寿的追求、对天道的孜孜不倦、对人道的推崇，不仅是医学的需要，也与黄帝帝王的形象是贴合的。

二、医药圣祖

　　因为《黄帝内经》在中医理论中的基础性地位，黄帝被历代医家尊为至高无上的开创性人物。《内经》的重要性自不必再强调，摆脱开黄帝从其他地方得来的医学成就,但就《素问》和《灵枢》而言,黄帝到底在医药上做了什么样的事,在医药上持怎么样的观点,这样的形象足不足以称作医药圣祖,这样的考察比后世的追捧显得更为朴实。

《黄帝内经》中黄帝在医药方面的作为主要可以分为以下几个方面:

1. 注重医学理论精髓"要道"的挖掘

黄帝的发问直接入题,并且直接深入到问题的本质上。对于治病而言,"治病必求于本"(《素问·阴阳应象大论》),这个"本"就是医学理论的精髓,就是"精光之道"、"大道"("黄帝曰:善哉!余闻精光之道,大圣之业,而宣明大道,非斋戒择吉日,不敢受也。"《素问·灵兰秘典论》)。

黄帝所追求的医学理论精髓,可以称为"要道",亦可以简称为"要"或"道"。

> 不知其道,愿闻其说。(《素问·五藏别论》)

> 帝曰:余欲临病人,观死生,决嫌疑,欲知其要,如日月光,可得闻乎。(《素问·移精变气论》)

> 黄帝问曰:余闻善言天者,必有验于人;善言古者,必有合于今;善言人者,必有厌于己。如此,则道不惑而要数极,所谓明也。(《素问·举痛论》)

> 黄帝问曰:愿闻刺要。(《素问·刺要论》)

> 黄帝问曰:愿闻虚实之要。(《素问·刺志论》)

> 黄帝问曰:愿闻《九针》之解,虚实之道。(《素问·针解》)

> 灸刺之道,何者为定。(《灵枢·四时气》)

> 吾得脉之大要,天下至数,五色脉变,揆度奇恒,道在于一。(《素问·玉机真藏论》)

黄帝在对岐伯的问话中,仅仅"愿闻要道(愿闻其道)"这一固定的表达方式就使用了12回。可见在医学的每个具体问题上,黄帝都是希望抓住根本,抓住精髓。这种思想也表现在他对雷公的教育上。他见到雷公便问:"子知医之道乎?"(《素问·著至教论》)并且告诫雷公道极大,不把握的话,学不好医学的:"呜呼!窈窈冥冥,孰知其道? 道之大者,拟于天地,配于四海,汝不知道之谕,受以明为晦。"(《素问·征四失论》)他所担心的就是雷公"然未得其要道也"(《灵枢·外揣》)。

黄帝的理想是"余欲令要道必行"(《素问·至真要大论》),具体到医学上,要道不像天道那样过于难以捉摸,但也不容易得到,一个途径就是遵循必需的法则。"黄帝问曰:用针之服,必有法则焉,今何法何则?"(《素问·八正神明论》)"圣人之术,为万民式,论裁志意,必有法则,循经守数,按循医事,为万民副。"(《素问·疏五过论》)

2. 注重医疗经验的总结和传播

黄帝每逢听到岐伯等人论述到精彩的部分,都表示要写在玉版上,并且放进金匮之中,储藏在灵兰之室,这些措施表明黄帝十分注重医疗经验的总结。到了后世,玉版、金匮、灵兰均成为中医典籍的代名词。

至于黄帝开始这样做的初衷并不明了,可能来自岐伯的建议。在《素问·玉版论要》中,岐伯向黄帝建议道:"神转不回,回则不转,乃失其机。至数之要,迫近以微,著之玉版,命曰《合玉机》。"尤其对于医疗理论中的精髓,着重地需要总结一下,保存下来。所以黄帝在《素问·玉机真藏论》中听取了岐伯的建议,说道:"吾得脉之大要,天下至数,五色脉变,揆度奇恒,道在于一,神转不回,回则不转,乃失其机。至数之要,迫近以微,著之玉版,藏之脏腑,每旦读之,名曰《玉机》。"

写在玉版中,将口语化为文字,更为精炼,更易于保存。藏在金匮和灵兰中,可以更好地保护玉版,以便长久。这样的手段不仅显示了对医学理论的重视,而且为总结医疗经验提供了有价值的借鉴。尽管《内经》中明确写在玉版上的仅有《天元纪》《气穴》《治乱》《气交变》等数篇,但可以相信,写在玉版上是一个通常的做法,而不仅仅针对个别几篇。这种做法的重要性,黄帝说:"善乎方,明哉道,请著之玉版,以为重宝,传之后世。"(《灵枢·玉版》)医术是好医术,道理也说得十分明白,一定要总结保存下来。这个观点,黄帝一再强调:"光乎哉道!明乎哉论!请著之玉版,藏之金匮"(《素问·天元纪大论》)、"允乎哉道,明乎哉论,请著之玉版"(《灵枢·五乱》)。对于藏入灵兰之室,更需要慎重,还必须经过一定的仪式:"黄帝乃择吉日良兆,而藏灵兰之室"(《素问·灵兰秘典论》)、"请藏之灵兰之室"(《素问·六元正纪大论》),"乃择良兆而藏之灵堂"(《素问·香气交变大论》),这样既方便黄帝"每旦读之",也能恪守"弗敢使泄也"的传承制度。

总结医疗经验,还需要传播出去,尤其是"余愿闻要道,以属子孙,传之后世"(《素问·三部九候论》)。黄帝向岐伯等人请教医道,也是这样的初衷:"余闻九针,上应天地四时阴阳,愿闻其方,令可传于后世以为常也。"(《素问·针解》)"传于后世,无有终时,可得闻乎。"(《灵枢·师传》)尽管岐伯等人明知要有先师的许可、严格的仪式后才可以传授医道,但黄帝"令可久传后世无患"(《灵枢·官能》)的目的的确是岐伯无法拒绝的。黄帝对听到的医道,写在玉版上、藏在金匮、藏在灵室,也实现了他的诺言:"医道论篇,可传后世,可以为宝。"(《素问·著至教论》)"令可传于后世,必明为之法,令终而不灭,久而不绝。"(《灵枢·九针十二原》)

3. 对医学抱有严肃、严谨的态度

从黄帝对医疗经验的总结和传播中,已经能够看出他对医学抱有的严肃态度。在他和岐伯等人讨论医道的过程中,这种严肃、严谨的态度表现得更为明显。

首先，在讲闻医道的时候，先要有个静穆严肃的环境，所以黄帝每每要谈医道，便"辟左右而问于岐伯"（《灵枢·口问》）。其次，黄帝往往将医道框定在"医"的范围内，如果岐伯讲得过于开放了，黄帝也会善意地提醒他回到医学上来："黄帝曰：余问一人，非问天下之众。"（《灵枢·阴阳清浊》）"岐伯曰：明乎哉问也，非独针道焉，夫治国亦然。黄帝曰：余愿闻针道，非国事也。"（《灵枢·外揣》）

讲授医道的过程不是轻松闲谈，须得斋戒才行，否则不能够进行和参与。

> 黄帝曰：善哉！余闻精光之道，大圣之业，而宣明大道，非斋戒择吉日，不敢受也。（《素问·灵兰秘典论》）
>
> 非斋戒不敢发，慎传也。（《素问·香气交变大论》）
>
> 非斋戒不敢示，慎传也。（《素问·六元正纪大论》）

而且还需要歃血起誓的仪式。

> 余愿闻要道，以属子孙，传之后世，著之骨髓，藏之肝肺，歃血而受，不敢妄泄。（《素问·三部九候论》）
>
> 黄帝曰：善乎哉问也。此先师之所禁，坐私传之也，割臂歃血之盟也，子若欲得之，何不斋乎。雷公再拜而起曰：请闻命于是也。乃斋宿三日而请曰：敢问今日正阳，细子愿以受盟。黄帝乃与俱入斋室，割臂歃血，黄帝亲祝曰：今日正阳，歃血传方，有敢背此言者，反受其殃。雷公再拜曰：细子受之。黄帝乃左握其手，右授之书曰：慎之慎之，吾为子言之。（《灵枢·禁服》）

在医道讲授结束后，黄帝仍需遵从对医道的保存、贮藏和保密原则，一丝不苟。

> 然余愿闻夫子溢志尽言其处，令解其意，请藏之金匮，不敢复出。（《素问·气穴论》）

黄帝曰：善乎方，明哉道，请著之玉版，以为重宝，传之后世，以为刺禁，令民勿敢犯也。（《灵枢·玉版》）

岐伯曰：悉乎哉问也，此先师之秘也，虽伯高犹不能明之也。黄帝避席遵循而却曰：余闻之，得其人弗教，是谓重失。得而泄之，天将厌之。余愿得而明之，金柜藏之，不敢扬之。（《灵枢·阴阳二十五人》）

4. 尊重岐伯等医疗从业者

岐伯、伯高、少师、少俞、鬼臾区是黄帝的老师，雷公是黄帝的学生。对学生雷公，黄帝要求十分严厉，往往有责备的口气，要求雷公更加努力。而对于岐伯等人，黄帝则尊重得多，一方面体现了师道所在，一方面也表现了黄帝对医疗从业者的尊重。

黄帝尊称岐伯为夫子，每每发问，总会谦虚地说："请夫子发蒙解惑焉。"（《素问·六节藏象论》）"今余问于夫子，令言而可知，视而可见，扪而可得，令验于己而发蒙解惑，可得而闻乎？"（《素问·举痛论》）这并非简单的客套，更表现在行为中。每当听到钦佩之处，黄帝都会对岐伯下拜："帝瞿然而起，再拜而稽首曰：善。"（《素问·玉机真藏论》）"帝乃避左右而起，再拜曰……"（《素问·气穴论》）"帝捧手逡巡而却曰……"（同前引）

因此，岐伯等人在黄帝心目中是医道的承载，所以一再感慨："要不是尊师您，谁能明白这么高深的医道呢。"（"黄帝曰：窘乎哉！圣人之为道也，明于日月，微于毫厘，其非夫子，孰能道之也。"《素问·香气交变大论》《灵枢·逆顺肥瘦》《灵枢·五音五味》）

5. 关注与医学相关的其他领域——天文、地理、气候等

中医理论认为，人体和天文、地理、气候都是紧密联系的，它们之间具有相应的关系，天文、地理、气候对人体发挥着作用。在讨论医学的同时，不可避免地谈论天文、地理、气候等方面，这是中医

理论的一大特色。这些和医学紧密相关的领域,也是黄帝关注的对象,与其说黄帝在关注天文、地理、气候,毋宁说他更关注医理的探究。

为什么黄帝要关注这些方面呢?岐伯的观点很有代表性:

> 故天有精,地有形,天有八纪,地有五里,故能为万物之父母。清阳上天,浊阴归地,是故天地之动静,神明为之纲纪,故能以生长收藏,终而复始。惟贤人上配天以养头,下象地以养足,中傍人事以养五藏。天气通于肺,地气通于嗌,风气通于肝,雷气通于心,谷气通于脾,雨气通于肾。六经为川,肠胃为海,九窍为水注之气。以天地为之阴阳,阳之汗,以天地之雨名之;阳之气,以天地之疾风名之。暴气象雷,逆气象阳。故治不法天之纪,不用地之理,则灾害至矣。(《素问·阴阳应象大论》)

按照岐伯的说法,对天文、地理、气候的探究,理应属于医学的探索:"道上知天文,下知地理,中知人事,可以长久,以教众庶,亦不疑殆。"(《素问·著至教论》)特别是医道,尤为不能仅仅局限在医学的范围内,否则连"道"的资格也不够了。

人体与天文、地理、气候有相应的关系。

> 故清阳为天,浊阴为地;地气上为云,天气下为雨;雨出地气,云出天气。故清阳出上窍,浊阴出下窍;清阳发腠理,浊阴走五藏;清阳实四支,浊阴归六府。(《素问·阴阳应象大论》)

> 黄帝问曰:余闻天为阳,地为阴,日为阳,月为阴,大小月三百六十日成一岁,人亦应之。(《素问·阴阳离合》)

> 黄帝曰:合人形以法四时五行而治,何如而从?何如而逆?得失之意,愿闻其事。(《素问·藏气法时论》)

> 黄帝问曰:余闻气穴三百六十五以应一岁,本知其所,愿卒闻之。(《素问·气穴论》)

所以,黄帝在发问时,也较为注重这些方面的问题。

> 黄帝坐明堂,始正天纲,临现八极,考建五常,请天师而问之曰:论言天地之动静,神明为之纪;阴阳之升降,寒暑彰其兆。余闻五运之数于夫子,夫子之所言,正五气之各主岁尔,首甲定运,余因论之。(《素问·五运行大论》)

> 帝曰:愿闻天道六六之节盛衰何也?

> 帝曰:善。愿闻地理之应六节气位何如?

> 帝曰:愿闻其岁候何如?(《素问·六微旨大论》)

以传统医学的观点,黄帝对与医学相关领域的关注,不但没有溢出医学的范围,而且是医学必须考察的领域,无论是理论上还是实践上。

6. 兼容并包的医学观点,不回避巫祝的积极作用

《内经》中仅有一处提到了"巫祝"在医疗上的作用,神话传说中的黄帝,尚有巫彭、巫咸等诸巫为医的说法,《内经》的时代已经和巫医合一的早期医学相去甚远了,"巫祝"的某些医疗经验被排除在正统医学之外。但是"巫祝"尚有一些余续,所以黄帝就发问了:"黄帝问曰:余闻古之治病,惟其移精变气,可祝由而已。"(《素问·移精变气论》)"黄帝曰:其祝而已者,其故何也?"(《灵枢·贼风》)岐伯回答道:"先巫者,因知百病之胜,先知其病之所从生者,可祝而已也。"(同前引)

尽管黄岐二人谈论的是相对于他们更古的巫、祝,但从黄帝的口气中,可以体会到他对"巫祝"一定程度上的肯定,这种肯定应该是对于上古"巫祝"在医学经验积累上的贡献和现世"巫祝"在心理抚慰方面的效果。

《黄帝内经》建构的黄帝形象,既不违背人们对黄帝帝王形象的认知,同时明晰了其医药圣祖的一面。当人们提到黄帝医药成就的时候,《黄帝内经》所建构的黄帝形象提供了最为恰当的表述。后人所认识的黄帝作为医药圣祖的形象,亦是遵从《黄帝内

经》的建构话语。

第三节 医经对黄帝医药关系的确证

较为通行的观点是,《黄帝内经》托名于黄帝,与远古历史和神话中的黄帝关系并不太大。同时,另一种观点认为《黄帝内经》不仅是托了黄帝的名,可能某些篇章或观点本源于黄帝。黄帝是中华文化史上至为重要的人物,和黄帝有关的神话极大关注了黄帝和炎帝的战争、黄帝和蚩尤的战争乃至其他大大小小的战争。除了这些武功之外,黄帝还有诸多文治,例如重用贤才、建立官制、鼓励农桑、创制刑罚等等。也有很多器物的发明和起源归结于黄帝的功绩,"黄帝见百物始穿井"、"黄帝造火食蒸冕"①等记载颇多。后世仍旧不断地把许多无法讲明起源的事物和器物归于黄帝。医药的创立之功归于黄帝不足为奇,现行的黄帝传说和故事有意无意地在黄帝的众多发明之余提到黄帝在医药方面的贡献。"医药在那时候也似乎大有进步,最早的医书《内经》,就托始于黄帝和岐伯的问答。有《素问》《灵枢》二种。相传那时名医还有雷公、俞跗,俞跗擅长剖割洗涤,是外科医生。"②

后世的黄帝形象(特别是在医药方面)受到了《黄帝内经》极为重要的影响。可以说,黄帝神话传说中有涉医药方面的表现和成就,取材于《黄帝内经》。《黄帝内经》是黄帝与医药之间关系最集中的体现;通过《黄帝内经》,黄帝和医药的关系确定下来。

---

① 题[汉] 宋衷注、[清] 茆泮林辑.世本[M],见世本八种[M].北京:中华书局.2008:109

② 钱穆.黄帝[M].北京:三联书店.2004:37

一、黄帝与医药的关系

1. 君臣对答是主要形式

《黄帝内经》充分尊重了"黄帝"固有"帝"的身份特征,并以此来完成医药知识的发挥。岐伯的论述占据了主要篇幅,所以黄帝的作用主要在于串联。首先是引出话题,黄帝多言病症表现,岐伯多言原因及治疗方法;黄帝多言主干,岐伯分而论之。其次是推进话题,黄帝引出话题之后,要根据岐伯等人的话循序渐进地发问,层层发问,步步发问,以达到问题阐述的全面和周到。再次是完成话题,黄帝在岐伯等人回答的最后,多数要给予一定的评价,以表述此次话题讨论的结束。

2. 黄帝和医药的关系是通过岐伯等臣属实现的

黄帝和医药关系的第二个方面主要表现为黄帝并没有直接从事医药实践。在后世众多的医史类著作中,承认黄帝在医学上的开创性地位,但并没有任何一家把黄帝当作通常所讲的人一类的名医来看待,也没有任何一家把黄帝当作神一类的医药神来看待。这其中一个很重要的原因或许就是黄帝并没有像神农去尝百草、华佗创制麻沸散那样的医药实践。

黄帝访求医道的做法,看似医药实践,但过于偏重形而上的治身大道,缺乏形而下的医学指导,无法用于临床实践。不能够便利地用于治病疗疾,实用意义就十分有限。而在指导意义上,专门医经的问世,让这些访求来的"大道"显得过于肤浅和随意。访求的实际效果部分地堕入炼丹术的迷途,也限制了其向正统医学的迈进。后世把黄帝奉为仙家的代表人物,而不是医药实践的躬身亲历者。

在黄帝对答的一脉中,言及医药,必言及岐伯或雷公等人。历代的记载有一个共识即是,岐伯等人是黄帝的臣属,黄帝与之对谈以得到医之大道,岐伯等人是在黄帝的命令下完成医经著述、创制医疗器械、总结医疗经验等工作的。黄帝作为天神或人王的形象，都没有或不便直接从事医药实践。因此，黄帝和医药的关系存在间接性。这种间接性并没有降低黄帝在医学上的影响力，而是它们发生联系的特点。

3. 存在一个以黄帝为主导的医药团队

黄帝和医药的关系是间接的，但影响力不可小觑。这种影响力除了黄帝作为"帝"的权威外，一个很重要的原因在于黄帝主导着一个优秀的医药团队，这是黄帝神话传说中，无论是战争、统治、创制，既有共性又富有生机的方面。

黄帝是医药团队的领导者，"《黄帝内传》曰：帝升为天子，针经、脉诀，无不备也，故金匮甲乙之类，皆祖黄帝。"[①]他的医药臣属主要有以下几个人：僦贷季、岐伯、雷公、伯高、鬼臾区、少师、少俞，这七个人都出现在《黄帝内经》中。僦贷季比较特殊，没有参与和黄帝的对答，而是出现在岐伯的表述中，被认为是岐伯的先师，但他是不是黄帝时代人，记载少而争论多。剩下的六人历来被认为是黄帝时代的主要名医。除了《黄帝内经》提到的这几位，还有其他名医也被认为是黄帝的医药臣属。俞跗出自《韩诗外传》及其后诸多记述，桐君出自《本草序》，伊尹、巫彭、巫咸、扁鹊、秦和等人所处时代不明，偶尔也被后世记载为黄帝时代的名医。由于神话和文明史上的黄帝时代都并非一个有确切起讫的时代，所以这些神话人物（含有历史元素）可能并非处于同一时期。但从后世关于黄帝时代名医的记载中，可以约略感知黄帝时医药团队的强大和齐整。

这些名医各有特长，也有一定的分工。岐伯是团队的核心，雷公仅次于岐伯。他们两人，尤其是岐伯，精通医理，各科均有见地，在医学指导思想阐述、医疗实践指导上经验丰富。因此，医经以岐

① ［宋］高承等.事物纪原［M］卷七.伎术医卜部.北京：中华书局. 1985：277

伯为重。岐伯又通脉法,也参与了创制九针,对针灸颇有见地。雷公擅长"述炮炙方,定药性之善恶"。俞跗有起死回生之术,内外兼通:"吾闻中古之为医者曰俞跗。俞跗之为医也,搦脑髓,爪荒莫,吹区九窍,定脑脱,死者复生。"①"昔黄帝时,有榆附者,善好良医,能回丧车起死人。"②俞跗在脉法上功力深厚。巫彭擅长制作药丸,桐君长于处方作饵,伊尹在于煎药,秦和也长于著述,鬼臾区观星象、善算学、会运气之说,伯高也兼通术数。

二、《黄帝内经》对黄帝与医药关系的确证

1.《黄帝内经》之前黄帝的医药活动

在《黄帝内经》广泛流传开来而形成巨大影响之前,黄帝从事的有关医药的活动主要间接地体现在他作为天神的长生不死上,《山海经》的记述是这样的:

> 又西北四百二十里,曰峚山,其上多丹木,员叶而赤茎,黄华而赤实,其味如饴,食之不饥。丹水出焉,西流注于稷泽,其中多白玉,是有玉膏,其源沸沸汤汤,黄帝是食是飨。是生玄玉。玉膏所出,以灌丹木。丹木五岁,五色乃清,五味乃馨。黄帝乃取峚山之玉荣,而投之钟山之阳。③

> 有九丘,以水络之:名曰陶唐之丘……有木,青叶紫茎,玄华黄实,名曰建木,百仞无枝,有九欘,下有九枸,其叶如芒,大皞爰过,黄帝所为。④

---

① [汉]韩婴.韩诗外传[M]卷十.北京:中华书局.1985:129

② 题句道兴.搜神后记[M].行孝第一,见王重民等.敦煌变文集[M]卷八.北京:人民文学出版社.1957:867

③ 佚名著、[晋]郭璞传.山海经[M](影印浙江书局本)卷二.上海:上海古籍出版社.1989:24-25

④ 佚名著、[晋]郭璞传.山海经[M](影印浙江书局本)卷十八.上海:上海古籍出版社.1989:118-119

在上述两则《山海经》有关黄帝的记载中,巫术气氛较为浓重,至于玉之神奇、建木之奇异,大致说来有些类似药物的作用,勉强算是有些医药的味道。但类似这样的记载尚不能说明黄帝和医药在一开始就存在紧密联系。最早能作为黄帝从事医药活动的记载或许就是《庄子》中黄帝访道广成子的片段:

> 广成子南首而卧,黄帝顺下风膝行而进,再拜稽首而问曰:"吾闻子达于至道,敢问,治身奈何而可以长久?"广成子蹶然而起,曰:"善哉问乎!来!吾语女至道。……"黄帝再拜稽首曰:"广成子之谓天矣!"广成子曰:"来!余语女。彼其物无穷,而人皆以为有终;彼其物无测,而人皆以为有极。……人其尽死,而我独存乎!"①

在这段描述中,黄帝兼具天神和人王的形象,人王又多于天神。他向广成子请教"治身",广成子讲了一番抱静守清的道理,并且说这样可以长生久视。这样的"治身"之道大致可以看作医学理论类的指导思想了。

《史记》在吸收了黄帝访道广成子说法的同时,间接地提供了一条黄帝从事医药活动的材料:"(阳)庆年七十余,无子,使(淳于)意尽去其故方,更悉以禁方予之,传黄帝、扁鹊之脉书,五色诊病,知人死生,决嫌疑,定可治,及药论,甚精。"又见:"庆年七十余,意得见事之。谓意曰:'尽去而方书,非是也。庆有古先道遗传黄帝、扁鹊之脉书,五色诊病,知人生死,决嫌疑,定可治,及药论书,甚精。我家给富,心爱公,欲尽以我禁方书悉教公。'"②从中我们可以看到,可能是黄帝作的或托名黄帝的脉书在当时十分珍贵,

---

① [清]郭庆藩辑、王孝鱼整理.庄子集释[M].在宥第十一.北京:中华书局.1961:381－384
② [汉]司马迁.史记[M]卷一百五.扁鹊仓公列传.北京:中华书局.1995:2794、2796

医疗效果甚佳,而且还属于禁方的范围。尽管无法确切知道黄帝脉书乃何种著作(从《汉书·艺文志》列举的大量托名黄帝的书籍来看,脉书托名的缘故较多,也不排除是当时社会上流传的《黄帝内经》的片段或源本),但黄帝和医药开始有了直接的关联。

　　黄帝的医药活动可能最初附属于求仙活动,在求仙的时候涉及养生的问题,因此与医药发生联系。与求道于广成子一样,黄帝还访问过诸多高人:"容成公者,自称黄帝师,见于周穆王,能善补导之事。取精于玄牝,其要谷神不死,守生养气者也,发白更黑,齿落更生。事与老子同,亦云老子师也。"[①]"黄帝请问太乙长生之道,太乙曰:斋戒六丁,道乃可成。"[②]"素女对黄帝陈五女之法,非徒伤父母之身,乃又贼男女之性。"[③]从岐伯一开始出现(《大人赋》《史记》)就是作为黄帝的臣属不同,广成子、容成公、太乙、素女等均是神仙人物,这或许说明了:在记述黄帝与岐伯对答形式的《黄帝内经》形成广泛影响之前,黄帝与医药联系的有另一种形式——访求。这种形式也一直保留在黄帝求仙访道传说的一脉中。

　　2.《黄帝内经》之后黄帝与医药的关系

　　《黄帝内经》成书并形成广泛影响后,黄帝和医药的关系空前紧密了。《帝王世纪》曰:"黄帝有熊氏,命雷公岐伯,论经脉,傍通问难八十一,为《难经》,教制九针,著内外《术经》十八卷。""岐伯,黄帝臣也。帝使岐伯尝味草木,典主医病,《经方》《本草》《素问》之书咸出焉。"[④]这种本于《黄帝内经》的说法迅速成为黄帝医药成

────────────

① 　[汉]刘向.列仙传[M].北京:中华书局.1985:6

② 　[汉]佚名.春秋合诚图[M].春秋纬[G](影印江都朱氏补刊《黄氏逸书考》本).上海:上海古籍出版社.1993:139

③ 　[汉]王充.论衡[M].命义篇.诸子集成[G](第七册).北京:中华书局.1986:12

④ 　原书佚,此条从《太平御览》中辑出。见[晋]皇甫谧著、徐宗元辑.帝王世纪辑存[M].北京:中华书局.1964:19

就的示范性表述,但凡提及医药,必然言及此类语句。

这样的说法进入史书,被作为历史记载下来:"是故天生神物,圣人则之。又神农、桐君论《本草》药性,黄帝、岐伯说病候治方,皆圣人之所重也。"①"黄帝作《云门》《大卷》之乐,其师岐伯,明于方,世之为医者宗焉。然黄帝之书,战国之间犹存,其言与《老子》相出入,以无为宗。"②"(黄帝)察五运六气,乃著岐伯之问,是为《内经》。或言《内经》后人所作,而本于黄帝。"③

这样的说法成为黄帝与医药关系的范本:

> 著体诊之诀于岐伯、雷公……乃立明堂之议,以观于贤也。时有仙伯出于岐山下,号岐伯,善说草木之药性味,为大医,帝请主方药。帝乃修神农所尝百草性味,以理疾者,作《内外经》。又有雷公述《炮炙方》,定药性之善恶。扁鹊俞附二臣定《脉经》,疗万姓所疾。帝与扁鹊论脉法,撰《脉书上下经》。帝问岐伯脉法,又制《素问》等书及《内经》。帝问少俞针注,乃制《针经》《明堂图灸之法》,此针药之始也。④

> (黄帝)谓人之生,负阴而抱阳,食味而被色,寒暑盪之外,喜怒攻之内,天昏凶札,君民代有。乃上穷下际,察五气,立五运,洞性命,纪阴阳,极咨于岐、雷,而《内经》作,谨候其时,著之玉版,以藏灵兰之室。演谷仓,推贼曹。命俞附、岐伯、雷公察明堂,究息脉,谨候其时,则可完全。命巫彭、桐君

①　[唐]李百药等.北齐书[M]卷四十九.列传第四十一.北京:中华书局.1995:673

②　[宋]苏辙.古史[M](影印国图藏宋刻元明递修本)卷一.北京:北京图书馆出版社.2003:第一叶

③　[宋]郑樵.通志[M]卷一.北京:中华书局.1987:志三二下

④　[唐]王瓘.轩辕本纪[M],见[宋]张君房.云笈七籖[M].北京:中华书局.2003:2167

处方盅饵,湔汗刺治,而人得以尽年。①

"神农始究息脉,辩药性,制针灸,作医方。轩辕臣巫彭始制药丸,伊尹创煎药,秦和始为医书。"②

这样的说法也进入教科书:"(黄帝)作内经。(黄)帝以人之生也,负阴而抱阳,食味而被色,寒暑盪之于外,喜怒攻之于内,夭昏凶札,君民代有。乃上穷下际,察五气,立五运,洞性命,纪阴阳,咨于岐伯,而作《内经》。复命俞跗、岐伯、雷公察明堂,究脉息;巫彭、桐君处方饵,而人得以尽年。"③此段文字实则是《路史》记载的精简版。《事物纪原》《古今事物考》均引《帝王世纪》的词语来解释"药方"、"医"、"医书"、"难经"、"本草"、"九针"、"明堂"等相关医药条目。④

这样的说法更为医学家所继承:

> 本草之名自黄帝岐伯始,其《补注·总叙》言,旧说《本草经》者,神农之所作,而不经乎。《帝纪》元始五年,举天下通知方术本草者,所在轺传,遣诣京师,此但见本草之名,终不能断自何代而作。又《楼护传》称,护少诵医经、本草、方术,数十万言,本草之名盖见于此。是尤不然也。《世本》曰:神农尝百草以和药济人,然亦不著本草之名,皆未臻厥理。尝读《帝王世纪》曰:黄帝使岐伯尝味草木,定《本草经》,造医方,以疗众疾。则知本草之名自黄帝岐伯始。其《淮南子》之言,神农尝百草之

---

① ［宋］罗泌.路史［M］(影印酉山堂嘉庆间重镌宋本).后纪五.先秦史研究文献三种［M］(第4册).北京:国家图书馆出版社.2013:307－309

② ［明］董斯张.广博物志［M］(影印学海堂刊本)卷二十二.扬州:江苏广陵古籍刻印社.1987:第一叶

③ ［清］吴乘权.纲鉴易知录［M］卷一.北京:中华书局.1960:12－13

④ 参见:［宋］高承等.事物纪原［M］卷七.技术医卜部.北京:中华书局.1985:277－279;［明］王三聘.古今事物考［M］卷二.北京:中华书局.1985:39

滋味,一日七十毒,亦无本草之说。是知此书乃上古圣贤具生
知之智,故能辨天下品物之性味,合世人疾病之所宜。①
这里以《黄帝内经》为依据,动摇了神农尝百草神话的固有说法,
可见《内经》的影响。"医经者,黄帝岐伯之问答,方书之本
也。"②《黄帝内经》在中医中显赫的地位,使得黄帝岐伯成为宗师
人物。"迨黄帝好生之德,师岐伯设为问答之词,著《内经》以觉后
人之所未觉,医道斯昭昭矣。"③

　　黄帝岐伯问答成为这时黄帝医药活动的主要形式。黄帝尤其
得到后世医家的推崇,孙思邈说:"黄帝受命,创制九针,与方士岐
伯、雷公之伦,备论经脉,旁通问难,详究义理,以为经论,故后世
可得依而畅焉。"④林亿说:"黄帝欲创九针,以治三阴三阳之疾,得岐
伯而砭艾之法精。虽大圣人有意于极民之瘼,必待贤明博通之臣,
或为之先,或为之后,然后圣人之所为,得行于永久也。"⑤李駉说:
"黄帝八十一难经,卢国秦越人所撰。……医经之兴,始于黄帝,故
系之黄帝焉,以明其义。"⑥

　　黄帝岐伯对答,成为黄帝医药活动的主流说法,这本源于《黄
帝内经》,从中可以看出《黄帝内经》在提升黄帝与医药联系方面
的决定性贡献。同时,黄帝访求医药的一脉也没有彻底消失,主要

　　①　[宋] 寇宗奭.本草衍义[M]卷一.北京:中华书局.1985:2-3

　　②　[宋] 程迥.医经正本书[M]序.北京:中华书局.1985:1

　　③　题[宋] 窦汉卿.疮疡经验全书[M](影印明隆庆大酉堂刻本)跋,见
《续修四库全书》编纂委员会.续修四库全书[G](第1012册).上海:上海古
籍出版社.2002:591

　　④　[唐] 孙思邈.备急千金要方序[A],见[唐] 孙思邈.备急千金要方
[M](影印江户医学影北宋本).北京:人民卫生出版社.1955:6

　　⑤　[宋] 林亿.新校备急千金要方序[A],见[唐] 孙思邈.备急千金要
方[M](影印江户医学影北宋本).北京:人民卫生出版社.1955:3

　　⑥　[宋] 李駉.黄帝八十一难经纂图句解[M].序论.北京:人民卫生出
版社.1997:1

流传于神仙方士中。

《博物志》载：黄帝问天老曰："天地所生,岂有食之令人不死者乎?"天老曰："太阳之草,名曰黄精,饵而食之,可以长生;太阴之草,名曰钩吻,不可食,入口立死。人信钩吻之杀人,不信黄精之益寿,不亦惑乎?"①葛洪在《抱朴子》中把黄帝炼丹和黄帝访仙求道归于一处："按《黄帝九鼎神丹经》曰,黄帝服之,遂以升仙。又云,虽呼吸导引,及服草木之药,可得延年,不免于死也;服神丹令人寿无穷已,与天地相毕,乘云驾龙,上下太清。黄帝以传玄子,戒之曰:此道至重,必以授贤。苟非其人,虽积玉如山,勿以此道告之也。"②

同时,可以看到访求一脉与对答一脉的融合。"昔黄帝生而能言,役使百灵,可谓天授自然之体也,犹复不能端坐而得道。故……登崆峒而问广成,……论导养则资玄素二女……著体诊则受雷公、岐伯……"③"(黄帝)复岐下见岐伯,引载而归,访于治道。"④这也从一个侧面看出《黄帝内经》的巨大影响力。

综上所述,黄帝和医药的关系不是天然的,不是一开始就是紧密的。《黄帝内经》形成广泛影响之前,黄帝和医药联系在一起,主要是黄帝求仙访道的传说中有涉及医疗养生的内容,这是那时黄帝和医药联系在一起的主要形式。在《黄帝内经》具备广泛影

---

① ［晋］张华.博物志［M］.景印文渊阁四库全书［G］(第 1047 册).台北：商务印书馆.1986：593

② ［晋］葛洪著、王明校释.抱朴子内篇校释［M］卷四.金丹篇.北京：中华书局.1980：65

③ ［晋］葛洪著、王明校释.抱朴子内篇校释［M］卷十三.极言篇.北京：中华书局.1980：219

④ ［宋］罗泌.路史［M］(影印酉山堂嘉庆间重镌宋本).后纪五.先秦史研究文献三种［M］(第 4 册).北京：国家图书馆出版社.2013：284

响之后,黄帝和医药的关系受到这部医经的强烈影响,他们之间的关系由黄帝求仙访道为主流变为黄帝岐伯对答为主流,而且被史家、医家和民间广泛接受。综合考虑黄帝与医药的关系,他无论是求仙还是和岐伯等人对答,都仅限于"坐而论道",并没有确切参与疗病制药的医药实践,因此他的医药成就是借助岐伯等人实现的。在《黄帝内经》的影响下,黄帝在医药方面的声名日隆,被尊为医药事业的开始,虽然黄帝并没有直接从事医药实践,但借助他属下的医药团队,他们共同取得的医药成就使得黄帝成为中国传统医药文化中最显要的人物。

第四章
扁鹊传说解读

第一节　史载扁鹊事迹的基本脉络

从"扁鹊"见于《战国策》开始,历代记载不绝。对扁鹊的记载可以分为前后两个鲜明的阶段,《史记·扁鹊仓公列传》的扁鹊部分(下简称为《史记·扁鹊传》或《扁鹊传》)是两个阶段的分界桩。在《扁鹊传》之前,扁鹊的基本事迹还没有形成体系,处于零散的状态。《扁鹊传》之后,但凡言及扁鹊,一般均以此为本,即使民间演绎也可以看到《史记》的巨大影响,两千余年的流变仍没有脱离出《史记·扁鹊传》圈定的基本范围。《史记》选择性地吸收了前代的史料记载和民间传说,作了《扁鹊传》,把扁鹊正史化,开启了后世对扁鹊认识的基本路径。《扁鹊传》在承前启后中表现了对扁鹊的独特认知。

一、《史记·扁鹊传》之前的记载

从目前可见的史料看,在《史记·扁鹊传》之前关于扁鹊的记载还是较为可观的,然而由于时代久远,尤其是一些先秦古籍,要么被斥为伪书,要么经过后人大幅改动,所以大都不能下确定的结论。先秦(假定)文献提到扁鹊的记载集中在《战国策》《列子》《鹖冠子》《韩非子》四书中,《战国策》和《韩非子》虽然没有被激烈地抨击为伪书,但后人窜入的说法也一直存在。对于《列子》《鹖冠子》二书,历史上主流的观点认为不是先秦的文献,当然,持反对观点的也不乏其人。由于重点和篇幅所限,无力考辨诸书真伪详情,只能依循通行观点,如有必要,尽量兼顾多种意见。

根据叙述内容,大致可以将这一时期的扁鹊记载分为两种,一种是没有叙述扁鹊的任何事迹,仅仅提到了扁鹊的名字,需要从上下文中提取关于扁鹊的其他信息,另一种是叙述了扁鹊的某件事,得到的信息主要集中在这件事上,而不用特别依靠上下文。

第一种情况诸如:

或谓韩相国曰:人之所以善扁鹊者,为有臃肿也;使善扁鹊而无臃肿也,则人莫之为之也。(《战国策》)①

故制事者因其则,服药者因其良,书不必起仲尼之门,药不必出扁鹊之方。合之者善,可以为法,因世而权行。(《新语》)②

失今弗治,必为锢疾,后虽有扁鹊,弗能为已。(《新书》)③

昔者冯夷得道,以潜大川,钳且得道,以处昆仑,扁鹊以治病,造父以御马;羿以之射,倕以之斫。所为者各异,而所道者一也。(《淮南子》)④

患至而后忧之,是犹病者已惓而索良医也,虽有扁鹊俞跗之巧犹不能生也。(《淮南子》)⑤

所以贵扁鹊者,非贵其随病而调药,贵其摩息脉血,知疾

① [汉]刘向.战国策[M].韩三.上海:上海古籍出版社.1985:1019

② [汉]陆贾.新语[M]术事第二.诸子集成[G](第七册).北京:中华书局.1986:5

③ [汉]贾谊.新书[M]卷一.大都.北京:中华书局.1985:11

④ [汉]刘安等编、[汉]高诱注.淮南子[M](影印浙江书局本)卷十一.齐俗训.上海:上海古籍出版社.1989:116-117

⑤ [汉]刘安等编、[汉]高诱注.淮南子[M](影印浙江书局本)卷十八.人间训.上海:上海古籍出版社.1989:193

之所从生也。(《淮南子》)①

从这些简短的叙述中,可以看到,扁鹊大概是这样的形象:以能够治病闻名于世,在治病时最擅长的是脉学,可能治疗痈肿的功效格外突出,对于各种痼疾颇为拿手,是世人公认的良医,在医学上与俞附同名,在其他领域可以与冯夷、钳且、造父等人为伍。上述各条记录之间没有任何冲突,对扁鹊的认识基本是一致的,因此可以推知,在这个时期内,扁鹊的良医形象已经得到世人的普遍认可,扁鹊的形象和这个名号的内涵已经固定下来。他们在自己的文章中提到"扁鹊",前提是可以确证使用这一词汇不至于引起误解。仅依据上述材料,可以推断出,战国时已经流传着大量关于扁鹊的传说了,可能这个时候"扁鹊"已经抽象成特定的符号,与原本的人物事件发生分离,成为可以和任何事件结合的词根式符号。到西汉初,这个过程无疑已经彻底完成了。从和扁鹊并列的俞附、冯夷、钳且、造父、羿、垂等名字中,就可以清晰知道彼时的人们把扁鹊放在什么样的身份群体中。就上述材料整体而言,扁鹊和俞附、冯夷、钳且一样,是生活在秦汉人的"上古"里了。

在和《史记》相近的时期,更多的材料也支撑上述观点。例如《七发》《盐铁论》《解嘲》等文的只言片语:

虽令扁鹊治内,巫咸治外,尚何及哉!(《七发》)②

故扁鹊不能肉白骨,微箕不能存亡国也。(《盐铁论》)③

文学曰:扁鹊抚息脉而知疾所由生……非扁鹊之用铁石……此皆扁鹊之力,而盐铁之福也……扁鹊何力,而盐铁何

① [汉]刘安等编、[汉]高诱注.淮南子[M](影印浙江书局本)卷二十.泰族训.上海:上海古籍出版社.1989:224

② [汉]枚乘.七发[A],见[南朝梁]萧统编、[唐]李善等注.六臣注文选[M](影印《四部丛刊》本).北京:中华书局.1987:63

③ [汉]桓宽.盐铁论[M].非鞅第七.诸子集成[G](第七册).北京:中华书局.1986:8

福也。(《盐铁论》)①

　　文学曰：扁鹊不能治不受针药之疾……(《盐铁论》)②

　　扁鹊攻于腠理，绝邪气，故痈疽不得成形……(《盐铁论》)③

　　子徒笑我玄之尚白，吾亦笑子之病甚，不遭史跗扁鹊，悲夫。(《解嘲》)④

　　可以说它们也大致属于《史记·扁鹊传》之前扁鹊记载的第一种情况，可以补充和支持基于上述材料做出的结论。从战国到汉的这些简短材料，包含的信息量往往不亚于关于扁鹊的长文叙事。它们一定程度上可以说明不需要、不必要做确切的考证和传授，世人已经普遍理解"扁鹊"所表达的基本信息。

　　第二种情况即是叙述了扁鹊的某个事迹。和第一种情况相比，第二种情况的史料完整叙述了扁鹊的一个故事。

　　在《战国策》中是"扁鹊见秦武王"：

　　医扁鹊见秦武王，武王示之病，扁鹊请除。左右曰："君之病，在耳之前，目之下，除之未必已也，将使耳不聪，目不明。"君以告扁鹊。扁鹊怒而投其石："君与知之者谋之，而与不知者败之。使此知秦国之政也，则君一举而亡国矣。"⑤

　　在《列子》中是"鲁赵二人换心"：

①　[汉]桓宽.盐铁论[M].轻重第十四.诸子集成[G]（第七册）.北京：中华书局.1986：16

②　[汉]桓宽.盐铁论[M].相刺第二十.诸子集成[G]（第七册）.北京：中华书局.1986：23

③　[汉]桓宽.盐铁论[M].大论第五十九.诸子集成[G]（第七册）.北京：中华书局.1986：61

④　[汉]扬雄.解嘲[A]，见[汉]扬雄著、张震泽校注.扬雄集校注[M].上海：上海古籍出版社.1993：191

⑤　[汉]刘向.战国策[M].秦二.上海：上海古籍出版社.1985：147

鲁公扈、赵齐婴二人有疾,同请扁鹊求治。扁鹊治之。既同愈,谓公扈、齐婴曰:"汝曩之所疾,自外而干府藏者,固药石之所已。今有偕生之疾,与体偕长。今为汝攻之,何如?"二人曰:"愿先闻其验。"扁鹊谓公扈曰:"汝志强而气弱,故足于谋而寡于断。齐婴志弱而气强,故少于虑而伤于专。若换汝之心,则均于善矣。"扁鹊遂饮二人毒酒,迷死三日,剖胸探心,易而置之;投以神药,既悟如初。二人辞归。于是公扈反齐婴之室,而有其妻子,妻子弗识。齐婴亦反公扈之室,有其妻子,妻子亦弗识。二室因相与讼,求辨于扁鹊。扁鹊辨其所由,讼乃已。①

在《鹖冠子》中是"扁鹊三人孰最善为医":

……卓襄王曰:"愿闻其数。"煖曰:"王独不闻魏文王之问扁鹊耶?曰:'子昆弟三人其孰最善为医?'扁鹊曰:'长兄最善,中兄次之,扁鹊最为下。'魏文侯曰:'可得闻邪?'扁鹊曰:'长兄于病视神,未有形而除之,故名不出于家。中兄治病,其在毫毛,故名不出于闾。若扁鹊者,镵血脉,投毒药,副肌肤间,而名出闻于诸侯。'魏文侯曰:'善。使管子行医术以扁鹊之道,曰桓公几能成其霸乎!'凡此者,不病病,治之无名,使之无形,至功之成,其下谓之自然。故良医化之,拙医败之,虽幸不死,创深股维。"卓襄王曰:"善,寡人虽不能无创,孰能加秋毫寡人之上哉?"②

在《韩非子》中是"扁鹊见蔡桓公":

扁鹊见蔡桓公,立有间,扁鹊曰:"君有疾在腠理,不治将恐深。"桓侯曰:"寡人无疾。"扁鹊出,桓侯曰:"医之好治不病

① 题[战国] 列御寇.列子[M]卷五.汤问.北京:中华书局.1985:68
② [战国] 佚名.鹖冠子[M].世贤第十六.北京:中华书局.1985: 100-103

以为功。"居十日,扁鹊复见曰:"君之病在肌肤,不治将益深。"桓侯不应。扁鹊出,桓侯又不悦。居十日,扁鹊复见曰:"君之病在肠胃,不治将益深。"桓侯又不应。扁鹊出,桓侯又不悦。居十日,扁鹊望桓侯而还走。桓侯故使人问之,扁鹊曰:"疾在腠理,汤熨之所及也;在肌肤,针石之所及也;在肠胃,火齐之所及也;在骨髓,司命之所属,无奈何也。今在骨髓,臣是以无请也。"居五日,桓公体痛,使人索扁鹊,已逃秦矣。桓侯遂死。故良医之治病也,攻之于腠理。此皆争之于小者也。夫事之祸福亦有腠理之地,故曰:"圣人蚤从事焉。"①

在《新语》中是"扁鹊出亡之卫":

> 昔扁鹊居宋,得罪于宋君,出亡之卫。卫人有病死者,扁鹊至其家,欲为治之。病者之父谓扁鹊曰:"吾子病甚笃,将为迎良医治,非子所能治也。"退而不用,乃使灵巫求福请命,对扁鹊而祝,病者卒死,灵巫不能治也。夫扁鹊,天下之良医,而不与灵巫争用者,知与不知也。②

在《韩诗外传》中是"扁鹊诊虢太子":

> 扁鹊过虢侯,世子暴病而死。扁鹊造宫,曰:"吾闻国中卒有壤土之事,得无有急乎?"曰:"世子暴病而死。"扁鹊曰:"入言郑医秦越人能治之。"中庶子之好方者出应之,曰:"吾闻上古医者曰弟父,弟父之为医也,以莞为席,以刍为狗,北面而祝之,发十言耳,诸扶舆而来者,皆平复如故。子之方岂能若是乎?"扁鹊曰:"不能。"又曰:"吾闻中古之为医者曰踰跗,踰跗

---

① [战国] 韩非.韩非子[M](影印浙江书局本)卷七.喻老篇.上海:上海古籍出版社.1989:56

② [汉] 陆贾.新语[M].资质第七.诸子集成[G](第七册).北京:中华书局.1986:12-13

之为医也,搦木为脑,芷草为躯,吹窍定脑,死者复生。子之方岂能若是乎?"扁鹊曰:"不能。"中庶子曰:"苟如子之方,譬如以管窥天,以锥刺地,所窥者大,所见者小,所刺者巨,所中者少,如子之方,岂足以变童子哉?"扁鹊曰:"不然。事故有昧投而中蚊头,掩目而别白黑者。夫世子病,所谓尸蹷者,以为不然,试入诊,世子股阴当温,耳焦焦如有啼者声。若此者,皆可活也。"中庶子遂入诊世子,以病报,虢侯闻之,足跣而起,至门曰:"先生远辱,幸临寡人,先生幸而治之,则粪土之息,得蒙天地载长为人;先生弗治,则先犬马填壑矣。"言未卒,而涕泣沾襟。扁鹊入,砥针砺石,取三阳五输,为先轩之灶,八拭之阳,子同(捣)药,子明灸阳,子游按磨,子仪反神,子越扶形,于是世子复生。天下闻之,皆以扁鹊能起死人也。扁鹊曰:"吾不能起死人,直使夫当生者起。"死者犹可药,而况生者乎! 悲夫! 罢君之治,无可药而息也。诗曰:"不可救药。"言必亡而已矣。①

上文共列出了六个故事,它们均独立完整,不仅没有出现故事雷同的情况,即使故事讲述中有某些信息重合的情况也没有发生,它们唯一的共同点就是主人公之一是扁鹊。不得不怀疑有没有某个故事是扁鹊专属的,至少从上述材料中看不出这一点。这六个故事中,发生的时间各异、地点各异、人物各异,考证孰真孰假没有多大意义,因为从上下文中可以看出,讲述扁鹊故事仅是为了说明某个道理而已,主旨并不在扁鹊的故事上。从这个角度来讲,把扁鹊换成张三李四并没有多大区别,主要用来为说理服务,故事的主人公并不起决定作用。但是,从另一个角度讲,选择扁鹊做例子也并非偶然,至少这个人要具备相当的知名度,基本角色设定为世人共知,扁鹊明确符合这样的条件。至于把扁鹊作为主人公的故事

① [汉] 韩婴.韩诗外传[M]卷十.北京:中华书局.1985:129-130

是如何具体讲述的,决定因素并不在于主人公是谁,而在于故事要说明什么样的道理。由于种种限制,这些扁鹊故事到底是取自当时的史料、民间传说,还是撰者自编,不大容易确定。这六个故事构成了一个故事丛,理应能够代表当时仍然流传着众多的扁鹊故事,因为这六个故事结构上的衍生性显而易见。

表 4.1.1 扁鹊事迹与说理之间的关系

扁鹊事迹	出　处	故事中人物	欲说明的道理
扁鹊见秦武王	《战国策》	秦武王	观人知政
鲁赵二人换心	《列子》	鲁公扈、赵齐婴	均,天下之至理也
扁鹊三人孰最善为医	《鹖冠子》	魏文王	治国以自然之道
扁鹊见蔡桓公	《韩非子》	蔡桓公	欲制物者于其细也
扁鹊出亡之卫	《新语》	卫人	求远失近,广藏狭弃
扁鹊诊虢太子	《韩诗外传》	虢太子	罢君之治,无可药而息也

当时流传的扁鹊故事,全貌已经不可见了,从这六个故事上,大致可以窥见几分。扁鹊的形象仍然是良医的形象,有语言、动作描写,扁鹊的形象更丰富了。至于故事中叙述到的扁鹊有三兄弟,扁鹊为秦武王看病、为二人换心、为蔡桓公看病、救治虢太子等,暂不宜与正史相参。能够提供的信息其实和第一种情况的只言片语并无二致。至少在现存的这六个故事中,扁鹊没有摆脱作为"寓言"的状态。它们寓以说理的做法,也直接被《史记·扁鹊传》所继承,虽然扁鹊变换样子作为传主出现,但重点从来都没有聚集在扁鹊身上。从后世的影响上来讲,这六个故事各不相同,"诊虢太子"稍改几字进入《扁鹊传》,"见蔡桓

公"被改编为"见齐桓侯"也进入《扁鹊传》,二者从此被纳入《扁鹊传》开创的扁鹊故事序列中。其他四个故事偶有提及,但与前二者不可同日而语。

二、《史记·扁鹊传》的记载

司马迁作《扁鹊传》的理由是"扁鹊言医,为方者宗,守数精明;后世循序,弗能易也,而仓公可谓近之矣。作《扁鹊仓公列传》第四十五。"①在他看来,扁鹊是医药宗师级别的人物,应当立传。从后世来看,《史记》为扁鹊立传的重要意义如何强调也不为过。

但《扁鹊传》谜团密布,引发了后人无数猜测,反而成为《史记》中最难解的一篇。《扁鹊传》为现通行本《史记》第一百○五卷,列传第四十五,与上下各卷无直接关联,所以《史记索隐》引王劭的话说:"此医方,宜与《日者》《龟策》相接,不合列传于此。后人之误也。"②从类别上看,医卜星相划归一类是惯常看法。《史记正义》从时间排序上予以反驳:"此传是医方,合与《龟策》《日者》相次,以淳于意孝文帝时医,奉诏问之,又为齐太仓令,故太史公以此述之,扁鹊乃春秋时良医,不可别序。故引为传首,太仓公次之。"③《史记扁鹊仓公列传补注》认为这样编序自有道理,只是后人不知道而已:"编次前后,龙门不定;《正义》臆说纷纷,徒乱其例,不可从也。"④

《扁鹊传》在《史记》中到底为何而处于这样的编次,是太史公

---

① ［汉］司马迁.史记[M]卷一百三十.太史公自序.北京:中华书局.1995:3316

② ［汉］司马迁.史记[M]卷一百五.扁鹊仓公列传.北京:中华书局.1995:2785

③ ［汉］司马迁.史记[M]卷一百五.扁鹊仓公列传.北京:中华书局.1995:2785

④ 张骥.史记扁仓列传补注[M](张氏自刻本).1935:第一叶

有意所为,还是后人误串,有意为之是何种深意,后人误串又是何人所为。既然众说未定,证据不在,如何说也只能归于"臆测"。一个重要的问题是,诸如《扁鹊传》编次的问题,除了专业人士的考究外,它在《扁鹊传》历史作用中的地位,仍然像问题本身那样无法确定。

从叙述的角度可以把《扁鹊传》切分成以下情节:

a. 受业长桑君;b. 诊赵简子;c. 诊虢太子;d. 见齐桓侯;e. 随俗为变;f. 被李醯谋杀。

如果按照时间叙述的一般逻辑,这几个情节是前后相继的,先是从长桑君那里学到了医术,而后为几位重要的人物看病,之后四处行医,名气太大而被杀。但事实上,司马迁构造的这个貌似完整的故事,各情节间没有任何逻辑关系。长桑君本就是虚无缥缈的,扁鹊学到了什么样的医术尚不得知,即使有透视的本领,后面的医案中也没有看出他如何使用;游方医触动堂堂太医令的声威而被杀,说来如同儿戏。

先就各个细节稍作分析。

a. 受业长桑君

扁鹊者,勃海郡郑人也,姓秦氏,名越人。少时为人舍长,舍客长桑君过,扁鹊独奇之,常谨遇之,长桑君亦知扁鹊非常人也。出入十余年,乃呼扁鹊私坐,间与语曰:"我有禁方,年老,欲传与公,公毋泄。"扁鹊曰:"敬诺。"乃出其怀中药予扁鹊:"饮是以上池之水三十日,当知物矣。"乃悉取其禁方书尽与扁鹊。忽然不见,殆非人也。扁鹊以其言饮药三十日,视见垣一方人。以此视病,尽见五藏症结,特以诊脉为名耳。为医或在齐,或在赵,在赵者名扁鹊。

作为故事的开头,交代了基本的姓氏籍贯,这是传记开头的套路,但却不是讲故事的必须,这一个开头重在介绍了扁鹊医术的来历。但又未免太神话了一些,不能让人信任。无非为了说明扁鹊的医术天授而非人为。

b. 诊赵简子

　　当晋昭公时,诸大夫强而公族弱。赵简子为大夫,专国事。简子疾,五日不知人,大夫皆惧,于是召扁鹊。扁鹊入视病,出。董安于问扁鹊,扁鹊曰:"血脉治也,而何怪!昔秦穆公尝如此,七日而寤。寤之日,告公孙支与子舆曰:'我之帝所甚乐。吾所以久者,适有所学也。帝告我:"晋国且大乱,五世不安。其后将霸,未老而死。霸者之子且令而国男女无别。"'公孙支书而藏之,秦策于是出。夫献公之乱,文公之霸,而襄公败秦师于殽而归纵淫,此子之所闻。今主君之病与之同,不出三日必间,间必有言也。"

　　居二日半,简子寤,语诸大夫曰:"我之帝所甚乐,与百神游于钧天,广乐九奏万舞,不类三代之乐,其声动心。有一熊欲援我,帝命我射之,中熊,熊死。有黑来,我又射之,中黑,黑死。帝甚喜,赐我二笥,皆有副。吾见儿在帝侧,帝属我一翟犬,曰:'及而子之壮也以赐之。'帝告我:'晋国且世衰,七世而亡。嬴姓将大败周人于范魁之西,而亦不能有也。'"董安于受言,书而藏之。以扁鹊言告简子,简子赐扁鹊田四万亩。

此篇又见《赵世家》,扁鹊本是个医者,不是个解梦家,类似赵简子这样像得病似的臆梦,反而借扁鹊之口,行谶纬之实。

c. 诊虢太子

　　其后扁鹊过虢,虢太子死。扁鹊至虢宫门下,问中庶子喜方者曰:"太子何病,国中治穰过于众事?"中庶子曰:"太子病血气不时,交错而不得泄,暴发于外,则为中害。精神不能止邪气,邪气畜积而不得泄,是以阳缓而阴急,故暴蹶而死。"扁鹊曰:"其死何如时?"曰:"鸡鸣至今。"曰:"收乎?"曰:"未也,其死未能半日也。""言臣齐勃海秦越人也,家在于郑,未尝得望精光侍谒于前也。闻太子不幸而死，臣能生之。"中庶子曰："先生得无诞之乎？何以言太子可生也！臣闻上古之时，医有俞跗，治病不以汤液醴酒、镵石挢引，案扤毒熨，一拨见病之应，因五藏之输，乃割皮解肌，诀脉结筋，搦髓脑，揲荒爪幕，湔浣肠胃，漱涤五藏，练精易形。先生之方能若是，则太子可生也；不能若是，而欲生之，曾不可以告咳婴之儿。"终日，扁鹊仰天叹曰："夫子之为方也，若以管窥天，以郄视文。越人之为方也，不待切脉、望色、听声、写形，言病之所在。闻病之阳，论得其阴；闻病之阴，论得其阳。病应见于大表，不出千里，决者至众，不可曲止也。子以吾言为不诚，试入诊太子，当闻其耳鸣而鼻张，循其两股，以至于阴，当尚温也。"

中庶子闻扁鹊言，目眩然而不瞚，舌挢然而不下，乃以扁鹊言入报虢君。虢君闻之大惊，出见扁鹊于中阙，曰："窃闻高义之日久矣，然未尝得拜谒于前也。先生过小国，幸而举之，偏国寡臣幸甚。有先生则活，无先生则弃捐填沟壑，长终而不得反。"言未卒，因嘘唏服臆，魂精泄横，流涕长潸，忽忽承睫，悲不能自止，容貌变更。扁鹊曰："若太子病，所谓尸蹶者也。夫以阳入阴中，动胃缠缘，中经维络，别下于三焦、膀胱，是以阳脉下遂，阴脉上争，会气闭而不通，阴上而阳内行，下内鼓而不起，上外绝而不为使，上有绝阳之络，下有破阴之纽，破阴绝阳，色废脉乱，故形静如死状。太子未死也。夫以阳入阴支阑藏者生，以阴入阳支阑藏者死。凡此数事，皆五脏蹶中之时暴作也。良公取之，拙者疑殆。"

扁鹊乃使弟子子阳厉针砥石，以取外三阳五会。有间，太子苏。乃使子豹为五分之熨，以八减之齐和煮之，以更熨两胁下。太子起坐。更适阴阳，但服汤二旬而复故。故天下尽以扁鹊为能生死人。扁鹊曰："越人非能生死人也。此自当生者，越人能使之起耳。"

　　此事又见《韩诗外传》，比前者的记录更多了几许医者的言语，如果不是《史记》借鉴了《韩诗外传》或者后人篡改《韩诗外传》时摘录了《史记》的话，那么，这个故事二者的来源是相同的。

　　d. 见齐桓侯

　　　　扁鹊过齐，齐桓侯客之。入朝见，曰："君有疾在腠理，不治将深。"桓侯曰："寡人无疾。"扁鹊出，桓侯谓左右曰："医之好利也，欲以不疾者为功。"后五日，扁鹊复见，曰："君有疾在血脉，不治恐深。"桓侯曰："寡人无疾。"扁鹊出，桓侯不悦。后五日，扁鹊复见，曰："君有疾在肠胃间，不治将深。"桓侯不应。扁鹊出，桓侯不悦。后五日，扁鹊复见，望见桓侯而退走。桓侯使人问其故。扁鹊曰："疾之居腠理也，汤熨之所及也；在血脉，针石之所及也；其在肠胃，酒醪之所及也；其在骨髓，虽司命无奈之何！今在骨髓，臣是以无请也。"后五日，桓侯体病，使人召扁鹊，扁鹊已逃去，桓侯遂死。

《韩非子》已经讲过"蔡桓侯"的故事，除了主人公变了一下，故事基本没有变，甚至字句都相同，所以大致可以确定，《史记》的这个故事来自《韩非子》。细节的少许改变说明这个故事在流传中已经出现了异文。

　　e. 随俗为变；f. 被李醯谋杀

　　　　扁鹊名闻天下。过邯郸，闻贵妇人，即为带下医；过雒阳，闻周人爱老人，即为耳目痹医；来入咸阳，闻秦人爱小儿，即为小儿医：随俗为变。秦太医令李醯自知伎不如扁鹊也，使人刺杀之。

扁鹊除了给上述几个重要人物看过病之外，更多的时间是四处游走，在民间行医，最后名声太大，被秦国的太医令谋杀了。扁鹊名闻天下，四处为医，何以就触动了李醯的妒火？二人并不在一个舞台上较量，扁鹊何以至于毙命？故事的结尾以扁鹊的死告终，而且文末还感慨道："扁鹊以其伎见殃……故老子曰'美好者不祥

之器',岂谓扁鹊等邪?"①这样的说法未免太简单了,关于扁鹊的
死应该还有细情没有讲清楚,因为从司马迁的感慨来看,仅是因为
《扁鹊传》的一句话而已,既然司马迁这么在乎,怎么可能对个中
隐情不清楚呢? 交代传主所终,是传记的收束,但作为故事叙述,
尚没有完结。

　　单个看每个情节,都存在某种问题,但如果整体来看,问题
更大。后人最为疑惑的地方就是,扁鹊诊断过的对象前后相距数
百年。如果分析一下每个情节叙述之外的目的,或许可见一些
端倪。

表 4.1.2　《扁鹊传》中扁鹊事迹与叙述目的

扁鹊事迹	其他重要人物	年　代	叙述目的
a. 受业长桑君	长桑君	无考	医术师承
b. 诊赵简子	赵简子	赵简子卒于公元前458年	治病以预见政治
c. 诊虢太子	中庶子	诸虢中最后被灭的北虢于公元前655年灭于晋	天下人尽以为扁鹊能生死人
d. 见齐桓侯	齐桓侯	无桓侯,桓公有二,姜小白卒于公元前643年,田午卒于公元前379年	观人知病
e. 随俗为变	无	无	名闻天下
f. 被李醯谋杀	李醯	无考	以伎见殃

　　如果是做历史考究,这样分布在不同历史时期的故事确实无

①　［汉］司马迁.史记[M]卷一百五.扁鹊仓公列传.北京:中华书局.
1995: 2817

法确信孰真孰假,确实要花一番功夫去辨析证明。单纯从故事的角度来看,表4.1.2中的相关人物年代尚没有表4.1.1中可靠的成分多一些。那么,《史记》晚出,为何时间上却更不确切了呢。更为重要的一点是,司马迁说扁鹊被杀的原因是"以伎见殃",除了这个结果,从之前所述的各个细节中看不出任何"以伎见殃"的苗头,它们都表明了扁鹊名闻天下、医术了得,甚至还得到赵简子赏赐的四万亩田。从叙述策略上来讲,这与其说是为了"以伎见殃"作铺垫,倒不如说是为了神奇医术做案例解释。由此只能说,这个故事并非严整。

通过对比表4.1.2和表4.1.1,值得注意的地方是两表的交集,"诊虢太子"和"见齐(蔡)桓侯",《扁鹊传》明显地截取了故事,而对原书所讲的道理没有采纳。两表还有共同之处,《扁鹊传》中的故事都没有脱离开以治病阐释政治道理或主张的路数,尤其以赵简子例最为明显,这正是《扁鹊传》之前记载的特点。所以说,《史记》在从各种来源的材料中截取扁鹊故事相关部分的时候,不可能做到纯粹地只限于扁鹊。从表4.1.1中散见于各书到表4.1.2集中在《史记·扁鹊传》一文中,通过对比可以得知,司马迁面对的扁鹊事迹是散见的,并没有一个较为清晰的脉络。战国以来就广泛流传的扁鹊故事,不可能整理出一个完美无缺的《扁鹊传》。《扁鹊传》的尝试就是选取可见的材料,作出一篇看似完整的、有头有尾的传记。对于正史的严肃性而言,无须论价值如何,把医者各类事迹的系统整理,并放在一个正史传记的框架中,《扁鹊传》是开创性的。

《史记》提到扁鹊的共四处,一处即是《扁鹊传》,一处是也记载了《扁鹊传》中赵简子故事的《赵世家》,一处是阐释作各篇缘由的《太史公自序》,一处是《高祖本纪》。《高祖本纪》载:"高祖击布时,为流矢所中,行道病。病甚,吕后迎良医。医入见,高祖问医。医曰:'病可治。'于是高祖嫚骂之曰:'吾以布衣提三尺剑取天下,此非天命乎?命乃在天,虽扁鹊何益.'遂不使治病,赐金五十斤罢之。"这条材料,应当是相对可靠的实录,即使是编造,也是汉初人编造,在司马迁看来尚且不算故纸堆的东西。这里的记载同样是把扁鹊当成古代名医的代号,与前文对扁鹊的分析一致。

三、《史记·扁鹊传》之后的记载

《史记》的影响力是巨大的,尤其表现在后世对扁鹊的引述上,无论是仅仅提到扁鹊的名字,或是有关扁鹊的故事,都基本以《扁鹊传》为底版。在漫长的历史中,扁鹊的故事也出现了一些新的情况,这些情况也可以清晰地看到《扁鹊传》影响的痕迹。因此大致而言,《史记·扁鹊传》之后的扁鹊记载,都部分地拘囿于《扁鹊传》的影响。依据前文的分类方式,下文拟将《扁鹊传》之后的记载亦分为无故事情节的记载、扁鹊故事和故事新变这三个方面。

首先,无故事情节的记载。此类记载很多,俯拾皆是,选取几例略做说明。

> 李醯之贼扁鹊、逄蒙之恶后羿是也。(《素书》)①

> 医能治一病谓之巧,能治疗百病谓之良。是故良医服百病之方,治百人之疾;大才怀百家之言,故能治百族之乱。扁鹊之众方,孰若巧医之一技?(《论衡》)②

> 良医能行其针药,使方术验者,遇未死之人,得未死之病也。如命穷病困,则虽扁鹊,未如之何。(《论衡》)③

---

① 题[汉]黄石公.素书[M].安礼章.北京:中华书局.1985:20

② [汉]王充.论衡[M].别通篇.诸子集成[G](第七册).北京:中华书局.1986:132

③ [汉]王充.论衡[M].治期篇.诸子集成[G](第七册).北京:中华书局.1986:175

孝子之养亲病也，未死之时，求卜迎医，冀祸消、药有益也。既死之后，虽审如巫咸，良如扁鹊，终不复生。(《论衡》)①

良医能治未死人之命，如命穷寿尽，方用无验矣。故时当乱也，尧舜用术，不能立功；命当死矣，扁鹊行方，不能愈病。(《论衡》)②

当时之时，虽周文摸蓍，孔丘占象，扁鹊操针，巫彭叩鼓，安能令苏，复起驰走？(《周易参同契》)③

故扁鹊见桓公知其将亡。(《曹子建集》)④

是由桓侯抱将死之疾，而怒扁鹊之先见，以觉痛之日，为受病之始也。(《嵇中散集·养生论》)⑤

至乃赵储之命宜永，须扁鹊而后全；齐后之数必延，待文挚而后济。(《宋书·顾觊之传》)⑥

南对扁鹊城，当是越人旧所经涉，故邑流其名耳。(《水经注》)⑦

① ［汉］王充.论衡［M］.薄葬篇.诸子集成［G］(第七册).北京：中华书局.1986：226

② ［汉］王充.论衡［M］.定贤篇.诸子集成［G］(第七册).北京：中华书局.1986：264

③ ［汉］魏伯阳著、［清］袁仁林注.古文周易参同契注［M］.北京：中华书局.1985：70

④ ［魏］曹植.曹子建集［M］(影印明活字本).四部丛刊初编·集部(第98册).上海：上海书店.1989(据商务印书馆1926版重印)：第五叶

⑤ ［魏］嵇康.嵇中散集［M］(影印双鉴楼藏明嘉靖刊本)卷三.养生论.四部丛刊初编·集部(第98册).上海：上海书店.1989(据商务印书馆1926版重印)：第五叶

⑥ ［南朝梁］沈约.宋书［M］卷八十一.列传第四十一.北京：中华书局.1995：2086

⑦ ［北魏］郦道元.水经注［M］(影印光绪新化三昧书室合校本)卷二十七.成都：巴蜀书社.1985：453

　　夫桓侯不采越人之说,卒成骨髓之疾。(《刘子》)①

　　这些记载更加肯定扁鹊作为良医的符号意义,这与战国以来对扁鹊的记载是一脉相承的。每个例子引出扁鹊名字的作用也是用于说理,所不同的是,这里的扁鹊很大程度上不是汉初以前人们口中的扁鹊,而是《扁鹊传》中的扁鹊了。对扁鹊医术的认识和肯定也是建立在《扁鹊传》基础上的,上面的例子都或明或暗地提到了《扁鹊传》中提到的其他故事人物。这种倾向越到后来越是明显,所以肯定地说,自《扁鹊传》之后,人们眼中的扁鹊就是《扁鹊传》中所说的那个扁鹊了。正因为这样,扁鹊作为良医的代号也就越加确定。

　　其次,扁鹊故事。《扁鹊传》中的扁鹊故事成为后世流传的范本,其之前扁鹊故事渐有消歇之趋势,虽偶有提及,但远不及《扁鹊传》的影响力。所以,后世但知诊赵简子之扁鹊,而不知有诊秦武王之扁鹊矣。

　　在后世比较有代表性的扁鹊故事有:

　　扁鹊见齐桓侯:刘向《新序·杂事》、《释湛然·辅行记》

　　扁鹊诊赵(虢)太子:刘向《说苑·辨物》、王符《潜夫论·高后纪》

　　扁鹊诊赵简子:王充《论衡·纪妖》、应劭《风俗通义·皇霸》、李贤注《后汉书·文苑列传第七十下》

　　这样的例子多不胜举,而且较有代表的医史类著作对扁鹊的记述都基本照抄了《扁鹊传》(详见张杲《医说》、李濂《医史》、王宏翰《古今医史》)。

　　再次,扁鹊故事的新变。

　　一种情况是扁鹊故事和其他故事相混,出现新的扁鹊故事。例如:

---

① ［北齐］刘昼.刘子［M］.贵言章.北京:中华书局.1985:40

赵简子有疾,扁鹊诊侯,出曰:"疾可治也,而必杀医焉!"以告太子,太子保之。扁鹊领召不入,入而着履登床,简子大怒,便以戟追杀之。扁鹊知简子大怒则气通,血脉畅达也。①

这则故事的原型是文贽诊齐闵王事,本出自《吕氏春秋·至忠篇》,在此被改编为扁鹊事迹,并且和《扁鹊传》中的故事一起流传,《太平御览》就转引了这个故事。扁鹊和其他良医的故事相混,是故事流传中常见情况。

一种情况是扁鹊故事继续演绎,例如:

庄子师长桑公子,授其微言,谓之庄子也。隐于抱犊山,服北育火丹,白日升天,补太极阌编郎。长桑即是扁鹊师,事见魏传及《史记》,世人苟知庄生如此者,其书弥足可重也。(陶弘景《真诰》)②

长桑公子:庄周师,授扁鹊起死方者。(《无上秘要》)③

扁鹊得仙处,传是西南峰。(于鹄《秦越人洞中咏》)④

这里已经把扁鹊当作仙人看待,而且他的师父长桑君和长桑公子等同起来,那么,扁鹊和庄子成了师兄弟。这是后世对扁鹊身世的演绎。冯梦龙《新列国志》第三十二回敷演"扁鹊诊齐桓公"的故事,只不过里面的齐桓公变成世人更加熟悉的公子小白。乾隆年间的小说《历代神仙通鉴》演绎扁鹊故事颇为周详,来龙去脉皆有新创,通过扁鹊的死而复生过程,把世人分不大清楚的医缓、医和都集中到了扁鹊身上。

一种情况是,扁鹊确定为黄帝时代人。例如:

---

① [魏] 杨泉.物理论[M].北京:中华书局.1985:15

② [南朝梁] 陶弘景.真诰[M]卷十四.北京:中华书局.1985:184

③ [北周]佚名.无上秘要[M]卷八十四.道藏[G](第25册).北京:文物出版社;上海:上海书店;天津:天津古籍出版社.1988:243

④ [唐] 于鹄.秦越人洞中咏[A],见[清] 彭定求等.全唐诗[G].北京:中华书局.1960:3507

《黄帝八十一难》者,斯乃勃海秦越人之所作也。越人受桑君之秘术,遂洞明医道,至能彻视府藏,剖肠剔心,以其与轩辕时扁鹊相类,乃号之为扁鹊。(杨玄操《黄帝八十一难经注·序》)①

时有仙伯出于岐山下,号岐伯,善说草木之药性味,为大医。帝请主方药,帝乃修神农所尝百草性味以理疾者,作《内外经》。……帝与扁鹊论脉法,撰《脉书上下经》。(《轩辕黄帝传》《历世真仙体道通鉴》)②

一种情况是,扁鹊上升为神,受到官方和民间崇祀。宋仁宗景祐元年(1034)九月诏封扁鹊为神应侯③,宋仁宗嘉祐八年(1063)三月封神应侯扁鹊为神应公④。"神应王"的封号未见官封年月,但这一封号在民间和官方都有使用。北宋政和四年(1114),汤阴建扁鹊庙,立碑"神应王扁鹊庙记"。⑤ 南宋绍兴十七年(1147)高宗在临安修建神应王庙,第二年完工⑥。金人元好问诗中有《平定鹊山神应王庙》⑦、王好古有《祭神应王文》(《阴

---

① [唐] 杨玄操.黄帝八十一难经注·序[A],见[明] 王九思等.难经集注[M].北京:中华书局.1991:1
② [宋] 佚名.轩辕黄帝传[M].北京:中华书局.1991:8;[元] 赵道一.历世真仙体道通鉴[M].道藏[G](第5册).北京:文物出版社;上海:上海书店;天津:天津古籍出版社.1988:106
③ [元] 脱脱等.宋史[M]卷四百四十二.列传第二百一·颜太初传.北京:中华书局.1995:13087
④ [宋] 李焘.续资治通鉴长编[M]卷一百九十八.北京:中华书局.1985:4792
⑤ [清] 嵇璜等.续通志[M]卷一百七十.景印文渊阁四库全书[G](第394册).台北:商务印书馆.1986:696
⑥ [清] 徐松.宋会要辑稿[M].礼二十.北京:中华书局.1957:830-831
⑦ [金] 元好问著、狄宝心校注.元好问诗编年校注[M].北京:中华书局.2011:1396

证略例》①）。扁鹊庙遍布各地。"相传扁鹊墓上土可疗病，祷而求之，或得小圆如丹药。"②"郑州土城无门扉，相对如阙，中有药王庙，王即扁鹊，州人也，封神应王。"③"（郑州）城外有药王庙，专祀扁鹊，不知始自何年，香火最盛。"④"有病者至（扁鹊）墓祷求，撮土煎汤，服之即愈。或得小丸如丹，虽危症可拔。墓旁多生艾草，能灸百病。后人为之立庙。"⑤

《史记·扁鹊传》之后的记载延续了《扁鹊传》圈定的基本构架，承续了《扁鹊传》对扁鹊身份、事迹的基本设定。后世在此基础上也进行了一定的改造，并且通过立庙祭祀等手段将扁鹊神化。然而就基本事迹来看，后世的记载仍然处于《扁鹊传》的影响之下。

第二节　扁鹊人物属性论争

《史记·扁鹊传》综合前代的记录，为扁鹊立了传，某种意义上就把扁鹊和其他传主放到一个层面上。《史记》列传的每个传主具体情况各不相同，《扁鹊传》如此处理，一个最直接的结果就是把扁鹊作为确定的历史人物。但是《扁鹊传》中的记载扞格多出、互相抵牾，又引起了后人的多种解释。扁鹊到底是不是确定可考的历史人物，就成了后世对待扁鹊的两种鲜明态度。这两种态

①　［元］王好古.阴证略例［M］.北京：中华书局.1985：1
②　［宋］程卓.使金录［M］（影印乾隆李氏抄本），见《续修四库全书》编纂委员会.续修四库全书［G］（第423册）.上海：上海古籍出版社.2002：445
③　［明］朱国祯.涌幢小品［M］卷一.北京：中华书局.1959：18
④　［明］沈德符.万历野获编［M］卷二十四.北京：中华书局.1959：616
⑤　［清］徐道、程毓奇.神仙通鉴［M］，见胡道静等.藏外道书［G］（第32册）.成都：巴蜀书社.1994：231。该书原名《历代神仙通鉴》，收入《藏外道书》时名为《神仙通鉴》）。

度也在不同程度上发生分化,大致形成了后世对待扁鹊的四种有代表性的观点:一种观点认为扁鹊是历史人物,一种观点认为扁鹊是虚拟的寓言人物,一种观点认为扁鹊是已经无法追溯的上古人物,一种观点认为有两个或数个扁鹊。这四种观点具有一定的代表性,但并非互相排斥。例如把扁鹊看作上古人物的观点,可能就是把扁鹊放在历史中,只不过过于遥远了,但是由于遥远到无法确定,又不能和晚近的历史人物同等看待,又滑向了把扁鹊看作寓言人物的认定。由于《扁鹊传》列举的扁鹊诊断对象存世时间相去甚远,对象或存或亡,为解决这样的问题,只能就其中的一个事迹来推定,那么前提就是把扁鹊看作历史人物;如果兼顾各个案例,要么把扁鹊看成虚拟人物,要么把扁鹊拆分成几个人物。在拆分成几个人物的情况下,就可能出现某个"扁鹊"是历史人物、某个"扁鹊"是寓言人物。但这四种观点的立论基础基本都是《扁鹊传》,同时引证历史上不同时期出现的对论证有利的材料。它们都有一定的解释力,也有一定的漏洞,时至今日,四种观点仍旧存在,都无法说服彼此。

1. 扁鹊是真实的历史人物

这种观点直接来自《扁鹊传》,由于《史记》在史学中的影响,扁鹊作为真实的历史人物成了主流观点。《扁鹊传》明确说明了扁鹊的名字、籍贯、历史事迹,符合基本历史人物记载的条件,所以对《史记》研究的一脉中,《史记集解》《史记正义》《史记索隐》都基本把扁鹊作为历史人物看待,虽然也有一些质疑的声音,但集中在具体问题辩论上,并没有提出颠覆性的结论。

在史学中,很多历史著作谈到扁鹊时直接引用了《扁鹊传》的说法,医史著作也做了这样的处理。很多个人文集中提到扁鹊就更不必说了,基本来源于《扁鹊传》中对扁鹊的描述。乃至全国多地关于扁鹊的实物遗迹也纷纷出现,扁鹊墓、扁鹊封地、扁鹊途经地、扁鹊去世地、扁鹊行医处、扁鹊采药处等,都是基于把扁鹊看作历史人物的认识上的。

20 世纪以来,特别是 20 世纪后半叶,继承这种历史上最强势观点的学者可以列出长长一串,他们大致可以分为以赵玉青、章次公、何爱华等为主的医学考据研究,以黄竹斋、李伯聪为主的医学贡献研究,以卢南乔、曹东义为主的籍贯研究(又可以分为以卢南乔、宋长贵为主的长清说和以曹东义、刘仁远为主的任丘说)①。这个人数众多的研究群体立论的基础就是扁鹊是真实的历史人物,否则扁鹊名号、年代、籍贯、事迹研究都无从谈起。

2. 扁鹊是虚拟的寓言人物

"寓言"一词在古文的话语情境中,和现代词汇"寓言"的定义并不等同。古人口中的寓言,既有现代词语中神话、传说、寓言、故事的成分,也有编造、虚构、为说理服务的意思。

这种观点针对《扁鹊传》犹如谜团的记载发难,南宋叶适在《习学记言序目》中说:"扁鹊事浮称滥引,不可根据,盖为医者寓言以神其学,如黄帝岐伯之流,无事实也。以术能见五脏,虽不为

---

① 这部分涉及单篇论文很多,主要参见:赵玉青、孔淑贞.中国的医圣扁鹊——秦越人[J].中华医史杂志.1954(3):153-157;章次公.史记扁鹊列传集释[J].新中医药.1955(9):23-25;章次公.史记扁鹊列传集释(一续)[J].新中医药.1955(10):40-45;章次公.史记扁鹊列传集释(二续)[J].新中医药.1955(11):30-38;何爱华.秦越人(扁鹊)生卒及行医路径考[J].新中医药.1958(8):34-39 等及其后的一系列相关文章。黄竹斋.神医秦越人事迹考[A].难经会通[M].中华全国中医学会陕西分会、陕西省中医研究所.1981;李伯聪.扁鹊和扁鹊学派研究[M].西安:陕西科学技术出版社.1990;卢南乔.山东古代科技人物论集[M].济南:齐鲁书社.1979 中有关扁鹊的两篇;中华全国中医学会山东分会、中华全国中医学会济南分会、长清县中医院.全国扁鹊秦越人里籍学术研讨会论文集[C].内部资料.1987;曹东义.神医扁鹊之谜　扁鹊—秦越人生平事迹研究[M].北京:中国中医药出版社.1996;刘仁远.扁鹊汇考[M].北京:军事医学科学出版社.2002 等论文和专著。

异,然必有其人而后有其事,不考于实而信其妄,则迁过也。"①否定了扁鹊是历史人物的固有看法。到了清代疑古风盛,牛运震在《读史纠谬》中说:"'扁鹊过虢,太子死。'按:扁鹊在赵简子时,则虢灭已久;或云'虢'当作'郭'。然郭公已记亡于《春秋》,此时不应有郭。窃意太史公传扁鹊,多系传闻异辞,或寓言也。"②明确地将《扁鹊传》定性为"寓言",也就说明了扁鹊是虚拟的寓言人物了。赵绍祖踵接牛运震,提出了相似看法:"意太史公故为荒幻之辞,而云或在齐,或在赵,不必其为何方;为卢医,为扁鹊,不必其为何名;或在春秋之初,或在春秋之末,不必其为何时。以见扁鹊之为非常人,一如其师长桑君耳。"③这里说得更加明了,扁鹊是和长桑君一样的"非常人",即是寓言人物。对于这样的寓言人物,崔适认为绝不能和《史记》其他传主一样等同看待:"案:此传以扁鹊之医术为主义,相遇之人,杂取传记,多系寓言,此无关于信史,非子产、叔敖之比,不可世次求也。……《索隐》、《正义》以世次言之,未得太史公本意也。"④日本学者森田一郎则又往前走了一步,认为扁鹊就是指砭石,秦越人这样的名号就是证明:"秦是西方的国名,越是南方的国名,而姓秦名越人这个姓名,就暗示秦越人是一个被虚构出来的乌有先生而实无其人。"⑤山田庆儿也认为扁鹊

---

① [宋]叶适.习学记言序目[M]卷二.史记二.北京:中华书局.1977:289
② [清]牛运震著、李念孔等点校.读史纠谬[M]卷一.史记.济南:齐鲁书社.1989:70
③ [清]赵绍祖撰、赵英明、王懋明点校.读书偶记[M]卷四."扁鹊"条.北京:中华书局.1997:52-53
④ 崔适著、张烈点校.史记探源[M]卷八.北京:中华书局.1986:206
⑤ [日]森田一郎.中国古代医学思想研究[M]、史记扁鹊仓公列传译注[M],转引自何爱华.秦越人为《扁鹊传》传主的事实不能否定[J].中医药学报.1990(6):52-53

并不真实存在,扁鹊仅仅是个传说①。

而且一直存在对"扁鹊"的训诂学解释,认为"扁鹊"的"扁"当为"鶣",有鸟与飞翔的意思,"鹊"本就是鸟的一种。扁鹊与"鸟"有着密切关系。章次公认为:"扁鹊走方行道,如用文字为标帜,不仅书写携带都有困难,而且各国文字不统一,齐国的文字未必别国人民尽能认识;同时也不易引起患病者的注意。所以扁鹊在走方时,在一块竹或木的板上,刻画一个翩翩飞动的喜鹊,由他的弟子导之前行,犹如仪仗,借以引起人们的注意,这也是可能的。"②这虽是对扁鹊行医过程的近似联想,但也是从"扁鹊"二字的文字意义发起。基于历史材料和文字本身的重新解读,上述论者已经足够代表这种观点了。随着对汉画像石研究的深入,一种人面鸟身、为人针治形象的出现,又激起了人们对扁鹊形象的解读。自从有学者将这种形象看作是扁鹊形象之后,历史上对扁鹊是寓言人物的论点和曾经从"扁鹊"两字与鸟有密切关系的论点合流,扁鹊作为寓言人物似乎有了实物的证据。从鸟图腾的角度来分析扁鹊,有了新的探索。刘敦愿、边集文、叶又新、刘铭恕、杨天宇、张胜忠、林青、杨金萍、何永等学者的众多文章构成了扁鹊虚构形象的新走向③,这从一定程度了深化了扁鹊作为虚拟的寓言人物的看法。

---

① ［日］山田庆儿.扁鹊传说[J].东方学报.1988：73－158

② 章次公.史记扁鹊列传集释(一续)[J].新中医药.1955(10)：40－45

③ 详参见:刘敦愿.汉画象石上的针灸图[J].文物.1972(6)：47－52;边集文.华扁名字的由来[J].中医药学报.1984(2)：64－65;叶又新.神医画象石刻考[J].山东中医药大学学报.1986(4)：54－60;刘铭恕、杨天宇.扁鹊与印度古代名医耆婆[J].郑州大学学报(哲学社会科学版).1996(5)：100－102;张胜忠.扁鹊的图腾形象[J].河南中医杂志.1997(4)：201－202;林青.扁鹊的文化解读[J].民族艺术.1999(4)：102－115;杨金萍、何永.汉画像石中鸟图腾与中医[J].医学与哲学(人文社会医学版).2007(1)：63－65等文章。

就像山田庆儿的看法一样,韩健平把扁鹊看作传说人物①,也属于扁鹊是虚拟的寓言人物之一种。

3. 扁鹊是无溯的上古人物

这种观点既不反对上述两种观点,又不同于上述两种观点,既肯定了扁鹊历史人物的一面,又试图解决《扁鹊传》中的矛盾现象,其实已经生发成了第三种观点。这种观点有多种表述方式,最常见的就是直接把扁鹊看作上古的神医,具体事迹、时代等信息无法言说,也可以十分确定地把扁鹊附着在公认的上古代表——黄帝身边。

唐代杨玄操就把扁鹊看作黄帝时的医者:"《黄帝八十一难》者,斯乃勃海秦越人之所作也。越人受桑君之秘术,遂洞明医道,至能彻视府藏,刳肠剔心,以其与轩辕时扁鹊相类,乃号之为扁鹊。"②这种观点出现时间比起扁鹊首现史籍已很晚了,但影响力却不小。《轩辕本纪》《轩辕黄帝传》《历世真仙体道通鉴》都转引此说:"帝与扁鹊论脉法,撰《脉书上下经》。"③乃至元代李治看到这种说法时,仿佛在扁鹊名号的矛盾上有了顿开茅塞之感:

　　夫扁鹊之称,既不与越人相干,又略无伯仲等意。意者,其为越人之号欤? 书传不著,又不敢以自必,每每问人,人无知者。顷读《道藏经·轩辕本纪》,乃始知扁鹊已为前世名医。案《本纪》云:得岐伯,帝乃作《内外经》,又有《雷公炮制方》,又有扁鹊俞拊二臣定《脉经》。然则轩辕时已有

---

① 韩健平.传说的神医:扁鹊[J].科学文化评论.2007(5):5-14

② [唐] 杨玄操.黄帝八十一难经注·序[A],见[明]王九思等.难经集注[M].北京:中华书局.1991:1

③ [唐] 王瓘.轩辕本纪[M],见[宋]张君房.云笈七籤[M].北京:中华书局.2003:2167;[宋] 佚名.轩辕黄帝传[M].北京:中华书局.1991:8;[元] 赵道一.历世真仙体道通鉴[M].道藏[G](第5册).北京:文物出版社;上海:上海书店;天津:天津古籍出版社.1988:106

此号,今为越人之艺独冠当代,故亦以此号之,初非越人之自称也。①

而像陆以湉和滕惟寅"扁鹊,皆上古时人"②、"扁鹊,上古神医也"③的言辞尚属含蓄,丹波元简还指出了扁鹊无法追溯的属性:"盖扁鹊必一神医,于是战国辩士,如稷下诸子附会种种神异之事,或笔之于书,或以为游说之资,故诊赵简子、治虢太子、察齐桓侯,其事之虚实,固不可知矣。"④

这种观点在现代的回响很小,但也不是没有⑤。

4. 存在两个或数个扁鹊

我认为这种观点的出现受到了上述三种观点的影响,一来《扁鹊传》里的扁鹊的每个诊治对象在年代上相距很远,如果解决这个问题,不免产生多个扁鹊的推断,而且司马迁既然立了传,后人也不想因为记载上的矛盾而舍弃扁鹊历史人物的属性;再者,作为寓言人物,本身就承认了扁鹊非一个人;再加上不能不照顾"上古黄帝时代有个扁鹊"的说法。所以,有两个或数个扁鹊的观点,是综合上述三种观点作出的折中处理。

明董斯张在《广博物志》中说:"医家二扁鹊,一黄帝时人,一战国时人。"⑥把扁鹊一分为二的同时,奠定了扁鹊和秦越人的分

①　[元]李冶.敬斋古今黈[M].拾遗卷二.北京:中华书局.1985:130

②　[清]陆以湉.冷庐医话[M]卷二.北京:中医古籍出版社.1999:36

③　[日]滕惟寅.史记扁鹊仓公列传割解[M],转引自章次公.史记扁鹊列传集释[J].新中医药.1955(9):23-25

④　[日]丹波元简.扁鹊仓公传汇考[M],转引自李伯聪.扁鹊和扁鹊学派研究[M].西安:陕西科学技术出版社.1990:25

⑤　参见:陈无咎.读子耀疑[J].医界春秋.1935(99):27-31"扁鹊"条;张一民.关于黄帝时期的扁鹊[J].语文教学.1984(1):52-53等文章。

⑥　[明]董斯张.广博物志[M](影印学海堂刊本)卷二十二.扬州:江苏广陵古籍刻印社.1987:第七叶

化。既然有二扁鹊,那么黄帝时的扁鹊即是扁鹊,战国时的扁鹊即秦越人。清人周寿昌《思益堂日札》也是这样的态度:"《战国策》扁鹊与《史记》扁鹊各一人。《史记》:扁鹊与赵简子同时。……《史记》云:'至今天下言脉者,由扁鹊也。'盖必当时善医者皆以扁鹊相承为名,犹善工之名共工,善射之名羿,不必即一人也。宋时尚有窦姓自名扁鹊,所著书即称《扁鹊新书》。"①这里还举出了宋代人自称扁鹊的例子。比董斯张晚又比周寿昌早的日本学者滕惟寅将扁鹊一分为五:"扁鹊,上古神医也。周秦间凡称良医者皆谓之扁鹊,犹释氏呼良医为耆婆也,其人非一人也。司马迁汎来摭古书,称扁鹊者集立之传耳。其传中载医验三条,文体各异,可以证焉,盖虽司马迁而不知扁鹊非一人也。但受术于长桑君,治虢太子病及著《难经》者,是即秦越人之扁鹊也;其诊赵简子者,见齐桓侯在《国策》所谓骂秦武王,在《鹖冠子》所谓对魏文侯者,又为李醯所杀者,皆是一种之扁鹊也。注者不知而反疑年代龃龉,枉为之说,可谓谬矣。"②滕氏认为找到了解决《扁鹊传》中各个医案时间相互矛盾的方法。后来采纳滕惟寅观点的人不在少数,日人泷川资言、国人陈邦贤和丁福保都是③。

卫聚贤在证明"扁鹊的医术来自印度"时也触及这个问题,他认为:

> 中印的交通,在西北的陆路于春秋时已有,而学印度医者当不限于某一时期,自有交通受其影响时起,不断的有人学习

① [清]周寿昌.思益堂日札[M]卷二.北京:中华书局.2007:23-24

② [日]滕惟寅.史记扁鹊仓公列传割解[M],转引自章次公.史记扁鹊列传集释[J].新中医药.1955(9):23-25

③ 参见:[汉]司马迁撰、[日]泷川资言考证、[日]水泽利忠校补.史记会注考证附校补[M].上海:上海古籍出版社.1986;陈邦贤.中国医学史[M].北京:团结出版社.2006。丁福保观点,见黄竹斋.神医秦越人事迹考[A].难经会通[M].中华全国中医学会陕西分会、陕西省中医研究所.1981

印度的医,故在虢时有为虢太子治疾的扁鹊,蔡桓侯、赵简子、秦武王时也有习印度医的扁鹊,后人叙述其故事,就传闻的记起来,现在各家的材料,综合起来发见扁鹊有四五百年长的长寿,实因扁鹊非一个时代,一个地方,一个人的缘故。①

及至近些年,"扁鹊非一人"的观点依然拥有支持者②。

而继承董斯张和周寿昌将扁鹊和秦越人分别看待的也不乏其人。李永先就提出把扁鹊看作神话人物、把秦越人看作历史人物的观点③,刘敦愿也主张有两个扁鹊(其中扁鹊是族名)④,苏礼认为春秋的扁鹊是传说、战国的扁鹊是秦越人⑤。

小结:对于扁鹊人物属性的讨论,历史上就存在,现在仍在持续,每种观点都能找到支撑论点的证据,但也均存在不足之处。把扁鹊看作历史人物,史学者过于拘泥于《扁鹊传》的传记形式,医学者又失于提升祖师地位的盛气;把扁鹊看作寓言人物,某种程度上为疑古而疑古;把扁鹊推到无法追溯的上古,在推崇扁鹊的同时却也消解了扁鹊;把扁鹊分为两个或数个,以解决《扁鹊传》问题的初衷,却无法提供确实有效的证据。因此,它们既相互融合又相互诘难,讨论依然在继续。就这个问题本身而言,并不能完满地解决,各种观点都可以作为合理存在的假说。

---

① 卫聚贤.扁鹊的医术来自印度[J].华西医药杂志.1947(1):19-25

② 参见:东人达.扁鹊小考[J].医学与哲学(人文社会医学版).1980(2):74-75;东人达.就扁鹊问题的再考证[J].医学与哲学(人文社会医学版).1981(4):78-79;东人达.扁鹊考异[J].河北中医杂志.1981(3):60;文元、江泳.关于扁鹊的两个问题[J].北京中医药大学学报(中医临床版).1998(1):20-22等文章。

③ 李永先.扁鹊、秦越人辨析[J].东岳论丛.1988(2):92-97

④ 刘敦愿.扁鹊名号问题浅议[J].山东中医学院学报.1989(3):39-43

⑤ 苏礼.秦越人扁鹊是战国时期人[J].中医文献杂志.2010(3):23-24

第三节 神话人物扁鹊新证

对于扁鹊人物属性的争论持续了近两千年,各种观点纷呈,"扁鹊是神话人物"的观点并不十分新鲜,随着百年来"神话"观念的深入人心,很多历史上颇有争论的人物才逐渐被归到"神话"的范围内。扁鹊是神话人物的观点也导自百年来"神话"观念和神话学的发展,但它的来源却明显可以追溯到历史上一直存在着的扁鹊是寓言、虚构之类人物的认识上。后者的种种说法多多少少都包含了把扁鹊看作神话人物的意味。在神话学的语境中,历史上种种"类似"于神话的描述都不能让人满意,所以才有必要对"扁鹊是神话人物"的观点重新梳理,并为这种既陈旧又新鲜的观点提供更为充分的证据及证明过程。

证明扁鹊是神话人物的过程不是建立在否定其是历史人物的简单论证上。从前文列出的众多观点中,就已经能够看出,扁鹊的人物属性并不存在严格的非此即彼的关系,因此,否定一种观点并不等于肯定另一种观点,否定了所有不利的观点也无助于说明自己的观点。笔者的论证过程直接从能够得到的论据出发,采用通用的文献、考古、民俗的三重证据法,直接说明扁鹊是神话人物。

1. 文献证据

文献记载在提到扁鹊的时候大概可以分为两种情况,一种是没有故事情节的诸如"虽扁鹊何益"之类的只言片语,另一种是讲述了扁鹊的一个或多个故事的记载,《扁鹊传》就是这样的情况。前文对扁鹊记载脉络的梳理中,可以看到,《扁鹊传》之后虽然有一些新变,但主要还是依据《扁鹊传》,所以,考察的重点放在《扁鹊传》之前的文献上。

从《扁鹊传》之前只言片语的记载中,能够看到扁鹊是神医的形象,术业有专攻。这些条目式的记录展示的扁鹊形象是一致的,说明对扁鹊形象的认知得到广泛认可。扁鹊是医术高明的医生的代表,可以说是当时人所共知的知识。在这些简单的记载中,并不能直接看出扁鹊具有历史人物的一面,因为这方面的信息确实有限。在时间跨度如此之长的记载中,对扁鹊形象的认知如此一致,越发说明扁鹊在当时看来是十分久远的人物了,到他们谈到扁鹊的时候,可以抽象成神医的代称而不至于引起任何误解。扁鹊在医学上与俞跗同名,在其他领域可以与冯夷、钳且、造父等人为伍,除了扁鹊,剩下的人物全是神话人物,难道仅就扁鹊是个例外? 从这些记载中,似乎看不出这种例外存在的条件。

讲到扁鹊故事情节的记载也很多,尽管附着在某个确实存在的历史人物身上,但整个故事的神话性质依然没有改变。《战国策》中的"扁鹊见秦武王",扁鹊的出色之处除了医术高明、性格耿直之外,主要是观人知政的能耐,这才是《战国策》所想表达的。《列子》中的"鲁赵二人换心",显然是一个神话故事。《鹖冠子》中的"扁鹊三人孰最善为医",是一个层层引述的故事,潜台词就说明了这不可能是一个真实的事情。《韩非子》中的"扁鹊见蔡桓公",人所熟知,蔡桓公到底为何人,争讼不断,此为寓言之说较为明显。《新语》中的"扁鹊出亡之卫"和《韩诗外传》中的"扁鹊诊虢太子",论述目的过于明显,而让扁鹊显得不太真实。总之,以上这些记述了扁鹊故事的材料,首先注重的是说理,所有举例都是为了说理服务,这就让故事的真实性大打折扣;其次,除了都出现"扁鹊"外,其他主要人物均不相同,也就是说大家公认扁鹊,但扁鹊的事迹却各说各的,没有重叠,这样的扁鹊至少不是有确定事迹的历史人物。只有扁鹊是神话人物,才能满足不同说理者在不同语境中的说理需求。况且,在上述记载中,无法看出扁鹊事迹是历史事件的重述或引用。

综上,《扁鹊传》之前有关扁鹊的记载,"扁鹊"的名号是清晰一致的,扁鹊的故事又是众说纷纭的,在那个时代的人看来,扁鹊已经是神话人物了。

《史记·扁鹊传》在后世产生了巨大影响，即使司马迁给扁鹊作了传，不仅不能作为扁鹊是历史人物的证据，反而更加说明了扁鹊是神话人物。从《扁鹊传》中列出的扁鹊一生的基本轨迹来看，每一个情节和《扁鹊传》之前的记载均没有本质区别。司马迁很久之前的人们已经无法确切说清楚扁鹊的情况了，就不能苛求司马迁能够说得清楚。《扁鹊传》既没有否认扁鹊医术来历的神话性质，也没有回避谶纬色彩浓厚的诊赵简子的故事，又吸收了早在社会上广为流传的诊虢太子和齐桓侯的事情。那么既"传信"又"传疑"的《史记》，综合官藏史料和口头传说来写作《扁鹊传》就不足为怪了。至于各个故事中相关历史人物相去甚远的矛盾，在司马迁的时代已经无法通过确切考证来解决了。

《扁鹊传》之所以造成如此大的误解，首先在于借用了"列传"的体例，所以就存在把扁鹊和其他传主相提并论的可能；对扁鹊有名有姓、有来龙有去脉的列传式记载，可以让人不加区别地认为确实有这样一个人；在文中扁鹊又处处体现出医术高明的一面，又在某种程度上肯定了他的历史真实性。然而，这些都仅仅是《扁鹊传》的技术手段，借用"列传"的体例，每个传主情况各不相同，同等看待本身就不符合司马迁的初衷。扁鹊的姓名籍贯，在《史记》之前漫长的时间里，只有《韩非子》提到"秦越人"的说法外，其他概无提及，《扁鹊传》从何得知？倘若司马迁确切知道，那么又为何留下来一个争议不断的说法？因此，只能说《扁鹊传》关于扁鹊籍贯、姓名的说法并不可靠。扁鹊的每个事迹，虽然都有医术的一面，但故事的核心并非在这医术上。所以说，《扁鹊传》借"列传"的框架讲述了一个神话。

《扁鹊传》还把扁鹊和秦越人等同起来。至于扁鹊和秦越人的关系，扁鹊在战国前已经是抽象的符号了，而直到西汉初的《韩诗外传》的"扁鹊诊虢太子"中才出现扁鹊自称秦越人的情况，之后《史记·扁鹊传》明确说"姓秦氏,名越人"。因此,秦越人之名号是相当晚出的,《韩诗外传》之前的现存文献找不到"秦越人"的记载,而"扁鹊"则十分丰富。即使在《史记·扁鹊传》中,除了与《韩诗外传》相同的"诊虢太子"一例外,其他情节并不能严格地看出扁鹊就是秦越人。从这个意义上来讲,扁鹊和秦越人并非等同的,秦越人或许要比扁鹊晚些时候,但到了西汉初,秦越人也已经只剩下一些传说,无从详考了,他们的传说交叉在一起,而汉初的人在史料和民间传说上,都已经无法对扁鹊和秦越人各自的事迹做细致区分了。

本应将作为神话人物的扁鹊和传说人物的秦越人分开处理,但二人合二为一已经很长时间了,所以《扁鹊传》采取广泛流传的说法。《扁鹊传》将扁鹊神话历史化,在此过程中,把秦越人的传说也糅合进来。自此,扁鹊和秦越人就以一个混合形象进入了历史传播的渠道。

2. 考古证据

黄河流域有关扁鹊的遗迹很多,扁鹊墓、扁鹊庙都比较晚起。北魏郦道元在《水经注》中提到了"扁鹊城",推测是扁鹊行医经过此处①。这就像很多山命名为鹊山一样,不排除附会扁鹊传说。这类古迹都距今较近,尤其是宋代扁鹊被封为神祇之后。现在能够看到的扁鹊是神话人物的证据可能最重要也最直接的证据来自汉画像石。

汉画像石中有一种半人半鸟、手持针砭为人诊病的人物形象,刘敦愿认为这应当就是扁鹊:

> 我个人认为,如果这不是一个失传了的神话传说的话,那就只能是战国秦汉时代传说所盛道的名医扁鹊了。……我们

---

① [北魏] 郦道元.水经注 [M] (影印光绪新化三味书室合校本) 卷二十七.成都: 巴蜀书社.1985: 453

认为两城山画像石所见神医,就是文献记载中的扁鹊,无外乎以下两点理由:第一,画像之作半鸟半人的形象和扁鹊之以鸟命名,应是一个神话传说的两种表现,前者保存了它的原始形态,而后者则是它的发展了的形式(介乎动物与人类之间的神祇,演化成了纯人间的方伎人物);第二,从文献来考察,扁鹊的生平同山东的关系密切,而目前这种针灸行医题材的画像石只见于山东地区,应该说不是偶然。①

叶又新进一步将这类扁鹊画像分为两种:

> 一种……都是人手、人面、头戴冠帻、鸟身而禽立,一束长尾的边缘呈阶梯或波浪状。……一种……上半身作高冠博袖直立的人形,仅在下半身露出一点楔形鸟尾和一双短小而赤裸的鸟足。②

他大量地对比了画像石中类似的山鹊形象,将前一种归于山鹊,而后一种归于喜鹊,把它们都看作扁鹊的神话形象。在这个基础上,把扁鹊和鸟图腾结合起来,对扁鹊作图腾的解释就更深一步了。

图 4.3.1 针砭图 1 东汉中叶,山东微山③

---

① 刘敦愿.汉画象石上的针灸图[J].文物.1972(6):47-52

② 叶又新.神医画象石刻考[J].山东中医药大学学报.1986(4):54-60

③ 山东省博物馆、山东省文物考古研究所.山东汉画像石选集[M].济南:齐鲁书社.1982:图20

图 4.3.2　针砭图 2　东汉中叶，山东微山①

图 4.3.3　针砭图 3　东汉中叶，山东微山②

　　我认为将汉画像石中的这种形象与扁鹊联系起来的缘由主要有以下几个方面：第一，行医的主题，尤其是使用针砭的治疗方法，与文献记载一致。在汉代针砭疗法已经不太常用的情况下，这种图的出现很自然要往前追溯。第二，扁鹊与鸟的关系。文献记载并没有直接说明扁鹊与鸟有什么样的关系，但是从字面上不免产生这种联想。所以唐代陆德明就说："扁，本亦作鶣。"③丁度在《集韵》说："扁，鶣。扁鹊，古之良医。或作鶣。"④王焘在《外台秘要》中提到扁鹊的地方都写作"鶣鹊"。古人的名字写法多变，异文的情况很普遍。"扁鹊"之"扁"由于"鹊"的原因发生类变也实属常见。由此也可以看出，无论是"鹊"，还是变化后的"鶣鹊"，都将扁鹊与鸟联系起来。无怪乎章次公推测扁鹊是绰号、行医的旗帜了。

---

　　①　山东省博物馆、山东省文物考古研究所.山东汉画像石选集[M].济南：齐鲁书社.1982：图 40
　　②　山东省博物馆、山东省文物考古研究所.山东汉画像石选集[M].济南：齐鲁书社.1982：图 41
　　③　[唐]陆德明.经典释文[M]卷八.北京：中华书局.1983：111
　　④　[宋]丁度等.集韵[M]（影印扬州使院重刻本）卷五.北京：中国书店.1983：741

图 4.3.4　针砭图 4　东汉中叶,山东微山①　图 4.3.5　针砭图 5　东汉晚期,山东济南②

　　从汉画像石中出现的羽人形象来看,他们掌握着神圣的不死药和世俗的医药,具有沟通人神的作用;既为天上神灵服务,也为民间百姓疗病;是当时炽盛的神仙信仰的体现。汉画像石中的"扁鹊"是羽人的一种类型,是汉代人在神仙信仰背景下对扁鹊神话形象的想象和展示。

　　我认为,仙药和医药在某种意义上可以混同起来,但是成仙与从医却不可同日而语。鸟化的人是汉代人对自己通过服食来达到升仙目的的想象,可以说,画像石中与西王母为伍的这类羽人就是他们对自己的想象。而人化的鸟则不然,它用世间针砭的办法来医治人们的病痛,人们又把具有特殊灵性的鸟想象为神医的形象,

---

①　山东省博物馆、山东省文物考古研究所.山东汉画像石选集[M].济南:齐鲁书社.1982:图 42

②　山东省博物馆、山东省文物考古研究所.山东汉画像石选集[M].济南:齐鲁书社.1982:图 513

反映了当时较为普遍的心理图式。而这一图式的来源即是扁鹊，它即与鸟有某种关联，又是神医的代表。正是通过扁鹊，确证了一直存在于心理深层的鸟类与医药的联系，又为空泛的神医在画像石上找到了典型的表述方式。

3. 民俗证据

就目前可见的文献资料和考古资料来看，扁鹊当是神话人物。最早的文献记载已经无法确切还原扁鹊的真实形象和事迹，只保留了他作为名医的模糊记忆。汉画像石描摹了一只人面鸟身的"怪物"为人诊病的形象，可以把它看作当时人对扁鹊的想象。两种材料配合来看，应当出于同样久远的族群记忆。这种记忆外化为民俗，历代绵延，乃至今日尚有余音。

扁鹊最初可能源于以少昊为首领的以鸟作为图腾的东夷部落。

《左传·昭公十七年》载：

> 少皞挚之立也，凤鸟适至，故纪于鸟，为鸟师而鸟名：凤鸟氏，历正也；玄鸟氏，司分者也；伯赵氏，司至者也；青鸟氏，司启者也；丹鸟氏，司闭者也；祝鸠氏，司徒也；鴡鸠氏，司马也；鳲鸠氏，司空也；爽鸠氏，司寇也；鹘鸠氏，司事也；五鸠鸠民者也，五雉为五工正，利器用，正度量，夷民者也。九扈为九农正，扈民无淫者也。[1]

《山海经·大荒东经》载："东海之外大壑，少昊之国。"[2]少昊的部落主要活动在东方的滨海地区，随着部落的迁徙和融合，少昊部落可能有一支逐渐向西迁徙，所以很多时候少昊居住在较西的

---

① ［晋］杜预注、［唐］孔颖达等正义.春秋左传正义［M］.昭公十七年.北京：中华书局.2009：4524－4525

② 佚名著、［晋］郭璞传.山海经［M］（影印浙江书局本）卷十四.上海：上海古籍出版社.1989：104

区域,但其主要的发源地和文化区仍在东方。从《左传》中郯子参照后世政权结构叙述的少昊部落来看,这是一个集团性质的部落群,分为各种小的部落,主要有鸷族、凤族、鸠族、雉族和扈族,各部落间文明程度有所不同,也有不同的分工。鸷族(少昊、少皞)是部落集团的首领,凤族是鸷的亲族,势力最大,处于部落集团的核心地位。鸠族、雉族和扈族分散各地。凤族和鸠族分担了部落集团的事务和管理,雉族和扈族主要处理自己部落内部的教化。从这样的部落结构来看,当时东方的文明程度很高。

由此扁鹊作为这个部落集团中的一个小部落是极为可能的,"扁鹊"就是这支的族名①,鹊是部落的标识。而鹊是属于掌管五工的雉族,因为这个以鸟为图腾的部落集团,可以分为长尾的鸟类和短尾的雉类。凤鸟和鸠鸟均属于前者(据《说文·鸟》),凤鸟以色彩明丽为特征,鸠鸟以凶猛强悍为特征;雉鸟和扈鸟(雀)属于后者(据《说文·隹》),性情较为温和。由于"鸟"和"隹"的相互通用,后世分别已不太明显。"鹊"的形部即是由"隹"转写为"鸟"的。鹊部落应当以医工发达著称,给人们以主宰生命的印象。不同的鸟图腾部落以不同的鸟作为部落标识,而和少昊具有亲缘关

图 4.3.18 《山海经》中的句芒②

---

①　刘敦愿.扁鹊名号问题浅议[J].山东中医学院学报.1989(3):39-43

②　出自汪本,转引自马昌仪.古本山海经图说[M].济南:山东画报出版社.2001:493

系,又具有司命神性质的句芒正是鹊的形象(人面鹊身)。

句芒春神、木神、东方方位神、寿命神是相通的:春为万物萌生之时,象征生命的开始;木为春来之表现,萌芽表明生长的发端;东方是日出之地,是时间的开始,朝气的表现;这些自然界的表现投射到人,就是寿命的延长。而对生命的掌管往往与医药相关。句芒和鸟图腾其他部落一样,掌握天历,他的工具就是"规"。规者,晷也,最初来自对日影的观察。所以屈原《远游》曰:"撰余辔而正策兮,吾将过乎句芒,历太皓以右转兮,前飞廉以启路。阳杲杲其未光兮,凌天地以径度。"①即此,鹊亦有乾鹊之称②,乾者,天也。

如果没有证据证明扁鹊和句芒之间的等同关系的话,那么它们在意涵和形象上的高度相似就不能轻易否定它们之间密切的关系了。可以表述为这样的关系:

```
            ↗扁鹊→从事医药↘        ↗人化,俗世间的神医
鸟图腾→人面鸟身              相互影响
            ↘句芒→掌管生命↗        ↘神化,灵界中的神祇
```

在这个意义上,或许可以肯定,汉画像石中扁鹊的形象,可能直接导源于对句芒的信仰心理并受到句芒形象的影响。《禹贡·扬州》所说的"鸟夷卉服",也就是说鸟图腾部落的人穿着鸟毛御寒,或者可以在身体上装饰类似鸟的东西,所以大致看来是"半人半鸟"的样子。汉画像石中的扁鹊也就是这种样子。

除了颇为深厚及久远的信仰心理外,古老的神话和现代流传的故事可以看到鸟与医药的紧密联系。

---

① [战国]屈原.远游[A],见[汉]刘向.楚辞[M]卷五.北京:中华书局.1985:83

② 题[春秋]师旷.禽经[M].北京:中华书局.1991:7

在《山海经》中,不死之药就是草木之花实(这是句芒所掌管的),直接掌握"仙药"的非巫即鸟:

> 开明东有巫彭、巫抵、巫阳、巫履、巫凡、巫相,夹窫窳之尸,皆操不死之药以距之。(《海内西经》)①

> 有灵山,巫咸、巫即、巫盼、巫彭、巫姑、巫真、巫礼、巫抵、巫谢、巫罗十巫,从此升降,百药爰在。(《大荒西经》)②

> 有巫山者,西有黄鸟。帝药八斋。黄鸟于巫山,司此玄蛇。(《大荒南经》)③

在这里,巫和鸟共同掌管药,巫可能是树木果实的采集者,而鸟天然具有与树木的依存关系。如果从神话角度来看,巫和鸟并不是截然分开的,这里的鸟就是披了羽衣的巫师,巫师就是以鸟的装束出现的。所以所谓的医药就掌握在身披羽衣的巫师手中,而巫师之所以身披羽衣,就源自上文中鸟信仰及句芒对草木和生命的执掌。

又有一则神话讲大鸟是越地巫师的先祖:

> 越地深山中有鸟,大如鸠,青色,名曰"冶鸟"。穿大树作巢,如五六升器,户口径数寸,周饰以土垩,赤白相分,状如射侯。伐木者见此树,即避之去。或夜冥不见鸟,鸟亦知人不见,便鸣唤曰:"咄,咄,上去。"明日便宜急上。"咄,咄,下去。"明日便宜急下。若不使去,但言笑而不已者,人可止伐也。若有秽恶及其所止者,则有虎通夕来守,人不去,便伤害人。此鸟白日见其形,是鸟也;夜听其鸣,亦鸟也;时有观乐

---

① 佚名著、[晋]郭璞传.山海经[M](影印浙江书局本)卷十一.上海:上海古籍出版社.1989:94

② 佚名著、[晋]郭璞传.山海经[M](影印浙江书局本)卷十六.上海:上海古籍出版社.1989:111

③ 佚名著、[晋]郭璞传.山海经[M](影印浙江书局本)卷十五.上海:上海古籍出版社.1989:108

者,便作人形,长三尺,至涧中取石蟹,就火炙之,人不可犯也。越人谓此鸟是越祝之祖也。①

在那个"巫彭即医,巫咸即医"巫医同一的时代,鸟—巫—医是一体的。另一个鸟与医相关联的地方应该在于鸟在现实中的医用价值以及医疗技术对鸟的仿生学借鉴。前者如《山海经》中列出的众多治疗疾病的鸟类,后者如针砭的发明使用受到鸟喙的启发②。

鸟在民俗文化中有明确的感情分野,有瑞鸟与噩鸟之分,瑞鸟如喜鹊、鸡、鹤、燕、鸳鸯、鸽子等,噩鸟如鹏鸟(猫头鹰)、乌鸦等。喜鹊形象在日常民俗生活中十分常见,"鹊噪则喜生"③,所以喜鹊被看作"喜"的象征。

扁鹊也会出现在类似的咒语中:

禁水洗疮法

先左营目三周,开目视疮,中闭气一息欲止,然后禁之:无弱无强,为某所伤。清血无流,浊血无往。一青一黄,一柔一刚。皮皮相值,脉脉相当。南方止血,北方止疮。东流海水,寒热如汤。朝令淹露,暮令复故。医王扁鹊,药术有神,还丧车,起死人,不脓不痛,知道为真,知水为神。急急如律令。④

这无非是利用了扁鹊高明医术的心理暗示,但也反映了人们对扁鹊神性的认可,也间接反映了背后深厚的信仰基础。

综上所述,众多民俗事象提供了认识扁鹊的另外一个视角,这

---

① [晋]干宝.搜神记[M]卷一二.北京:中华书局.1979:154

② 杨金萍.汉画像石中鸟图腾与中医关系之考析[A].王新陆.中医文化论丛[C].齐鲁书社.2005:207-213;又见杨金萍.汉画像石与中医文化[M].第一章.北京:人民卫生出版社.2010

③ 题[春秋]师旷.禽经[M].北京:中华书局.1991:12

④ [唐]孙思邈.千金翼方[M](影印清翻刻元大德梅溪书院本)卷三十.北京:人民卫生出版社.1955:353

个视角阐释了与扁鹊关系极为紧密的现象。尤其是这些民俗背后深厚的民俗理基础,有益于更加深刻地理解与扁鹊有关的神话、传说的真正背景和内涵。通过对这些民俗的梳理,也可以清晰地看到,扁鹊作为神话人物是处于文化早期的集体记忆,将扁鹊看作某个确定人物的做法不仅无助于扁鹊文化的定位,而且也不可能认识到扁鹊所代表的文化内涵。

总之,把扁鹊作为神话人物分析,前人已述,并不算新颖。上述论证用到的部分材料,也被诸多论者引用,也不算新见。然前人所述,限于篇幅,总不能尽意。此处以文献、考古、民俗的三重证明法来证明扁鹊为神话人物,重新梳理文献,综合前人观点,谨作此论。

第五章
张仲景传说解读

第一节　史载张仲景事迹的基本脉络

《伤寒杂病论》在中国医学史上享有"群方之祖"的地位,张仲景更是声名隆盛的医家。与巨大贡献和盛名不相匹配的是,正史却没有为张仲景立传,颇令人不解。刘知幾说:"当三国异朝,两晋殊宅,若元则、仲景,时才重于许、洛,何桢、许询,文雅高于扬、豫;而陈寿《国志》、王隐《晋史》,广列诸传,而遗此不编。此亦网漏吞舟,过为迂阔者。"①他直接批评修《三国志》的陈寿"过于迂阔",乃至于"才重于许、洛"的张仲景也没有收入进来。不独《三国志》无张仲景传,《后汉书》亦没有为之立传。至于史书无传,理由很多,材料不足是重要的一个方面:

> 种种迹象表明,以往并没有"原来已经成书"张仲景的传记之类。这类资料不仅不见《三国志》、《三国志注》的撰写时代,隋志、唐志及后来的古籍目录也不见著录。还可以作为旁证的是,宋·萧常《续后汉书》、明·谢陛《季汉书》等等在改编《三国志》的时候,对刘知幾《史通》的意见肯定是了解的,但他们何以不顺便补一篇《张仲景传》? 显然是没有现成的

---

①　[唐]刘知幾.史通[M](影印明万历刊本)卷八.人物.四部丛刊初编·史部(第54册).上海:上海书店.1989(据商务印书馆1926版重印):第十三叶

《张仲景传》可供取材。①

另外,医学家在古代地位不高也是经常被强调的一个因素,金人赵秉文就认为:"可以其方技,使无闻也哉?《汉书》不传张仲景,《唐书》不传王冰,识者尚有遗恨。"②《三国志》和《后汉书》都无张仲景传记确是事实。

两晋之后,关于张仲景的资料渐次多了起来,后人不断将新出的材料补充到张仲景传中来,时间越后,张仲景的资料越趋完备。现根据可见记载,对张仲景的基本事迹稍作梳理。为叙述方便,依照模糊的先后顺序。但此顺序绝非年谱式的考证。对于仲景事迹,仅考索记载与否,不证求谬真。

一、出生

主要包括张仲景的姓名字号、出生(或生活)时代、出生地。理论上讲,《伤寒论》卷首所题的"汉长沙太守南阳张机仲景述"和序文所署"长沙太守南阳张机仲景",可以较为清晰地说明张仲景姓张名机字仲景,汉代南阳人。又可依据《伤寒论序》中提到的"建安纪年以来,犹未十稔"的说法,得知张仲景是后汉人,活动在建安年间。现在对于张仲景出生情况,上述几点基本属于共识。

然而,现在可见最早的《伤寒论》版本不过宋元,远非王叔和撰次时的原貌。虽不至于像清人姚际恒在《古今伪书考》中说的那样:"《伤寒论》,汉张仲景撰,晋王叔和集,此书本为医家经方之祖,然驳杂不伦,往往难辨。读者苦不得其旨要。予友桐乡钱晓城

① 吴金华.三国志发微(三):《魏志》该不该补《张仲景传》[EB/OL].吴金华博客.2013-1-7.http://blog.sina.com.cn/s/blog_4f148f370101e7bh.html

② [金]赵秉文.任子山圹铭[A],见[金]赵秉文.滏水集[M]卷十一.景印文渊阁四库全书[G](第1190册).台北:商务印书馆.1986:202

煌谓此书为王叔和参以己说,故真伪间杂,致使千载蒙晦。"①王叔和是否在《伤寒论》中掺杂己说,甚或托张氏之名,时代久远,争讼无果。宋元人刻书时根据当时人的认识,给《伤寒论》的著者加上若干字,成为"汉长沙太守南阳张机仲景述"模样,亦未可知。

张仲景实有其人,姓名籍贯争议较少。甘伯宗《名医录》云:"张仲景,南阳人,名机,仲景乃其字也。"②这种说法,从宋时的《医说》《历代名医蒙求》到元《文献通考》,再到明《医史》,再到清《古今医史》,代代转引,作为定论。

张仲景,名机字仲景,基本无异议;生卒年近人考据甚繁,古人持后汉末期为定论;出生地为南阳,基本无异议。清人陆懋修(九芝)《世补斋医书》作《补后汉书张机传》曰:"张机,字仲景,南郡涅阳人。"③不知何据。张仲景是南阳人,千余年几无改易,近人十数年间顿生张氏里贯十余说,乃至具体到县到乡到村到巷④,可谓用力过甚。

二、学医

张仲景师从同郡的张伯祖,并且医术后来超过了其师。此事迹唐前未见,唐时书《名医录》已佚,宋人引唐人书始有此论。

林亿校正《伤寒论》序引《名医传》云:"(张仲景)始受术于同郡张伯祖。时人言,识用精微,过其师。"⑤

---

① [清]姚际恒.古今伪书考[M].北京:中华书局.1985:28

② [宋]林亿.校正《伤寒论》序[A],见[汉]张仲景.伤寒论[M].中华医书集成[G](第2册).北京:中医古籍出版社.1999:序3

③ [清]陆懋修.补后汉书张机传[A],见杨士孝.二十六史医家传记新注[M].沈阳:辽宁大学出版社.1986:46

④ 刘世恩等.仲景里贯十二说[A].国际张仲景学术思想研讨会论文集[C].中华中医药学会.2004:59-62

⑤ [宋]林亿.校正《伤寒论》序[A],见[汉]张仲景.伤寒论[M].中华医书集成[G](第2册).北京:中医古籍出版社.1999:序3

宋张杲《医说》亦说:"受术于同郡张伯祖",并另引《张仲景方序论》说:"张伯祖,南阳人也,志性沈简,笃好方术,诊处精审,疗皆十全,为当时所重,同郡张仲景异而师之,因有大誉。"①

大概同时的宋周守忠《历代名医蒙求》引《名医大传》:"(张仲景)受术于同郡张伯祖……时人言,其识用精微,过于伯祖。"②

后来的明《医史》、清《古今医史》亦作此说。

三、功名

张仲景举孝廉,并官至长沙太守。是否举孝廉,《名医录》前未见载。是否仕至长沙太守,宋元刊本《伤寒论》卷首题"汉长沙太守南阳张机仲景述"和序文所署"长沙太守南阳张机仲景"或可为据,但却面临同样证据过于晚出的问题。

林亿《校正〈伤寒论〉序》引《名医传》云:"举孝廉,官至长沙太守。"③《医说》《历代名医蒙求》均作此说,陈振孙《直斋书录解题》言:"《伤寒论》十卷,汉长沙太守南阳张机仲景撰。"④说明他看到的《伤寒论》便是带有"长沙太守"字样的题名。至少在宋代,张仲景"举孝廉,官至长沙太守"的说法已经较为公认。明《医史》、清《古今医史》亦从此说。

逮至明清,河南(尤以南阳)、长沙等地方志均有张仲景任长沙太守的记载。《补后汉书张机传》所言更详:"灵帝时,举孝廉,

①　[宋] 张杲.医说[M]卷一.景印文渊阁四库全书[G](第 742 册).台北：商务印书馆.1986：27

②　[宋] 周守忠.历代名医蒙求[M](影印尹家书铺刊本)卷下.北京：人民卫生出版社.1955：34

③　[宋] 林亿.校正《伤寒论》序[A].[汉] 张仲景.伤寒论[M],见中华医书集成[G](第 2 册).北京：中医古籍出版社.1999：序 3

④　[宋] 陈振孙.直斋书录解题[M]卷十三.北京：中华书局.1985：368

在家仁孝,以廉能称;建安中,官至长沙太守,在郡亦有治迹。"①

四、交游

张仲景交游的事迹并不多,只有何颙一事。

> 何颙妙有知人之鉴。初,同郡张仲景总角造颙,颙谓之曰:"君用思精密,而韵不能高,将为良医矣。"仲景后果有奇术。②

这则事迹来自《太平广记》,原书言引自《小说》,当指《殷芸小说》,该书已散佚,今人将何颙条根据《太平广记》辑入《殷芸小说》。又有《太平御览》述何颙事曰引自《何颙别传》,该书现亦不可见,并不可考。

《历代名医蒙求》《医史》亦载此事。《补后汉书张机传》略述云:"总角时,同郡何永(即何颙)称之,许为良医,果精经方。"③

五、行医

张仲景行医的事迹是最多的,曾在京师行医,并被称作名医。重要的行医事迹有四,分别是穿胸以纳赤饼、诊王仲宣、诊汉武帝、诊老猿。

1. 在京师为名医,于当时为上手

刘知幾说"若元则、仲景,时才重于许、洛",《医说》言:"(张机)后在京师为名医,于当时为上手,时人以为扁鹊仓公无以

---

① 〔清〕陆懋修.补后汉书张机传〔A〕,见杨士孝.二十六史医家传记新注〔M〕.沈阳:辽宁大学出版社.1986:46

② 〔宋〕李昉.太平广记〔M〕卷二百一十八.医一.北京:中华书局.1961:1665

③ 〔清〕陆懋修.补后汉书张机传〔A〕,见杨士孝.二十六史医家传记新注〔M〕.沈阳:辽宁大学出版社.1986:46

加之也。"①《医说》此言,前半部分引自《仲景方论序》,后半部分引自《针灸甲乙经》序,是掐头去尾的拼合版。

后来引述者不乏其人,兹不赘引。

2. 穿胸以纳赤饼

此句出自葛洪《抱朴子内篇》,意思不可解。原文是:

> 越人救虢太子于既殒,胡医活绝气之苏武,淳于能解颅以理脑,元化能刳腹以澣胃,文挚愆期以瘳危困,仲景穿胸以纳赤饼,此医家之薄技,犹能若是,岂况神仙之道,何所不为?②

从上下文来看,"仲景穿胸以纳赤饼"应当是和扁鹊救治虢太子、胡医救治苏武、淳于开颅、华佗刳腹、文挚救危困一样的医疗事迹,这样的事迹具有神奇的特点,而且在当时广为人知。据字面推断,"仲景穿胸以纳赤饼"大概是类似于开膛后贴药于病患处之类的手术。这句话背后应当有一个完整的故事,但是已经失传了。后来关于张仲景的事迹中,也绝少提到"穿胸以纳赤饼"的事了。

3. 诊王仲宣

皇甫谧《针灸甲乙经序》载:

> 仲景见侍中王仲宣时年二十余。谓曰:"君有病,四十当眉落,眉落半年而死。"令服五石汤可免。仲宣嫌其言忤,受汤勿服。居三日,见仲宣谓曰:"服汤否?"仲宣曰:"已服。"仲景曰:"色候固非服汤之诊,君何轻命也!"仲宣犹不信。后二十年果眉落,后一百八十七日而死,终如其言。此二事虽扁鹊仓公无以加也。③

① [宋]张杲.医说[M]卷一.景印文渊阁四库全书[G](第742册).台北:商务印书馆.1986:26

② [晋]葛洪著、王明校释.抱朴子内篇校释[M]卷五.至理篇.北京:中华书局.1980:101

③ [晋]皇甫谧.针灸甲乙经序[A],见[晋]皇甫谧.针灸甲乙经[M](影印明刻《医统正脉》本).北京:人民卫生出版社.1956:2

此事后人引用甚多，几乎凡言及张仲景事迹处，必有诊王仲宣事，以为仲景医术高超之显例。

4. 诊汉武帝

《医说》引《泊宅编》的一则"仲景治渴"事迹如下：

> 提点铸钱朝奉黄沔久病渴极疲瘁，予每见必劝服八味丸，初不甚信。后累医不痊，谩服数两遂安。或问渴而以八味丸治之，何也？对曰："汉武帝渴，张仲景为处此方。盖渴多是肾之真水不足致然，若其势未至于消，但进此剂殊佳，且药性温平无害也。"①

明赵献可《医贯》亦从《医说》此说，清徐大椿《医贯砭》在此事迹下评曰："仲景是汉献帝时人，与武帝相去二百余年，明明可考，乃造出此语，何耶？赵氏所谈，无往非梦，而此则又梦之最不经者。"②

由于明显的时代错误，这则事迹很少为张仲景作传者注目。

5. 诊老猿

这个事迹可以分为两个部分，前有仲景为老猿治病，后有仲景得二古琴：

> 张仲景入桐柏山采药，遇一病者求治。仲景诊之曰："子腕有兽脉，何也？"其人曰："我峄山穴中老猿也。"仲景出囊中药畀之辄愈。明日，其人肩一巨木至曰："此万年古桐也，聊以为报。"仲景断为二琴，一曰古猿，一曰万年。③

《广博物志》《青莲舫琴雅》《太古正音琴经》均有载。《广博

---

① ［宋］张杲.医说［M］.景印文渊阁四库全书［G］（第742册）卷五.台北：商务印书馆.1986：115

② ［清］徐大椿.医贯砭［M］.徐大椿医书全集［M］.北京：人民卫生出版社.1988：145

③ ［明］李日华.六研斋二笔［M］卷四.景印文渊阁四库全书［G］（第867册）.台北：商务印书馆.1986：649

物志》言引自《古琴记》，后书已佚。这个事迹看来在明代广为人知。

六、著述

今存张仲景《伤寒论自序》中有言："感往昔之沦丧，伤横夭之莫救，及勤求古训，博采众方，撰用《素问》九卷、八十一难、阴阳大论、胎胪、药录，并平脉辩证，为《伤寒杂病论》，合十六卷。"①

皇甫谧《针灸甲乙经序》云："仲景论广伊尹《汤液》为数十卷，用之多验。近代太医令王叔和撰次仲景选论甚精，指事施用。"②《太平御览》引高湛《养生论》云："王叔和，性沉静，好著述，考覈遗文，采摭群论，撰成《脉经》十卷。编次《张仲景方论》，为三十六卷，大行于世。"③后世经籍志及医史皆从此说。

七、授徒

张仲景授徒之说当起于《仲景方序》，原文已不得见。

《医说》引《仲景方序》曰："杜度不知何许人也，仲景弟子。识见宏敏，器宇冲深，淡于骄矜，尚于救济，事仲景多获禁方，遂为名医。"④

《太平御览》引《仲景方序》曰："卫汛好医术，少师仲景，有才识。撰《四逆三部厥经》及《妇人胎藏经》《小儿颅囟方》三卷，皆行

---

① ［汉］张仲景.伤寒论自序［A］，见［汉］张仲景.伤寒论［M］.中华医书集成［G］（第2册）.北京：中医古籍出版社.1999：序2
② ［晋］皇甫谧.针灸甲乙经序［A］，见［晋］皇甫谧.针灸甲乙经［M］（影印明刻《医统正脉》本）.北京：人民卫生出版社.1956：2
③ ［宋］李昉等.太平御览［M］（据涵芬楼影印宋本重印）卷七二二.方术部三·医二.北京：中华书局.1960：3198
④ ［宋］张杲.医说［M］.景印文渊阁四库全书［G］（第742册）卷一.台北：商务印书馆.1986：27

于世。"①

八、去世

张仲景去世时间、去世地点等已不可详考。后人将仲景奉为医圣,并祠墓纪念,可作为张氏去世后的一些相关事迹。

1. 被封为医圣

金代刘完素将仲景称为"亚圣",是把张仲景看作最接近医圣的人,但却没有明确提出张仲景是医圣。真正要把医圣名号戴在张仲景头上,要迟至很晚的明清。

考诸古籍,明清之前,虽然张仲景的医学成就越来越得到重视,但还没有达到一个"封圣"的高度。即使在明代,有了将张仲景奉为医圣的倾向,但没有完全确定下来。例如明代人李中梓在《颐生微论》中说:"仲景、东垣共称医圣。"②孙承恩又在诗里把扁鹊称为医圣。(《扁鹊墓》:"医圣从闻术有神,千年冢骨已飞尘。荒原落日西风里,犹有纷纷乞艾人。"③)到了清代,张仲景医圣的称号才确定下来。《古今医史》说:"后人赖之(仲景)为医圣。"④魏荔彤《伤寒论本义》:"故后世称为医圣。"⑤所以说,到清代,张仲景是医圣的说法才普遍开来。

---

① [宋] 李昉等.太平御览[M](据涵芬楼影印宋本重印)卷七二二.方术部三·医二.北京:中华书局.1960:3198

② [明] 李中梓.删补颐生微论[M](影印崇祯刻本)卷一,见四库全书存目丛书编纂委员会.四库全书存目丛书[G](子 46 册).济南:齐鲁书社.1995:537

③ [明] 孙承恩.文简集[M]卷二十五.景印文渊阁四库全书[G](第1271 册).台北:商务印书馆.1986:318

④ [清] 王宏翰.古今医史[M](影印清抄本)卷一,见《续修四库全书》编纂委员会.续修四库全书[G](第 1030 册).上海:上海古籍出版社.2002:324

⑤ [清] 魏荔彤.伤寒论本义[M].北京:中医古籍出版社.1997:序 12。原书言引自《医林列传》(已佚)。

至于出土带有"汉长沙太守医圣张仲景墓"字样的所谓晋碑，纯属无稽，不足为证。

2. 祠墓纪念

据桑芸顺治丙申(十三年,1656)撰写的《汉长沙太守医圣张仲景祠墓碑记》：

> 宛郡东高阜处，父老传为先生墓与故宅。洪武初，有指挥郭云仆其碑，遂没于耕牧。越二百六十余载，为崇祯戊辰初夏，有兰阳诸生冯应鳌者，诸生时感寒病，几殆恍惚。有神人黄衣金冠，以手摩其体，百节通活。问摩者为谁，神曰："我汉长沙太守南阳张仲景也。活子千古奇事。我有千古憾事，盍为我释之？南阳城东四里许有祠，祠后七十七步有墓，岁久平芜，今将凿井其上，封之惟子。"忽不见。病良愈，非梦也，非谵也。是秋九月，应鳌千里走南阳，访先生祠墓不可得。怅惘间谒三皇庙，旁列古名医，内有衣冠仪貌与病中所见吻合，吹尘索壁间字，仲景像也。因步庙后求先生墓，为祝县丞地，鞠为蔬圃矣。且道此中有古贤墓，丞怪之，并述病中奇异，丞益怪之。应鳌纪石庙中而去。不数年，兵寇交讧。园丁掘井圃中，丈余得石碣，题曰：汉长沙太守医圣张仲景墓。[①]

大致说明了张仲景祠和张仲景墓的来龙去脉。至于冯应鳌修张仲景祠墓的具体情况，可参考《医圣张仲景灵应碑记》[②]，较上文更为周详。

从上文的梳理可见，张仲景的事迹分别出自不同历史时期，有着不同的历史背景，记载的详略更不相同。整体而言，时代越晚

---

① ［清］桑芸.汉长沙太守医圣张仲景祠墓碑记［A］,见王新昌、唐明华.医圣张仲景与医圣祠文化［M］.北京：华艺出版社.1994：94－95

② ［清］桑芸.汉长沙太守医圣张仲景祠墓碑记·附记［A］,见王新昌、唐明华.医圣张仲景与医圣祠文化［M］.北京：华艺出版社.1994：95－97

近,张仲景的事迹越丰富、越系统。搜集整合这些事迹,成为补史书所阙张仲景传的基本素材。明清以来,较有代表性的《张仲景传》有明李濂《医史》中的《张仲景小传》、清王宏翰《古今医史》的《张机》、清陆懋修(九芝)《世补斋医书》的《补后汉书张机传》,今人黄竹斋的《医圣张仲景传》。其中黄氏所传综合了清以前张仲景研究成果,考据周详,引证广泛,叙述严谨,为近代张仲景传的范本,具有承前启后的意义。拟将上文所列事迹与黄氏《医圣张仲景传》略作比较。见下表:

表5.1.1　史载、补传中张仲景事迹对照表

古籍载张机事迹		《医圣张仲景传》载事迹
1. 出生	姓名字号、出生时代、出生地	有
2. 学医	师从同郡张伯祖	有
3. 功名	举孝廉,官至长沙太守	有
4. 交游	何颙事	有
5. 行医	① 在京师为名医,于当时为上手	有
	② 诊王仲宣	有
	③ 穿胸以纳赤饼	无
	④ 诊汉武帝	无
	⑤ 诊老猿	无
6. 著述	《伤寒杂病论》	有
7. 授徒	杜度、卫汛(或沉)	有
8. 去世	① 被封为医圣	有
	② 祠墓纪念	有

从上表中可以看出,但凡古籍中出现过的记载,绝大部分都可以作为张仲景的事迹列入张仲景传中;无论这个事迹出现的时间

早晚，都被看作张仲景传的重要材料。但是，也有一些记载被排挤出张仲景传，例如穿胸以纳赤饼、诊汉武帝、诊老猿这三个事迹，理由当然很简单：穿胸以纳赤饼事语焉不详，不知所云，只好舍弃；诊汉武帝事时代差错得太明显了；诊老猿的事迹是杜撰的故事，不能当作史实看待。如此说来，后世的众多所谓张仲景传，对古籍记载中的张仲景事迹做了适当的取舍，去掉了明显不符合史实的内容，从形式到内容都依据史传的标准。越是晚近，越是有将这些出现于不同历史时期的事迹按照张仲景人生轨迹重新排列的倾向。陆懋修（九芝）就是一个显著的例子，他作《张机传》本就是为了"补《后汉书》"；现代人根据这些层层相叠的记载来推定更为细致的张仲景年表。历史上逐渐进入张仲景传并逐渐固定下来的张仲景事迹一定是史实吗？或许恰恰相反。师从张伯祖事、诊何颙事、诊王仲宣事等种种事迹并无充分的史料支撑，而且均出自逸闻杂记，是不折不扣的传说，只不过出现的年代较早，并披着历史的外衣而已。因此，历史上乃至今天无数的张仲景传，都不是史学意义上的"传记"，而是民间文学性质的"传说"。

第二节　传说建构的医圣张仲景

无论是唐甘伯宗《名医录》对张仲景事迹的简单描述，还是宋张杲《医说》对张仲景事迹的汇总，乃至明李濂《医史》、清陆懋修《世补斋医书》作的《张仲景传》，及至近代黄竹斋、当代邹学熹对《张仲景传》的不断补充，《张仲景传》出现得越晚，事迹越详细，时间越精确。这不是史学性质的人物传记发展的规律，而是民间文学性质的人物传说发展的典型体现。

为张仲景立传的尝试在最初确立材料甄选标准的问题上就已经不能保证《张仲景传》是传记了。首先，从材料出现的时间上看，现在能够征引的有关张仲景的记载绝大多数都在唐以后，距离建安时期都在四百年以上。其次，从材料的性质上讲，现在能够征引的有关张仲景的记载绝大多数并非史书，而是序文、杂记、轶闻。再次，在以上两类"绝大多数"之外的一些有关张仲景的记载，早早被排斥在《张仲景传》之外，因为它们太过神奇而无稽。

张仲景确有其人是不能否定的，因为和他生活在同时或稍后的人都确切地提到了他，所以这一点毋庸置疑。而现在所能看到的不同时期有关张仲景的记载是否就是他本人的真实事迹，唐宋人已经说不清楚，今人并不比唐宋人掌握的材料更多更准确。梳理古籍文献的记载可以发现，最接近张仲景时代的皇甫谧和葛洪留下的都是道听途说的传闻，张仲景事迹中传说占多大的比重就可想而知了。

一、被弃的"穿胸以纳赤饼"

葛洪《抱朴子内篇》卷五《至理篇》有"仲景穿胸以纳赤饼"句，向来不被作传者采纳。该句上下文是这样的："越人救虢太子于既殒，胡医活绝气之苏武，淳于能解颅以理脑，元化能刳腹以澣胃，文挚愆期以瘳危困，仲景穿胸以纳赤饼，此医家之薄技，犹能若是，岂况神仙之道，何所不为？"①葛洪在这里主要是为了对比仙药和凡药、医技与仙道的区别，扁鹊、胡医、淳于意、华佗、文挚、仲景都是"医家之薄技"的举例。

这些例子的特点是：主角都是葛洪之前有名的名医；这些例子是名医们"令死者复生"的代表作；这些例子背后的故事在葛洪的时代广为人知。时至今日，胡医、淳于意、华佗、仲景的故事已经失传，唯扁鹊赖《史记》作传、文挚凭《吕氏春秋》纪事而流传至今。这些名医中，除了华佗和仲景之外，其他人距离葛洪已经很遥远了。而在葛洪眼中，华佗和张仲景足以和诸多先贤排列在一起了。

---

① ［晋］葛洪著、王明校释.抱朴子内篇校释［M］卷五.至理篇.北京：中华书局.1980：101

"仲景穿胸以纳赤饼"这句话现在虽然已经不可解,但至少可以证明,在葛洪的时代,广泛流传着一个"张仲景穿胸以纳赤饼"的故事,只要提到这句话,大家都能明白指的是个什么样的事情。这个故事可能很快就失传了,由于这句话表面上看来过于神奇,所以被排斥在张仲景传之外,没有引起考索的注意,即使它比其他诸多记载距离张仲景的时代更近,但仍不能作为张仲景的一个事迹。做这个排斥工作,甘伯宗《名医录》可能已经完成了。

二、诊王仲宣事非史实

张仲景诊王仲宣的事最早见于皇甫谧《针灸甲乙经序》,其文曰:

> 仲景见侍中王仲宣时年二十余。谓曰:"君有病,四十当眉落,眉落半年而死。"令服五石汤可免。仲宣嫌其言忤,受汤勿服。居三日,见仲宣谓曰:"服汤否?"仲宣曰:"已服。"仲景曰:"色候固非服汤之诊,君何轻命也!"仲宣犹不信。后二十年果眉落,后一百八十七日而死,终如其言。此二事虽扁鹊仓公无以加也。①

一直以来,这则材料被当作张仲景传中的重中之重,一来皇甫谧距离张仲景的时代很近,而且很有可能皇甫谧出生的时候,张仲景尚未去世,即使二人没有并存于世,相差也不会很远。因此,皇甫谧的话被当作最珍贵的话,确切无疑地进入张仲景传,而且作为后人推断张仲景生平的最有力证据。

但是也有人表示怀疑:

> 关于张仲景为侍中王仲宣治病的故事,大体上可以小结如下:(一)王粲的大部历史材料是可以肯定的,但说他在"眉落后一百八十七日而死"这一点,毫无史实根据。因而仲

---

① [晋]皇甫谧.针灸甲乙经序[A],见[晋]皇甫谧.针灸甲乙经[M](影印明刻《医统正脉》本).北京:人民卫生出版社.1956:2

景曾在二十年前为王粲诊病并判定其"眉落而死"的这一说法,与王粲的史实不符,似难相信。(二)仲景为王仲宣治病故事的本身也是值得怀疑的,因为它在时间上要求当时的仲景生活在荆州(或襄阳),在社会关系上要求仲景和刘表及其周围的人物有所联系。但在现存史料里丝毫没有线索,并不能证明仲景和王仲宣之间存在着其他联系。(三)故事内容颇有夸大之处,它和皇甫谧的主观偏见有关。仲景在他自己的著作里,并没有提到像王仲宣所患的那样的"眉落"证治。以后,巢元方在《诸病源候流》里,虽曾详尽地描述了"恶风须眉堕落候",在时间上只是说"已经百日","以经三年","以经七年",最多也不过是"以经十年"便要发展到"眉睫堕落"的地步;且必然先有"面色败","皮肤伤"等证候出现。它不可能仅只是"眉落",也不可能在二十年前便预见到它的潜伏症状,足征故事的虚构、夸大。由于这些理由,我们应该毫不可惜地把这相传一千多年的故事,从张仲景的历史中扬弃,以维护祖国医学史料的正确性。①

针对上论断,有人反驳到:

> 皇甫谧在《甲乙经》序文中所记张仲景诊王仲宣一案是个真实的历史事件,应把它作为仲景高超医术、高尚医德的有力证据写入仲景生平之中,而王仲宣不听劝告自食其果,对今天临床医生诊治麻风病有一定借鉴意义。②

至于真实与否的证据,双方论争都有所涉及,不烦再论再引。这则材料本身,皇甫谧仅是作为一个举例来叙述的,本身华佗、张

---

① 许光岐.关于张仲景为王仲宣诊病故事的考察[J].上海中医药杂志.1958(3):41-43
② 王树芬.论张仲景诊王仲宣一案的真实性及其价值[J].中华医史杂志.1997(1):29-31

仲景的事已经"不能尽记其本末",作为历史学家的皇甫谧不会不明了文献的重要性。皇甫谧讲述这个例子仅是为了取其意,并不严格追求事实,至于仲景和仲宣彼时年庚、仲宣几日而亡之类,本就是取意而不取数。如果这是个靠谱的医案,作为医学家的皇甫谧完全可以写进医书,而不仅仅是作为举例而已。即使这个材料有史实依据,但明显的,皇甫谧的叙述已经不是史实了,已经加入了皇甫谧的改造成分,是属于皇甫谧式的叙述,已经属于传说了。

需要特别指出的是,"诊王仲宣"和"穿胸以纳赤饼"是差不多同等(时间相近且都有神话色彩)的材料,但在历史上一被重视而一被弃之,一个很重要的因素是"诊王仲宣"为张仲景事迹提供了某个时间轴区间,才得以被后人注意。质言之,对于张仲景事迹的热望,使一些后人过于注重这则材料中的王仲宣(因为可以把他作为依据来推断张仲景生平),而忽视了讲述这则材料的是皇甫谧。《针灸甲乙经》序中和"诊王仲宣"并列的是华佗诊刘季琰的例子,刘季琰事不入华佗传,而王仲宣入张仲景传,足可见一斑了。

三、"官至长沙太守"非史实

张仲景是否"官至太守",争讼不止。历代张仲景传一般将它作为史实处理。但千百年来,仍不能让人信服,质疑之声迭起。近有学者集前人成果作《张仲景官居长沙太守的三项根据》①,欲成定论。又有反驳者作《驳张仲景官居长沙太守的三项依据》,认为:"张仲景任职长沙太守只是一个不可能的传说。"②

---

① 廖国玉.张仲景官居长沙太守的三项根据[A],见王新昌、唐明华.医圣张仲景与医圣祠文化[M].北京:华艺出版社.1994:516-519。原载于《中医杂志》1982第4期。

② 何仙童.驳张仲景官居长沙太守的三项依据[J].中国保健营养(下旬刊).2013(04下):2054-2055

　　"官至长沙太守"的说法或许最早始于《伤寒论》的题名,但现存宋元版本即使题"长沙太守",亦非汉魏原貌,不足为证。最多只能说明该版本刊刻时有此称呼,所以面世甚晚。现存各版本《伤寒论》或题或不题"长沙太守"①,更不能轻易为证。"长沙太守"说法又见于林亿校正《伤寒论·序》引《名医传》,汉魏至唐,逾四百年,中无任何记载,甘伯宗此说何据? 可信度大打折扣。

　　唐之后,宋代周守忠《历代名医蒙求》、张杲《医说》,元马端临《文献通考》、明李濂《医史》、清陆懋修《后汉书张机传》、王宏瀚《古今医史》、近人陈邦贤《中国医学史》中《张仲景传》、黄竹斋《医圣张仲景传》均引《名医录》,代代相引,其实仍为孤证。至于明清之地方志,过于晚出,更不足以作为证据。

　　20世纪80年代,又发现所谓"汉长沙太守医圣张仲景墓碑"②,依据底座上的晋代年号,篡改鉴定专家"尚需进一步鉴定"的论断,将"可能"表述为"肯定",以此作为"长沙太守"的铁证。而这个碑也引来了广泛质疑③。张仲景"医圣"称号不早于明清,有论者置基本事实于不顾,迫切想借此碑证明张仲景曾任长沙太守,不知何由。

　　对于张仲景"官至长沙太守"的问题,比较中肯的判断是:

　　　　无论从历史文献、古典医籍及人物传序等资料中分析,都很难找出仲景曾守长沙的事迹。甘伯宗《名医录》所载既缺乏旁证,又于理欠协,未足列为信史。如果我们找不出其他确

①　钱超尘、温长路.张仲景生平暨《伤寒论》版本流传考略[J].河南中医杂志.2005(1):3-7、(2):3-7、(3):3-6、(4):3-7

②　马俊乾等.南阳医圣祠新发现晋碑及其有关问题[J].中原文物.1982(2):66-68

③　参见:宋柏林等.我对仲景长沙太守说的看法[J].国医论坛.1991(1):41-42;刘道清.南阳医圣祠"晋碑"质疑[J].中原文物.1983(1):37-39,等文。

证的话,本人认为,与其说他守长沙,毋宁相信他自序所述不"名利是务",而"宿尚方术"的恳切之言。说仲景没有做过长沙太守,并没有丝毫损害他的光辉形象,因为这与他在医学上的卓越贡献是完全不相干的。①

至于唐代才出现且为孤证的"官至长沙太守"说法,只能看作民间传说。

四、"何颙事"非史实

《太平广记》载张仲景见何颙的事,言引自《小说》,即南朝梁殷芸《小说》(通称《殷芸小说》)。《太平御览》载此事,多次言引自《何颙别传》②。《何颙别传》已散佚,不可考,何颙本传《后汉书·何颙传》不载此事,看来要么张仲景见何颙并非十分重要的事,不足以入正史,要么此事就是并非可记入正史的逸闻。

宋晁载之《续谈助》亦载该事,言引自《异苑》。今本《异苑》并无此条。(《小说》本就多转引他书而成,此条引自《异苑》亦未可知。)由此,唯《殷芸小说》载此事为早,该书"殆是梁武作《通史》时凡不经之说为《通史》所不取者,皆令殷芸别集为《小说》,是《小说》因《通史》而作,犹《通史》之外乘。"③《小说》本就多奇谲之谈,不能简单地作为正史资料看待。从该事"仲景后果有奇术"的说法得知,"何颙妙有知人之鉴"必须从后来仲景成为众所周知的名医才能得到印证。然而事实是,张仲景的著作亡佚很早,很长时间内并没有在社会上形成广泛的影响力。只有王叔和撰次《伤寒

---

① 裘沛然.张仲景守长沙说的商讨[J].新中医.1984(11):46-48
② [宋]李昉.太平御览[M](据涵芬楼影印宋本重印)卷四四四.人事部八五·知人下.卷七二二.方术部三·医二.卷七三九.疾病部二·总叙疾病下.北京:中华书局.1960:2043、3197-3198、3277
③ [清]姚振宗.经籍志考证[M]卷三十二.师石山房丛书[G].上海:开明书店.1936:499

论》之后，张仲景的名声才得到社会广泛认可，只有在这个前提下，何颙才能算是有知人之鉴。因此，"何颙事"理应出现于西晋之后，不过是后人借何颙名声编造的传说。

五、"诊汉武帝"和"诊老猿"的传说

南宋张杲《医说》引北宋书《泊宅编》提到张仲景诊汉武帝的事："提点铸钱朝奉黄沔久病渴极疲瘁，予每见必劝服八味丸，初不甚信。后累医不痊，谩服数两遂安。或问渴而以八味丸治之，何也？对曰：'汉武帝渴，张仲景为处此方。盖渴多是肾之真水不足致然，若其势未至于消，但进此剂殊佳，且药性温平无害也。'"①

这明显是个当时新产生的传说，并且把张仲景和汉武帝放在一起，本就是明显的纰漏，但却符合传说的性质，因为传说并不过于注重时间、地点、人物的十足精确。即使有这样的纰漏，也可以照样流传。明赵献可《医贯》就延续了《医说》的这个传说，直到清代徐灵胎才指出这个明显的错误。

今人将该事评价为"一盲引众盲，延讹数百年"②。其实八味丸治消渴，药方有效，至于是否来自张仲景给汉武帝开的方就不那么重要。宋之后的医史家并没有把这个事记入张仲景的传中，说明并没有把它当作真实的事。

张仲景在山中替老猿治病，后得到古猿、万年两琴，在明代已经广为流传，一直流传到今天。可以看出，明代流行的传说和皇甫谧所讲的"诊王仲宣"事在神话气息上并无大不同。

诊汉武帝和诊老猿的传说说明，后世不断有关于张仲景的传

---

①　[宋]张杲.医说[M].景印文渊阁四库全书[G]（第742册）卷五.台北：商务印书馆.1986：115

②　魏长春.论《医说》所载张仲景治汉武帝消渴之误[A]，见魏长春.中医实践经验录[M].北京：人民卫生出版社.1986：14

说产生出来,历代都不缺。这些传说其实性质大体是一样的,都不能代表确切的史实。后世所作张仲景传都是在这些后世产生的传说中寻觅类似史实的材料,串联成文。如果看上去像是真事,无论产生得多晚,都可以写入传记,如"举孝廉"之说;如果看上去不像是真事,无论产生得多早,也不会写入传记,如"纳赤饼"之说。倘此诊汉武帝传说在最初编造时,把"汉武帝"换成"汉献帝"或某位建安名人,那么三人成虎后,这则传说或许也能进入张仲景传,并成为考证其生平的证据。在传说中摘择事迹而类史,这是历代张仲景传之失。

六、以传说为依据的张仲景故居、故祠、故墓

张仲景故后,史料几无存。为了纪念他,明清出现大量的张仲景故居、故祠、故墓,传至近日,或有成定论之趋势。目前的张仲景故居、故祠、故墓均是以传说为依据的,这个传说大致是这样的:

张仲景也称自己是宛人,在宛郡东较高的地方,乡亲们传说是张仲景的墓和故居。明代洪武初年,有个武官叫郭云,推倒了张仲景的墓碑,之后那里就成了耕地。过了二百六十多年,到了崇祯年间,有个兰阳的诸生叫冯应鳌,当时得了寒病,恍惚间有神人出现,黄衣金冠,给他治病。冯应鳌问神人是谁,神人说,我是汉长沙太守南阳张仲景,今天救你有事相求。南阳城东四里许有祠堂,祠堂后边七十七步有墓,时间长了就荒废了,现在有人要在上面凿井,请你帮我掩盖上。说完就不见了,冯应鳌的病很快就好了。……冯应鳌到了叶县,就来拜见张仲景先生的墓,庙大体上还没烧尽,庙里张仲景的像还在。又去拜张仲景的墓,虽然还隆起着,但被流水浸泡,田地侵占。……正好汉阳张公闲暇来当地,感慨此事,并且为冯应鳌志向难成而遗憾,慷慨作募捐文,号召各州的官僚都捐点钱,出点力。包孝廉捐了地,南阳卫守司免了租,很快就建起

了张仲景祠墓。并搜集张仲景医书,收藏在庙中。又听东门老人家陈诚说,传闻现在新祠堂后面高起的地方就是张仲景故居,西边有祝先生家,现在仍有石额,写着"张真人祠",供着的神是张仙,或流传的太久就出错了。……等到读书人考证或问乡亲父老的时候,张仲景故居从此又被人所知了。①

张仲景故居、故祠、故墓以明清为盛,建造亦不甚久,而且是以传说为依据的:"为纪念这位伟大的医学家,明洪武初,以传说为依据而确定的张仲景故墓,经过明末和清顺治年间的修整(见《嘉庆重修一统志·南阳府三·陵墓》),一直保存到今天。但传说不能代替真实,今天的张仲景故墓,不能看作是真正的张仲景遗体埋葬之所。"②因此,张仲景故居、故祠、故墓只能作为明清时的状况,不能代表之前就如此,更不能作为验证前代文献的证据。如有以张仲景墓在某地而以某地为张仲景籍贯地的考证,实属轻率为之。

七、古籍记载与现代传说的关系

古籍记载是历史上各个时期有关张仲景的传说,有些传说一直流传到了今天,成为现代传说,有些没有流传下来,成为属于过去时代的"书面记载";现代传说在古籍记载的基础上丰富发展,借助古籍记载的蛛丝马迹,创造了新的内容;现代传说有些看似和古籍记载没有任何关系,然而从性质上讲,同属于张仲景传说的系列,只不过产生时代前后不同,流传地域不同而已。

第一,古籍记载的传说一直流传到了今天。比较著名的如"诊

---

① [清]桑芸.汉长沙太守医圣张仲景祠墓碑记[A],见王新昌、唐明华.医圣张仲景与医圣祠文化[M].北京:华艺出版社.1994:94-97。原文为文言,此处由笔者根据原文改写。

② 王兵翔.有关"医圣"张仲景二三问题[J].郑州大学学报(哲学社会科学版).1981(4):110-112

老猿"的传说,明代已经很流行,现在仍然流传在南阳多个县市区,是现代张仲景传说中较为突出的"古猿万年"故事。另外,张仲景见何颙、张仲景诊王仲宣也是张仲景现代传说中的组成部分。

第二,古籍记载的传说为现代传说提供了线索。现代传说中"拜师学医"故事、"八十生娃"故事、"机智断案"故事所包含的众多精彩的情节,并不都是古籍中有的,根据"师从张伯祖"的记载出现了一大批以拜师为内容的传说,根据"官至长沙太守"又流传着众多清官断案型的传说。这些都是现代传说在古籍记载基础上的生发和创造,既有所依据,又富有时代风格。

第三,现代传说和古籍记载同属张仲景传说系列。每个时期都会产生新的传说,尤其是对于像张仲景这样的文化名人,新产生的现代传说尽管和古籍记载缺乏直接的承继关系,但是这些传说也都不是一开始就有的。它们从性质上讲,是张仲景传说在不同时代的表现形态。

从上文中对张仲景传所涉及的主要事迹可以看出,张仲景是一个确定的人物名称,但是由于历史原因,这个名称所对应的确定历史事迹已经难以寻觅了,现在人们能够看到的所谓《张仲景传》,是从众多传说中摘拣组合而来,是传说建构起来的医圣张仲景。人们所能想象到的医圣形象,亦经由这些传说建构。无法否认张仲景是一个历史人物,充实这个历史人物的过程,是由传说而非历史事迹来完成的。

下　编

第六章
拟象及名医拟象的提出

"拟象"作为汉语词汇,并非新创,而属古有。这一词汇也有其自身的发展变化过程,在不同的时期和不同的使用情境中,词汇含义都稍有不同。这里所言之"拟象"一词,其意涵有二:一是遵循此词汇古已有之的内涵,并不因权宜需求而强作更易;二是这一词汇区别于近世以来作为翻译外语词之用的"拟象"。对于中国传统文化语境中拟象说的申说,可得见这里所言"拟象"的文化源头。

然而,"拟象"一词,意涵种种,如不加界定,难以为民间传说研究所用,故在使用该概念前,对其基本定义、性质及内涵需作必要说明。为解释具体问题的需要,在"拟象"的基础上提出"名医拟象"的说法。以此概念能够便利地适用于名医传说的分析。对于新创词汇"名医拟象",在阐释"拟象"概念的同时一并加以说明。

第一节　中国传统文化语境中的拟象说

关于拟象,在中国传统文化语境中,可资说明者颇多。最集中、最有代表性、影响最为深远的拟象论述,无疑非《周易》莫属。在《周易》中,拟象是基础的思维方式,不仅表现在用象来比拟天地起源并抽象为卦象符号上,而且表现在将卦象推演至世间万物,寓天道人事于象之中。这都从不同方面阐述和表现了拟象思维,构成了中国传统文化中极具特色的拟象说。这种思维方式影响持久而广泛，在中国传统文化的诸多方面都能看到它的存在。我们并不将视野局限在追根溯源上，当中国传统文化语境中的拟象说随着时代变迁不断增加新的内涵，就须重新审视不断融入现代元素的拟象说。

《周易》首先是一部关于"象"的书，"故《易》也者，象也"①。然而无论是《易经》还是《易传》，都没有明确使用"拟象"这个词。这个词却在后世的易类注书中频频出现。

卦则雷风相薄、山泽通气，拟象阴阳变化之体。(《周易正义》)②

耿睎道曰：象为天下之至赜，则君子宜拟象而后言；爻为天下之至动，则君子宜议爻而后动，犹所谓居则观其象而玩其辞，动则观其变而玩其占也。(《厚斋易学》)③

象者有所拟象，不以言致用，而人观之也，故八卦成列，而象在其中；爻者，九六之所处，而九六者，皆生于五，故重卦而爻在其中。(《周易新讲义》)④

拟象而言，言必中理。象之所存，理不得而遁也。议爻而动，动必适时，爻之所设时不得而违也。(《紫岩易传》)⑤

---

① ［魏］王弼注、［晋］韩康伯注、［唐］孔颖达疏、［唐］陆德明正义.周易正义［M］.系辞下.北京：中华书局.2009：181

② ［魏］王弼注、［晋］韩康伯注、［唐］孔颖达疏、［唐］陆德明正义.周易正义［M］.北京：中华书局.2009：195

③ ［宋］冯椅.厚斋易学［M］卷四十四.景印文渊阁四库全书［G］(第16册).台北：商务印书馆.1986：707

④ ［宋］龚原.周易新讲义［M］.北京：中华书局.1991：209

⑤ ［宋］张浚.紫岩易传［M］卷七.景印文渊阁四库全书［G］(第10册).台北：商务印书馆.1986：206

显然,"拟象"一词为易学中的重要概念。清代还出现《周易拟象》①一书。《周易》中拟象思维贯穿始终,最集中的表述莫过于"象也者,像也"②和"圣人有以见天下之赜,而拟诸形容,象其物宜,是故谓之象"③两句。这两句的共同点都是确认了"象"的核心地位,但是这个"象"如何解释呢?简单地说,即是"像",即是"拟诸形容,象其物宜",这二者其实有着同样的内涵。"象"与"像"彼时在文字意义上有着显著的区别,还没有到混用的地步④。之所

---

① "《周易拟象》六卷,黎曙寅著。曙寅字健亭,汝州人。……书名拟象,乃观全书,无一爻以卦象立解者,实与名甚不符。"见尚秉和.易说评议[M].北京:光明日报出版社.2006:75

② [魏]王弼注、[晋]韩康伯注、[唐]孔颖达疏、[唐]陆德明正义.周易正义[M].系辞下.北京:中华书局.2009:181

③ 该句出现两次,见[魏]王弼注、[晋]韩康伯注、[唐]孔颖达疏、[唐]陆德明正义.周易正义[M].系辞上.北京:中华书局.2009:163、171

④ 关于"象"与"像"的问题,二者有一定区别,在一定范围内可以通用。段玉裁《说文解字注》在"象"和"像"字下分别作注,主要就是在探讨这个问题。

"象"字下注:按古书多假象为像。人部曰:像者,似也。似者,像也。像从人象声。许书一曰指事,二曰象形,当作像形。全书凡言象某形者,其字皆当作像。而今本皆从省作象,则学者不能通矣。《周易·系辞》曰:"象也者,像也。"此谓古《周易》象字即像字之假借。《韩非》曰:"人希见生象,而案其图以想其生。故诸人之所以意想者,皆谓之象。"似古有象无像。然像字未制以前,想像之义已起,故《周易》用象为想像之义。如用易为简易、变易之义,皆于声得义,非于字形得义也。《韩非》说同俚语,而非"本无其字,依声托事"之旨。([清]段玉裁.说文解字注[M]卷九下.上海:上海古籍出版社.1981:459)

"像"字下注:虽《韩非》曰:"人希见生象也,而案其图以想其生。故诸人之所以意想者,皆谓之象。"然《韩非》以前或只有象字,无像字。《韩非》以后小篆既作像,则许不以象释似,复以象释像矣。《系辞》曰:"爻也者,效此者也;象也者,像此者也。"又曰:"象也者,像也;爻也者,效天下之动者也。"盖象为古文,圣人以像释之。虽他本像亦作象,然郑康成、王辅嗣本非不可信也。凡形像、图像、想像字皆当从人。而学者多作象,象行而像废矣。(转下页)

以以"像"来释"象",就在于"象"更为侧重抽象之象,而"像"更为侧重模拟之象。通俗地翻译"象也者,像也",也就是"什么是象呢? 模拟成象而已"。从"象"到"像",增加了"拟"的含义。这也正是"拟诸形容,象其物宜,是谓之象"所欲表达的意思。尤其是"象"作为名词和动词两种用法的并列出现,更加促成了"拟"、"象"在此句中的紧密度。后世注家所使用的"拟象"概念,很大程度上正是来自"拟诸形容,象其物宜"的引导。

《周易》中拟象思维贯穿始终,表现在多个方面,表现形式多样。

首先,观物取象。观天地万物,取动静诸象,是立卦的基础。从卦象的来源上讲,是比拟天地万物而得。

> 古者包牺氏之王天下也,仰则观象于天,俯则观法于地,观鸟兽之文,与地之宜,近取诸身,远取诸物,于是始作八卦,以通神明之德,以类万物之情。①

关于八卦真实的来源,已经渺茫不可求。先人根据自身观察,比拟身边诸物而来,明显是有力的说法。随着时间的推移,作八卦者比拟哪些具体事物而来,似乎已经不太明了了(似乎也并非十分

(接上页)([清]段玉裁.说文解字注[M]卷八上.上海:上海古籍出版社.1981:375)

在实际使用过程中,二者混用的情况很常见。即使混用,约定俗成的构词中,"象"、"像"还是区别甚大。现代汉字简化过程中,增加了"象"与"像"的混淆程度。1964年《汉字简化方案》中,把"像"简化为"象",但"像"也没有彻底废除,而是规定:"在象和像意义可能混淆时,像仍用像。"1986年重新发表《简化字总表》,"像"恢复规范字地位,不再作为"象"的繁体字。但"象"与"像"的用法仍然不明晰,以至于到2001年召开专门的研讨会(关于"象"与"像"用法研讨会,2001.10.18),即使这样"象"、"像"错用的情况仍没有改观。

① [魏]王弼注、[晋]韩康伯注、[唐]孔颖达疏、[唐]陆德明正义.周易正义[M].系辞下.北京:中华书局.2009:179

切要的事情）。而后人作的大象传、小象传，也早已脱离初始创八卦时的事与物。再往后根据《象传》对卦象的理解，距离始源之象就更远了。因此，宋人林光世说："古之君子，天地、日月、星辰、阴阳造化、鸟兽草木无所不知，不必读卦辞、爻辞，眼前皆自然之《易》也。世道衰微，《易》象几废，孔圣惧焉，于是作《大象》《小象》，又作《系辞》，明明以人间耳目所易接者，立十二象，令天下后世皆知此象自仰观俯察而得也。"[①]后人不断强调八卦由仰观俯察而来，归旨在于说明卦象拟天地万物而来，绝非凭空捏造。

第二，观象设卦。根据仰观俯察得来的纷繁复杂的经验，圣人将之抽象为阴阳二爻，三爻成八卦，重八卦成六十四卦。卦者，既不是图画，也不是文字，而可概括为象。"凡卦辞皆曰象，凡卦画皆曰象。"[②]卦形之象结合卦辞之象，无疑是《周易》颇为显著的特点。观象设卦的过程也就是把万物之象抽象化的过程。

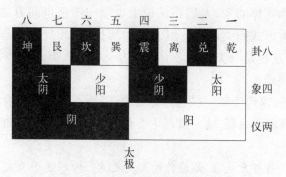

图 6.1.1 太极两仪四象八卦生成图

---

① ［宋］林光世.水村易镜·自序［A］(影印《通志堂经解》本)，见四库全书存目丛书编纂委员会.四库全书存目丛书［G］(经 1 册).济南：齐鲁书社.1997：47

② ［宋］项安世.周易玩辞［M］(影印四库本)卷一.上海：上海古籍出版社.1990：9

第三,象类万物。卦象是比拟经验抽象而来,但没有停止在抽象符号上。在一开始,每一个卦形符号就附着了固定的象征物,如乾为天,坤为地,震为雷,巽为风,坎为水,离为火,艮为山,兑为泽;并且分别具有健、顺、动、入、陷、丽、止、悦等对应性质。根据这些基本象征物和性质,八卦可以扩展到指称世界万物。例如动物、人体器官、家庭成员。尤其在《说卦传》,这一特点表现得尤为明显:

> 乾为天、为圆、为君……坤为地、为母、为布……震为雷、为龙、为玄黄……巽为木、为风、为长女……坎为水、为沟渎、为隐伏……离为火、为日、为电……艮为山、为径路、为小石……兑为泽、为少女、为巫……①

《说卦传》举象过百,此外还有无以数计的"广象"和"逸象"。《周易》象类万物的做法表明,抽象的象在具体的情况中需要回归到具体的象,人们在认识上也倾向于把世间万物按照八卦的分类方式归类汇总。但无论如何扩展,八卦的基本指向是不变的,这也是一类物象之所以归为一类的依据,也是六十四卦的解卦基础。

第四,寓道于象。《周易》之卦象,经历了由具象到抽象,再由抽象到具象的过程,这一过程主要是为了说明象所蕴含的天道与人事。

> 易与天地准,故能弥纶天地之道。仰以观于天文,俯以察于地理,是故知幽明之故。原始反终,故知死生之说。精气为物,游魂为变,是故知鬼神之情状。与天地相似,故不违。知周乎万物而道济天下,故不过。旁行而不流,乐天知命,故不忧。安土敦乎仁,故能爱。范围天地之化而不过,曲成万物而

---

① [魏]王弼注、[晋]韩康伯注、[唐]孔颖达疏、[唐]陆德明正义.周易正义[M].说卦.北京:中华书局.2009:198-199

不遗,通乎昼夜之道而知,故神无方而易无体。①

按照作《易传》的初衷,《象传》是为了说明"象"的:"彖者,言乎象者也。"②《象传》是说明象征意义的:"象也者,像此者也。"③然而,无论是说明象,还是说明象的象征意义,总之都用来阐发卦象的天道人事。只要看每卦象传所言的天地规律,大象传所言的君子行为准则,就可明了。

拟象思维的来源远早于《周易》,而后者是前者最著名的代表。这种代表性不仅在于《周易》对拟象思维的经典阐释和生发,而且在于其在后世广泛深远的影响力。拟象思维成为人们认识世界的基本方式,在它的指导下,文化的诸多方面都体现了此种特点。

作《易传》者认为人类的礼法、器物、文字等诸多起源都来自卦象,都是受到卦象的启发而来:

> 作结绳而为网罟,以佃以渔,盖取诸《离》。包牺氏没,神农氏作,斫木为耜,揉木为耒,耒耨之利,以教天下,盖取诸《益》。日中为市,致天下之民,聚天下之货,交易而退,各得其所,盖取诸《噬嗑》。④

后世制器物者,发议论者,无不以《周易》比拟天地、诉诸万物、寓含大道的做法为圭臬。《易传》毫不掩饰"制器"要"尚象":"《易》有圣人之道四焉:以言者尚其辞,以动者尚其变,以制器者

---

① ［魏］王弼注、［晋］韩康伯注、［唐］孔颖达疏、［唐］陆德明正义.周易正义［M］.系辞上.北京:中华书局.2009:160

② ［魏］王弼注、［晋］韩康伯注、［唐］孔颖达疏、［唐］陆德明正义.周易正义［M］.系辞上.北京:中华书局.2009:159

③ ［魏］王弼注、［晋］韩康伯注、［唐］孔颖达疏、［唐］陆德明正义.周易正义［M］.系辞下.北京:中华书局.2009:179

④ ［魏］王弼注、［晋］韩康伯注、［唐］孔颖达疏、［唐］陆德明正义.周易正义［M］.系辞下.北京:中华书局.2009:179－181

尚其象,以卜筮者尚其占。""见乃谓之象,形乃谓之器。"①"制器者尚其象"是《易经》四个圣人之道之一。拟象思维表现在各种领域,艺术、文学、天文、历法、医学、建筑等,简直无所不包,深入中华传统文化的血脉中。现撷取若干说明之。

在天文学上,为了能够更好地认识天体运动规律,中国人制作了各种仪器。无论是从客观反映,还是模拟的角度出发,拟象宇宙是仪器制作的原则:

> 夫候审七曜,当以运行为体,设器拟象,焉得定其盈缩,推斯而言,未为通论。设使唐、虞之世,已有浑仪,涉历三代,以为定准,后世聿遵,孰敢非革。②

这种制器的原则也表现在艺术领域,例如制琴也遵从拟象的原则:

> 圣人之制器也,必有象。观其象,则意存乎中矣。琴之为器,隆其上以象天也,方其下以象地也,广其首,侻其肩,象元首股肱之相得也,三才之义也。……若崇庳广狭之寸,昔人已铢铢而偶之矣,余不复谈也,通其意,作拟象。③

拟象思维还体现在传统医学中,《黄帝内经》就带有浓厚的拟象色彩:

> 黄帝曰:阴阳者,天地之道也,万物之纲纪,变化之父母,生杀之本始,神明之府也。治病必求于本。故积阳为天,积阴为地。阴静阳躁,阳生阴长,阳杀阴藏。阳化气,阴成形。寒极生热,热极生寒。寒气生浊,热气生清。清气在下,则生飧

---

① ［魏］王弼注、［晋］韩康伯注、［唐］孔颖达疏、［唐］陆德明正义.周易正义［M］.系辞上.北京:中华书局.2009:169

② ［南朝梁］沈约.宋书［M］卷二十三.志第十三.北京:中华书局.1995:677－678

③ ［宋］朱长文.琴史［M］(影印四库本)卷六.上海:上海古籍出版社.1991:63－64

泄;浊气在上,则生䐜胀。此阴阳反作,病之逆从也。故清阳为天,浊阴为地;地气上为云,天气下为雨;雨出地气,云出天气。故清阳出上窍,浊阴出下窍;清阳发腠理,浊阴走五脏;清阳实四支,浊阴归六府。①

综上所述,中国传统文化中的拟象说源远流长,影响深远。《周易》中的拟象说是最为集中的表现,拟象思维在《周易》中得到了充分的展现。在中华文化的诸多领域中,都可以看到拟象思维的影响,这种影响是深入文化骨髓和血脉的。拟象思维不仅是中国传统文化中对天道、人道的认识,也是指导生产生活实践的思维工具。当分析作为中华文化之一部分的中国民间传说时,可以看到其所涉及的"拟象"概念的文化背景和思维源头。

第二节 "拟象"的基本定义、性质及内涵

"拟象"这个词在中国古籍中出现的时间很早,使用的时间也很长,事实上,"拟象"在很长时间内并不是作为一个固定的词汇出现的。在各种辞书中都难觅"拟象"一词的踪迹,《辞海》《辞源》都没有收录,可以说,"拟象"一定程度上并没有取得"词"的地位。但这个词却一直被使用着,从古代汉语到现代汉语,由于语境的差异,很难说所有被使用的"拟象"都有一个较为核心的意义。即便如此,"拟象"被广泛使用,至少不会引起过于严重的误解。

根据"拟象"的使用情况,可以笼统地分为"古代汉语中的'拟象'一词"和"现代汉语中的'拟象'一词"。在古代汉语和现代汉

---

① 佚名著、[唐] 王冰编次、[宋] 高保衡、林亿校正、吴润秋整理.素问 [M].阴阳应象大论.中华医书集成[G](第 1 册).北京: 中医古籍出版社. 1999: 5

语中,对"拟象"的使用又可以分为不同的情况。古代汉语中,主要表现为动词和名词的区别;现代汉语中,主要表现为汉语本义与翻译外语词的区别。

"拟象"在古代汉语中作为动词出现是最常见的情况。在古代汉语中,"拟"为动词,意为仿照、比拟、模仿;"象"为动词,意为仿效、比照、模拟。"拟"、"象"是并列关系,"拟象"为动词,意思是"拟"、"象"二字意义的叠加和增强。在这种使用情况下,"象"有像似意义时,可写作"拟像";"象"侧重象征意义时,一般不写作"拟像"。

如:

卦则雷风相薄、山泽通气,拟象阴阳变化之体。(《周易正义》)①

其颂声也,拟象天乐,若灵龠自发,似形群品,触物有寄。(《出三藏记集》)②

煌煌丹烛,焰焰飞光。取则景龙,拟象扶桑。照彼元夜,炳若朝阳。焚形监世,无隐不彰。(傅玄《烛铭》)③

世有哲人,黄中通理。探赜索隐,开物建始。造四维之妙戏,邈众艺之特奇。尽盈尺之局,乃拟象乎两仪。立太极之正统,班五常之列位。(《四维赋》)④

析里大桥,于今乃造。校致故坚,□□工巧,虽昔鲁班,亦

---

① ［魏］王弼注、［晋］韩康伯注、［唐］孔颖达疏、［唐］陆德明正义.周易正义［M］.北京:中华书局.2009:195

② ［晋］释慧远.阿毗昙心序［A］,见［南朝梁］释僧佑.出三藏记集［M］卷十.北京:中华书局.1995:378

③ ［晋］傅玄.烛铭［A］,见［清］严可均.全晋文［M］.北京:商务印书馆.1999:477

④ ［唐］欧阳询.艺文类聚［M］卷七四.巧艺部·四维.上海:上海古籍出版社.1982:1281。言引东晋李秀《四维赋》。

莫拟象。(《李翕析里桥郙阁颂》)①

"拟象"在古代汉语中作名词使用,从构词法上与作为动词的"拟象"亦不太相同。"拟"为动词,意为仿照、比拟、模仿;"象"为名词,意为形状、样子。"拟"、"象"是动宾关系,拟象为名词。拟象的意思是:模仿其状,模仿……的样子,比拟……的形象。

如:

象者有所拟象,不以言致用,而人观之也,故八卦成列,而象在其中;爻者,九六之所处,而九六者,皆生于五,故重卦而爻在其中。(《周易新讲义》)②

拟象而言,言必中理。象之所存,理不得而遁也。议爻而动,动必适时,爻之所设时不得而违也。(《紫岩易传》)③

或相其形容,或候其动作,或揆其终始,或揆其拟象,或推其细微,或恐其过误,或循其所言,或稽其行事。(《人物志》)④

夫候审七曜,当以运行为体,设器拟象,焉得定其盈缩,推斯而言,未为通论。(《宋书》)⑤

臣闻善言天者必推功于广覆,善言日者必咏德于大明。然后物仰玄穹,人知景曜。皇王拟象,今古同规。(李商隐

① [汉]仇靖.李翕析里桥郙阁颂[A],见[宋]洪适.隶释·隶续[M](影印洪氏晦木斋刻本)卷四.北京:中华书局.1985:53

② [宋]龚原.周易新讲义[M].北京:中华书局.1991:209

③ [宋]张浚.紫岩易传[M].景印文渊阁四库全书[G](第10册)卷七.台北:商务印书馆.1986:206

④ [魏]刘邵.人物志[M](涵芬楼影印正德刊本)卷下.效难第十一.四部丛刊初编·子部(第74册).上海:上海书店.1989(据商务印书馆1926版重印):第十一叶

⑤ [南朝梁]沈约.宋书[M]卷二十三.志第十三.北京:中华书局.1995:677-678

《为河南卢尹贺上尊号表》)①

其实,在古代汉语中两种词性的"拟象"并非截然分别的,"象"作为名词和动词具有游离性,那么"拟象"的意义也游离于名词与动词之间。但二者的核心意义是一致的。现代汉语中对"拟象"的使用就是延续了古代汉语中的使用习惯。

现代汉语中作为汉语本义的"拟象",延续着《周易》对拟象的基本界定。例如钱锺书在谈到"天地拟象"时,就来自分析《周易》的《说卦传》:

> 《说卦》:"乾为天,为父,为良马,为老马。坤为地,为母,为子母牛。"按此等拟象,各国或同或异。坤之为母,则西方亦有地媪之目,德国谈艺名家早云,古今语言中以地为阴性名词,图像作女人身(Die Erde hat eine Bennenung weiblichen Geschlechts und ist in weiblicher Gestalt gebildet)。乾之为马,西方传说乃大异;或人考论谣谚风俗,断谓自上古已以马与妇女双提合一(Die innige Zusammenstellung von Pferd und Frau ist uralt)。安得好事者傍通直贯,据《说卦》而广讨参稽乎?②

现代汉语中"拟象"的使用,作为汉语本义词,在中国传统文化语境中,一脉相承,总属于不难理解的一类。与汉语本义词相对而言,"拟象"也被用来翻译外国语词。作为翻译词的"拟象",除了不违背汉语的基本意思外,更为重要的是添加了汉语本义词所不具备的文化信息。尤其是翻译而来的"拟象"作为一些学科的核心术语时,聚光灯下的"拟象"就增加了更严格的界定和更丰富的内涵。作为翻译词的"拟象",主要出现在哲学和语言学中。

哲学中鲍德里亚所使用的 simulacre 一词,"拟象"是其中一种

---

① [唐]李商隐.为河南卢尹贺上尊号表[A],见[唐]李商隐著、刘学锴、余恕诚编校注.李商隐文编年校注[M].北京:中华书局.2002:1026

② 钱锺书.管锥编[M].北京:生活・读书・新知三联书店.2007:96

译法,通常译作"拟像"。鲍德里亚所说的 *Simulacres et simulation*,
应当翻译为哪两个汉语词,仍然有些争议。无疑,"拟像"是最常
用的一个,"拟像"与这两个法文词都有关系。"拟像"在不同的场
合也被翻译为拟象、幻像、类像、仿像等。例如对于鲍德里亚
Simulacres et simulation 一书中同一部分(对译为英文 *The Precession
of Simulacra* 的第一节)的节译,洪凌译作"拟仿物的形构进程"①,
马海良译作"仿真与拟象"②,夏小燕译作"拟象的进程"③(此译名
是以篇名代节译名),宋晓霞等译作"拟像先行"④,即使考虑到某
些译者是根据英文转译的,也能看到对"拟像"使用的不同。相较
而言,"拟像"应当比"拟象"更为恰切,因而目前更为通用。

从法文原词来看,"拟像"和"拟象"均由法文 simulacre 或者
simulation 翻译而来,simulacre 有模拟的事物、行为、幻影、外表、空
名;仿造品;假装;偶像、神像等义项。simulation 有假装、装病;仿
真、模拟;伪造、假冒;虚伪等义项⑤。英文对译为 simulacra 和
simulation⑥。这两个词翻译为拟像或拟象,都不能算是过于偏差。
而汉语词语"拟像"和"拟象"某种程度上也可以互相通用,如《宋
书》中的同一句话分两次出现时分别写作"拟像"和"拟象":"平乘

---

① 参见[法]布希亚著、洪凌译.拟仿物与拟像[M].台北:时代文化出
版企业股份有限公司.1998

② [法]让-鲍德里亚(Jean Baudrillard)著、马海良译.仿真与拟象[A],
见汪民安等.后现代性的哲学话语——从福柯到赛义德[M].杭州:浙江人民
出版社.2000:329

③ [法]雅克·拉康、[法]让·鲍德里亚等著、吴琼编.视觉文化的奇
观——视觉文化总论[M].北京:中国人民大学出版社.2005:79

④ [美]沃利斯主编、宋晓霞等译.现代主义之后的艺术——对表现的
反思[M].北京:北京大学出版社.2012:285

⑤ 黄新成等.法汉大词典[M].重庆:西南师范大学出版社.2000:3148

⑥ Jean Baudrillard. *Simulacra and Simulation* [M]. trans. Sheila Faria
Glaser.Michigan:University of Michigan Press.1994

船皆下两头作露平形,不得拟象龙舟,悉不得朱油。"①"平乘舫皆平两头作露平形,不得拟像龙舟,悉不得朱油。"②而且此类例子还可以举出很多。因而很大程度上,拟像可以写作拟象,但拟象有时候并不写作拟像。它们的差别关键在于"象"、"像"之别,"象"一般不具有"像"所具有的模拟、类似义项,而"像"在抽象意义上明显弱于"象"。在中国传统文化语境中,拟象较拟像更为常用。就鲍德里亚论述的理论倾向而言,不十分特殊地具有汉语"象"的意义,他对复制、仿造、模拟的重视可以看出更偏重于"像"。尤其是当特别针对现代传媒文化、大众文化、视觉文化的分析时,"像"似乎更为使用者所钟爱。基于以上几点考虑,将鲍德里亚的理论称为"拟像说"要好于"拟象说"。

由鲍德里亚的拟像说自然会联想到中国传统文化语境中的拟象说,二者的关系并不引人注目。鲍德里亚的拟像说与中国传统文化语境中的拟象说来自不同的文化土壤,存在显著的差异性,但也并非毫无相通之处。鲍德里亚的拟像说具有西方哲学背景,更多地吸收了西方哲学家在此类问题上的观点,并且以个人之力对前辈的观点进行拓展、改造,尤其是密切联系时代发生的变化,在现代技术发达、信息爆炸的新条件下的思考。而中国传统文化语境中的拟象说来自中国本土文化,是群体的思维成果,反映了整个群体的认知方式,绵延数千年,依然保持一定的稳定性。鲍氏拟像说的论述重点在于技术手段下对真实和现实的认识,中国传统文化语境中的拟象说则并无严格的论述限定。在使用范围上,前者尤为哲学家、思想家所重视,并成为文化研究者的术语;后者似乎在更广泛的范围内使用。

---

① ［南朝梁］沈约.宋书［M］卷六十一.列传第二十一.北京：中华书局.1995：1648

② ［南朝梁］沈约.宋书［M］卷十八.志第八.北京：中华书局.1995：522

　　两者的相通之处在于，都对"象"予以了特别的关注，鲍氏超真实、内爆、仿真等一系列重要范畴的前提即是对时代、现实世界有"象"的关切，对"真实"之象的关切，否则这一系列范畴所表述的问题都没有了价值；"象"在中国传统文化中是重要的哲学范畴，拟象说可以将此象具体化为某物、某景，也可以抽象为天道、大象。同时，拟像说和拟象说都有"拟"的观念在，这说明两者都关注眼前之象与真实之象的关系，"拟"本身包含有主体和客体的潜台词，以及必然涉及主客体关系。在这一点上，两者可以说进入了相同的路径。进而，两者都以拟像或拟象来认知外在世界的万物，以此来申述关于世界的诸种观点。

　　综合看来，"拟象"在古代汉语中倾向于动词的用法，表示模拟、类似、仿似、比拟、象征；在现代汉语中更倾向于名词的用法，表示相似、相仿、比照、类同、譬喻，这一点从"拟象"对译的法文、英文词的词性来看，尤为明显。综合观之，除了古代汉语中的个别用法外，诸多用法把词语"拟象"的中心界定在"拟"上，对于"象"，则更多地取其象征、象似的义项。从这个意义上来讲，"拟象"写作"拟像"，也未为不可。

　　本书将使用的"拟象"一词，除了兼顾"拟象"传统用法中的固有意义外，更为重要的是，将拟象看作与具象、物象、意象、形象等通过相同的构词法而来的词汇。因此，首先把拟象看作一种"象"来理解，拟象即"拟构之象"。"拟"更多地作为手段、途径、方式来呈现，如果在允许的范围内添加"拟"的主体与客体，那么拟象可以扩展为"人拟仿客观实在而构之象"。在不对其中各项再加限定的情况下，这即是关于拟象的基本定义。

　　这个定义的内涵主要表现在以下几个方面：首先，拟象是拟构的象，这一点是拟象的核心所在。拟构即通过比拟、象征来建构。这规定了拟象的生成机制和产生途径。从人类的认识方式来看，比拟、象征是重要的也是最主要的方式。其次，拟象是真实的象。真实不在于是拟仿客观实在而成，而在于独立于客观实在。从反映客观实在的角度看，拟象确实存在不真实、不确定的地方，然而，拟象不意于如实反映或刻画客观实在。拟象本身即是客观实在的。如果以主观的真实标准来判定拟象的真实，那么，拟象比真实世界更真实。再次，拟象是抽象的象。倘若可以这样来举例说明，任何一个大厦蓝图都是这座大厦的拟象，飞机模型是飞机的拟象。或是加上象征的意味，如人是天地的拟象、气候是命运的拟象，无疑这样的表述是不贴切的。拟象是抽象的象，具有某种规定性，而并非可以简单地表述为某种具体的物象，尤为不当的是把拟象径直理解为某物与某物看起来相似而已，尽管拟象某种程度上隐含了此类意义。

拟象的性质主要表现在以下几个方面：首先，兼具主观性和客观性。拟象是人认识客观实在的象，是客观实在给予人的象。人们在认识客观实在时具有一定的主观性，因此拟象带有一定的主观色彩，然而，即便如此，拟象仍然是客观存在的。人们的心象、意象，尽管来自心意，但不脱离客观实在，本身也是客观存在的。拟象具备同样的性质。其次，兼具稳定性与变动性。拟象保持一定的稳定性，可以作为知识积累，以便于人们对世界万物进行认知和识别。同时，世界万物是变化发展的，拟象随着世界万物的变化而不断变动。只不过，拟象有自身建构的过程，不会因为客观实在的某种稳定性和变化而作出反应。再次，兼具个体性和集体性：每个个体认识万物的方式是不同的，得到的象也不同，因此，可以说个体性的拟象是客观存在的，个体间差别甚巨。然而，在一定的集体内，由于思维方式、知识积累、认识角度、舆论导向等因素的作用，集体内个体在拟象上具有相当的共性。因此，拟象又具有一定的集体性。

综上所述，拟象是一个使用时间很长的词汇，在古代汉语和现代汉语中分别具有不同的意义。首先厘清了"拟象"使用的诸种情况,分别做了分析和阐述。在此基础上,提出了拟象是人拟仿客观实在而建构之象的基本定义。进而阐述了拟象是拟构之象、真实之象、抽象之象的内涵,及兼具客观性与主观性、稳定性与变动性、个体性与集体性的性质。以此基本界定了本书所使用的"拟象"概念的基本定义、内涵及性质。

第三节　民间传说视野下的"拟象"概念

对"拟象"基本定义的界定、内涵与性质的分析,只能说完成重要但仅初步的工作。不仅难以从宽泛的拟象概念直接过渡到所要讨论的"名医拟象",而且更为前提性的问题在于,拟象和民间传说的关系尚未明了。因此,如果着力于中国民间传说的研究而言,首要的工作在于论证拟象之于民间传说的意义界定,在此基础上才能够进一步地言说关于"名医拟象"的诸种基本问题。

拟象有广义与狭义之分,本书所言的"拟象"将限定在民间传说的范围内,即民间传说意义上的拟象。将拟象视为"人拟仿客观实在而构之象",这是其基本的定义。这个定义上的"拟象"应用十分广泛,几乎可以用于人们所从事的所有活动。从哲学思考的角度看,欣赏这样的广泛,它有助于从中发现更为深层次的问题,以此作为观照整个世界和人类活动的便利工具。尤其是从宏观的视角来看,广义拟象的价值更加显著。作为分析工具仅仅是一个方面,而作为思维路径和认识方式则具备相当的独立性和独特性。然而,尽管在此意义上,对拟象做有益的思考,并从中汲取营养,但如果涉及微观问题时,对拟象的某些讨论就显得有些空泛。这样的空泛并不有助于微观问题的解决,也对范畴意义的深掘缺乏益处。基于上述考虑,把"拟象"拘囿在民间传说的范围内,这样当文中提到拟象的时候,可以清晰地指明"民间传说意义上的拟象",以避免适用范围上理解不同带来的误解。"民间传说意义上的拟象"一方面标明进一步提炼和使用的子概念"名医拟象"是基于民间传说的资料基础的,而非基于其他资料基础;另一方面标明使用这些概念在范围上的确定性。尽管做了一定的收束,但民间传说意义上的拟象并不违背广义拟象的设定,前者在具体领域所说的分析尝试,都是后者普遍性的诸多个案之一。

如何审视民间传说视野下的"拟象"概念,首先需要回答的问题就是:从中国传统文化(尤其是以《周易》为代表以来)的拟象说提炼为民间传说视野下的"拟象",这个过程的合理性、必要性何在。中国传统文化中的拟象说之所以能够提炼出民间传说视野下的拟象,理由有很多方面。两者处于同一文化背景之下,生存于同样的文化土壤。中国传统文化中的拟象说,无论如何界定和认识,都脱离不开赖以生存的中华文化。中国民间传说也是中华文化的产物。因此,从大的文化背景来看,中国传统文化中的拟象说和民间传说视野下的拟象,都属文化内部的迁移,避免了诸多的不适。因为它们本身在基础思维、认识对象、发展过程等方面,都是来自同样的文化脉络。在"拟象"的文字意义和使用上,不会因为理解的不同或在翻译转述的过程中发生偏差。在同一文化语境中,只要说到"拟象",无论是中国历史上使用着的,还是现在使用的,有一脉相承之处。况且,中国民间传说是中国传统文化的组成部分,拟象说本就与民间传说密不可分。就本书基于学术视角提炼出的"拟象"概念,专意于民间传说的分析,但该概念不仅直接提炼于民间传说,而且把中国传统文化中的拟象说看作理论源头。如前文所述,中国传统文化中的拟象说,尤其是以《周易》为基础奠定的拟象说基本内涵及走向,历史悠久,影响深远。《周易》关注象(包括具象与抽象),并且在认识的基本手段上加入了"拟"的成分,这是一种机制,把"所拟之象"与"拟就之象"有机结合在一起。以此借助有限的认知对象,凭依有限的演变符号,创造无边的象征意义,来认识无边的未知对象。正因为中国传统文化中的拟象说在长久的历史发展中积累了丰富而宝贵的理论财富,作为传统文化组成部分的民间传说所提炼的拟象概念以前者为理论源头是顺理成章的,也是必由之途。之所以能够从中国传统文化的拟象说得到本书所使用的拟象概念,就在于它们作为一个概念体系,保持了某种既定不变的核心内容。

拟象说,在中国传统文化中有其特定的地位,但并不直接适用于民间传说的分析,这也是中国传统文化中的拟象说还需要进一步界定的原因。只有进行必要的界定,拟象的概念才能够更加清晰、准确和集中。"拟象"这个词,使用的历史很长,使用的场景很多,不同的语境下有着不尽相同的含义。而且,在很长的时间内,"拟象"这个汉语词只是作为一个普通的词汇,从没有被专门提出来作为学术概念使用。现代著述中,虽然这个词以学术术语的面貌出现过,但多数并非针对"拟象"自身。因此,经过进一步的界定,希望可以把"拟象"的概念确定下来,首先供某一领域使用。民间传说的分析就是一种尝试。经过民间传说学科的界定,"拟象"在这个学科范围内具有清晰、准确的定义,就可以直面传说领域的某些现象,为传说的分析提供有价值的视角。这样,"拟象"就更加具有针对性,而不像中国历史上所使用的"拟象"词语那样,可以使用于很多领域,好像有些用途,但又显示不出意义所在。拟象特有的学术价值就会因为针对性的丧失而被埋没。如果"拟象"要作为民间传说的学术概念出现,就必须具备一定的操作性,这一点是中国传统文化中的"拟象"所欠缺的。在中国传统文化中,拟象很早就被重视,尤其在《周易》研究中,一直被视为重要的概念,并被当作一种"思想"在看待。但是,由于使用广泛、使用情况多种多样,受使用者的个人因素影响很大,使得"拟象"的操作性很难体现出来,没有得出一个较为统一的认识和原则,也就不可能出现专门围绕拟象的热点问题,那么"拟象"的操作性就不为人所重视。只有经过进一步的界定,"拟象"在说明某些理论问题上才会更为便利,操作性更强。

　　既然中国传统文化中的拟象说有进一步界定为民间传说视野下的拟象的可能性和必要性,这种界定必须遵循一定的原则。首先,必须保持拟象的基本特征,保持其核心内容不变。中国传统文化中的拟象说,其对拟象的使用,无论是哪个领域的,之所以还能够保持为稳定的一个词,就在于这个词语的基本含义没有发生根本变化。使用中的个人色彩,使用领域的色彩渲染都是不可避免的,但核心的东西一般是不发生变化的。拟象之为拟象,有其一以贯之的东西,简单说就是关注、关注拟、重点在拟象。进一步界定于民间传说领域之内,也必须考虑到拟象之象指传说中哪些象、什么象,拟什么、什么拟、怎么拟,拟什么象、拟象什么、什么拟象等属于拟象自身所带来的基本问题。其次,必须尊重"拟象"的特有发展历史。无论怎么界定,拟象并不是民间传说领域独创的词汇,也不是民间传说领域独自生发的产物,它作为一个汉语词,有其使用的历史,也曾不断发展变化。民间传说视野下的界定,可以抛弃"拟象"使用历史上一些不太相关的成分,增加某些领域内更有针对性的成分,但都不应当切断与"拟象"发展历史的关系,把它当作一个生硬而孤独的词汇。再次,必须尊重本土文化对"拟象"的基本认知。其实更明白说来,把较为宽泛的"拟象"界定于民间传说的领域内,这过程中必然丧失些什么增加些什么,至于损益的东西及损益后的东西,必须尊重这个词本身的文化语境。本土文化对拟象有基本的认知,不符合这种认知就如同新造了一个拟象之外的词汇。

　　中国传统文化中的"拟象"和民间传说视野下的"拟象",虽一脉相承,但差别明显。从概念的性质上看,前者可以看作一个哲学概念,界定抽象,更为形而上;后者是传说学概念,界定的指向性强,面对的问题更为具体。在使用范围上,前者较为广阔,似乎可以在任何文化领域找到恰当的位置;后者主要用于民间传说中对一定现象的分析。基于民间传说研究的需要,下文所言"拟象"如不标明,自然专指民间传说视野下的"拟象"概念。

文学分析中常常用到"人物形象"的概念,作为民间文学种类之一的民间传说,人物形象分析也十分常见。因此,有必要简单说明民间传说中人物形象与人物拟象的异同之处。

人物形象主要来自文学分析,主要针对文艺作品中刻画的人物特征,并且主要指这样的人物。人物形象与人物拟象虽一字之差,它们有着一定的相同之处。它们都以人物为中心,这一点尤为鲜明。举例而言,文学作品(主要指作家作品)中的唐伯虎形象与民间传说中唐伯虎拟象都是以唐伯虎这个人物为中心的。因此就具有标签的作用,用于区别他者,成为分类的依据。例如可以把一类小说称为唐伯虎小说,把一类传说称为唐伯虎传说。在分类的意义上,民间传说中唐伯虎形象和唐伯虎拟象显然具有同一功能。同时,人物形象与人物拟象都与外在世界有关,唐伯虎形象和唐伯虎拟象,归根结底来自现实中的某个人物,以此为底本。虽不能说确切地是某个人的反映,但只要作者、读者双方达成共谋即可。

但是,人物形象和人物拟象又是截然不同的两个概念,区别甚巨。人物形象是通过文本来塑造的,如这则唐伯虎传说塑造了一个什么样的唐伯虎形象,但人物拟象是先于文本存在,在拟象的基础上衍生出诸多文本,如有了唐伯虎拟象才衍生出一系列唐伯虎传说。而且,在演述过程中,不同的传说、不同的演述者演述出的唐伯虎形象有些差别,有时甚至相反,这跟演述者加入过多的个人色彩有关,甚至作家可以根据个人意愿创作唐伯虎小说,这些小说也塑造了唐伯虎的形象。而唐伯虎拟象则不然,每一个演述者只能根据公认的拟象设定来发挥个人的才能,不是可以随便创造的,如果超出了唐伯虎拟象的设定,那么演述者的创造性不但得不到受众的认可,而且将被认为演述的并非唐伯虎的传说。因此,人物形象和人物拟象是两个完全不同的概念。

在"民间传说意义上的拟象"说法中，对于民间传说与拟象的关系，有如下几个方面需要说明。

首先，民间传说创造了一个拟象的世界。

民间传说通过自身独特的言说和传播方式创造了一个拟象的世界，这个世界因现实世界的精彩而精彩，这些拟象因民间传说的丰富而丰富。这些拟象关于人、情、事、物、理等诸多方面，拟仿现实世界，但又区别于现实世界。人分善恶，情有爱憎，理别正谬，物具来龙去脉，事备曲折始终。关于人的拟象诸如尧舜禹传说中的尧舜禹拟象、孔孟传说中的孔孟拟象、八仙传说中的八仙拟象、鲁班传说中的鲁班拟象、郑板桥传说中的郑板桥拟象等等，此类拟象并非仿拟真实的尧舜禹、孔孟、八仙（或本就没有）、鲁班及郑板桥诸多人，而是仿似此类人而已。例如郑板桥拟象，拟仿文人而成，这个文人既可以是现实中的大学士，也可能是乡间穷秀才。此文人拟象之成，可具体表现为郑板桥拟象，也可以转化为其他人，例如刘墉、苏东坡等等。关于情的拟象，如四大传说（梁祝、孟姜女、白蛇传、牛郎织女）之爱情拟象，水浒传说之友情拟象，孟母传说中的亲情拟象等等，仿拟世界真情，敷衍成事。董永未必识得天仙女，仿拟人间男女之情，人物可以任意变换，但都不妨碍表达爱情拟象。关于物的拟象亦林林总总，如宝葫芦传说中的宝葫芦拟象（宝物拟象），楼台传说中的楼台拟象（建筑拟象），风物传说的风物拟象等等，言物者必言人、言情、言理，诸物拟象仿拟了物的某些外形特点、使用方法、制作工艺等，但更多的是传说附着在外形、使用、工艺上的意义，诸物拟象即成。这样的例子不胜枚举，因此可以说，民间传说创造了一个丰富精彩的拟象世界。

其次，民间传说是拟象的表达路径。

拟象必须借由一定的路径表达出来，才能够为他人所感知。拟象有多种表达路径，民间传说是其表达路径之一。宽泛地说，拟象可以借由民间文学的多种题材表达，本身文学就是拟象的表达路径。同样，与民间传说相关的诸多领域，也是拟象的表达路径。例如历史记载、信仰（民间宗教）、民俗事象等等。比如讨论岳飞拟象的表达路径，很自然地看到有关于历史人物岳飞的传记、关于他的历史实物、各地的岳飞庙、岳飞像等等，这些都和岳飞传说一样，表达着岳飞拟象。同时，如果不加限定，这种表达路径可以无限地扩展，例如音乐、舞蹈、绘画、影视、雕塑，即使不是艺术的表现形式，也是在表达拟象。例如儿童游戏中过家家，成年人的隐晦手势，一个人的白日梦等。在民间传说意义上的拟象，表达路径依然难以细数，本书尽量把握一定的度。尽管宽泛的拟象有无数种表达路径，但并不意味着这些路径所表达的拟象就是传说中的那种拟象，拟象在表达中发生偏转，信息取舍不定，那么本书在分析民间传说中的拟象时，只能顾及对传说所表达的拟象所产生影响的几种表达路径，例如历史、崇祀、民俗等等。民间传说不是拟象唯一的表达路径，但却是本书所着力考察的表达路径。

第三，拟象可用于民间传说的分析。

在对民间传说的分析中，可以看到拟象具有一定的理论价值和工具价值。理论价值在于，可以通过拟象，得见民间传说的一些性质，例如在历史与传说的讨论之中，分析者总希望可以把传说与历史的关系剖分开来，但这种目的本身就是有问题的。历史上的曹操和传说中的曹操到底有什么关系，确实可以作为讨论的问题。但是对于曹操拟象而言，历史性质的传记和文学性质的传说，都是一种拟象的表达，并不存在历史的或传说的之类的争论。因为，争论的分歧点更多源自后人对历史或传说的界定和认识差异。在存在巨大差距的基础上剖分历史与传说，这明显是自己作茧，然后在茧内审视外界。例如在民间传说的传播过程中，拟象保持一定的稳定性，保持了叙事的再生成，这往往被叙事的变异性所掩盖。拟象明显可以发现这些问题，并解释之。拟象在分析民间传说时还具有工具价值,本书提出的名医拟象即属于这样一种尝试,以拟象作为分析具体传说中具体问题的工具。例如,传说在人际间传播,双方必定需要在拟象上有一定的共同积累,否则传播难以进行,同时,拟象投射在演述者和受众双方身上,因此就必须将目光聚焦在二者身上,这样才能解释传说的传播过程。过于关注演述者的创造才能、个人特色、传承功绩或受众的反应、反馈、再创造似乎都有所不妥。拟象似乎可以在要么关注文本、要么关注场景、要么关注演述者之外提供一个新的视角。

第四节　"名医拟象"概念的生成
情境及典型意义

名医拟象是在对拟象的概念进行基本梳理和进一步界定的基础上提出的。名医拟象是关于名医的拟象,是比拟无数著名医者而抽象出的真实的象。名医拟象是关于名医群体的象,它可以析分为扁鹊拟象、张仲景拟象、华佗拟象、李时珍拟象、叶天士拟象等等。名医拟象与以单个医者命名的拟象不同,并不存在严格的个体指向性,这样处理的初衷也在于并不严格注目于某单个医者,更注重此一类人物的特征。因为就拟象来看,其实张仲景拟象、华佗拟象、扁鹊拟象等之间,就名医拟象内部而言,它们没有丝毫区别。从名医拟象来说,历史上的医者如扁鹊、华佗、张仲景、孙思邈、李时珍等都可以作为"拟"的对象,也可以作为拟象在具体表达时的"附着物"。这两者不仅仅局限在一些载于史册、为世人所知的名医身上。更多地,一般普通民众对"名医"的认知是通过普通的医者来实现的,这是一般人关于名医的基本认知途径,这些普通的医者自然是人们"医者"基本知识的由来,也是名医拟象所拟对象的各种来源。与此同时,名医拟象需要表达,需要附着在具体的名医身上,华、扁等人确实是合适的目标,可以为更多的人接受,但是乡野村医、游方僧人也未尝不可。总而言之，从名医拟象所拟的对象上来讲，为大家所知的名医自然具有重要的地位，但也不排除无以计数的普通医者的巨大贡献。名医拟象由于是关于名医这一群体的，内在包含了名医群体的基本特点，也自然带有一定的角色预设，例如医术高超、医德高尚等。作为一个基本概念来说，名医拟象并不天然具备这样的预设成分，但是由于来自名医群体的抽象，自然在认识层面上具有一定的群像特点摄入。就像医术高超、医德高尚那样，名医拟象可能并不包含褒扬或贬低的成分，但在名医拟象的确切表达中，医术高超、医德高尚又表现得极为明显，几乎可以看作名医拟象的题中之义了。

名医拟象是基于民间传说意义上的拟象而提出的，名医拟象即是指民间传说中的名医拟象。而之所以限定在民间传说的范围内，并非否定名医拟象的其他表达路径，而在于更加集中地处理名医拟象在民间传说表达路径上的特点，以此发现民间传说的一些基本特征。本书所指的名医拟象是在大量的名医传说的基础上提炼的。这里所说的名医，更具体地指民间传说中的名医，传说具体指名医传说。名医拟象所含有的医术高超、医德高尚的预设也是通过具体传说中的具体事例来展现，例如扁鹊诊蔡桓公、华佗刮骨疗伤、李时珍辛勤著书等等，特别是民间传说通常采取的处理手法是引入某个起死回生的事例来说明。一个故事类型（如一针救二命型、医俗来历型等）在传说中十分常见，很多名医传说都使用这些故事类型，那么这些故事类型就成为名医拟象的典型表达方式。对于名医传说故事类型、叙述模式等方面的考察，除了民间传说的基本考察点以外，更多的是通过分析常规问题来发现名医拟象在民间传说的传播衍生中发挥着的作用。因此，名医拟象的概念初衷在于提炼民间传说并运用于民间传说分析，使其带有鲜明的传说学的色彩。

众所周知，传说与史传、崇祀、民俗都有着密切的联系，传说中必然涉及史传、崇祀、民俗的诸多内容,它们在某些情况下浑然一体,并不能严格地区分彼此。换句话说,从大文化的背景来看,从传说中提炼的名医拟象自然而然带有整个文化背景的印记,能够恰当地反映背景文化。至少说来,从名医传说中提炼的名医拟象不但不违背史传、崇祀、民俗对名医拟象设定,而且前者是综合后者得出的结果。更为重要的是,无论是什么样的生成情境,对于名医拟象而言,与传说并列的,史传、崇祀、民俗都是重要的表达路径,尽管它们在具体表达中存在信息偏差、技术手段的不同,但是归结到名医拟象上的时候,应该具有高度的同一性,尤其是考虑到同一文化背景的情况下。由于名医传说是名医拟象的表达路径,对名医传说的考虑不得不兼顾对名医传说产生影响的多种因素。兼顾虽不是主要的目的,但却有助于对名医拟象的深入理解。

将名医拟象用于名医传说的分析,首先希望把名医拟象作为人物拟象的一类,以进行拟象分析的尝试;同时,希望此种尝试可以推而广之,能够首先在人物传说上发挥一定功用,并且可以扩展到所有类型传说的分析上。直接将广义的"拟象"用于传说的分析,存在一定的困难,操作起来并不容易。因此,必然选取一个有力的切入点和较为恰当的个案进入,才能够最终触及想要解决的深层问题。名医拟象应当具有这样的典型性和代表性,名医传说是民间传说中较有特征的一类,具有十分明显的特色,可以较为容易地分离开来,而且名医传说具备相当的数量,具有足够的丰富度。与名医传说处同一分类级别的传说众多,如文人传说、能工巧匠传说、帝王传说等等,以名医拟象为试验田,很容易在相同的传说类别中推衍。人物传说是民间传说主要的构成部分,其他类型的传说很大程度上亦以人物为中心,以名医拟象为代表,应当可以说明某种普遍性的问题。

综上所述,名医拟象是关于名医的拟象,是比拟无数著名医者而抽象出的真实的象。本书所言的名医拟象,是基于民间传说的研究而提出的,是从名医传说文化语境的分析中提炼出来的,并且主要用于名医传说的分析。同时,来自名医传说的名医拟象概念,也兼顾了与传说相关的史传、崇祀等领域,以期能够更加贴近民间传说的实际状况。名医拟象是拟象概念的细化尝试,以此来分析名医传说是一次尝试,希冀以其代表性来发现拟象在民间传说研究上的有效性。

第七章
名医拟象初步成形和动态充实

如果考察名医传说,那么"它什么时间来自哪里"的基本问题是无法回避的;同样,如果考察名医拟象,这个问题依然无法回避。然而,源头性的探索总不能让人满意。因此,在确定有限史料和符合基本逻辑的前提下可以对名医传说和名医拟象的"初生"问题作一探讨。很显然,在上文对名医拟象的限定中,明确了它与名医传说的关系。这一关系同样可以追溯到它们的初生阶段。

尽管医药起源类神话与名医传说的关系至为密切,但不能混淆神话和传说的基本区分,不能把医药起源类神话和早期的名医传说混为一谈。在说明医药起源类神话与名医传说的关系的同时,结合中国古代相关史料的记载,把夏商周及其以前的历史时期,看作是名医传说的初生阶段。在阐述名医传说的初生阶段时,我更加关注名医传说初期社会分工高度细化所具有的标志意义。就名医拟象和名医传说的早期关系而言,名医拟象的出现要早于名医传说,但其初步成形是在名医传说的初生阶段完成的。名医拟象和名医传说的初期,相互影响,共同发展。

名医拟象自产生之后,有着自身的发展充实过程,这一过程与名医传说的传播过程是分不开的。名医拟象具有一定的稳定性,它不可能随着名医传说的每一次细微变化都相应地变化,它在一定时期内保持基本形态不变。这种稳定性使得名医拟象在名医传说的传播过程中发挥了催生大量叙事的作用。名医拟象在具备稳

定性的同时,也不可能一成不变,在漫长的历史进程中,名医拟象
又在名医传说的持续传播过程中不断发展充实。

第一节　名医传说的初生阶段

名医传说有自身的发展规律,它的初生是伴随着医的独立而
来的。先民关于医药起源的记忆成为神话保存下来,名医传说应
当肇始于起源神话中涉及医药的部分。然而,目前可见的医药起
源类神话传说,又都是名医传说兴盛之后的记载,这些神话不能不
受到名医传说的影响。因此,从目前可见的医药起源类神话来梳
理名医传说的初生阶段尚需谨慎,来探索医药起源的原貌亦需谨
慎。名医传说伴随着医的职业化得以归类,有赖于社会分工的高
度细化。在夏商周时期,医逐渐从巫中分离出来,成为独立的职业
类属,这一时期可以看作名医传说的初生阶段。

一、医药起源类神话传说与名医传说的关系

考察名医传说的初生,医药起源是一个难以回避的问题。关
于医药起源的神话传说是考察医药起源的重要材料。中国的医药
起源类神话传说十分丰富,比较有代表性的就是伏羲、神农、黄帝
等文明始祖的功绩。医药起源来自伏羲、神农、黄帝三位圣人,不
仅自秦汉以来就广为人知,而且之后历代梳理医史者都把这三人
看作医药的开端。直到现在,对于医药起源的考察,依然要依靠这
些神话传说。由此,但凡论及医药起源的话,就有"医药祖,羲农
黄"①的说法,这也是中国医药起源一贯的说法。

医药起源类神话传说以伏羲、神农、黄帝为主,也涉及其他圣
人。例如燧人氏:"民食果蓏蚌蛤,腥臊恶臭而伤害腹胃,民多疾

---

① 　金东辰.中国医史三字经[M].济南:山东科学技术出版社.1991:1

病。有圣人作,钻燧取火以化腥臊,而民说之,使王天下,号之曰燧人氏。"①火的使用对于整个人类文明的意义非凡,不仅仅体现在生理卫生方面。燧人氏发明取火对人类社会发展有巨大贡献,被看作文明始祖之一,但还没有直接涉及医药。而伏羲、神农和黄帝则有直接的医药贡献:

> 伏羲氏仰观象于天,俯观法于地,观鸟兽之文与地之宜,近取诸身,远取诸物,于是造书契以代结绳之政,画八卦以通神明之德,以类万物之情。所以六气、六府、五藏、五行、阴阳、四时、水火升降,得以有象。百病之理,得以有类。乃尝味百药而制九针,以拯夭枉焉。(《帝王世纪》)②

> 古者,民茹草饮水,采树木之实,食蠃蚌之肉,时多疾病毒伤之害。于是神农乃始教民播种五谷,相土地宜燥湿肥墝高下,尝百草之滋味,水泉之甘苦,令民所知辟就。当时之时,一日遇七十毒。(《淮南子》)③

> 神农和药济人。(《世本》)④

> 神农以赭鞭鞭百草,尽知其平毒寒温之性,臭味所主。(《搜神记》)⑤

> 古者民有疾病,未知药石,炎帝始味草木之滋,察其寒温平热之性,辨其君臣佐使之义,尝一日而遇七十毒,神而化之,

---

① [战国] 韩非.韩非子[M](影印浙江书局本).五蠹篇.上海:上海古籍出版社.1989:152

② 原书佚,此条从《太平御览》中辑出。见[晋] 皇甫谧著、徐宗元辑.帝王世纪辑存[M].北京:中华书局.1964:4-5

③ [汉] 刘安等编、[汉]高诱注.淮南子[M](影印浙江书局本)卷十九.修务训.上海:上海古籍出版社.1989:208

④ 题[汉] 宋衷注、[清] 茆泮林辑.世本[M],见世本八种[M].北京:中华书局.2008:108

⑤ [晋] 干宝.搜神记[M]卷一.北京:中华书局.1979:1

遂作方书,以疗民疾,而医道自此始矣。复察水泉甘苦,令人知所避就,由是斯民居安食力,而无夭札之患,天下宜之。(《古今图书集成》引《外纪》)①

(黄帝)又使岐伯尝味百草,典医疗疾,今《经方》《本草》之书咸出焉。(《帝王世纪》)②

岐伯,黄帝臣也。帝使岐伯尝味草木,典主医药,《经方》《本草》《素问》之书咸出焉。(《帝王世纪》)③

(黄帝)谓人之生也,负阴而抱阳,食味而被色,寒暑盪之外,喜怒攻之内,天昏凶札,君民代有。乃上穷下际,察五气,立五运,洞性命,纪阴阳,极咨于岐、雷,而《内经》作。谨候其时,著之玉版,以藏灵兰之室。演谷仓,推赋曹。命俞跗、岐伯、雷公察明堂,究息脉,谨候其时,则可完全。命巫彭、桐君处方蛊饵,湔澣刺治,而人得以尽年。(《路史》)④

从以上这些神话传说可以大致看出,伏羲、神农和黄帝在医药方面的贡献似乎并不是十分确定的,例如就"尝味草木"这一重要的标志性起源事件来看,伏羲也尝味百草,神农也尝百草,黄帝则命令岐伯来尝味百草。如果把他们看作不同时期的圣人,都可能出于不同时期的需求而尝味草木。但在神话传说中,他们的医药贡献大体是一致的,换句话说,他们是医药的共同始祖。这样的状况存在于神话传说中自然是不大容易引起异议的。越是晚近的中

---

①　[清]陈梦雷等.古今图书集成[G]卷五三九.医部.北京:中华书局;成都:巴蜀书社.1986:(56):860。言引自《外纪》,现存《通鉴外纪》无此文。

②　原书佚,此条从《太平御览》中辑出。见[晋]皇甫谧著、徐宗元辑.帝王世纪辑存[M].北京:中华书局.1964:17-18

③　原书佚,此条从《太平御览》中辑出。见[晋]皇甫谧著、徐宗元辑.帝王世纪辑存[M].北京:中华书局.1964:19

④　[宋]罗泌.路史[M](影印西山堂嘉庆间重镌宋本).后纪五.先秦史研究文献三种[M](第4册).北京:国家图书馆出版社.2013:307-309

国医史的研究,越是希望可以把伏羲、神农和黄帝作为医药始祖的同时,把他们各自的医药贡献区别出来。例如清人王宏翰的《古今医史》就在前人不断修正的基础上,认为伏羲的主要贡献在于"以修身理性反其天真,所以六气六腑、五行五脏、阴阳水火升降,得以有象,而百病之理得以类推,为医道之圣祖"①,就是伏羲画八卦,使得中医有了理论支撑,他的贡献主要在医理方面;神农的主要贡献在于"帝(神农)悯生民不能无疾,故察夫草木之性,可以愈疾者,神而明之,作方书以疗民疾,而医道始兴"②,就是具体在尝百草上,其主要贡献是药物的发现;黄帝的主要贡献在于"咨岐伯而作《内经》,复命俞跗、岐伯、雷公察明堂,究息脉,桐君处方饵,而人得以享天年。其《内经》八十一卷,学者宗之"③,就是带领众多名医进行医疗实践,写就了系统的医学理论著作《黄帝内经》。《古今医史》这种颇有代表性的伏羲、神农、黄帝在医药起源上分工有不同的观点,很大程度上是默认了伏羲在《易经》、神农在《神农本草经》、黄帝在《黄帝内经》上的确定性。当然,这种确定性实际上还很不确定。但这种观点在中国历史上广为接受,影响很广,官方祭祀医药圣祖的"三皇"就是伏羲、神农和黄帝。

　　医药起源类神话传说有一个共同点就在于把医药起源的贡献归于某位圣人,这构成了医药起源中的"圣人起源论"。即使是历代医者梳理过的医史,也没有彻底推翻"圣人起源论"的想法,反而有进一步把"圣人起源论"坐实的倾向。这其中当然有借先圣来提高医药地位的要求。医药起源类神话传说呈现"圣人起源

---

　　① ［清］王宏翰.古今医史［M］(影印清抄本)卷一,见《续修四库全书》编纂委员会.续修四库全书［G］(第1030册).上海:上海古籍出版社.2002:315

　　② ［清］王宏翰.古今医史［M］(影印清抄本)卷一,见《续修四库全书》编纂委员会.续修四库全书［G］(第1030册).上海:上海古籍出版社.2002:315

　　③ ［清］王宏翰.古今医史［M］(影印清抄本)卷一,见《续修四库全书》编纂委员会.续修四库全书［G］(第1030册).上海:上海古籍出版社.2002:316

论"的面貌,还需看到名医传说和医药起源类神话传说的关系。

　　一方面,上文中所引的医药起源类神话传说也可以看作是名医传说,伏羲、神农和黄帝就是名医,他们的贡献都在医药方面。这样说未为不可。但如果和张仲景传说、孙思邈传说、李时珍传说这类惯常认为的名医传说相比,医药起源类神话传说又不太像是名医传说。医药起源类神话传说内容较为单一,仅仅注重医药起源一面;伏羲、神农和黄帝并非单纯的名医,而是诸多发明创造的文明圣祖,医药贡献只不过是其中很小的一个方面;神话色彩更浓,有些超乎常人的能力,这是后世作为"人"的名医所难具备的。但就伏羲、神农和黄帝的医药贡献这一点而言,医药起源类神话传说确实可以看作变形的名医传说的。

　　另一方面,目前可见的医药起源类神话传说,大多是战国晚期以来,主要是汉代以后的。换句话说,目前可见的医药起源类神话传说,离洪荒时代已经很远了,距离真正医药起源的时期也已经很远了,口耳相传下来的关于起源时期的神话传说已经经历很长时间的改变了。中国的神话传说,有把各种发明创造归于圣人的倾向,例如房屋、衣服、车子、生产工具等等,都可以归于文明圣祖的神农、黄帝等人。那么医药的起源,自然也会遵循这样的规律,把主要成就归于伏羲、神农和黄帝。这是中国神话传说普遍存在的状况。而就医药起源类传说来看,目前可见的转述和记述主要集中在文字记载丰富的战国晚期以后。这一时期,现在所谓的"名医传说"早已经出现,那么医药起源类神话传说就不能不在历代流传的过程中受到名医传说的影响,由于内容上的相近,医药起源类神话传说呈现名医传说的某些特点就不足为奇了。医药起源的"圣人起源论"神话传说,除了"功归于圣"的影响外,也有当时已经产生的名医传说的影响。

　　有理由相信,名医传说应当产生于医药起源神话产生之后。医药起源神话传说是先民关于医药起源的过往记忆,在没有文字记载的时期口耳相传。医药起源神话是起源神话中关于医药的部分。在医药起源的时期，肯定有特定的人和群体为医药的发现做出了特别的贡献。而这些事情并没有能够及时地保存下来，逐渐转化为群体对医药来源的模糊记忆。后起的名医传说的源头可能就可以追溯到先民对医药起源的记忆上，那个万物起源的神话时期，其中涉及医药的部分，尽管还没有被记录整理下来，但却作为集体记忆具备了某些后来名医传说的成分。名医传说在神话传说的萌芽中度过了很长时间。

二、夏商周时期是名医传说的初生时期

严格说来，"名医传说"并非一个十足恰当的名称。如果像文人传说、武士传说、工匠传说的命名方式那样，名医传说可能被命名为"医者传说"或"医士传说"更为恰当，因为名医传说之"名"，显然是著名、有名的意思，可能偏重于医者的盛名，并且倒向那些广为人们熟知的医者，而"名医"显然具有浓厚的褒扬色彩。如果作为一类的命名，当然去除这些色彩更为恰当些。"医学家传说"的名称或许更为中性，褒扬的色彩不浓厚，与文学家、画家、书法家等尚可对应，但显得侧重于正统意义上的医学名家们，较少关注传说中的民间医者，而"医学家"三字实在有些太书面和太古板了。"神医传说"也是"名医传说"的另一种称呼，在民间的使用率很高，但在学术术语上，"神医"的界定确实比"名医"困难多了，而且"神医"之"神"的灵动色彩，总有把形形色色的医者或假医者包含进来的倾向。相对而言，名医传说虽不十分恰当，但尚属稳妥。

考察名医传说的初生，在"名医"这个名字上就面临首要的问题。"医"是一种职业划分，而且是基于现代社会职业划分标准的。而"名医"呢，不仅是在医的职业化之后，而且是出现了特别出名的医学人物，并且得到人们的广泛认可。显然，无论是"医"的职业色彩，还是"名医"的感情色彩，这个词本身就是现代词汇，

考察名医传说的初生阶段，自然是一种回溯性的考察。名医传说的初生阶段未必就有"名医"这样的归类原则，是以现代的眼光考察过往的文化现象。名医传说之为名医传说，经过漫长的萌芽期，作为专门的分类出现，自然依赖于"医"作为专门职业出现之后。医的职业化有赖于社会分工的高度细化，这又是建立在生产力发展，社会出现分工的基础上的。考古学的研究表明，石器时代的人们在狩猎、采集过程中，已经产生了一定的社会分工。此时出现了像骨针、石刀等可用于医疗的工具，也具备一定的药物知识和免疫常识。很有可能，某个人或某些人在采集或狩猎中对现代所谓的医药有较多的关注。可以想象，那个时期的人们对医药还缺乏理性的认识，尚处于不自觉的状态，很难将原始的社会分工和微薄的医药知识积累作为"医"职业化的开端，更枉论名医传说的问题了。随着生产力的不断提高，人类进入文明时期，社会关系趋于复杂，社会分工不断细化。"医"从一种全民式的朦胧状态逐渐地成为一种具备独特性的职业。这应当是一个无比漫长的过程，现在可供考察的就是"医"从"巫"中不断分离的过程。夏商周时期就可以看作医从巫中不断地分离，并最终完成分离的时期。在医作为职业完成分离后，名医传说由于医的独立而具有了一定类属特性。因此，夏商周时期大体可以看作名医传说的初生阶段。

有学者根据甲骨文的记载来考察出现专职医生的过程：

甲骨文中究竟有没有"医"字呢？到目前为止，甲骨学家尚未确认有医疗和医生的"医"。……我认为，甲骨文中有"毉"字，也有医生。

……

殷商时期的医事活动由巫医负责，或卜或医，或针或药，或按摩或祈祷，全由巫医依照病势而分治之。目前，各家释定甲骨卜辞中的贞人共 128 个，在这些贞人中，有专职巫师，也有巫而兼医或医而兼巫者，还有负责龟卜的专职人员。虽然甲骨文仅拘于记录龟卜之文，未能详于医道，但是岐黄之理仍可在字里行间觅及。纵观甲骨卜辞，尽管无法断定其间有关专职医生的确切史料，但巫而兼医当是早期医生之滥觞。或者可以说，当时在宫廷内外已经出现专职医生的雏形，医生之活动范围有可能遍至宫廷（含各方国）、集镇、山村和各个部落。当然，这个时期的巫医仍是主流。①

彼时的"巫医"完全不等同于今日所谓之"巫医"，那个时候的"巫"是社会智识阶层，掌握有丰富的知识，并且掌握国家的祭祀权力。巫掌握有丰富的医药知识，也当然开始有专门的人员司职，成为属于巫阶层但实际承担医职业的角色。正因为巫阶层的重要性，所以《论语》有言："子曰：南人有言曰：'人而无恒，不可以作巫医。'"②由于医具有明显的医药属性，可以较为鲜明地与巫的其他职能分化区别出来，他们虽然表面上仍保持巫的身份，但固定地从事医药实践。从不同的记载中可以大略看出医从巫中分离的概况。

巫医的职责就在于疗救疾病，这一点是人们的共识：

> 古者有菑者谓之厉。君一时素服，使有司吊死问疾，忧以巫医。匍匐以救之，汤粥以方之。（《说苑·修文篇》）③

> 今世上卜筮祷祠，故疾病愈来，譬之如射者，射而不中，反修于招，何益于中？夫以汤止沸，沸愈不止，去其火则止矣。故巫医毒药，逐除治之，故古之人贱之也，为其末也。（《吕氏春秋·尽数篇》）④

---

① 李良松.甲骨文化与中医学[M].福州：福建科学技术出版社.1994：15-17

② ［魏］何晏注、［宋］邢昺疏.论语注疏[M].北京：中华书局.2009：5449

③ ［汉］刘向.说苑[M].修文篇.北京：中华书局.1985：194

④ ［战国］吕不韦编、［汉］高诱注.吕氏春秋[M]（影印浙江书局本）.季春纪·尽数篇.上海：上海古籍出版社.1989：27

乡立巫医,具百药以备疾灾,畜五味以备百草。(《逸周书·大聚》)①

《山海经》的表述较为隐晦,其中出现了诸多巫的名字,他们组成一个医疗团队,他们的职业就在于掌管"不死药",以此来抵御死亡。显然,不死药当指现实医药实践,巫彭、巫咸等人即是无数巫医的代表,他们已经开始以医药技能特殊而著称。

开明东有巫彭、巫抵、巫阳、巫履、巫凡、巫相,夹窫窳之尸,皆操不死之药以距之。(《海内西经》)②

有灵山,巫咸、巫即、巫盼、巫彭、巫姑、巫真、巫礼、巫抵、巫谢、巫罗十巫,从此升降,百药爰在。(《大荒西经》)③

有巫山者,西有黄鸟。帝药,八斋。黄鸟于巫山,司此玄蛇。(《大荒南经》)④

尽管医尚没有取得独立的身份,但出现了以医著称的巫者,这类巫医构成了最初的名医群体。

吾闻上古之为医者曰苗父,苗父之为医也,以菅为席,以刍为狗,北面而祝,发十言耳,诸扶而来者,举而来者,皆平复如故。(《说苑》)⑤

中古之医者曰踰跗,踰跗之为医也,搦木为脑,芷草为躯,

---

① 佚名著.逸周书[M](第2册).大聚解开第三十九.北京:中华书局.1985:105

② 佚名著、[晋]郭璞传.山海经[M](影印浙江书局本)卷十一.上海:上海古籍出版社.1989:94

③ 佚名著、[晋]郭璞传.山海经[M](影印浙江书局本)卷十六.上海:上海古籍出版社.1989:111

④ 佚名著、[晋]郭璞传.山海经[M](影印浙江书局本)卷十五.上海:上海古籍出版社.1989:108

⑤ [汉]刘向.说苑[M].辨物篇.北京:中华书局.1985:184-185

　　吹窍定脑,死者复生。(《韩诗外传》)①

　　　巫咸,尧臣也,以鸿术为帝尧之医。(《世本》)②

　　　巫彭作医,巫咸作筮。(《吕氏春秋》)③

　　医最后终于从巫中分离出来,大致可以以《周礼》的记载为标志。《周礼·天官》言:"医师上士二人,下士二人,府二人,史二人,徒二十人,掌医之政令,聚毒药以供医事。"④医师掌管医政,有一定的佐助,主要从事医事,是朝廷的服务机构,并有一定的职责分工。并且还有食医、疾医、疡医、兽医等内部细分。这说明当时医已经高度职业化了,已经从巫中独立出来一段时间了。而相应地,名医传说不仅获得了专有的类属,传说中言医不言巫的情况越来越多,名医传说作为其中一类不断被人们熟知和接受。随着医学技术的发展,医者群体不断扩大,有成就的医者不断涌现,关于他们的传说层出不穷。名医传说在经过漫长的初生阶段后,进入了迅速发展的阶段。社会各阶层的关注及记录手段的发展,使后人有幸看到秦汉以来数量丰富的名医传说的遗存。

　　综上所述,现在可见的医药类起源神话传说,可能并非远古神话传说的原貌,是名医传说出现之后的情况,可以看作是名医传说影响下的医药起源神话。这类医药起源类神话传说可以看作变形的名医传说。名医传说的源头可能要追溯到先民对医药起源时期的记忆。"名医"是一种职业划分,早期社会没有这种职业认识,只有出现了后世看来确定的"名医",才有名医传说的出现。名医

---

①　[汉]韩婴.韩诗外传[M]卷十.北京:中华书局.1985:129 - 130

②　题[汉]宋衷注、[清]茆泮林辑.世本[M],见世本八种[M].北京:中华书局.2008:116

③　[战国]吕不韦编、[汉]高诱注.吕氏春秋[M](影印浙江书局本).审分览·勿躬篇.上海:上海古籍出版社.1989:146

④　[汉]郑玄注、[唐]贾公彦疏.周礼注疏[M].天官冢宰下.北京:中华书局.2009:1435

传说是伴随着医的分化而出现的。巫医时期(夏商周),巫是智识阶层,掌握有最为丰富的医药知识。巫的角色很多,社会功能很杂,医只是一方面,医逐渐从巫中分离出来。医官、医师的出现,医的职业得到认可,关于医者的传说才有了专属的类别。名医传说走出初生阶段,开始蓬勃发展。

第二节 名医拟象的初步成形

考察名医拟象肇始的情况,是既必要又危险的行为。如果欲深入探讨这一概念的来龙去脉并把握其基本的定义,就不得不对它肇始所涉及的问题作一番梳理。这样做的危险在于很容易陷入到"起源"考索的漩涡中无法抽身。因此下文避开某些可能导致"起源漩涡"的内容,主要考察名医拟象早期的情况,包括其出现所应当具备的条件和环境、它初步成形时的条件、初步成形及其后与名医传说的关系等多个问题。

一、名医拟象的出现

归根结底说,名医拟象是一种观念,是关于医者的观念,亦可以放入医学观念史中来考察。然而,关于医者的观念远远不同于医学观念,后者更倾向于作为医学思想受到科学史的重视。而关于医学的观念或具体来说是关于医者的观念,本就不是医学领域内专属的部分,甚至可以说是无关医学的,乃是全人类性质的。正如医学研究侧重于实证探索一样,关于医学观念或关于医者观念的探索更加得到人类学家和文化学家的垂青。在延续很长时间、涉及世界各地的人类学调查和民族志写作中,无论是美洲或非洲的原始部落,还是某些大洋中小岛上生活的少数族群,他们对待生命和死亡的态度往往备受关注,成为民族志写作中的重要内容,这或许有助于更为直接地把握那个族群最有特点的思想观念。而往往在民族志写作中,对待死亡的态度很多情况下通过族群在医学上的观念和实际操作来体现。尤其是对于原始群落,一直以来都有把他们与我们的先辈直接关联的倾向,因此对他们医学观念的考察,似乎总是隐约指向我们的先民曾经经历的原始时期和彼时所抱有的医学观念①。

　　名医拟象是关于名医的拟象,是拟构的象。拟构于什么呢?最为恰当的对象当然是医者群体。而"医者"作为一种职业划分,是较晚的事,必然在"医"观念产生之后。医观念的产生亦是在漫长的实践过程中不断发展而来的。自有人类以来,面临的最切要的问题就是生存的问题,人类彼时的所有活动都是为了生存下去。显然,人类不能不对身体的疾痛有切身的感受,疾痛如同饥饿,疗疾与果腹都当出自本能。医药的起源本就与衣食住等直接关乎生存的实践不可分离。考古发现中的骨针,即可用于挑剔兽肉,也可以用于缝制衣物,也可以用来针刺治疗;诸多植物,既是食物,也是药物。在文明社会出现的职业类别"医者"远没有出现之前,人类社会的医药知识还处于经验点滴积累的阶段,关于"医"的观念在逐步完善着。由于实践是全员性质的,人类社会的每一员都可能充当医者的部分角色,医者的角色也被全员所享有。例如,实践中,先民偶用骨针挑破脓肿而疼止病愈,那么针挑的技术被全民掌握,就能给有脓肿的社会成员以治疗。关于医者的观念就在全民集体认知上萌发了,随着医药知识的不断积累和群体内分工差异性的明显,关于医者的观念不断清晰和完善。名医拟象的出现,首先在于具备了"医"观念的进步和医者角色的集体共享的基础。

---

　　① 摩尔根在《古代社会》里说:"我们研究处于上述人类文化诸阶段中的各部落和民族的状况,实质上也就是在研究我们自己的远古祖先的历史和状况。"见[美]路易斯·亨利·摩尔根著、杨东莼等译.古代社会[M].南京:江苏教育出版社.2005:14

从现在的考古学成就来看,生活在中国的先民在医药上的实践不断进步:

> 他们(许家窑人)对于外伤及伤后流血、疼痛有了较多的认识,不仅能用手语表示血,而且还能用眉头、眼神配合表示痛。……同时还创造了"痛"的单词。……峙峪人的原始医疗行为较许家窑人掌握更多,很可能学会了用尖状物,如植物的刺挑破已经化脓的痈,他们除继承了许家窑人的"血"、"痛"等单词以外,还可能创造了破(皮开)、伤单词……大约从山顶洞人起,他们中间有一些人对自身和他人疾苦比较关心,他们已能意识到痈病化脓排脓后疼痛减轻及痊愈的关系。……原始的破痈排脓方法就在这样的条件下,经耳闻、目染传承下来。①

林乾良先生《河姆渡遗址的医药遗迹初探》指出:河姆渡出土的骨锥可有多种类型,其中体圆而锥尖的那种,可以当作刺砭用。河姆渡人生活于闷热、潮湿的江南,疖痈疾病较多,他们的治痈经验比山顶洞人、裴李岗人丰富多了,他们已经用"刺痈"、"刺破"等语言传授他们的经验,寻找清水洗涤伤口已是他们的常识了。② 这种医药上的进步推动"医"观念的进步,也反映了医者角色在全民共享时期的医药成就。

在现代认识意义上的"医者"还没有出现的漫长历史时期内,随着人类实践的不断扩展和深入,名医拟象逐渐具备雏形并出现了,可以看作是名医拟象的一个前阶段,是模糊而粗糙的名医拟象。尽管名医拟象拟构所需的"名医"身份并不存在,社会上也并不存在对"名医"的基本认识,也没有被称为"名医"的群体,但是

---

① 严健民.远古中国医学史[M].北京:中医古籍出版社.2006:14-20
② 转引自严健民.远古中国医学史[M].北京:中医古籍出版社.2006:20

彼时具有医者成分的人很多,是全民性质的。全民都在实践,都承担了某些被后世看来是"名医"应当承担的责任。例如采集果实,本身也是采集药物的过程;果实的贮藏,也是药物分类、保管的过程;每一个社会成员都具备某种医药知识,如服药、灌水、挑刺等等,那么在实际生活中每个人都可能进行了医疗的活动。不排除一些人在药物尝试、外伤治疗、医药知识传授等方面格外注意,他们往往直接推动了医药进步,那么这类人就有可能被看作在医药上的重要人物。他们某种意义上较广大社会成员来说,距离"名医"更近了。随着实践的深入,社会成员在具有医者成分方面终归有所差异,这种差异带来了社会成员认识上的某种差异。因此,全体社会成员构成了一个模糊的医者群体。他们不是专门从事医药活动的名医,但却成为人们认识医者的滥觞,完成了关于医者最基本的知识积累。另外一方面,这种关于医者的观念不是关于某个具体人的,而是关于一个群体的,并且也不是属于一个人的,而是属于群体的。换句话说,关于医者的最初知识积累,是群体对医者角色的认知准备。这种知识和观念具有群体性,不是单个社会成员的知识。正因为彼时社会成员全都承担某种医者的角色,那么比照自身就可以得到某种医者角色的认知,在和他人的比较中,更能够清晰医者角色的特性。群体成员在对医者的认识上具有一定的共识,他们通过同样的社会实践获得关于医者的知识,又将同样的知识用于社会实践。即便这种知识还很模糊和粗糙,但已经构成了人类知识的最初组成部分。

　　名医拟象的最初朦胧状态可能作为集体无意识沉积下来,与某些似乎具有重大文化意义的"集体表象"一同存在,以在人们后天认识某些事物的时候直接或间接地发挥作用。即使这里所说的"集体无意识"与该词的常用语境不同,但或许可以参照其常用语境来比照类似问题,如回答"某人没有关于名医的任何知识,他是否认知名医拟象?"或者"新出生的儿童具不具备名医拟象的知识

呢?"等看来似乎永远无法给出恰当答案的问题。荣格在论述集体无意识时认为:

> 在我看来大错特错的是,假定新生儿的心理一片空白心理,认为其间是绝对的一无所有。孩子天生就有大脑的不同,这是由遗传决定的,因此也是个性化的;孩子接受来自外界的感官刺激时并非是借助任何天资,而是特定天资,这就必然导致一种特殊的、个人的感知选择和模式。这些天资可以显现为遗传的本能及习得的模式,后者是感知的先验的、形式的条件,其基础是本能。它们的存在赋予孩子及做梦人的世界以神人同形的特征。它们是原型,把一切幻想活动导入其预定轨道中,借此在孩子的梦及精神分裂症患者的幻想中制造出让人震惊的神话对等物,而这些对等物也可见诸于常人及神经病患者的梦中,尽管程度会更轻。因此,这并非是一个遗传思想的问题,而是一个思想遗传可能性的问题。它们也并非是个体的习得,而是一如可以从原型的普世性存在看到的,总体上为大家所共有。①

名医拟象的问题在此基础上又具有一定的特殊性,即便可以作为认识名医形象的知识储备,但实际上并非关于名医的确定的象,而仅仅是比拟医者而来的象,作为知识的是后者而非前者。

二、名医拟象的成形

名医拟象不断发展,不断清晰,告别朦胧的状态。虽然人类社会分工的高度细化,"医"作为专门的职业出现,形成了一定的医者群体,普通民众对医者群体有了直接的感性认知。名医拟象在成形后更加明晰了。

---

① [瑞士]卡尔·古斯塔夫·荣格著、徐德林译.原型与集体无意识[M].北京:国际文化出版公司.2011:55

　　名医拟象是关于名医的拟象,如果医者还能够取得独立的地位,那么名医拟象只能从其他领域寻求帮助。这就像医药起源类神话中的医药圣祖那样,伏羲、神农、黄帝并非名医,甚至算不上医者,但是没有专职的医者出现,那么医者的功绩只能全都归于文明圣祖的身上。当考察医药类起源神话传说的时候,这些文明圣祖占去了主要的位置,反而没有医者的地位了。如果考察名医的传说,也需要首先把扁鹊、张仲景这样的名医放放,把文明圣祖身上的名医角色分析一番。这当然不是医者取得独立地位之前的实际情况了。专门的医者的出现,反映出人们在职业认知上的进步,背后也反映出人类对自身所掌握的知识的归纳总结有了进一步认识。医者群体的出现,关于医者的观念自然已经充分成熟了。此时的名医拟象,所比拟之名医,有了恰当的对象,有了某种确定的属性,不再是模糊不定的状态。

　　名医拟象是关于名医群体的象,内含了医者群体的性质,不是关于某个名医的象。就社会实际情况来看,医者的专门化,必须是建立在出现了众多医者的基础上的,如果仅仅是寥寥数位医者,也不可能带来“医”的专门化。在医者群体有了“医”的专门身份后,又需要作为一个群体来确证这个身份。作为一个职业分类,本身就要求具有相当数量的从业者;存在一定规模的从业者,才能够说明这个职业的存在。医者仅仅是一个群体还是不够的,这个群体还必须有细致的内部分工,各自有不同的司职,那样才是一种成熟的状态。这样的医者群体才具备形成群像的条件。另外,这个群体内由于时代条件、个体素质等方面的影响,技术有高低,道德有高低,成就有高低,也就是说能够形成一定的个体差异性,这样才是一个鲜活的、符合实际的群体。作为名医拟象来说,“名医”内含着一定的价值判断色彩,单纯的“医者群体”还不足以满足此种价值判断的需要。医者群体提供了一定的数量基数,少部分的杰出者完成了该领域的主要成就,引领了该领域的主要风尚,成为众多医者中的"名医",表面看是某类个体的突出,其实是整体价值彰显的需要。形成了"医者群体",群体内又有所差异,这是名医拟象成形的条件。

名医拟象是集体关于名医的拟象,说明需要集体取得某种共识。在医者成为专门职业的过程中,出现医者这个群体及行业自然是逐渐推进的过程,应当说并没有什么严格的界限。推进的过程中,某些重大事件可以看作一定的标杆,说明特定的变革。例如周代医官的设置,是医事制度的重要事件,也可以看作医专门化的标志事件。诚然,此时医作为专门职业可能早已存在很长的时间了,况且宫廷的官方机构虽具一定的标志性,但显然忽视了民间大量"草医"的存在。就当时的"医官"来看,人数也并不算多,主要是医官世家传承,主要为宫廷服务。如果仅仅是一种宫廷机构,"医"的影响就未必那么深远了。名医拟象需要集体的共识,因此可以说,普通民众可以接触到医者,无论是技艺高超还是一般,无论是专门行医还是偶尔客串,很大程度上,民间医者就来自普通民众,是民众的一员(宫廷医者自然也是民众的一员)。那么集体对医者有了感性认知的可能,有可能对已经具备的模糊的医者认知进行修正,对医者的角色想象有了某种凭依。无论是深居宫廷的医者,还是行走乡间的医者,都为人们提供了一个确实的医者形象,这样的形象显然不可能与名医拟象毫无关联。

三、初生期的名医拟象与名医传说的互动推进

名医拟象和名医传说在初生阶段有所重合,它们既有着自身的发展脉络,同时也互相推进。

"医"的专门职业化是名医传说和名医拟象二者初步形态的重要事件。名医拟象的出现要早于名医传说,而初步成形却是在名医传说的初生阶段。名医拟象和名医传说属于不同性质的概念,尤其是涉及"医"的专门职业化问题。名医传说作为口头文学

的一种形式,应当在"医"专门职业化以前已经有了漫长的萌芽状态,但是缺乏"名医"这一重要的类属标志,"名医传说"还难以在真正意义上得名。通俗地说,医者还没有出现,哪来的名医,没有名医,哪来的名医传说。当然,也不能否定,在医者没有出现的情况下,也有涉及医药的神话传说,但同时也可以看作是这种或那种的传说,并不必要看作名医传说,因此名医传说还无法确定下来。从这个意义上讲,名医传说对"医"的专门职业化较为倚重。而且,名医传说的初生阶段是在"医"专门职业化前后的一段时期内。而名医拟象则不像名医传说那样如此倚重"名医"这一后世使用的词汇,在萌芽状态也并不十分倚重"医"的专门职业化。名医拟象侧重于观念中涉及医者的成分,无论是否被称为医,与名医拟象都并无直接关系。例如,原始社会先民要尝试某种植物是否能吃(就很像"神农尝百草"的场景),尝试之后发现有清嗓的快感,因此就把这种植物看作某种神奇的"食物",这个过程显然包含了药物发现的成分,自然包含了"医"的元素,即使不被看作"医",但已经可以作为这类行为和角色的认知了。由此,名医拟象的滥觞很早,远比关于此类的"传说"初生要早。

应该说,名医拟象在名医传说初生阶段不断完善,逐步成熟,特别是名医传说大量出现之后,因此,名医拟象在名医传说初生阶段前后是两个不同的时期。前后不同体现在,名医拟象原本是模糊朦胧的状态,如果不刻意指出,并不能够完全独立地看待。名医拟象是某种意义上的知识混合体,各种各样不断积累起来的经验知识都充实进来,它掺杂了其他成分,不具有独立的品格。而在名医传说的初生阶段,名医拟象有了某种特别的指向性,使得名医拟象更加明晰。虽然本书把名医拟象约束在名医传说的视野下,但不代表名医拟象仅仅是关乎名医传说的现象,它涉及名医文化的诸多方面。而名医传说的意义在于让名医拟象有了可以表达的一种显性路径。它不必要再和各种文化的混合成分杂糅一处,有充分的文化现象来表明其独特性所在。名医传说的初生阶段，自身就在不断发展充实之中，在后世才具备了现在所看到的样貌。而现代样貌下的名医拟象，显然也是独特的文化现象。如果就名医传说视野来说，能够谈论此等意义的名医拟象，显然是在名医传说的推动下不断发展的。名医传说为名医拟象提供了足够丰富的医者个案库，而且为表达名医拟象提供了足够丰富的故事案例库。在名医传说的不断影响下，名医拟象总会吸收名医传说某些元素来达到完善的目的。

反过来，名医拟象促进了名医传说的类化。名医拟象是作为观念存在的，它吸附了文化体中涉及名医的成分，形成了关于名医的特定观念。唯有这种观念的产生，才可能出现"名医"的类属，这种类属成为"名医传说"名称的关键。名医传说的产生或许很早，但早期却不是一个类，关键是缺乏类属性质，不是这种传说缺乏类属，而是整体文化对"名医"还缺乏类属观念。在现代样貌上的名医传说看来，名医拟象依然在确证这个类属。概念上的分类意义之外，名医传说的千姿百态表达了一种共同的东西，这个东西表面看来是依据显性的"名医"来划分的，实则"名医"并没有作为依据的能力，只是作为划分后贴上的标签。而名医拟象才是共同的东西。

综上所述，名医拟象是伴随着人类实践而开始的，作为观念，它依据医者来拟构，但漫长的历史时期内，现代职业划分性质的医者还没有出现，那么名医拟象只能比拟存在着的某些医者的成分。就社会角色而言，全体社会成员都具有医者的部分因子。这一点至为重要，尤其是名医拟象是集体"关于医者的象"和"关于医者群体的象"的认识上。名医拟象的初步成形也和"医"的专门职业化有密切关系，后者不仅给医者象定名，而且有分工细致、技术差异、角色细分的群体。这样的群体与普通民众生活接触广泛，同样保证了名医拟象集体共识的性质。名医传说的初生阶段与名医拟象的初步成形有交叉有重合，初生期的名医拟象与名医传说互动推进。名医拟象的成形要早于名医传说的产生,名医拟象在名医传说产生前后是两个不同的时期,名医传说使名医拟象更加成熟,不断完善,反过来名医拟象成形促进了名医传说的类化。

第三节 名医拟象在名医传说
传播中的作用

名医拟象以特定叙事模式,借由特定的故事类型表达。叙事模式和故事类型均是叙事的外壳,它们均是名医拟象表达的工具。名医拟象作为传说传播群体的知识沉淀下来,对名医的认识有了一定的限定,亦对其故事的基本形态有了心理预期。新的传说产生过程中,创作的群体会按照意识中的预设建构名医传说故事,每一个传播者的每一次讲述都会根据个体对名医拟象的设定修改某些细节和具体措辞。关于先秦名医的传说不一定多,关于清末名医的传说不一定少,按照名医拟象的预设,以特定的叙事模式,选择合适的故事类型,再具体到某个名医身上,大量的名医传说就涌现出来。一则传说的不断重复以及某则新传说的产生都是名医传说再生产的表现。

叙述所叙之事,一般是完整的,是无数次重复叙述之一个代表。正因为拟象,才有所谓之事,所成之事。以医案中和民间传说中常见的“以怒治病”为例,按照传统中医理论,人的情志是致病的一个重要因素,也可以作为治病的重要手段。这类故事之所以常见,一个重要的原因是治疗手法超出常规,满足人们猎奇的心理,更有曲折性和趣味性;同时,它们之所以常见诸医案,因为符合中医传统理论的认识。

《吕氏春秋·至忠篇》中“文挚诊齐王”即是此事:

齐王疾痏,使人之宋迎文挚,文挚至,视王之疾,谓太子曰:“王之疾必可已也。虽然,王之疾已,则必杀挚也。”太子曰："何故?"文挚对曰："非怒王则疾不可治,怒王则挚必死。"
太子顿首强请曰："苟已王之疾,臣与臣之母以死争之于王,王
必幸臣与臣之母,愿先生之勿患也。"文挚曰："诺。请以死为
王。"与太子期而将往不当者三,齐王固已怒矣。文挚至,不解
屦登床,履王衣,问王之疾,王怒而不与言。文挚因出辞以重
怒王,王叱而起,疾乃遂已。①

从上文记载中,可以看出,这个故事有三个主要人物:文挚—
名医,齐王—地位较高的患者,太子—患者的近亲属。此事记载是
否真实另当别论,这很明显是一个传说,文挚被后人认为是一位名
医。这则传说成为"文挚是名医"的最有力证据,塑造了文挚名医
的形象。

到了魏晋间,《物理论》讲了同类的传说,主人公是扁鹊:

> 赵简子有疾,扁鹊诊候,出曰："疾可治也,而必杀医焉!"

以告太子,太子保之。扁鹊领召而入,入而着屦登床,简子大
怒,便以戟追杀之。扁鹊知简子大怒则气通,血脉畅达也。②

这个传说后来还被《太平御览》转引③,但扁鹊诊断赵简子的
说法已经被《史记·扁鹊传》固定下来,其他关于扁鹊的记载也没
有提到此事,看来应当是《物理论》根据文挚事迹改编新创的。这
个改编新创的过程说明,扁鹊和文挚名医身份的一致性,才得以嫁
接成功。

同样的道理,还可以继续嫁接下去:

> 又有一郡守笃病久,(华)佗以为盛怒则差,乃多受其货

---

① [战国]吕不韦编、[汉]高诱注.吕氏春秋[M](影印浙江书局
本).仲冬纪·至忠篇.上海:上海古籍出版社.1989:80-81
② [魏]杨泉.物理论[M].北京:中华书局.1985:15
③ [宋]李昉等.太平御览[M](据涵芬楼影印宋本重印)卷第七百三
十八.疾病部一.北京:中华书局.1960:3275

而不加功。无何弃去，又留书骂之。太守果大怒，令人追杀佗。不及，因嗔恚，吐黑血数升而愈。①

这则传说现代仍在流传：

有一趟，有个大官生了病，胸口闷结好比压着一块大石头，坐也不是，立也不是，睡到床上更加难过。听说华佗医术高明，就派人去请来诊治。

……

华佗提起笔"刷刷刷"写下一张药方，交给大官，转身就走。那大官拿起药方一读，原来是一封信，信上写道："呸！你这个十恶不赦的家伙，今朝也晓得要看病啦，你摸着良心想一想，这一世你做了多少缺德事？现在阎罗王也要你到阴间去算账。你找我有啥用？"接着，又把他平日里那些见不得人面的事一一开列在后面，一条也没漏掉。

那大官越读越气，越看越火，想我是请你来看病的，轮得着你来教训我吗？要想立起身去追赶华佗，又没有半点气力。心里气呵，气得他手脚打抖，胡子乱飞，一双眼睛瞪得像铜铃，直勾勾地看着手里这张奇怪的药方，毫无办法。憋了半天，才算憋出一句话："来人哪，把他抓起来！"

谁知没有一个人答应。……说时迟那时快，一个头眩，竟摔倒在地上，大口大口地吐起血来，一面吐，一面还在咬牙切齿地骂："混账东西！气死我了。混账东西！气死我了。"等那大官吐出一升多黑黢黢的瘀血，声音渐渐平静下去。华佗这才从外间走进房来，对他儿子说："好了。你们服侍他漱漱口，喝些茶水，就让他好好躺下休息吧。我这里再留一张调理的药方，连服十帖，就可以同平常人一样走动啦。"

---

① ［南朝宋］范晔撰、［唐］李贤注.后汉书［M］.方术列传第七十二下.华佗传.北京：中华书局.1995：2738

他儿子不相信,轻声问他父亲:"你觉得胸口还闷不闷?""什么?"那大官也弄糊涂了。"你觉得胸口还闷不闷?""噢,果然不闷了。嗯,是轻松多了,是轻松多了。"

等他们抬起头来看华佗时,华佗早走出老远老远啦。①

从上文所列几个传说来看,故事采用同一结构,三个人物分工大体相同,故事主人公有所不同。类似此种故事嫁接,多不胜举。它们被分析者通常用来作为故事类型的分析,视这种迁移和嫁接是一种故事类型内部的变体。同一故事类型的名医传说之所以可以任意迁移,是默认了主人公名医的共同身份。这种默认仅是针对具体故事迁移而言,而在大量故事叙述之初,就设定了主人公的身份特征,就像这里的名医。华佗之所以有此事,是因为遵从了华佗拟象的表述要求;扁鹊之所以有此事,是因为遵从了扁鹊拟象的表述要求。互相嫁接是名医拟象的整体性使然。文挚之事由来亦如是,名医拟象已经存在,它并非十分确定,但却可以发挥作用。叙事塑造的名医形象是事后之象,名医拟象是事前之象。拟象是叙事所凭依,以使得故事中的人物形象具有公认的可接受的身份特征。名医拟象并不指向具体的名医,也并不指向具体的故事类型。名医拟象包含医者具有高超医术的特点,以怒治病即是这一特点的展示。在这一点上,主人公是文挚、扁鹊、华佗都不重要;而"以怒治病"也和"一针救二命"、"治龙治虎"一样是具体事例。

进一步地,每一种故事类型中有大量同构的传说,这些传说虽然同构,但具体情节、主题还是稍有差别的。下文将关注同一种故事类型下的高度相同的故事叙述。例如,起死回生型传说有各种利用高超医术救活死人的案例,其中"一针救两命"的传说故事十分具有代表性。

---

① 窦昌荣、吕洪年.古代名医的传说[M].上海:上海文艺出版社.1982:
67-70

　　"一针救二命"（即棺材里救活人、开棺救母子），故事主要讲某位名医路遇出殡的队伍，棺材里流出血来，这位名医判断出棺材里是一个难产的孕妇，这个孕妇尚未死亡，只不过因为难产晕厥过去。这位名医给"死人"（孕妇）扎了一针，然而"死人"就活了过来。在孙思邈传说中，这个传说是这样的：

　　　　有一回，村里一位年轻妇女生孩子，婴儿没落地大人就死去了。送葬这天，孙思邈正在街上闲游，见棺材内滴出几点鲜血，就上前拦住送葬人说："人没死，为何活埋？"送葬人很惊讶，忙问道："这明明是死人，你为啥说是活人？"孙思邈说："地上流的是活人血。"于是，送葬人又把棺材抬回去，打开以后，孙思邈从死人肚上扎了一针，立时，婴儿降生，大人也救活了。原来，那妇女是抓心生，扎上一针，婴儿松开抓着心的手，降生下来。从此，孙思邈名声大振，求医人踏破门槛儿。①

在李时珍的传说里，这个传说叫作"开棺救母子"，大致是这样的：

　　　　李时珍来到湖口，见对面来了一大群人，吹吹打打，哭哭啼啼，原来是送葬的。……忽然，他看见棺材里直往外滴血，一点一点掉在地上。李时珍几步走过去，看着那血滴，心里就嘀咕开了：死人只有瘀血，呈乌紫色。可这却是鲜红鲜红的呀！他又把那血蘸一点到巴掌心上，用手指搓了几搓，心里就有谱了。于是，几步赶上前去，一把拦住棺材，大叫："停棺！停棺！快点停棺！"这时，抬丧的人群中走出一个中年汉子来，他说："有劳你这位过路郎中让开条路，我家女人折腾一生，你就让她死后得点安宁吧。"李时珍说："这棺材里的人还有救啊！""有救？"那中年汉子一惊，但很快又悲伤地摇了摇头说："死了的人能救，那太阳也要从西边出了。"李时珍见他不信，

----

　　① 杜学德.中国民间文学集成·邯郸市故事卷［M］.北京：中国民间文艺出版社.1989：129

又说："你家嫂子生细伢难产，这死只是假死。开棺后，本医定
教她返阳，你添子。"……李时珍叫抬丧的人把棺材抬到一个
偏僻的地方，撬开棺盖，先是按摩，后又在心窝上扎了一针。
不到一盅茶的功夫，这个女子就吐了一口长气，喊了一声"哎
哟"，不一会就生下了一个细伢。那中年汉子千恩万谢，还要
行跪拜大礼。李时珍一把扶起他，说："你家堂客昏厥后，经一
路抬丧的颠簸，顺气通阳，血脉流动，才有鲜血滴出棺外；经过
按摩，得知小儿右手抓住娘心，我一针扎在小儿右手虎口上，
小儿顾痛一松手，就生了下来。我一没花钱，二没用药，只是
尽了一点医道，没什么可谢的。"大家跑去一看，小儿右手虎口
上果真有小针孔儿。①

孙思邈、李时珍，真实生活年代相去久远，他们的传说在这个
故事上却基本一致。这个故事也不独存在于现代口头传说中，传
主也可以另有他人：

> 高道者不知何许人也。得长桑君禁方，当明初挟技游银
> 阳。一日值枢于途，谂之乃孕妇丧也。道者验其遗衣血曰：
> 此犹未死耳。启棺视之，一针遂苏。俗惊道者能起死人，以比
> 秦越人云。②

> 北城外多败屋，居民多停棺其中。嘉言偶见一棺似新厝
> 者，而底缝中流血若滴。惊问旁邻，则曰："顷某邻妇死，厝棺
> 于此。"嘉言急觅其人，为语之曰："汝妇未死。凡人死者血
> 黯，生者血鲜。吾见汝妇棺底流血甚鲜，可启棺速救也。"盖妇
> 实以临产昏迷一日夜，夫以为死，故殡焉。闻喻此言，遂启棺。

① 湖北省蕲春县文化局.李时珍的传说[M].湖北省蕲春县文化局.
1983：47－48
② [清]魏之琇.续名医类案[M]（影印信述堂本）卷二十五.北京：人
民卫生出版社.1957：626，此条原书云引自《江西通志》。

诊妇脉未绝,于心胸间针之,针未起,而下已呱呱作声,儿产,妇亦起矣。夫乃负妇抱儿而归。①

这几个故事虽然详略有别,但框架稳定不变,唯主人公可以随意更换。因此,这个起死回生的传奇故事就可以被安放在任何名医的身上,扩展开来,还可以安放在任何略通医术的名人身上,乃至扩展到虚构人物身上也未为不可。如下表所示:

表 7.3.1　"一针救二命"故事举例表

传说原名	传　主	出　　　　处
一针救二命	华　佗	《中国民间故事全书·湖北·枝江卷》p.13
开棺救母子	李时珍	《李时珍的传说》p.47-48
一针救两命	孙思邈	《中国民间文学集成·邯郸市故事卷》p.129
医圣采药可搂注	张仲景	《神奇麒麟湖:南阳麒麟湖风景区的传说》p.91
一针救二命	刘嘉谟	《桓台历史故事选》p.77
一针救二命	孟　翰	《阳谷县志(1991)》p.489
神医刘守真	刘完素	《中国民间故事集成·河北卷》p.100
一针救二命	喻嘉言	《牧斋遗事》
一针救二命	吴真人	《中国民间故事集成·福建卷·漳州市分卷》p.52-54
一针救两命	扁　鹊	《中国民间故事全书·河南·南召卷》p.77
一针救两命	关汉卿	《关汉卿的传说》p.225-226

　　① [清]高士奇.牧斋遗事[M].清代野史[M](第6辑).成都:巴蜀书社.1987:344

（续表）

传说原名	传　主	出　　　处
一针救两命	黄元御	《中国民间文学集成·辽宁分卷·细河区资料本》p.132－133
一针救俩命	王叔和	《中国民间文学集成·辽宁分卷·辽阳县资料本》p.309－313
村桥开棺	朱丹溪	《名医朱丹溪的传说》p.34－37
一针救两命	郑性之	《福建民间故事》p.305－307
传奇名医吴珏	吴　珏	《寿宁历史名人录》p.27－28
棺材里救人	叶天士	《中国民间故事全书·上海·崇明卷》p.73－74
一针救二命	药　王	《宁晋县故事卷》p.133－134
药王庙的由来	姓岳的	《中国民间文学集成·抚宁民间故事卷（第2卷）》p.917－918
一针救两命	半神仙	《中国民间故事集成·福建卷》p.793－794
无	高　道	《续名医类案》引《江西通志》

此类故事不能尽举，上表已列二十余人，可见"一针救二命"流传之广。故事的主人公既可以是历史上确有其人的名医，也可以是关汉卿等名人，也可以是药王、半神仙、高道等无名氏。正如认为这个故事主人公是药王的讲述人所言：

　　提起药王来，我们这儿的人们没有不知道哩。他的故事在我们这流传的也挺多。但一问起药王姓嘛叫嘛来，就都不大清楚了。有哩说是扁鹊，有哩说是孙思邈，反正是历史上一个有名儿的大先生。因他医术高明，医德高尚，老百姓才给他起了"药王"这个名字。时间长了，药王的名字越

传越远,越传越响亮,传来传去,他哩真名儿实姓倒被人们
忘记了。①

凡言医术之神奇者,均可借此故事彰显。"一针救二命"成为颇为
著名的事例,而类似这样的事例不在少数,治龙治虎亦可,悬线诊
脉亦可,以笑治病、以怒治病者更不计其数。

即便是以故事类型来分析名医传说,可以得见某种类型上的
区分。但这样的静态类型并不能解释这些不同时期产生的传说相
互之间除了相似之外还有什么关系。尤其是同一则传说的不间断
重复的过程,不能作为一种故事类型来分析。因此,上文无论是
"以怒治病"的例子,还是"一针救二命"的例子,都是借助名医传
说再生产中较为极端的"突变"的例子来展示名医传说再生产中
出现的某些传说,表面看来是新传说的产生,实则是旧有传说再生
产的成果。"新"传说产生的依据是什么呢,即是名医拟象。例如
"一针救二命"一类的传说中,主人公是华佗亦可,是叶天士亦可,
这种迁移自然可以作为故事类型中人物要素的变换,但为何产生
叶天士一针救二命的传说呢,如果名医传说需要具体到某一人物
上来表达,叶天士具有备选的所有条件,叶天士一针救两命的传说
就应运而生,名医传说实现了再生产。同理,以某个故事类型为模
板,主要人物可以无穷变换,只要符合名医拟象的预设,也会被人
们接受并传播。因此,华佗开膛、华佗开颅之类的传说就不算新
奇,扁鹊换心、孙思邈开颅之类的传说亦自然而然。进而类推,如
果传说符合其他人物拟象预设,可以产生大量其他类型的传说。
例如张仲景、李时珍可以有大量断案类传说,葛洪、孙思邈可以有
大量神仙类传说等等。

这也就可以解释,像岐伯这样的人物,文献仅仅留下了他的名
字和名医的身份,关于他的传说大量存在。岐伯生活的时代早已

---

① 刘月斗.宁晋县故事卷[M].北京:中国民间文艺出版社.1989:132

远去(或者就没有真实的岐伯),岐伯传说却不断产生出来,所凭依的是什么? 即是名医拟象。历史上不同时代的名医,关于他的传说,后世不断产生出来,数量越来越可观。像"一针救二命"这样的传说故事,已经不具备区分主人公的作用,与具体的名医越来越疏离,故事高度精炼,无限向名医拟象靠拢。

岐伯传说、扁鹊传说、华佗传说等这类具体到某个人的名医传说,是在这个人名符号为世人共知后不断产生出来的,这些传说都是名医拟象的表达,均符合名医拟象的设定。名医传说中以李时珍为主人公当然要晚于孙思邈,孙思邈又晚于岐伯,但岐伯传说产生的时间不一定早于孙思邈传说,孙思邈传说产生的时间不一定早于李时珍传说。名医拟象有不断充实发展的过程。给龙虎治病是一个典型的故事类型,现代传说中张仲景、孙思邈、李时珍等很多名医都给龙虎看过病,尤以孙思邈最为著名。这个故事可能源自古代神话,在"医"这一群体逐渐出现的时候,逐渐成为"医"异能的一种想象中的表现形式。董奉在杏林行医,以虎踞守①,有了"虎守杏林"的典故。孙思邈降龙伏虎的传说在民间影响最大,所以药王庙的偶像都是针龙伏虎式的。而民间许多药王庙,无论是否是崇祀孙思邈的,都是针龙伏虎式的了,成为名医拟象通过偶像

---

① 董奉事见于《神仙传》,原文如下:又君异(董奉字)居山间为人治病,不取钱物,使人重病愈者,使栽杏五株,轻者一株。如此数年,计得十万余株,郁然成林。而山中百虫群兽游戏杏下,竟不生草,有如耘治也。于是杏子大孰,君异于杏林下作箪仓,语时人曰:"欲买杏者,不须来报,径自取之。得将谷一器置仓中,即自往取一器杏云。"每有一谷少而取杏多者,即有三四头虎噬逐之,此人怖惧而走,杏即倾覆,虎乃还去,到家量杏,一如谷少。又有人空往偷杏,虎逐之,到其家,乃啮之至死,家人知是偷杏,遂送杏还,叩头谢过,死者即活。自是已后,买杏者皆于林中自平量之,不敢有欺者。君异以其所得粮谷,赈救贫穷,供给行旅,岁消三千斛,尚余甚多。([晋]葛洪.神仙传[M].北京:中华书局.1991:49-50)

表达的一种典型方式。名医拟象又会以更加丰富的内容对新出现的传说产生影响。

第四节　名医拟象在稳定中的动态充实

同一则传说在时间向度上的传播,会出现众多异文,此则传说也会发生细微的变化。同一则传说在不同的地域,呈现出的面貌也不尽相同。通过对故事类型的分析可见,故事类型保持稳定的情况下,故事人物会发生变化,所以,"一针救二命"的故事在不同的地区有不同的主人公,同一个故事发生在二十个人身上不足为奇。如果人物固定,那么故事类型也会发生变化,例如张仲景的传说,南阳关注他的出生与成名,而长沙关注他的做官断案。民间传说在口头传播过程中,出现变异是必然的。名医传说在传播中的变异,诸多要素是不稳定的,这些不稳定的要素改变之后,这则传说可能就成为其他类别的传说。但是,名医拟象在名医传说传播中保持稳定,这使得某些不稳定要素改变之后,依然可以据此判断是否仍属名医传说。名医传说之为名医传说,在于其诸多不稳定因素改变的同时,名医拟象保持稳定性。同时,如果对传说的传播过程做整体考量,也须看到名医拟象自身的发展变化规律,它不可能在保持稳定性的同时一成不变,而是处于不断的动态充实中。

以著名的神话"神农尝百草"为例,来说明名医拟象的稳定性问题。最初,"神农尝百草"的说法还没有固定下来,所以古籍中有"炎帝尝百草"、"伏羲尝百草"、"岐伯尝百草"等说法。

这些说法后来都没有"神农尝百草"的影响大,逐渐被人忘却了。"尝百草"的神话固定在神农头上,有某种必然性。一个重要的原因是这则神话原本就具有很大影响力,由来甚远。关键是,名医拟象预设是一位名医,那么神农作为"农神"的一面就展示出优势来,在这个方面较伏羲、炎帝和医药更为紧密一些。同时,涉及起源的神话,发明权往往集中在氏族首领身上,因此,作为属臣且出现很晚的岐伯,根本无法与神农相较。名医拟象对医药起源的预设明显倾向于神农。换句话说,炎帝、伏羲、岐伯、神农尝百草都属于"尝百草"一类,炎帝、伏羲、岐伯、神农都符合名医拟象的预设,只不过在这一具体事例上,神农更为突出而已。

"神农尝百草"流传至今,他尝百草的方式有很多,比如他有一个透明的肚子,可以直接观察吃到肚子里的草虫的变化;又或者他有一条神奇的鞭子,通过鞭打植物得知药性;又或者他有神奇的动物相助,帮助他来识别药性。这个神奇的动物一般是既像蟾蜍,又像狮子,又像狗的一种动物,现代中药铺里还供奉着它。这个动物可以统称为"药兽",在中国医药文化中不可小觑:

> 神农时白民进药兽,人有疾病则拊其兽授之语,语如白民所传,不知何语。语已,兽辄如野外衔一草归,捣汁服之即愈。后黄帝令风后纪其何草,起何疾,久之如方,悉验。古传黄帝尝百草,非也。故虞卿曰:"黄帝师药兽而知医。"①

这个药兽是神农从外邦得来的,但凡彼时从外邦得来之物,都有神奇之处。但这则记载里,神农并没有怎么使用它。黄帝根据这头神兽,积累大量医疗经验,后来医药兴起了。可以说,这里只不过把神农借助神兽识别植物药性的说法延展到黄帝身上而已。

全国各地类似的传说并不鲜见,仅以四川、湖北两地的情况而言,虽然高度相似,但还是有所差异。两地的传说都是以"神农尝百草"为主体的,都有意地介绍了中药铺供奉这种动物的原因。但四川的药兽不大漂亮,长得像蛤蟆,通体也不透明,通过肉体反应来说明药性,湖北的獐狮不仅名字孔武,而且更加神奇,通体透明,

① [元]陶宗仪等.说郛三种[M].上海:上海古籍出版社.1988:1457,言引自《芸窗私志》。

可以直接观察药性变化。这些细微的差异说明,不同地域同一传说的细节有所差异,但是它们都是名医拟象的具体表达。名医拟象中关于医药起源的预设,有借助宝物的成分,这个宝物的特征,可以给讲述者一定的发挥空间。但名医拟象依然保持不变。

名医拟象并不固定在某个名医身上,不是关于某个具体名医的象,因此神农也好,孙思邈也罢,不影响名医拟象的整体特征。得宝过程、宝物名称、使用宝物的目的,均是一些细节问题,可以做出万千种变化,不同的讲述者可以有不同的说法。在不同地区传说的对比中,可以得见,名医拟象是保持不变的。一方面,它是一个整体的象,不是一个个体的象,所以不具体表现为神农、岐伯、扁鹊、张仲景等具体名医。一方面,它是一个拟构的象,不是一个实描的象,所以不在具体细节上做确定化描绘。无论是众人尝百草固定为神农尝百草,神农尝百草在不同地区的不同异文,名医拟象是保持稳定的。无论传说的主人公是谁,故事类型如何,它们仅是在具体的传说讲述中发生了变化,而不是人们潜意识中的名医拟象发生了变化。所讲述故事的不同并不代表叙述者、听众对名医拟象的认识有什么不同。因此,名医拟象在名医传说传播中保持稳定。

名医拟象的稳定性是相较于民间传说传播过程中的其他因素而言的,而在名医拟象自身看来它是发展变化,有自身发展变化的规律。从大的时间向度来看,名医拟象的动态充实受到多种因素的影响。名医拟象是关于医者群体的象,而中国的医者群体是不断扩大的,那么随着医者群体的扩大,名医拟象可能受到群体整体特点的影响。在名医拟象的初期,医者更多地兼具文化始祖的形象,那么名医拟象可能就具有某些文化初创者的色彩。随着时代发展,医者更多的是文人的形象,名医拟象所具有的文化初创者的色彩就越来越淡,文人色彩则越来越浓。同时,中国历朝历代都有出众的名医,成为人们津津乐道的对象,不同时代特定名医个人的盛名,往往左右了一个时期普通民众对名医的角色认知。那么,作为集体之象的名医拟象,自然会增加不同时期的特色。因此,名医拟象在不同的历史时期在保持核心特征的同时就附加了不同时代认知的特点。随着时代的发展,这些特点有的可能保留了下来,有的可能就消失了。由于名医拟象的抽象性质,具备一定的核心特征,尽管有不同的色彩补充进来,又同时失去了某些色彩,但名医拟象的基本性质没有发生根本改变,它始终处于动态充实中。

第八章
名医拟象在传说—史传—崇祀
互动中的表达

广义的拟象,可以用于民间传说之外的诸多领域。同理,名医拟象在广义上可以并不单单限定在名医传说上。而且,名医传说也并不能把名医拟象和其他文化事象的联系齐齐切断开来,就如同名医传说也并不能从文化体中独立出来一样。因此,相关的研究都是在某种限定意义上的。名医传说意义上的名医拟象,名医传说和名医拟象均非孤立的文化事象。在文化体中,名医传说与名医史传、名医崇祀等文化类型紧密相关,在某种条件下浑然一体。因此,考察名医传说,就不可能不对其紧密相关的文化事象予以关注。当然,限于研究的具体问题所及,亦不可能对涉及名医传说的各种各样的文化事象一一阐述。因此,本章就较为集中的名医史传和名医崇祀来说明基本问题。另一方面,广义上讲,名医拟象的表达路径不可胜数,即便约束到名医传说上来,也需要关注其毗邻的文化事象。在中国传统文化场景中,名医传说和名医史传、名医崇祀的关系至为密切,任何一个名医传说的研究者,都不可能不涉及名医史传和名医崇祀的资料。而之所以选取二者来加以说明,还在于它们的重要性、代表性和显明性。

第一节 名医传说—名医史传— 名医崇祀的互动

传说、史传(除了正史,还包括逸史、笔记等记载)和崇祀并非恰当并列的三种文化事象,它们具有交叉性,在同一文化中往往寓以文化体中难分彼此。但是在呈现形式和侧重点上又互相区别,分别是文化体的不同侧面。如果考察名医传说,就不能不对其所处的文化背景有所关注,名医史传和名医崇祀都是考察名医传说不可忽略的方面。名医传说、名医史传和名医崇祀处于不断互动之中。

一、史传对传说的影响很大。中国传统文化颇重史传,传说在内容和形式上都有向史传靠拢的倾向。很多流传着的传说直接来源于史传记载,有些则是根据史传的只言片语敷演而来。某些传说在形式上采用史传特有的史实记述的方式进行表达,看起来更像是一篇传记。名医史传对名医传说的影响亦然。例如孙思邈药王的称号与唐太宗的关系。

《旧唐书·孙思邈传》提到了孙思邈和唐太宗的一些线索:"(孙思邈)尝谓所亲曰:'过五十年,当有圣人出,吾方助之以济人。'及太宗即位,召诣京师,嗟其容色甚少,谓曰:'故知有道者诚可尊重,羡门、广成,岂虚言哉!'将授以爵位,固辞不受。"[1]依据这条史传记载,或许可以判定孙思邈和唐太宗见过面,而且孙思邈在辞几代君王不见的情况下称呼唐太宗为"圣人",并要出世"济人",可见他对唐太宗的敬重。但他依然没有受爵,更没有接受什么封号。但孙思邈在民间被称作孙真人、药王。这些封号怎么来的呢,人们自然要给它一个来历,一个来自某位帝王敕封的来历,这个帝王就具体为唐太宗(尽管孙思邈被封为真人是在宋代)。这不能不说是受到史传的影响。

至今仍存的《唐太宗赐真人颂》碑,刻于金代世宗大定二十三年(1183),重刻于元代宪宗蒙哥六年(1256),现存于陕西耀州药王山博物馆。碑文云:"凿开径路,名魁大医。羽翼三圣,调和四

---

　　① [后晋]刘昫等.旧唐书[M]卷一百九十一.孙思邈传.北京:中华书局.1995:5094-5095

时。降龙伏虎，拯衰救危。巍巍堂堂，百代之师。"此碑可以说明唐太宗赐孙思邈为真人的传说被广泛接受。在现代流传的孙思邈传说中，唐太宗赐药王的说法较为普遍，撷取一例：

　　　　有一次唐王在筵席上饮酒，感到酒杯里有一条小虫被喝下腹中，自此得了疑心病。百医治疗无效，病情十分紧急。众医、百官无法可使，只得请孙思邈来。

　　　　……

　　　　唐王说："爱卿，你看孤王的病还能好吗？"

　　　　孙思邈说："若经良药调治，还能痊愈。"并说自己能配一种吐泻药，可将此病治好。要求在看病后，服药的时候，不得接触一切外人。唐王就一一答应下来。药煎成以后，孙思邈先捉了一只壁虎，弄成半死，带在身边。将药碗递给唐王说："主公服下此药就能够将虫吐出来。不过主公眼睛需要紧闭起来，以免此虫出来之后弄伤眼睛。"唐王服下药后不久，便想呕吐。唐王此时紧闭双目，在倾吐之时孙思邈将壁虎扔在吐出的脏物之中。唐王吐完之后，睁眼看见有一只半死的虫还在蠕动着。孙思邈上前说："此虫即是主公刚才吐出来的。"唐王一听感到一阵舒服。疑心尽解，病情马上好转了。

　　　　唐王病好以后，唤来孙思邈说："爱卿治好了孤王的病，功劳不小。"随赏黄金万两，绸缎百匹。这时孙思邈推辞不受。唐王看孙思邈不爱财物，想了一下就将自己的赭黄袍脱下，冲天冠取下，赏赐给孙思邈，并加封孙思邈为药王。自此以后，凡是卖药的人都敬着孙思邈。

　　　　　　　　　　　　　　　　　　收集人：朱炳炎

　　　　　　　　　　　　　　　　　　抄录人：刘文明①

──────────

　　①　河南省通许县民间文学编委会.中国民间文学集成·河南通许县卷[M].内部资料.1989：298－299

孙思邈药王的称号自然不是来自君王敕封，而是来自民间。但是传说不是史实，选择了帝王敕封的来历说法，被唐太宗（而非其他皇帝）敕封，显然受到史传的影响。这一说法在民间得到普遍接受，成为孙思邈受封药王的典型传说。

二、史传也影响了崇祀。就如同上文中提到的孙思邈的例子，药王信仰所崇祀之孙思邈，与唐代的那个真实的人物孙思邈，有关联又有差别。作为崇祀对象的孙思邈，如果需要回溯事迹，就回到那个史传中的孙思邈。史传提供确定的历史人物，提供确定的人物事迹，为崇祀对象提供了可供参考的时间坐标和背景材料。作为意象的"药王孙思邈"，指向那个唐代的名医孙思邈，不得不说《孙思邈传》为这种指向提供了条件和向导。这种情况具有普遍性，不独孙思邈。又如扁鹊，明代《重修内丘县鹊王庙记》云：

> 鹊山庙者，祀扁鹊也。山在顺德府内丘县西之六十里许，庙在其山之麓，山旧名曰蓬，世传鹊及苏虢太子，尝将太子采药是山，后人祠于此。因名其山曰蓬鹊。今惟曰鹊山者，省文也。按史迁传，鹊本出渤海人，姓秦名越人，其为医或在齐或在赵，在赵者名扁鹊。顺德古赵地也。赵简子疾，五日不知人，鹊知其不死，以语董安于，简子寤，赐扁鹊四万亩，或谓赐田在中丘之蓬山是也。采药事有无未可知，意其因田而居，在赵必久；居之久，则其活人也必众；所活众，故其感之也，独感之深，则其庙而祀之也。亦宜世乃谓神有灵验应。或兆梦降饵，率能愈人奇疾则巫矣。岂其人信向之笃，故归功之，至有不知其然而然者矣。①

鹊山庙所崇祀之扁鹊，自然非传说时代之扁鹊，而若预知作为

---

① 曹东义.神医扁鹊之谜——扁鹊—秦越人生平事迹研究[M].北京：中国中医药出版社.1996：121-122

崇祀对象的扁鹊有何来历，却需借助史传。并且，此处之所以建鹊王庙，扁鹊与本地之关系等诸问题，还需借助《扁鹊传》来寻找答案。从中也可以看出民间崇祀对史传的依靠。

三、传说对史传影响也很大。虽然中国传统文化注重史传，但史传并非把传说排除在外。传说被史传当作基本素材，进入史传，以史传的形式保存下来。这样的史传其实就是传说。因此，传说为史传提供了必要的材料支持。尤其是在传主并没有什么确定的史实可以记述的情况下，如何完成史传呢，只能通过把传说转化为史传来实现。例如《史记·扁鹊传》的写成，司马迁面对的是一个距离他十分久远的人物，这个人物即使有确定的事迹，在他看来已经不可考证了，他所面对都是关于扁鹊的传说，被书面化了的和未被书面化的。司马迁写《扁鹊传》所依靠的材料只能是传说，但又必须使用列传的体例。现在所见的《史记·扁鹊传》自然就是经过司马迁系统化后以史传形式保存下来的扁鹊传说。《张仲景传》的情况与此类似又有所不同。正史上并没有留下《张仲景传》，张仲景所生活的时代留下关于张仲景的蛛丝马迹也少之又少，几乎不可求。那么现在所看到的《张仲景传》是怎么完成的呢，就是把不同时期出现的张仲景传说串连起来，做成史传的样子。后世补辑的《张仲景传》均是以传说为基础的。由于传说的重要性，史传往往不能随意排斥和忽视。

四、传说也影响了崇祀。传说在民间崇祀确立、兴盛过程中起着推波助澜的作用，也有可能通过传说导致某种崇祀现象的式微和消亡。对于某位神灵的崇祀，俗语云"越传越神，越传越玄"，颇能说明几分端倪。名医生活的朝代已经远去，没有留下有价值的线索，而后世各地在不同时期建立的纪念祭祀性建筑名医祠、名医庙、名医墓等等，一般都是假借了名医显灵、圣人开示、凡人奇遇等传说的名义建立起来的。

相传，在很早以前，河南有个老头，生病多年，经过多少医生都不见好。这天,老头的两个儿子赶着大车,又领着老头去看病,走到半路上,遇见三个红光满面,眼睛明亮,衣衫破烂的人。他们声称是三兄弟,能治好老人的病。哥俩一看他们也不像歹人,很高兴,忙扭转车头,把三兄弟请到家中。

兄弟三人在老头家中住了没几天,就给老人治好了病。这天兄弟三人要走了,老头忙拿出很多钱财报答救命恩人,三兄弟说什么也不要。老人这才想起,问兄弟三人的住址。三人只说在赵州的一个村庄里,住着一间又旧又破的瓦房。

第二年春天,老头派两个儿子到赵州看望三兄弟。哥俩跑遍了半个赵州打听,都说没这仨人。二人很失望,这天晚上他们住宿在大西章的破庙里,一看庙里供的三位神像和给他父亲看好病的三人一模一样。第二天,哥俩就进村去打听庙里供的是什么神,村里人说:"这是一座药王庙,里边供的是药王、药灵、药胜三兄弟。"后来二人就把路上遇到三兄弟给他父亲看好了多年医治无效的病说了一番。当地人争相传说药王显灵了,都云游到了河南为人看病。从这以后,就有很多病人在庙里求神讨药,很是灵验。

哥俩回到河南后,和当地人商量了一下,也盖了一座药王庙,供起了药王、药灵、药胜三兄弟。①

传说的内容无考据真假的必要,但以传说张目,推进民间崇祀,却是实实在在的事情。

五、崇祀同样影响史传。民间崇祀从开始之后,对民间生活影响很大。史传的写就,表面上看是史家(史官)基于案头的工作,但往往并不能只止于相关史实的记述而对崇祀现象置若罔闻。且不说某些史传偶有涉及传主崇祀的情况,史传通常并不抵牾崇

---

①　赵县三套集成办公室.赵县民间文学集成[M](第二集).内部资料.1987: 46-47

祀现象。例如《新唐书》《旧唐书》中《孙思邈传》的写成在唐代之后，而对孙思邈的崇祀在唐代就已经开始了。《孙思邈传》，尤其是《旧唐书》的传，除了必要的事迹记述，更多地倾向于把孙思邈当作神人看待。史传记载对神人异士有特定的夸张方式，《旧唐书》也并不回避这些逸闻轶事，《孙思邈传》显然迎合了孙思邈崇祀的需要。《旧唐书·孙思邈传》云：

> 思邈自云开皇辛酉岁生，至今年九十三矣，询之乡里，咸云数百岁人，话周、齐间事，历历如眼见，以此参之，不啻百岁人矣。然犹视听不衰，神采甚茂，可谓古之聪明博达不死者也。

> 初，魏徵等受诏修齐、梁、陈、周、隋五代史，恐有遗漏，屡访之，思邈口以传授，有如目睹。东台侍郎孙处约将其五子俊、儆、俊、佑、佺以谒思邈，思邈曰："俊当先贵；佑当晚达；佺最名重，祸在执兵。"后皆如其言。太子詹事卢齐卿童幼时，请问人伦之事，思邈曰："汝后五十年位登方伯，吾孙当为属吏，可自保也。"后齐卿为徐州刺史，思邈孙溥果为徐州萧县丞。思邈初谓齐卿之时，溥犹未生，而预知其事。凡诸异迹，多此类也。

> 永淳元年卒。遗令薄葬，不藏冥器，祭祀无牲牢。经月馀，颜貌不改，举尸就木，犹若空衣，时人异之。①

《旧唐书》尽管表述得并不露骨，但无疑是说孙思邈升仙去了。这样的表述不难看出当时孙思邈崇祀的影响所在。《新唐书·孙思邈传》删去了某些看似荒诞不经的地方，保留了基本的事迹记述，这样的删汰过程反而愈加说明了孙思邈崇祀对史传的影响。

---

① ［后晋］刘昫等.旧唐书［M］卷一百九十一.孙思邈传.北京：中华书局.1995：5094－5096

六、崇祀对传说影响甚大。崇祀包含众多的厅堂楼阁古迹遗存,客观上印证了已有的民间传说,为口头流传提供了实物依据;而且新的民间传说不断产生出来。崇祀所带来的物理存在,具有吸附其他民间传说的能力,形成以偶像、庙宇、故居、故墓为核心的传说系列。更为重要的是,崇祀为传说提供了强大的心理动力。前文中所引的孙思邈封药王的传说中,对孙思邈装束的描述,显然来自民间孙思邈庙中的神像装束。人们崇祀名医,才乐于传播名医传说,乐于充实名医传说。大量的传说又以崇祀为参考和目的。崇祀对传说影响的例子很多,例如崇祀的偶像塑成了,传说中的名医就以此偶像为依据。

吴真人的造像是源于吴真人显灵的传说:杨志在《慈济宫碑》说到,吴夲去世之后,“乡之父老,私谥为医灵真人,偶其像于龙湫庵”。据说,在为龙湫庵雕塑神像时,还发生了保生大帝显灵之事:

> 方工之始,解衣盘礴,莫知所为,缩首凡数日。一夕,梦侯谂之曰:吾貌类东村王汝华,而审厥像更加广额,则为肖。工愕然,繇是运斤施垩,若有相之也。①

这段记载就是说,当地民众在为保生大帝塑像时,遇到了不知如何雕塑形象的问题。就在左右为难之际,保生大帝显灵将自己的容貌告诉工匠,塑像工作才得以顺利进行。②

孙思邈降龙伏虎的形象特征流传已久,有很多传说即是围绕这样的特征:

> 药王离开皇宫,来到一座山冈,一只猛虎拦住去路。药王

---

① ［宋］杨志.慈济宫碑［A］.（乾隆）海澄县志［M］卷二十二.艺文志.中国方志丛书［G］（第九十二号）.台北:成文出版社.1968:256

② 范正义.保生大帝——吴真人信仰的由来与分灵［M］.北京:宗教文化出版社.2008:97

说："畜牲，你要是咬我，摇头三下；不咬我，点头三下。"猛虎点头三下。药王说："既然不咬我，拦住我做哪样？你莫非要我给你治病？"猛虎张口点头三下，药王看出是老虎口内得病。一看，原来老虎吃了一女子，被金簪卡喉。药王给老虎取出金簪，猛虎仍然不走。药王说："畜牲，我要去成圣，你给我当坐骑好吗？"猛虎听后立马趴下。药王骑虎往前走不多远，遇着一个书生。书生问道："孙先生，你往哪里走？"药王回答："我走金子雪山去。"书生说："请先生给我治疗一个大疮。"药王一摸脉说："你不是凡人。本是龙王。你的疮是游玩沙滩，金沙串甲得的。"书生说："先生好眼力！"药王给他割开大疮，取出金沙，敷了药粉。龙王说："先生此去金子雪山有千里，不如到我火龙洞中成圣，我也好给先生当个背光（参谋、顾问，原文注）。"药王答应了。

所以，药王的画像至今仍然是坐骑猛虎，身靠真龙。①

综合来看，名医传说、名医史传和名医崇祀有所差别，各有侧重。史传多出于史家，侧重于史实的记载；传说来自民间，侧重于故事性；崇祀是民俗生活，侧重于神灵崇拜。它们来自同样的文化土壤，可以被看作不同的文化作品，但在反映文化背景上是共同的、相通的。在同一文化体中，它们浑然一体、不可分割。名医传说、名医史传和名医崇祀处于不断互动之中，三者相互依存、相互影响、相互促进。考察名医传说的诸方面，忽视名医史传，就无法梳理名医传说演变的基本脉络；忽视名医崇祀，就无法理解名医传说的民俗背景。理清三者的互动关系，是考察名医传说不可或缺的前提。

---

①　张益芳、遵义市文化局、遵义市文艺集成志书编辑部.中国民间故事集成·遵义卷[M].贵阳：贵州人民出版社.2002：342-343

第二节　名医拟象的史传表达路径

名医拟象的表达有诸多路径,史传是其中之一,而且是较为重要的一种。这种重要性并不在于传说与历史的千丝万缕的关系。就名医拟象的文化性质考察的话,史传是名医文化天然的构成部分。名医拟象的存在与发展,名医史传给予普通民众的知识是丰富而准确的,它是人们认知名医的重要途径。同时,名医史传表达名医拟象,是和多重表达路径结合在一起的。如果考察名医拟象的表达,史传路径显然是重要的方面。

与传说、崇祀等表达路径不同,名医拟象的史传表达路径有其自身的特点,主要表现在内在的史学要求、可信度更高、外在形式程式化等等。

史传以史学为标准,归根结底说来是史学的形式,即便可以被看作文学,但也非严格的文学形式。史传必须遵循史学的基本原则,以史学的标准来甄选素材、确定主次、循例编写。如同看到的《史记·扁鹊传》,即便知道其中包含了相当数量的传说,但是毕竟可以算是史传的。从史传的角度来看,《扁鹊传》和《唐书·孙思邈传》《明史·李时珍传》没有本质区别。史传要恪守历史书写的原则,就不能像文学创作那样自由,所言必须有据。关于扁鹊、孙思邈、李时珍等人的籍贯、生辰、基本活动轨迹、著述等信息还需要根据历史真实情况记录下来。史传往往出自史学家之手,他们受到严格的史学训练,也深谙中国传统史学的内在要求,因此名医史传可以看作关于名医的信史记录。史传表达路径自然带有浓浓的史学意味。

史传表达路径可信度更高,更容易让人“相信”。史传的表达路径显然在“让人相信”这一点上具有天然的优势。由于史传的作者往往比常人掌握更为丰富的史料信息,而且受过严格的史学训练,尤其以正史的形式呈现,自然比乡野村夫的道听途说更让人觉得靠得住。就史传自身呈现的内容来看,包含基本的姓名、籍贯、生辰、基本活动轨迹、著述等纪实类信息,这些信息给人以"确定"的感觉。实际情况是,一些史传的信息并非十足准确,但至少从整体上看,这样的信息并不会让人生疑。名医拟象的史传表达路径就提供了一个"让人相信"的方面,尽管表面上没有直接指向传说、史传、崇祀等方面共同作用的拟象,但却让名医拟象和作为真实历史人物的名医有了更为直接的关联。

史传的形式程式化,较为固定。名医拟象的史传表达路径与传说表达路径一样,在实际的表达中必须确定为具体的名医。史传表达路径的史学严肃性不可能将《张仲景传》和《华佗传》混淆起来,更不可能把二人的事迹相互借用。史传的表达更加强调独一性,《张仲景传》就是《张仲景传》,《华佗传》即是《华佗传》。名医拟象的史传表达路径也正是由这样数以万计的名医史传构成的。尽管这些史传各不相同,但在形式上却高度程式化。一般依次交代姓名字号、籍贯出生、先辈家学、求医过程、行医过程、最终去向、著述授徒等等。次序或有颠倒,细部或有增缺,实属正常。这种程式,符合中国正史写作中史传的传统,也有名医史传的特色。这种程式是史传的基本形式特点,给人以概括、精当、准确的印象。如果一则传说采用这样的程式,可信度就会有所增加。

名医拟象并不具体为某位名医,史传表达则需要确定为某位名医。即便如此,史传人物也不等同于真实历史人物。

所言的作为名医拟象的神农、岐伯、扁鹊、张仲景、华佗、孙思邈等人,与历史上特定时空出现过的彼人物并没有直接确定的关系。彼人物音容笑貌如何,已经无从知晓。是否真实存在过,亦未可知。存在于哪里,存在于哪个时候,有过哪些事迹,后来人或许知道些,或许一无所知。而拟象相对于本象而言,不仅本象是真实的,拟象也是真实的,并且独立于本象而存在。本象一旦失去了,拟象依然存在,并且按照自有的规律发展变化着。神农的时代,已去久远,具体事迹渺茫难觅,春秋战国的人也不过听到关于神农的一些传闻而已。神农已去矣,但神农拟象依然存在着,保存在人们的记忆中,后人根据自己的想象,不断丰富着神农拟象,越到后世,愈加丰富起来。此时所言神农,就是拟象的神农。扁鹊亦同,或许历史上真有这个人物,但也难觅其事,《史记》根据传说做了《扁鹊传》,亦是对扁鹊拟象的丰富而已。岐伯、张仲景、华佗、孙思邈等人,或有传,或无传,这并不影响拟象的丰富,只要有某个类似人名的符号存在,他的拟象就存在延续;即使没有这样的符号,也会创造一个符号出来,进而为拟象提供一个存在的支点。因此,拟象有独立的本质,并不依靠真实历史人物而存在。真实历史人物即使存在,也不过百年左右而已,而拟象却可以长存于世。真实历史人物随着尸骨归土,确定的事迹也渐渐逝去,而拟象却愈加丰富。《史记》有《扁鹊仓公传》,《三国志》《后汉书》有《华佗传》,《新唐书》《旧唐书》有《孙思邈传》,此类史传甚多。从尊重历史记载的角度,并不能轻易否定这些记载的真实性。对于这些历史人物,作史者经过层层筛选,按照特定的规则为其作传。历史话语体系下的史传式人物,严格意义上是真实历史人物的真实反映,但也是经过改造的。所以本就不能与历史上那个真实的人等同看待。因此,史传式人物是历史话语体系下的拟象。类似于扁鹊的情况,正史的传掺杂了许多传说的内容,在后世的传播中,看似来自史传的事迹不断地传说化。正史的立传反而促进了传说的发展生衍。对史传的再演绎、再丰富本就是传说来源中至为重要的一脉。因此,名医史传式的人物形象,无论出自正史无否,都属名医拟象。

名医拟象的史传表达路径与传说表达路径既有相通性,也有差异性。

名医拟象的史传表达路径与传说表达路径表面上看来,可以曲解为"历史与传说的关系"这个常论常新的问题。关于传说和历史的关系,一直是历史学和民间文学领域争论不休的问题。直至今日,仍然争讼不止。无论持论一方如何评判这个问题,概而论之,在"历史"和"传说"的定义还无法取得公认的情况下,任何争论都是站在本学科的视角审视另一学科而已。倘若历史与传说本就混沌一体,而学科划分本就后起,研究者从混沌体中各取所需,肯定发现研究对象的不适。因此,历史话语体系所塑造的名医这类人物形象,给人们以确定的、真实存在的、确实发生过的印象,即历史的真实形象。传说话语体系所塑造的名医则多了传奇的色彩,真实性打了折扣,但却生动活泼了,即文学的真实形象。它们并非是对立的,而是整合于名医拟象之中。名医拟象是拟构之象,虽然表述这个象的话语体系多种多样,但这个拟象却是统一的。

确定存在于某个时间空间的人物已然远去,对此人物的认知可借由史传和传说来完成。史传和传说均不承诺全面地还原此人物,而且也无法自证"再表述"与历史实在的确切对应关系。因此,史传和传说提供了关于"实在"人物的拟构之象,它们成为人物拟象表达的两个路径。人物拟象的史传表达路径与传说表达路径间有分野、有交叉,这种关系可为传说历史化别开一视角。

人物拟象传说表达路径与史传表达路径具有共通性,《张仲景传》的补辑在说明这个问题上具有一定的代表性和说服力。汉魏史书没有为张仲景立传,关于他的记载也很少,现在可见的《张仲景传》均是后人补辑而成。《张仲景传》中最近似官史材料的记述莫过于"诊王仲宣"、"谒何颙"、"官至长沙太守"三事。正是这些事,给人们以"信史"的感觉。然而,这些事无一例外地都来自传说。这说明,张仲景传说进入《张仲景传》,以历史的形态保存下来。这种"进入"的可能性来自人物拟象传说表达路径与史传表达路径的共通性。传说和史传指向同一历史对象,这一对象的历史确定性带给两种表达路径以共同目的:让人"相信"。尽管在"相信"的程度上有所差异,但却可以让传说表达路径无限向史传表达路径偏移，甚至直接呈现为史传表达路径。尤其是当史传表达路径出现信息缺位的情况下，传说表达路径在缺位部分的偏移显得积极而正当。中国古代史官文化极大程度上推进了这种偏移，以史传的形式来约束传说。如同《史记·扁鹊传》那样，扁鹊诊断过的人物前后相距数百年，明显是不同时期的传说，仍可以整合到司马迁设定的历史人物传记体系中。《张仲景传》即是在张仲景史传事迹缺失的情况下，传说表达路径不断向史传表达路径偏移，最终完全呈现为史传的样貌。

尽管人物史传表达路径和传说表达路径是关于某个共同人物的拟构之象，也存在性质上的共通性，但二者的差异仍是十分明显的。这种差异性将二者区分开来，并设置一定的模糊边界，二者并不能毫无障碍地互相转化。特定历史时期的传说，带有明显的时代特征，而不能够轻易地进入传说人物的那个历史时空。关于张仲景的传说，在不同的历史时期应当有很多，但并不可能全部书面化，有些消亡了。《张仲景传》只能选择那些类史传的传说，剥去它特定的文化背景，改造后进入回溯性史传。传说表达路径无法偏移到史传表达路径的部分，依然保持了传说的特色，就被史传抛弃了。张仲景"穿胸以纳赤饼"、"诊汉武帝"、"诊老猿"等传说被后世补辑《张仲景传》者视而不见。

人物拟象的传说表达路径和史传表达路径，理应是相对独立的两种表达路径，它们对人物拟象有着不同的认知图式，有不同的表述策略，有不同的表达目的，有不同的表达效果。这种差异性保证传说和史传在针对同一人物时，足以区分彼此，保持独特性。而实际情况中，往往通过人物之象而非人物拟象来模糊传说与历史的区别，进而忽视了传说表达路径与史传表达路径的不同指向。

综上所述，史传是名医拟象的表达路径之一，与传说表达路径相比，有其自身的特点。名医拟象的传说表达路径和史传表达路径存在共通性，这种共通性展示出史传表达路径的影响力，传说表达路径不断向史传表达路径偏移,乃至二者并轨,传说完全以史传的形式呈现。尤其是史传表达路径中的某些信息缺位,传说表达路径成为填补缺位的便利顶替者。即使没有呈现史传形态的传说,也受到史传表达路径的同化作用而带有史传色彩。与此同时,名医拟象的两种表达路径之间存在差异。从更广的范围来讲,这种差异性阻止了传说完全演化为史传或者史传的附庸。而且,传说表达路径与史传表达路径间的差异保证二者的个性,表现出在名医拟象的拟构中不同的机制、内涵和功能。对传说历史化而言,名医拟象的传说表达路径和史传表达路径的共通性提供了可能和途径,二者的差异性提供了限定和约束。

第三节 名医拟象的崇祀表达路径

名医拟象并不必然被表达,但如果它需要表达,那么路径就不止一种,名医崇祀明显是其中颇为重要的一个。名医崇祀即是将名医偶像化,把名医视为神圣,并且以一系列仪式来确证此种神圣性,进而形成固定的认识状态和行为模式的过程。名医偶像化有三种表现形态,分别是封神尊圣、立庙崇奉、祭祀庙会。这三者各有侧重,也合为一体。封神尊圣侧重于给予某位名医什么样的封号和称号,立庙崇奉侧重于把名医的地位物质化地表现出来,祭祀庙会侧重于形成特定的民众参与的集会活动,并成为民俗。三者互相支持、互相配合、互相阐释,是有机的整体。

与心意之象相比,崇祀往往借助于塑形之像,即偶像。名医偶像是名医拟象在崇祀方面最集中的表达。就汉字的基本意义来看,"像"与"象"可以通用的场合很多,因此消弭了它们之间严格的区别,然而微妙的区分依然存在,使得"像"与"象"得以具有彼此不具备的含义。简单来讲,"象"有形状、样子的意思,而"像"是比照他物而得的样子。单纯从这一点而言,它们分别的组词——

"偶像"和"拟象"——意义就差别甚远了。名医拟象是关于名医观念的象,尽管是真实的,但并不自我展示;名医拟象是类化的象,是关于名医群体的实象,并不简单分化地表现为某一名医;名医拟象没有世俗与神圣性质的判定,并不必然是信仰对象。名医偶像是名医拟象的表达路径,这种表达路径带有自身的特点,以自己特有的方式表达名医拟象。名医偶像将名医拟象视觉化、具体化、神祇化,以此完成对名医拟象的表达。

一、名医偶像将名医拟象视觉化

名医拟象是观念的象,是集体对于名医的认知沉淀下来的稳定的象。语言、文字是表达名医拟象的重要方式,而这个方式最为特殊之处在于"言不尽意"。叙述者并不能使用语言文字面面俱到地描述自己所认识的拟象的任何细节,而接受者亦不能完全把握叙述者所表达的信息,他必须根据自己的认识加工所接受的信息。因此,通过语言文字表达的名医拟象,有很多空白信息都是由叙述者和接受者双方填补的。这些空白信息给了他们广阔的想象空间,因此,名医拟象的每一次语言、文字表达都存在一定差异。而允许这种差异存在的正是语言、文字在表达上的模糊性。总之,名医拟象语言、文字的表达方式,并不提供直观可视的象。这可能增加文学的韵味,但无法满足其他方面的要求。

图形和塑像是名医偶像化常用的手段,一些象征性的符号也被运用进来。明代北京天坛北面的药王庙里伏羲是蛇身麟首的形象,穿着树叶衣服,手里拿着玉图和八卦;而神农是牛头的形象,手里拿着药草;黄帝则是古代帝王的样子。历代名医的塑像,或是儒士的装束,或穿着道袍。民间常见的药王形象,手持针砭,伴龙踏虎,一般认为是孙思邈的形象。而手持药丸,身旁蹲着黑犬的,是韦慈藏的形象。除了这些塑像之外,画像也十分流行。单纯是某个名医的画像,宋元以来就是画家的重要选题。而庙宇庑廊中的关于名医故事的壁画之类,亦属于名医偶像的范围。名医偶像以此展示名医的形象,即把作为观念的名医拟象视觉化,这种视觉经验是语言、文字的表达方式所不能给予的。

名医偶像将名医拟象视觉化,给人以可直接观摩的经验,但不能把名医偶像与名医拟象等同起来。名医偶像本身是关于名医的想象,将名医的形象呈现出来的过程,是对名医拟象的曲折表达。名医偶像使名医拟象有了可视途径。在视觉化过程中,名医偶像即使是名医拟象的曲折表达,也保留了名医拟象的稳定性特点。保证所有药王庙的药王都是同一塑形流水线上的产品是不可能也不必要的,但药草、医书、针砭、药葫芦、药丸(仙丹)等象征符号的使用,标明了名医的身份特征。名医拟象的视觉化,增加了一些必要的信息,这些必要信息的增加,没有脱离开名医拟象的基本设定而肆意改造。名医拟象的视觉化,也损失了一些信息,名医偶像不因缺失这些信息而背离名医拟象。名医偶像将名医拟象视觉化的过程是信息选择的过程。

从名医到神医,再从神医到医神,名医成为神,成为偶像,图形和塑像等视觉化手段是确证和维持偶像的基本要求。因此,在名医拟象视觉化上,名医偶像具有天然的优势,但绝非十足恰适。即便如此,名医偶像依然是名医拟象视觉化最重要的表达路径。

二、名医偶像将名医拟象具体化

名医拟象是倾向于抽象的概念,语言、文字如果不以某个具体的人物、事例来表达,那么基本很难被人接受。特别在口耳相传的传说故事中,一般都会肯定地知道这是扁鹊的传说、张仲景的传说或孙思邈的传说,即便不是十分清楚,那么也会有个"名医"、"神医"的笼统称呼。这些具体化的讲述是传说最常见的形式,可以看作名医拟象的表达方式。名医偶像也把名医拟象具体化。

　　名医拟象是名医整体的象，并不必然表达为某个名医，因此通过哪一位名医来阐释并没有规定性。而严格具体到哪位名医身上，名医偶像不存在模糊地带。与其说注重整体，不如说名医偶像更为注重个体。安国的药王指邳彤，任丘的药王指扁鹊，耀州的药王指孙思邈，偶像严格要求固定在某个人物身上。"药王"、"医圣"的称呼尚可以通用，但封号拒绝转借。在特定的场景下，名医偶像必须将"偶像"具体到某个人物上，没有含糊的余地。在这个方面，名医拟象则不然，张仲景、李时珍都可以作为名医的代表，没有任何差别，降龙伏虎的形象谁都可以使用，无所谓孙思邈或韦慈藏。很显然，名医偶像没有这种情况存在。规模再小的乡间庙龛，也不可能把尊神今天叫作董奉，明天叫作华佗。

　　名医拟象在具体人物、人物形象、人物事迹等诸多方面存在不确定性，如果其由名医偶像表达，那么诸多不确定要确定下来。降龙伏虎的事迹可以发生在很多名医身上，一旦这个故事反映在名医偶像上，那么这个形象特点就确定下来，并且有特定的传说来解释这种形象特点的缘由。名医拟象并不严格区分这个事迹的主人公，但降龙伏虎的名医作为偶像，就要么是孙思邈，要么是李时珍，要么是华佗了，在这个问题上，没有无名的偶像。名医并不一定是道者的形象，但孙思邈一般是道者形象；名医并不一定是佛陀形象，但药王菩萨必似佛陀；名医并不一定是官员，但张仲景一般着官服。不同地区、不同庙宇的名医或有不同，但此地此庙的名医必有姓名、封号、来历。与此同时，数量众多、祀主各不相同的药王庙整体来看，又是名医拟象的表达。就某个确定的庙宇而言，名医偶像将名医拟象具体化。就名医偶像整体而言，与名医拟象的群体特征更为接近。

　　名医偶像有其严肃性和神圣性的一面，崇奉对象并不单纯地只有名医一个身份。借助具体的对象，信众得以表达美好的祝愿和向往。某位名医在某地成为重要祭祀对象，渊源有自，影响深远。具体化是名医作为偶像的必然要求,名医拟象的表达也须经由具体化。名医偶像对名医拟象的表达途径即是具体化,也唯有具体化。名医拟象在各种具体化的表达路径中保持基本特征稳定。

三、名医偶像将名医拟象神祇化

来自神话的三皇(伏羲、神农、黄帝)神祇化,享受国家和民间祭祀。岐伯成神,扁鹊成圣,孙思邈成王,张仲景成圣,名医可以神祇化,成为信仰对象。但名医拟象明显并不具有名医的这些性质。名医拟象作为一个中性的概念,本就不存在神圣与世俗的性质判定,它可以作为心理意象、可以作为认识手段、可以作为集体意识,但无关神圣与世俗。名医拟象经由名医偶像表达,名医偶像曲折地将名医拟象表达为众多神祇的集合,这即是将名医拟象神祇化。

名医偶像是名医拟象的表达路径之一,其特殊性就表现在名医已经被提升为偶像,已经成为神祇。那么,在这个前提条件下的"名医",虽然与历史意义上的名医、文学意义上的神医还保持某种联系,但这种联系已经有些微弱。因此,如此从"名医偶像"反观名医拟象,就把包含更广阔意义的名医拟象之"名医",简单地等同于名医偶像之"名医"。直接后果就是,名医偶像把名医通过塑像、图形视觉化地展示出来,并分化成一个个的神祇,无形中已经把名医拟象作了如此的切分和展示。这样,名医拟象也被沾染了神祇的气息,名医拟象似乎成了信仰对象的另一种奇特表述。而且,更为重要的是,名医偶像这种表达方式,需要特定的要求,例如视觉化和具体化,此类的要求让并不必然具有这种性质的名医拟象仿佛增添了一些新鲜的要素。

如果轻率地把名医偶像看作是对名医拟象神祇化的误读,那么就把这个问题看得过于严重了。在前文中,"曲折地表达"这个说法已经出现不止一次,不独名医偶像如此。名医拟象的任何表达路径都会存在这样的问题。因此,名医偶像将名医拟象神祇化就不值得大惊小怪。名医拟象并不排斥名医成为神祇的情况,而且理所当然地包含了这些内容。名医拟象是拟构的象,这个象不直接作为信仰对象,但绝非没有从偶像之象中摄取需要的成分。名医拟象在各种表达中并不刻意强调名医作为神祇的假设,只不过名医偶像将这个假设表达出来,并作了一定的重点强调,进而给了名医拟象神祇化的色彩。

名医崇祀无疑是名医拟象十分有影响力的表达路径之一,原因就在于名医崇祀在民间社会具有广泛的影响力。这种影响力的来源显然与名医拟象神祇化有关。名医崇祀通过名医偶像将名医拟象神祇化,不仅充分发挥名医拟象包含的神祇成分,而且把名医拟象非神祇色彩的部分用来为神祇化服务。如此一来,造成了一种假象,历史记载的名医就是庙里的名医,传说中的名医就是庙里的名医,文学描绘的名医就是庙里的名医,动态影像中的名医依旧是庙里的名医,名医崇祀借表达名医拟象,改造了名医拟象,使其彻底神祇化了。

综上所述,名医崇祀是名医拟象的表达路径,集中体现在名医偶像上,这种表达路径有其特殊之处,它将名医拟象视觉化、具体化、神祇化。名医偶像将名医拟象视觉化,带来的视觉体验是深刻而重要的。不仅给人们以名医形象的直观体验,而且影响了民众对名医的想象。名医偶像将名医拟象具体化,突出了一个个名医,提供了充分的个例,又反过来确证了名医拟象的整体性特征。名医偶像将名医拟象神祇化,与视觉化、具体化密不可分,为名医拟象中的信仰成分作了特定说明。通过名医崇祀这一表达路径,名医拟象得以曲折表达,尽管表达过程中信息经过筛选改造,但这是表达的必经过程。名医崇祀是名医拟象各种表达路径之一种,从重要程度上讲,名医偶像无疑占据显著的位置。

第九章
民间传说演述行为中的名医拟象

  演述者是民间传说的演述人,受众是民间传说的观听人。演述者和受众并非相对称的概念,它们既不来自同一领域,又不曾在界定上相辅相成。演述者通常被叫作讲述者、表演者,这些概念各有侧重,"演述者"的使用期盼在注重口头表述的同时,可以兼顾所带有的演绎、表演成分。受众是传播学常用的术语,尤其在大众传播学中,可以通俗地解释为听众、观众,或合称为观听人。作为汉语词汇,受众具有某种指代一类人或众多人的倾向。这一点在民间传说演述的实际情境和传播的抽象分析上颇为贴切。

  演述者和受众是民间传说传播中的重要构成,他们的互动涉及民间传说研究中的诸多问题。如果分析名医拟象,就离不开名医传说中的演述者和受众分析。名医拟象是演述者—受众共同的经验范围,是受众认知的依据和工具,是演述者的演述依据。通过对演述者—受众分析,不仅可以发现名医拟象的特点,还可以看到名医拟象在名医传说传播中所处的位置和发挥的作用。

第一节 名医拟象是演述者—受众
共同的经验范围

  在民间传说的演述过程中,演述者和受众是必不可少的两个要素。演述者是传说的信息提供者,通常采用口头语言来演述传说,并往往伴以面部表情、肢体动作、道具器物等。受众更侧重于信息接收和反馈的一方。演述过程除了演述者和受众之外,还会受到演述场地、演述环境、演述时机等多种因素的影响。综合考虑上述多种因素,可以将之称为民间传说传播中的信息场。进而更为理想地,将目光聚焦于演述者—受众在演述民间传说的信息互动上,那么在不影响最终结论的理想状态下,将忽略信息场中的其他一些因素,以便能更好地说明名医拟象在演述者—受众信息交换中的具体展现。

信息场是一个适用性较强的概念,它可以被用于任何有信息交换的领域中,既可以是微观的,也可以是宏观的。因此,所有关于"关系"的研究都可能使用到"信息场"这样的说法。信息场所具有的普适性,使其可以很好地在各种学科间游走,成为多个领域的常客,不仅在自然科学,同时也在人文社会科学,尤其在交叉学科中,似乎具有天然的优越解释力。因此,可以看到各种学科各自定义的"信息场",尽管它们的理解各不相同,乃至有些已经远离了场理论,但仍不失为信息场的普适性做了注脚。正由于"信息场"的使用过于泛滥,随之也带来了新的问题。

必须强调民间传说传播过程中的信息场,以此区别于其他类的信息场。但仅仅指出一个限定仍然是不足的,因为就信息场而言,可以有众多侧重点不同的术语来代替它。之所以选择信息场,是因为其他术语的侧重点并不能比信息场更为恰切地说明问题。足够代替信息场的概念有很多,例如在民俗研究中常用的表演场,接受论中常见的认知场,当然还有普适性不逊色于信息场的互动场等。除此之外,各式各样的"某某场"构词还有很多,如果不是从根本上的理论创新和范式变革,不应当鼓励在不计其数的具体案例上新构一些并不必要的词汇。表演场尤其受到将仪式、讲述、动作等均看作"表演"的理论的欢迎,它将注意力聚集在表演者的身上，犹如剧院里使用强力聚光灯的舞台，表演者的一举一动十分清晰，乃至他在表演中的细微表情也能被捕捉到。但是，观众置身于黑暗之中，除了舞台，其他东西都看不到，即使是想了解表演背后的一些东西，也被幕布挡住了。认知场则恰恰相反，看重接受者的反应，这个场的呈现以接受者为中心，其他一切要素都为接受者服务。这个过于注重反馈效果的场，一方面隐藏了信息发出者的真实身份和存在，一方面暗含了对接受者的关爱式伤害。相较而言，互动场较为中性，从倾向于信息交换的某一方中逃离出来，转而关注信息交换的机制。在民间传说的传播中，演述者和受众的互动是研究关注的一个方面，却并非阐述重点。因此，这里并不希望造成过于看重互动的假象。

从普遍意义上讲，传播学者认为，信息场中的信息交换，演述者和受众需要具备共同经验范围。

共同经验范围(Common Experience)：传播过程的确立离不开意义的交换，而意义存在的合理性就在于被用来交换。意义交换的前提，即传播成立的重要前提之一，是交换的双方必须完全或在一定程度上对所传递的讯息有着共通或较为相似的理解和解释，这就是所谓的"共同经验范围"，也称为"共通的意义空间"。共通的意义空间具有两层含义：一是对传播中所使用的语言、文字等符号含义的共通的理解；二是大体一致或接近的生活经验和文化背景。因此，受传者在收到传播者发来的信号时，往往只能"译出"其中与自己的经验相重合的含义。由于每个人的生活经历不同，其意义空间也就各不相同。但是，只要传播者与受传者的意义空间之间存在交集，那么即使可能存在着传播障碍，他们也仍然能够进行意义的交换。在意义交换的过程中，他们之间共同的意义空间也会不断扩大。因此，大众媒介的传播内容，应多朝着与受众共同经验融合的方向发展,这样才能吸引受众,并有可能取得较好的传播效果。①

传播学领域的经验范围的概念最早是 W·施拉姆在《传播是怎样进行的》(How Communication Works,1954)提出的,后来成为传播学的经典概念。同样在这篇文章中,施拉姆还阐述了关于传播模式的观点,这些后来被称为"施拉姆模式"的观点在阐述民间传说传播上的某些问题时,仍具有有效性。

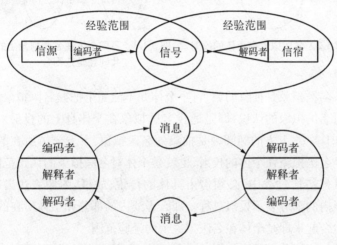

图 9.1.1 传播学中的施拉姆模式②

在上图中,上方的图侧重于信息从信源到信宿的线性传播过程,下方的图则说明了这个传播过程不应当是单向线性的,而应当是循环的,信源和信宿的地位呈现动态,互相转化,同时充当编码者、解释者和解码者。借鉴施拉姆模式对信息交换的经典阐释,引

---

① 董璐.传播学核心理论与概念[M].北京:北京大学出版社.2008:143

② 引自[美]沃纳·赛佛林(Werner J.Severin)、[美]小詹姆斯·坦卡德(James W.Tankard,Jr.)著,郭镇之等译.传播理论起源、方法与应用[M].北京:华夏出版社.2000:56

入名医拟象、名医传说的演述者、受众等概念,以此建立名医传说传播的模式。

图 9.1.2　名医拟象在个体的投射

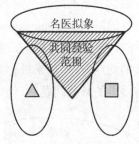

图 9.1.3　不同个体在名医拟象上的共同经验范围

名医拟象是抽象的象,每个个体并不能完全把握名医拟象,个体对名医拟象的认识,即是通过名医拟象在个体身上的投射。在图 9.1.2 中,上方的椭圆内是抽象的名医拟象,下方个体所在的椭圆是名医拟象在个体的投射,也就是个体对名医拟象的认识范围,在具体传播过程中,必须借由具体的传说、故事、图像表达出来。虚线内的部分表示投射过程。那么虚线内的部分和个体所在的椭圆组合起来即是个体在名医拟象上的经验范围。

名医拟象投射在不同的个体身上,不同个体在名医拟象上拥有不同的经验范围,那么二者的交叉部分,如图 9.1.3 阴影部分,即是不同个体在名医拟象上的共同经验范围。

在图 9.1.4 中,左侧的一方在具体名医传说中承担了演述者的角色,右侧的一方承担受众的角色。在这样的信息场中,他们分别具有在名医拟象认识上的经验,而且存在共同经验。演述者开始演述行为,必然在自己的经验范围内选取具体的演述案例 A、B、C 等,通过演述行为,受众根据自己的理解,从演述者的演述行为得到关于名医拟象的经验,并转化为自己的经验,具体化为案例 A'、B'、C' 等。如果这个案例,已经被受众所掌握,如 A→A',那么案

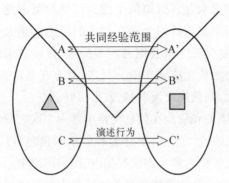

图 9.1.4　名医传说的传播模式

例不再具有新颖度,演述者和受众在此案例上对名医拟象的认识趋同度更高。如果这个案例部分地被受众掌握,如 B→B',受众会更加注意新鲜的信息,B' 与 B 的疏离度很大程度上取决于新鲜的部分。如果案例从未被受众掌握,那么这个案例处于二者在名医拟象上的共同经验范围之外,那么通过演述行为,案例将成为二者共同经验范围的案例,双方在名医拟象上的共同经验范围也将因案例的不断增加而发展变化。

　　对案例掌握的多少是演述者和受众的广义共同经验范围的一方面,而不直接是两者在名医拟象上的共同经验范围。在信息场中,共同经验范围是信息交换的基本条件。共同经验范围涉及很多方面,如知识背景、语言文字掌握能力、阅历、体验等等。从普遍意义上讲,缺乏共同经验,信息交流就难以完成;如果共同经验范围过小,那么信息交流的局限就较多,信息交流的效果就受到很大限制;如果共同经验范围足够大,那么信息交流就较为顺利,引起的误解就较少,效果较好。具体到在名医拟象上的共同经验范围,道理基本一致。演述者和受众没有在名医拟象上的共同经验,那么信息交流就难以进行,名医传说的演述行为也不能实现。这往往是一种极端的情况,但并不排除具体情境下类似情况的出现。

如果演述者和受众在名医拟象上的共同经验范围越小,那就表明双方在对名医拟象的认识上存在偏差的可能性越大,共通性就越差,那么在信息交流上就会遭遇很多局限,传播效果也差,名医传说的演述行为无从完成或中断。反之,双方在名医拟象上的共同经验范围越大,则信息交流顺畅,效果更好。

同时,演述者和受众在信息交换中并无主次之分,它们的角色随时可能发生改变。因此,演述者和受众的角色定位也处于特定条件下的设定。更为常见的情况是,在民间传说中,某个具体的演述场景中,作为受众的个体在另外的场景中充当演述者,这无疑是普遍的现象。妈妈把从姥姥那里听来的传说故事讲给子女听,是一个典型的例子。像故事会中,你讲一个我讲一个的情况,则演述者和受众一直在变动中。理论上讲,演述者和受众并不严格限制单复数,关于名医传说传播模式和共同经验范围的论述,并不会因为演述者和受众是一个人或多个人而发生改变。

回到名医拟象的问题上,演述者和受众在信息交换过程中,具备的共同经验范围涉及诸多方面,这可以看作广义的共同经验范围,名医拟象的共同经验范围属于这样广义的共同经验范围。仅仅体现在名医拟象上的共同经验范围则是讨论的重点。由于分析重点已经限定在名医传说的传播这样一个范围内,演述者—受众双方也主要围绕传说的演述行为进行信息交换,因此将共同经验范围进一步收缩,约束在名医拟象之内,符合特定的分析语境。

首先,演述者和受众有名医拟象的共同经验范围,信息交换才得以完成。

共同经验范围的重要性,上文已经强调过了,不再重复。名医拟象上的共同经验范围,是演述者和受众进行信息交换的前提条件,否则具体传说的演述行为将难以进行。现代搜集的名医传说,付诸文本的材料,已经经过多次修改变动,且距离最初的演述行为有相当的距离,但依然可以作为分析问题的基本材料。

例如关于药王庙里药王身穿大红袍的来历,有这样一则传说,邯郸地区的讲法是这样的:

> 孙思邈云游天下,救死扶伤,拯救百姓。一次因为给唐王治好了不治之症,唐王特赐给他冲天冠遮黄袍。这时朝中尉迟恭很不服气,心想:我一生东挡西杀,南征北战,还不曾封我冲天冠遮黄袍,他一个医生有何能耐,就出宫追赶。孙思邈早料定朝中必定有人不满,便把冲天冠上的九条龙去掉两只,又将黄袍翻穿在身上成为红袍。尉迟恭赶上对他说:"孙思邈,我身为大将,为唐王东挡西杀立下汗马功劳,还不曾封我冲天冠遮黄袍哩,你一个平常人,有啥本事?"孙思邈说:"你看我帽子上只是七条龙,成什么冲天冠? 身穿红袍哪有黄袍? 呸! 你这个人好没脸皮。"尉迟恭被孙思邈唾成了黑脸。①

这个故事情节简单,基本交代了矛盾冲突。这个传说前后都有故事背景,所以其他地区流传的同主题传说有详有略,各有侧重。②

这个传说如果能在具体的演述行为中进行,演述者和受众完成信息交换,那么首要解决的问题是,双方都认可药王的形象是身穿大红袍的,这个形象符合他们对药王的想象,而且印证他们在药王庙中所看到的药王塑像。否则这则传说就所说无据了。这就属于个体对名医拟象的认知,在这则传说中,演述者和受众双方在对药王形象的经验上不说完全相同,至少经过自己

---

① 杜学德.中国民间文学集成·邯郸市故事卷[M].北京:中国民间文艺出版社.1989:129

② 参见:遵义县民间文学集成办公室.中国民间故事集成·贵州省遵义地区遵义县卷[M].遵义县民间文学集成办公室.1988:199-202;中国民间文学集成全国编辑委员会、《中国民间文学集成·陕西卷》编辑委员会.中国民间故事集成·陕西卷[M].北京:中国 ISBN 中心.1996:83-85;青海省西宁市文联.河湟民间文学集[M](第6集).内部资料.1983:58-65等。

的想象,心目中的那个象是基本一致的。这就是名医拟象的共同经验范围的体现。如果这个象是一致的,那么传说中的药王是孙思邈还是太乙真人(《遵义卷》从此说)就没有多大影响了。这则传说中说"一次因为给唐王治好了不治之症,唐王特赐给他冲天冠遮黄袍",需要指出的,为什么演述者在此涉及因果的情节上,不至于引起受众巨大的疑问。就在于双方共同认可名医具有治好不治之症的特征,高超的医术是名医拟象的设定,这是属于双方共同经验范围的,所以可以在引起疑问的情况下完成演述。如果受众在这里提问:他给唐王治好了什么病,怎么治好的,在什么情况下治的? 这都是受众在沿着基本设定,寻求更多的符合此设定的故事。如果受众在这里突然有了疑问,并且质疑为什么他不是给唐王建造了一所房子,那么只能说双方溢出名医拟象的共同经验范围了。

通过上述分析,可以得知,演述者和受众有名医拟象的共同经验范围,演述行为才能进行,信息交换才得以完成。

其次,演述者和受众有名医拟象的共同经验范围,但存在细节上的认识差异,二者信息不对等,信息交换才得以完成。

演述者和受众有了名医拟象的共同经验范围,信息交换才有进行的前提,但是二者无法达到经验范围的完全同一,这种状态是从来不会实现的。因此,演述者和受众在名医拟象的共同经验范围的细节上有诸多差异,这种差异是两者信息不对等的表现,只有这样,信息交换才有必要,才能够完成。

同样在上面那则传说中,演述者不仅有关于药王帽子形制、外袍颜色的认识,而且更为重要的是已经知道解释这种现象的传说故事。这个故事无外乎医术高超、不畏强权、机智应变、知识丰富的演绎。此时的受众在解释药王形象特点上拥有的信息量不如此时的演述者。演述者在演述中足以解释"药王山上孙思邈的坐像旁,有一尊黑脸立像,威风凛凛。他不是别人,就是赫赫有名的尉

迟敬德。为什么一位大将竟然给一个民间医生站班"?① "孙思邈
为什么反穿袍子"? "现在我们看到的药王菩萨,骑着猛虎,颈上
盘着一条龙。为哪样是这个像呢"?② 这些问题,就说明演述者在
这些问题上掌握更多的信息,从而可以演述给受众听。演述者和
受众有名医拟象的共同经验范围是必要的,在具体的细节上却不
能完全一致,两者信息不对等,演述行为才有进行的必要。

再次,名医拟象以具体事例为载体,通过演述行为表达。

名医拟象是抽象的概念,但不属于"只可意会不可言传"的行
列。名医拟象投射在个体身上,个体具有了对名医的认知,却并不
能完全认知名医拟象。个体根据可以得到的任何关于名医的知
识,充实到对名医拟象的认识上来,并能给出自己的认识,这样的
名医拟象是属于个人的名医拟象,并不是抽象意义上的名医拟象。
名医拟象脱离个体存在,不因个体认识能力、范围、掌握材料的多
寡发生变化。名医拟象是集体拟构的象,个体有对这个拟象充满
个人色彩的认知。这是名医拟象对个人而言的,对于信息交换则
需要以具体的事例为载体,通过演述行为表达。

名医拟象是可以表达的,这也使演述者和受众的信息交换成
为可能。现实并不存在一个关于名医的确定的象,名医拟象是比
拟无数名医抽象出来的。它的表达路径有很多种,民间传说是重
要的一种。名医拟象得以表达,必须以确定的名医传说为载体,在
演述行为中完成信息交换。

就药王身穿大红袍的传说来讲,名医拟象并不具体设定药王
的帽子形制和外袍颜色,但如果经由药王来表达名医外貌形象,那

---

① 中国民间文学集成全国编辑委员会、中国民间文学集成陕西卷编辑
委员会.中国民间故事集成·陕西卷[M].北京: 中国 ISBN 中心.1996: 83
② 遵义县民间文学集成办公室.中国民间故事集成·贵州省遵义地区
遵义县卷[M].遵义县民间文学集成办公室.1988: 199

么帽子和外袍要有公认的特征。关于这一点,必须要以具体传说为载体的。邯郸、遵义、铜川等地的传说就是这样的体现。同理,依照群体的想象,如果名医拟象中的名医形象经由张仲景来表达,则一般是汉族某王朝的官服;借由李时珍来表达,则是或官或儒的装束。

名医拟象投射在个体上的经验是笼统的,涉及民间传说,演述者必须将这种笼统的意象转化为具体的传说故事,这样才使得名医拟象有一个附着的实体,才能够被受众捕捉到。这个转化过程当然并不是演述者一个人完成的,但却在彼时彼地的彼次演述中,转化过程是他完成的。演述者的演述行为,把关于名医拟象的信息传递给受众,受众经过演述行为得到一定的信息,除了有选择地记忆了部分具体传说情节外,而且得到关于名医的一定认知,这种认知进入他的知识积累,并且极大地作用于他对名医拟象的把握。无疑,演述行为成为名医拟象具体化后的实质表达,把信息从演述者传递给受众,把一定的反馈信息带给演述者。

最后,名医拟象伴随着演述者—受众信息交换的整个过程。

名医传说的传播过程,是关于名医传说的信息交换过程,也就是演述者和受众的互动过程。从上文可以看出,名医拟象上的共同经验范围,是演述者和受众进行信息交换的前提条件。同时,也需要演述者和受众在具体细节的认识上存在差异,这样信息交换才具备条件。名医拟象转化为具体传说,通过演述行为表达。演述行为沟通演述者和受众,成为信息交换的直接中介,它所附带的信息,归根结底来自名医拟象。演述者演述具体的传说,同时传达了名医拟象的信息。受众接受了具体的传说,更重要的是同时接受名医拟象的信息。因此,可以说,名医传说演述者—受众信息交换的过程,就是名医拟象信息传播的过程。名医拟象涉及传播中的各个环节,可以说伴随信息交换的整个过程。

就传播效果来讲,名医拟象的整体信息量并没有发生改变,而演述者和受众对名医拟象的认识却发生变化。首先表现在演述者和受众对名医传说的掌握发生变化，名医传说是名医拟象的表达路径，如果演述者和受众掌握越多的民间传说具体事例，那么势必对名医拟象的把握更为深入，演述行为也将得到增强。对于双方而言，具体事例的演述，使得二者在对名医拟象的细节认识上趋于一致，尽管依然有个人色彩的影响，但至少二者在名医拟象的某个细节认识上具有了某种共性。这种共性如果足够普遍，则可能表现为地域性或阶层性。

在整个信息场中，名医拟象既不是信息互动的主体——演述者和受众，也不是信息本身，也并非演述者和受众信息交换的中介，也不直接等同于经验范围。名医拟象与这些要素关系紧密，名医拟象首先投射于演述者和受众身上，使他们具备了关于名医拟象的认识，就把传播主体的共同经验范围限定在名医拟象的范围内；在信息交换中，名医拟象转化为具体的传说事例，以此为载体，借由演述行为的中介，实现信息交换。因此，在名医传说传播的信息场中，名医拟象是最为重要的因素。这个因素贯穿演述者—受众信息交换的整个过程，是名医传说传播信息场区别于他者的根本特征。

综上所述，名医拟象在演述者—受众方面的分析，首先将演述者—受众放在名医传说传播的情境中。为此，引进了关于民间传说传播的场理论，提出了信息场的概念，并且把它限定在名医传说传播的范围内。根据施拉姆在传播模式上的论述，提出了信息场中名医传说的模式。在此模式中，可以清晰看出施拉姆的影响，同时也能够发现它在名医传说分析中的价值。因此，在演述者—受众分析中，共同经验范围是不可回避的关键，这也恰是名医拟象至为关键的位置。共同经验范围对传播进行的重要性不言而喻。在厘清名医拟象和共同经验范围的关系之后，就可以顺理成章地注目于名医拟象上的共同经验范围在演述者—受众信息交换中的作用。为更有说服力，引入了一个关于药王的传说。这是为论述名医拟象在演述者—受众信息交换中所扮演的角色服务。

第二节　名医拟象是受众的认知依据和工具

在名医传说传播的信息场中，如果将各种因素高度精炼，那么"演述者—信息—受众"无疑是最为骨干的部分。就宽泛的传播学看来，自从 5W（What，Who，When，Whom，Where）提出之后，受众分析就一直是该领域的重中之重。不论是来自哪一派的论断、过于侧重哪一构成要素，都不会对受众视而不见。各学科是相通的，5W 的说法在文学、民间文学领域经常换一种表述方式出现。然而较为奇特的是，民间传说研究中，无论是宏观还是微观意义上的受众，都没有能够引起足够的重视。无论是民间传说的搜集者、整理者，还是研究者，他们都是首先作为受众存在，而他们却过多地关注了演述者、演述的文本、演述的环境，乃至演述所涉及的诸多方面。就像很多采风者所做的那样，记录用的摄像机一直对着手舞足蹈口若悬河的演述者，而对处于另一方的受众一般匆匆扫过（并且往往出于记录演述场景或小插曲的考虑）。从微观来看，在具体传说的演述中，受众是必不可少的要素；从宏观来看，受众是民间文学之所以是民间文学的关键，辨别民间文学的基本特点时（通常指口头性、集体性、传承性、变异性），都极大地暗含了受众的存在和作用。

不同学科对内部使用的术语都有严格的定义，使用范围也有一定限制。诸如受众这样的概念，并不能轻易地在各领域间穿梭。如果将民间传说的传播看作一个用于分析的信息场，那么其中的信息交换必然是关注的焦点，涉及的最基本要素当然不会无故缺席。受众是信息的接受方，参与整个信息交换的过程，它从信息场中摄取信息,并且对信息进行处理,进而发出反馈消息,以反应于整个信息场。就接受和反馈而言,没有比受众更具有发言权的。而且不仅仅止于此,如果受众缺位,信息交换就无从谈起,那么信息场存在的价值和意义都值得怀疑。进而,在信息场基础上定义的其他各种因素,又从何谈起。具体到名医传说的传播信息场中来,受众明显没有缺席的理由。

在文学研究中亦然。在研究者长久地过分地关心着文本、作者、批评者之后,遇到的一些问题又不得不对作为受众的读者予以关切。

> 在这个作者、作品和大众的三角形之中,大众并不是被动的部分,并不仅仅作为一种反应,相反,它自身就是历史的一个能动的构成。一部文学作品的历史生命如果没有接受者的积极参与是不可思议的。因为只有通过读者的传递过程,作品才进入一种连续性变化的经验视野。在阅读过程中,永远不停地发生着从简单接受到批评性的理解,从被动接受到主动接受,从认识的审美标准到超越以往的新的生产的转换。文学的历史性及其传达特点预先假定了一种对话并随之假定在作品、读者和新作品间的过程性联系,以便从信息与接受者、疑问与回答、问题与解决之间的相互关系出发设想新的作品。如果理解文学作品的历史连续性时像文学史的连贯性一样找到一种新的解决方法,那么过去在这个封闭的生产和再现的圆圈中运动的文学研究的方法论就必须向接受美学和影响美学开放。①

姚斯从文学与历史的关系这一角度切入进来,直接给出了接受美

---

① 　[德]H·R·姚斯.文学史作为向文学理论的挑战[A],见[德]H·R·姚斯、[美]R·C·霍拉勃著;周宁、金元浦译.接受美学与接受理论[M].沈阳:辽宁人民出版社.1987:24

学的宣言,就是把目光从别处移到读者上来。从他的表述中,可以毫不困难地看到他从"信息与接受者"这样的传播机制中阐发作者与读者的关系。

罗兰·巴特从结构主义走来,宣告"作者之死",否定了作者的权威,同时开始彰显读者的地位,注重阅读行为本身。

> 故,我们再次所听闻者,乃读者经由第三者授予话语的易位的声音:话语正按读者的利益在说话。我们以此看出,写作并非从作者发向读者的某种信息的通讯;写作按特性完全就是阅读的声音:在文之内,只有读者在说话。这是对我们的成见的颠倒(成见使阅读成为一种接受,……),这一颠倒可以用语言学概念来说明:在印欧语系(譬如希腊语)里,动词的两种质素(明确地讲:两种语态)处于对立状态:行为者为其自身利益而做的动作(我为了自己而献祭),是中动态;行为者为他人利益而做的这同样的动作(譬如就祭司而言,他为了委托人的利益而献祭),则是主动态。如此,则写作是主动态,因为他替读者而行事:它并非出自作者,而是出自代笔人,一位文书照惯例承担的,不是迎合委托人的兴味,而是将其口述的利益清单登录在案,经此运作,在揭露过程的经济系统内,他经营这种商品:叙事。①

至少,抛弃"将阅读只看作接受"的观点具有积极意义。

"文学在读者中"②的呼声可以重新唤起对民间文学的受众给予应当的关注。受众不是默默无语的局外之人。就具体的演述行为而言,受众是某个传说的听者、观者、议论者、欣赏者、评

---

① [法]罗兰·巴特(Roland Barthes)著、屠友祥译.*S/Z*[M].上海:上海人民出版社.2000:253

② [美]费什.文学在读者中:感受文体学[A],见王逢振等.最新西方文论选[M].桂林:漓江出版社.1991:55-86

价者,他(们)关注什么、听什么、怎么听、在哪里听、为什么听、听到什么、记住些什么、有什么要说,都是围绕受众展开的问题。在此时此地的演述中,受众的构成、受众的接受过程、反馈情况,都是较为关键的问题。在特定的演述行为中,受众可以确定下来,能够提供研究的便利。就广义的民间传说受众而言,任何人都可能充当这个受众,只要有过此类经验的人都可以归入民间传说的受众中来,那么,民间传说的受众就可能无限蔓延到整个人类群体。民间传说的受众就和整个人类等同起来,反而消解了民间传说受众的意义。这从反面说明了任何人都可能成为某个特定传说演述行为受众的可能。受众的群体是庞大的,所以民间传说有强大的生命力。受众不断转化为演述者,传说才不断传承变化着。

任何人置身真实的民间传说演述场中时,都不可能只盯着演述者看,而对周围的受众无动于衷。洛德谈到了受众对演述者的影响:"如果暂时撇开歌手才气高下这一要素,我们可以说歌的长度取决于听众。"①同时民间文学的搜集整理过程,是搜集整理者首先作为受众来完成的,当民间文学作品被录成音像、被印成书籍,标注了演述者姓名、作为文本存在的时候,恰恰是受众力量的展现。

受众在年龄、籍贯、阅历、知识背景等各方面千差万别,他们在接受信息时定然受到这些因素的影响。因此,即使在同一传说演述行为中,受众对信息的处理也是不一样的。在名医传说传播信息场中,名医拟象是受众重要的认知依据和工具。下面将通过分析三则有承继关系的传说,以窥见受众认知中名医拟象的作用和角色。

———

①　[美]阿尔伯特·洛德著、尹虎彬译.故事的歌手[M].北京:中华书局.2004:22

传说Ⅰ：

羽尝为流矢所中,贯其左臂,后创虽愈,每至阴雨,骨常疼痛,医曰:"矢镞有毒,毒入于骨,当破臂作创,刮骨去毒,然后此患乃除耳。"羽便伸臂令医劈之。时羽适请诸将饮食相对,臂血流离,盈于盘器,而羽割炙引酒,言笑自若。(《三国志》卷三十六)①

传说Ⅱ：

却说曹仁见关公落马,即引兵冲出城来;被关平一阵杀回,救关公归寨,拔出臂箭。原来箭头有药,毒已入骨,右臂青肿,不能运动。……众将见公不肯退兵,疮又不痊,只得四方访问名医。忽一日,有人从江东驾小舟而来,直至寨前。小校引见关平。平视其人:方巾阔服,臂挽青囊。自言姓名:"乃沛国谯郡人,姓华,名佗,字元化。因闻关将军乃天下英雄,今中毒箭,特来医治。"平曰:"莫非昔日医东吴周泰者乎?"佗曰:"然。"平大喜,即与众将同引华佗入帐见关公。时关公本是臂疼,恐慢军心,无可消遣,正与马良弈棋;闻有医者至,即召入。礼毕,赐坐。茶罢,佗请臂视之。公袒下衣袍,伸臂令佗看视。佗曰:"此乃弩箭所伤,其中有乌头之药,直透入骨;若不早治,此臂无用矣。"公曰:"用何物治之?"佗曰:"某自有治法。但恐君侯惧耳。"公笑曰:"吾视死如归,有何惧哉?"佗曰:"当于静处立一标柱,上钉大环,请君侯将臂穿于环中,以绳系之,然后以被蒙其首。吾用尖刀割开皮肉,直至于骨,刮去骨上箭毒,用药敷之,以线缝其口,方可无事。但恐君侯惧耳。"公笑曰:"如此,容易!何用柱环?"令设酒席相待。公饮数杯酒毕,一面仍与马良弈棋,伸臂令佗割之。佗取尖刀在

---

① [晋]陈寿撰、[南朝宋]裴松之注.三国志[M]卷三十六.蜀书·关张马黄赵传.北京:中华书局.1995:941

手,令一小校捧一大盆于臂下接血。佗曰:"某便下手。君侯勿惊。"公曰:"任汝医治。吾岂比世间俗子,惧痛者耶!"佗乃下刀,割开皮肉,直至于骨,骨上已青;佗用刀刮骨,悉悉有声。帐上帐下见者,皆掩面失色。公饮酒食肉,谈笑弈棋,全无痛苦之色。须臾,血流盈盆。佗刮尽其毒,敷上药,以线缝之。公大笑而起,谓众将曰:"此臂伸舒如故,并无痛矣。先生真神医也!"佗曰:"某为医一生,未尝见此。君侯真天神也!"后人有诗曰:治病须分内外科,世间妙艺苦无多。神威罕及惟关将,圣手能医说华佗。(《三国演义》第七十五回)

传说Ⅲ:

　　西蜀名将关云长,在领兵攻打湖北樊城时,右臂中一毒箭,众将四处求医,为他治伤疗毒。当时的名医华佗听到了这个消息,由于他平时非常仰慕关羽的英武和忠义,便急驾一叶小舟,从长江以东赶来为关羽治病。关羽的右臂本来很疼,但他为了安定军心,强忍着疼痛,和部下一位叫马良的谋士在大帐中从容下棋。棋至中盘,忽听军卒报告名医华佗前来为他治伤,心里十分高兴,立即请进,还十分恭敬地招待了华佗。用茶之后,华佗查看他的箭伤,关羽褪下衣袖,伸出右臂让华佗诊治,华佗仔细查看过伤口之后,神情严肃地对关羽说:"你的伤情很严重,毒气已附到了你的骨头上,若不及时治疗,恐怕这条右臂难以保住了。"关羽听完后说:"那就请先生说说该怎样治疗呢?"华佗说:"应急的办法我倒是有一个,假如我说出来,你会害怕的。"关羽听后哈哈大笑起来:"大丈夫视死如归,死都不怕还有什么可怕的? 该怎样治疗,你就说出来吧,没关系。"华佗听完关羽这番话后,十分敬佩地说:"大将军果真名不虚传,我就告诉你吧,要及时治疗您的伤,眼下只能这样办:先竖起一根结实的柱子,然后把你的右臂套入钉在柱子上的一个大铁杯中,用绳子牢牢捆住,再用被子把你的头蒙住,使你看不到我的治疗过程。然后,我用尖刀割开皮肉,直至露出白骨,再用刀刃把附在你骨头上的毒物刮净,敷上药物,缝好伤口,很快就可痊愈。"关羽微微一笑道:"就依先生吧,但我不用捆住手臂,也不用蒙上头,你放心大胆地治疗吧。"随即,关羽命令军卒摆酒,请来了军中众将作陪,他一边大杯饮酒一边继续和马良下棋,酒至半酣时,关羽突然伸出右臂,神色坦然地对华佗说:"请先生开始治疗吧。"华佗让一名军卒端着一个大盆接在关羽臂下,然后拿起尖刀说:"我要下手了,你要忍住。"关羽镇定自若地高声回答说:"我不是那种凡夫俗子,先生你就放胆地干吧。"

华佗用刀割开皮肉,露出骨头,骨上果然附毒,颜色已经发青。华佗用刀刮骨,沙沙有声,那个用盆在关羽臂下接血的军卒,见此状吓得面如土色,连忙闭上了双眼,不敢再睁开。谋士马良望了一眼,也被吓呆了,举在手中的棋子久久忘记落下。而关羽却若无其事地催促着马良快些走棋,依旧谈笑风生。没多大工夫后,华佗刮净骨毒,敷上药物,缝好了伤口。关羽大笑几声后站起身来,甩了甩右臂后对众将高兴地说:"我这条胳膊又能动了!"华佗和众将都惊叹不已。

讲述人:李玉奎　农民①

这三则传说,形式上具有传说Ⅱ来自传说Ⅰ,传说Ⅲ来自传说Ⅱ的关系,从它们反映出的信息含量上,可以大致看到受众在接受信息后加以改造再表述出来的样态。

首先,受众根据自己对名医拟象的理解对信息进行筛选。一则传说,无论字数多寡,包含的信息量是十分丰富的,名医传说亦是如此。受众在名医传说的演述中,并不会也不可能占有所有信

---

①　史简.刘关张传奇——三国人物外传[M].北京:大众文艺出版社.
1998:179-180

息,首先会进行信息筛选,哪些是他关注的,是他感兴趣的,这部分信息就被保留下来,而那些并不被关注的部分则随着演述行为的进行散佚掉了,这部分散佚的信息很难在受众身上得到反馈。受众根据自己对名医拟象的理解对信息进行筛选,当然是限定在名医传说的范围内。传说Ⅰ按照分类的话,并不能算是严格意义上的名医传说,但它仍包含着名医传说的某些信息。传说Ⅱ明显地增添了关于名医的诸多内容。如果传说Ⅱ是作为受众的,那么就必须依据自己对传说Ⅰ中给出的信息进行筛选,那么很自然,传说Ⅰ中提到"医"的部分就受到传说Ⅱ的格外关注,因为这里是一个有文章可作的地方。当然,作为历史演义,传说Ⅱ并不愿丢失传说Ⅰ中的其他信息。关于名医的这部分信息,是传说Ⅱ关注的一个重点,从传说Ⅱ对传说Ⅰ中名医信息的复现中,可以清晰看到前者筛选的信息。传说Ⅲ和传说Ⅱ高度相似,但属于两种文学风格的表述方式。传说Ⅲ作为传说Ⅱ的受众,对名医拟象的理解有自己的看法,对传说Ⅱ的信息进行了筛选,保留了基本的人物、情节、对话,但在细节上丢失了传说Ⅱ的大部分信息。

其次,受众根据自己对名医拟象的理解对信息进行解码。在信息交换过程中,受众具有解码和释码的能力和作用。信息经过筛选,受众保留了对自己有用的信息,接着就需要对这些筛选后的信息进行解码。涉及名医传说的信息,受众根据自己对名医拟象的理解完成解码过程。在传说Ⅰ中只提到了"医"这个角色,至于他具体是谁,并没有指明。传说Ⅱ将名医拟象具体化为华佗,就完成了这个"医"的解码,那么下面的故事情节就可以围绕华佗展开。同理,传说Ⅰ中"刮骨去毒"是笼统的表述,是表现名医医术高超的重点,传说Ⅱ选择这个信息后,根据对名医拟象的角色设定,将刮骨去毒的事迹具体到华佗身上,并且增添相关描述,以此完成"刮骨去毒"的解码过程。有些信息并没有这么显见,是暗含的。传说Ⅱ中关平虽然听说过华佗的名声,但并不认识华佗,但华佗是名医的说法几乎是当时人共知的。传说Ⅲ筛选了这个信息，默认名医都是闻名的，当时的人都认识华佗，所以才出现"忽听军卒报告名医华佗前来为他治伤，心里十分高兴"的说法。如果不是名医拟象的共同认知，这种说法是无从由来的。

再次，受众解码后的信息充实到对名医拟象的理解中。受众在筛选信息后，对信息进行解码，一定程度上已经成为自身的知识积累，这样的知识不但受到自身此前知识积累的影响，而且也改变了此前的知识积累状况。在名医传说中，受众解码所得到的名医信息，有了对名医拟象新的认识，这样的信息就不断充实到自身对名医拟象的理解中。如果这种理解通过合适的方式表达出来，受众就转化为演述者，就是属于关于名医拟象的个人表达。传说Ⅱ对从传说Ⅰ中得到的信息进行了积极的改造，融入自身对名医拟象的理解中。传说Ⅱ将名医拟象设定为华佗这样一个较为著名的人身上，符合了受众容易接受的名医拟象借由名医表达的常见方式。更为重要的是，传说Ⅱ根据名医拟象的设定，塑造了华佗的人物特点，以独立于其他人物，而不仅仅是衬托关公特征的配角形象。这样华佗的独立形象从何而来，如何从灰暗走向明亮，表明了传说Ⅱ对名医拟象的个人理解。传说Ⅲ的讲述者是个农民，他作为受众，有对名医拟象的理解。当需要通过传说的形式表达出来时，这样的华佗说话是农民式的，口语化的，并不是文绉绉的。这个过程明显是传说Ⅲ将得到的名医信息转化为自己对名医拟象的理解。

最后，受众根据自己对名医拟象的理解进行反馈。在信息交换中，受众反馈的形式是多种多样的。民间传说传播中，受众的反馈可以是积极的，可以是消极的；可以是针对演述行为的，可以是针对演述内容的；可以是默不作声的，可以是口若悬河的……具体到名医传说的信息场中，受众得到了关于名医拟象的新理解，在此方面的反馈必然有所表现。这其中一个关键问题是，受众认不认可演述者对名医拟象的个人表达。如果把受众对传说的重述看作另一种形式反馈，那么传说Ⅱ对传说Ⅰ的反馈、传说Ⅲ对传说Ⅱ的反馈都是根据自己对名医拟象的理解进行的。后者对前者所提供的信息进行了筛选，给予了自己的理解，认可的保留了下来并根据自己理解加以充实，不能够认可的则抛弃了。可以得见，名医传说的信息场中，受众从演述者那里得到新的信息，对信息本身就持有自己的理解，不是盲目的接受者，在名医传说的传播中，受众始终有对名医拟象的理解，这是他筛选、解读、删益、反馈的依据和工具。

名医拟象并不具体表现为某位名医，但却具备名医整体形象特征，这种群体性形象特征则需要通过具体的名医表现出来。在"刮骨疗毒"的传说中，名医具备异乎常人的医术就通过华佗这个具体人物、通过刮骨疗毒的具体事例表现出来。类似华佗的名医众多，在其他的传说中改换成扁鹊、张仲景、孙思邈未为不可，刮骨疗毒的事例也可以改换多种。但名医群体特征并没有发生改变。那么受众在听到关于名医的传说时，对名医形象自然有向名医群体特征无限靠拢的想象。所以在传说中，受众和演述者都默认像刮骨疗毒这类超乎寻常的手术需要高超的医者来完成的，这样的医者必然是技艺超群的名医。受众和演述者具有了某种隐含的共识，就不必要在传说中对这一点进行表述，而且可以直接进入故事演述，而不至于引起误解。

在民间传说的传播过程中，演述者从受众转化而来。在信息接收上，受众是接收的一方，同时在转化为自己的知识后，会给予信息发出方以反馈。传说的受众，在具备一定的信息储备后，就转化为演述者，受众和演述者的持续转化，是传说传承和变异的过程。就名医传说的受众转化为演述者而言，首要条件是受众能够依据自己对名医拟象的理解筛选、解读信息，并且极为有利地转化为自己的知识，充实到自己对名医拟象的把握上。受众将听到的名医传说再讲给他人听的时候，就属于对名医拟象理解的个体表达。这种个体表达也要受到受众的检验，如果演述者过多地改造了得到的信息，把自己对名医拟象的理解表达出来后，却被证明溢出了名医拟象的群体设定，那么名医传说受众转化为演述者的过程就存在问题。问题的症结就在对个体对名医拟象的理解是否符合群体对名医拟象的理解，名医拟象在个体上的投射有没有超出名医拟象的抽象设定。

在传说实际的传播过程中，名医拟象必然以具体的传说为载体，受众和演述者都是以此载体为中介，并不会直接触及名医拟象的问题。因为，受众转化为演述者，首先是对听到的传说进行筛选，并且选择性记忆感兴趣的，然后根据自己的理解以自己的方式讲给他人听。受众可以选择"听而不说"，但演述者以"说"表明存在。由"可说可不说"到"必须说"，除了各种外围因素外，一个贯穿其中的隐含因素是，作为名医拟象具体载体的名医传说在受众—演述者的角色转换中，还能够恰当地回归到抽象的名医拟象。就名医传说的受众而言，他以自己对名医拟象的理解，完成了信息筛选、解码的过程，充实了对名医拟象的理解，倘若将这一过程外化，并希望得到某种集体认识对名医拟象的验证的话，那么作为演述者出现自然是最为理想的方式。

第三节　名医拟象是演述者的演述依据

在名医传说的传播过程中，演述者是主导者。就名医传说传播的信息场而言，演述者是信息场中不可或缺的行为主体，是信息的搜集者、加工者、发出者。演述者担当了信息传播者的角色。在信息传播活动中，运用一定的手段向传播对象发出信息的行为主体，就是传播者。传播者在信息传播中具有重要地位，因为其处于信息传播链条的首要环节。作为信息的搜集者，传播者掌握着更为丰富的信息，并且有权利对所搜集的信息进行加工，更为重要的是，可以发出信息。很明显，如果没有传播者，信息传播就无从谈起。民间传说的演述者在传说演述行为中，即是信息传播者，居于主导地位。这仿佛就类似于大家围坐一起，听着圈子中央的老爷爷讲故事的场景。

在民间传说中，演述者地位的重要性是不言而喻的。

> 在广大的群众作者里面，有一些很有见识和才能的民间艺术家。他们熟悉民间文艺，具有较高的编唱或演出水平，深受人民群众爱戴。他们被称为民间诗人、歌手和故事讲述家。这些民间艺术家是劳动群众中的一员，深深扎根于民间。他们既是民间文学的优秀的创作者、传播者，又是民族文化遗产的出色的保存者和发扬者。他们的作品具有浓厚的民族色彩，同时，又显示出民间艺术家的创作个性。他们的活动，对民间文学的继承和发展，具有重大的意义。①

对于演述者的关注和研究，一直是民间文学领域的重点。由于演述者在记忆、演述等方面的突出技艺，他们所承载的传统文化、民族文化、地域文化得以传承，足见其文化贡献。例如河北民间故事家靳正新：

> 对传统文化有天性爱好，刚懂事就听奶奶和母亲讲故事，稍长，就到自家开的小客店听本村故事篓子高玉山、李朝凤、侯占奎等和来往客人讲故事。他的故事来源广泛，内容丰富，以生活故事和传奇故事为主。他有再创作才能，常对自己感到不完整的故事进行加工，经他再讲即结构完整，情节曲折。讲述时，他表情庄重严肃，语句中阳刚多于优美，不时运用文雅词语和手势。其中有不少五千字左右的大故事。②

---

① 钟敬文.民间文学概论[M].上海：上海文艺出版社.1980：116

② 中国民间文学集成全国编辑委员会、《中国民间故事集成·河北卷》编辑委员会.中国民间故事集成·河北卷[M].北京：中国 ISBN 中心.2003：842

像这样出色的演述者不胜枚举,而且还有不计其数的普通演述者。

进一步地,演述者的演述行为并不单单是传说故事的复述,其中包含着文化创造。在这个意义上,演述者也可以看作是创作者,演述行为可以看作是创作行为。洛德在史诗研究中,就认为:

> 我们的口头诗人是个创造者。我们的故事的歌手是故事的创作者。
>
> ……
>
> 坐在我们面前吟咏史诗的人,他不仅仅是传统的携带者,而且也是独创性的艺术家,他在创造传统。对此,我们常常很难理解,出现这种困难的原因是多种多样的。它部分地出自于这样的事实,即我们不习惯于把表演者也想象为创作者。甚至在口头文学领域内,西方学者大都更熟悉民歌而不熟悉史诗;我们的绝大部分经验来自于"民间"歌谣的歌手,他们仅仅是表演者。现在的歌坛以及其他场所民间演唱复兴,这种时尚歪曲了我们关于口头创作本质的概念。这些"民间"歌谣演唱者,他们中的绝大多数并非口头诗人。甚至在南斯拉夫这样的国家,人们所注意到的民歌出版物已有一个世纪的历史了,有些几乎成为神圣不可侵犯的东西。而搜集者必须要小心谨慎,因为他会发现那些歌手是凭借这些集子而背诵史诗的。不管这种讲述的方式多么有权威,不管事实上那些诗歌本身通常也是口头诗歌,我们不能将这样的歌手视为口头诗人。他们仅仅是表演者。这种经验已经欺骗了我们,剥夺了真正的口头诗人作为独创性的创作者的声誉;的确,在某种程度上他们已经破坏了史诗表演中最关键的东西。①

民间传说的演述者不仅具有言说的权力,而且因为言说而享

---

① [美]阿尔伯特·洛德著、尹虎彬译.故事的歌手[M].北京:中华书局.2004:17-18

有权力。这种权力表现在演述者握有相对强势的话语权，可以在民间传说的演述中保有"讲还是不讲"的选择权，以及一切与演述有关的"讲什么、怎么讲、讲到什么程度、什么时候讲、在什么地方讲、讲给谁听"诸种问题的决定权。然而在现实的演述行为中，某些权力并不能享有得那么强势，甚至反遭丧失。尽管如此，演述者一旦发声，就一定程度上具备了表达自己的主动权。因此，演述者一方面在信息掌握上扮演"把关人"（Gatekeeper）的角色：库尔特·卢因（Lewin）提出的重要概念，他认为在信息传播中有各种把关人，特别是信息发出者，他们在信息传播中搜集信息，过滤信息，加工信息，主导了信息选择过程中的取舍和发出哪些信息。另一方面，演述者通过演述行为确证自身的存在，从与周边的信息交换中得证自身的价值。总而言之，传播者是信息场中的主动方，一直是人们关注的焦点，在民间传说传播中具有同等角色性质的演述者，是信息的提供方，自然也得到格外的关注。演述者是信息的掌握者、提供者和传播者，比受众具有更多的优势和话语权。因此，在实际的民俗生活中，民间传说的演述者就可以自主决定讲或不讲的问题，如果演述者"不讲"，那么信息输出自然无从谈起；只有演述者开始"讲"，信息输出才能实现。讲什么样的传说，怎么来讲，讲得详细还是简单，中间情节做什么样的取舍，闲时讲还是边做工边讲，炕头讲还是田埂上讲，讲给孩子们听还是讲给成年人听，涉及演述情境的多个方面，演述者都有相当的决定权。演述行为既是这种权力的实现，也是自我价值的外化，这个过程终究还是依附在充满个人色彩的演述行为上。

演述者的演述行为是名医传说的个体化活态呈现。演述者听到了一个传说，然后再把这个传说复述出来，那么这样的"复述"其实已经属于创造，因为这其中融入了演述者自己的理解，把演述者的个人情感、认识、积累都加了进去，并且对传说进行了改动，更为重要的是，"通过我的口讲了出来"，就是用自己的言辞方式、语言风格、惯用的词语表达出来，这就是演述者个体化的呈现了。而且每一次呈现都是现场式的，任何一次重复演述都不是上一次演述的翻版，任何一次演述都是全新的，因为任何一次演述都包含了新的个人因素。

演述者会根据自己的理解、储存的知识，对传说的内容予以删减、增加。当演述者听到一个传说时，不可能清晰地记住每一个词、每一个字，只是进行了选择性记忆。如果有难以理解的内容，则可能忽略掉。对于特别感兴趣的内容，又可能予以强调，并且从原有的知识积累中找到相似的内容补充进来。那么，传说的内容就处于变动当中。例如在"一针救两命"的传说中，演述者如果没有一定的医疗知识，一般不会对其中涉及医疗卫生的内容给予特别的强调，那么这部分内容就较为简略。如果演述者有一定的医学背景，并且对此类情况有一定的见解，那么就可能把自己在医药学上的知识使用到这个传说中，对传说中孕妇出现此类假死情况进行解说，这就增加了传说的内容。同理，演述者来自不同的地区，对葬礼的理解各不相同，那么传说中出殡的大致场景就各不相同，都是演述者根据自己的经验描述的。演述者也可能出现理解偏差，把其中关键的人物或事物记错掉，那么同样的传说故事，不同的演述者所讲的主人公就不一样。某些关键情节虽然大体相似，但却在发展脉络上存在差别。

演述者不仅会对传说的内容进行改动，而且会在演述中融入个人感情，增加明显的倾向性。口头流传的传说，一般而言，感情较为丰沛，对人物爱憎分明。在具体的演述行为中，演述者提到传说的主人公，从面部表情、语速快慢都会感知到他在演述中所寄寓的个人感情。这样的感情色彩经过代代传承，不同演述者的不断丰富，形成了较为固定的感情倾向模式。对清官是拥护和渴盼的，对贪官是痛恨和不齿的，对英雄是钦慕的，对小人是贬斥的，对美好生活充满向往，对苦难折磨避之不及等等。在名医传说中，会涉及各种人物,演述者一般对名医都是持肯定的态度,在这个感情基调下,对其他人物采取不同的处理。在有关张仲景的传说中,张仲景在长沙为官是重要的部分,在这类传说里,张仲景以自己的医药知识屡断奇案,为百姓伸冤。在这样的传说中,演述者充满对张仲景的赞许之情,寄托了对清官、名医、贤才的肯定。感情倾向形成一定模式后,较为容易被广大群众所接受。每一个演述者在每一次演述中,都可能在感情的细节上略有侧重,以便使得此次的演述在感情的某一方面表现得更为突出。亦同此理,不同的演述者哪怕对着一字不差的稿子演述同一则传说,个人感情的倾向性极易于为人感知。

演述者以自己的话语方式演述传说。无论演述者听来的传说是什么样子的,演述行为肯定是以个人的话语方式展现的。演述者来自不同的地区,操着不同的方言,那么传说的演述就以各地方言呈现。孙思邈的传说遍布全国,各个地区的演述者都用本地的方言演述。这些传说流传到少数民族地区或海外,就可能被当地的演述者以少数民族语言或外国语言演述。不同的演述者,语言风格相差巨大,有的幽默,有的严肃,有的戏谑,有的庄重,不一而足,那么名医传说就在不同的演述者那里带有幽默、严肃、戏谑或庄重的色彩。不同的演述者,语言习惯大不相同,语速有快有慢,有的爱用成语,有的爱用歇后语,有的喜欢用古词,有的爱唱,有的肢体语言丰富等等,这些语言习惯都给演述者带来独特的个人魅力。传说往往是精彩的,演述者的演述往往使传说更为精彩。印成文字的传说材料,难以与现场演述相媲美,根本原因就是丧失了现场演述中演述者独有的话语方式。在这一点上,对其进行再浓墨重彩的文字描述也是苍白的。演述者以自己独有的话语方式演述,一定程度上能够代表一个地域范围内语言的特点及其语言使用中包含的文化信息,这是传说演述作为个人演述行为弥足珍贵之处。

演述者的每一次演述行为都是独立的表达。传说的演述不存在复刻和批量生产。现场的演述只有彼时的有效性。同一演述者对同一传说在不同时间的演述不可能一模一样,同一演述者对同一传说在不同地点的演述不可能一模一样,同一演述者对同一传说向不同的受众的演述不可能一模一样;不同演述者对同一传说的演述肯定不会一模一样。不同演述者对不同传说的演述,差别是显而易见的,难以被看作是相互等同的演述。同一传说被不同的演述者演述,差别也是显而易见的。而同一演述者的演述行为,特别是对同一传说的演述,往往被看作复刻。倘若一个出色的演述者擅长演述华佗传说,并且集中在几个典型的故事上,他可以无限次地重复下去。或许因此会失去听众,但由于每一次的演述都赋予了新的个人因素,因此这一次演述定然不同于上一次演述,年轻时的演述不同于年老时的演述,上午的演述不同于下午的演述,舞台上的演述不同于客厅里的演述,对同辈的演述不同于对晚辈的演述,诸类所有"不同于"的缘由均在于演述者在每一次演述行为中融入的个人信息是不尽相同的。因此,演述者的每一次演述行为都是独立的表达。

在名医传说的演述中,演述者的每一次演述都是个人对名医拟象理解的展示,演述中对名医传说的细微改动都不是随心所欲的,都有一定的约束机制,名医拟象即是演述者演述的约束之一。名医拟象伴随演述行为的始终,是演述的依据。

首先,演述者演述前积累的素材符合对名医拟象的个人理解。演述者之所以是演述者,一个重要的体现是积累了足够的演述素材,这些素材都经过演述者的筛选和整理,成为个人的知识积累。在演述者积累这些素材之初,名医拟象是筛选素材的依据。对于名医传说的积累,演述者作为信息的整理者,首要条件是有着自己对名医拟象的个人认知,自觉不自觉地对得到的信息进行筛选整理。对于符合自己对名医拟象理解的传说信息,则留意下来;对于不符合自己对名医拟象理解的传说信息，则屏蔽去了。名医传说的演述者在信息筛选的处理上，就做到了名医拟象的筛选标准。当然，一般情况下，就名医传说而言，如果某些信息并不能被演述者所理解，根本无法进入演述者的视野，更谈不上成为演述者的积累。如果某个名医传说并没有符合演述者对名医拟象的个人理解，那么就不会成为演述者在名医传说上的积累。演述者的知识积累在相对稳定中不断变化，对名医拟象的个人理解也不会一成不变。改变的原因很大程度上在于在名医传说上的积累愈加丰富。关于名医传说的信息积累越来越多，那么演述者对名医拟象的个人理解就愈加多面。那么，多种来源的信息都可能作为名医传说而补充到积累的素材中来。随着积累的素材动态地发展，依据名医拟象的标准积累的信息又反过来作用于演述者对名医拟象的理解。这样动态的发展过程，名医拟象的标准非但没有变得越来越宽泛而无所适从，反而会充实个人对名医拟象的理解，名医拟象的依据价值反而更加显著。演述者在演述前，都有着对名医拟象的清晰认知，只有这样才能对所要演述的名医传说有清晰的认知。此清晰的认知并不表现为演述开始后的语言流利、故事完整等受众可以感知的特点，而是演述者对在这个名医传说上的积累素材足够充分，信息足够规整，反映在心意上的确定性。因此，就演述者演述前期的准备而言，对名医拟象的个人理解是信息处理的依据，不是经此积累的素材难以进入演述中。

其次，演述者演述中的改编符合对名医拟象的个人理解和公共理解。名医传说的演述过程中，演述者融入了个人因素；名医传说得以演述，必然含有演述者的个人因素。演述者在演述中融入了什么样的个人因素，怎么样融入这些个人因素等诸多问题，表面上的答案是演述者的知识背景、个人阅历、地域环境等。这些答案是不错的，虽足以解答任何此类问题但却显得没有任何针对性和有效性。在名医传说演述中，演述者所融入的个人因素，即在信息输入—输出间所作的改动,必须符合对名医拟象的个人理解和公共理解。演述者对名医拟象有着个人的理解,以此对演述内容上的增减、感情的寄托、话语方式的选择来衡量自己所做的改动。这种衡量既可以是有意的,也可以是无意的。如果演述时间是充裕的,演述者选择增加传说的内容,那么会增加故事情节或者对细节描述得更加详细,那么这些情节和详细的描述定然不能超出个人对名医拟象的理解。如果演述时间是仓促的,演述者需要简略地完成演述,就会省去很多信息,那么取舍标准定然是对名医拟象的理解。与此同时,他还需注意,在听来的传说被自己讲出去时,会不会因为个人的因素而引发受众的异样感受。演述者不可能不考虑受众的感受,那么演述中融入的个人因素又需要兼顾对名医拟象的公共理解。在对融入演述中的个人因素的选择上,必须以演述者对名医拟象的个人理解为依据。这些个人因素怎么融入演述中,也反映了演述者对名医拟象的理解。就演述者而言,在演述中融入个人因素,对演述的名医传说进行改编,是既主动又被动的过程。主动在于演述者可以在个人因素上掌握一定的主动权,根据个人理解在多方面做出改动,而不用刻意地亦步亦趋;被动在于演述者只要演述,必然就有改动出现,无论愿意与否、积极与否。改编是确定的,改编的细部是不确定的。演述者的改编不是单纯的个人行为,也不是个人可以随意发挥的园地。对名医传说演述的改编不会超出演述者对名医拟象的个人理解,但如果溢出了对名医拟象的公共理解,则不会被人们所接受,一定程度上沦为演述者的"自说自话"。

再次,检验演述效果以对名医拟象的公共理解为依据。演述行为是信息输出的行为,同时也是接受反馈的行为。一则名医传说的演述能不能得到受众的认可,能得到多大程度上的认可,取决于演述效果。检验演述效果以对名医拟象的公共理解为依据。演述者根据个人对名医拟象的理解在名医传说上积累甚多,并且在积累的过程中就经过了信息处理,在把这些处理过的信息再表达出来的时候,又融入了各种长期沉淀或即兴的个人因素,这一系列过程都是在演述者个人理解的指导下完成的,尽管演述者部分地考虑了受众的因素,但仍是第一视角的结果。因此,演述者的演述行为是将个人理解公之于众的展示。这种展示是面向受众的,受众根据个人理解从演述中汲取信息。就演述者的个人理解和受众的个人理解而言,存在一定的差别,那么它们的公共部分,即是对名医拟象的公共理解,才能使得演述者和受众形成对话。如果一个演述者依稀记得某个名医的故事,或者听到过某个名医的片段事迹,他在演述中把这个名医讲成是华佗,他做了这样的改动,如果听的人都认为这样的故事确实是华佗的,华佗也可能具有这样的故事,那么这样的改动就得到普遍认可。听的人听过这类故事,讲给别人听的时候,又忘记了是华佗,自己改编成孙思邈,听他讲的人都认为这样的故事确实是孙思邈的,孙思邈也可能具有这样的故事,那么这样的改动也得到普遍认可。但恰巧某个人提出来,这个故事是华佗的,不是孙思邈的,那么就引起了一定的争议,就出现了华佗和孙思邈两派。上述两种情况,无论是得到普遍认可,还是引起争议,都说明演述者演述中的某种改编,要得到受众的接受,才能有所谓认可和争议。普遍认可和争议能够共同反映出,传说的主角到底是华佗或孙思邈并不最关键,根本在于改编后融入的个人因素是否符合名医拟象的公共理解。如果融入的个人因素符合对名医拟象的公共理解,类似传说主人公变动这样的迁徙,就会得到普遍认可;如果不符合,则会引起争议。因此,检验演述效果以对名医拟象的公共理解为依据。

综上所述,演述者是名医传说传播的主导者,其演述行为是名医传说的个体化活态呈现,名医拟象是名医传说的演述依据。演述者在名医传说的传播中扮演重要角色,是信息交换中不可或缺的一方,是信息的掌握者、提供者和传播者。言说就是权力,演述者握有一定的话语权。由于演述者承载有地域文化信息,因此是地域文化的代表;在演述上具有特别的才能,是传说的传承人。演述具有演述者的个人色彩,演述者在演述中加入个人因素。演述者往往根据个人理解增减内容,融入个人感情,增加倾向性,并且以自己特有的话语方式表达出来,这就使得每一次演述行为都是独立的表达。这一过程不是天然而成或随心所欲的,演述者在演述前积累的素材符合对名医拟象的个人理解,演述者演述中的改编符合对名医拟象的个人理解和公共理解,检验演述效果以对名医拟象的公共理解为依据,因此名医拟象是名医传说的演述依据。

第十章
拟象说在民间传说研究中的有效性

本书以名医拟象为论述重点和研究个案,目的在于通过此项工作可以推演更为广义的拟象说,并以名医拟象在名医传说研究中的运用,进行尝试并探讨广义的拟象说在人物传说研究上的普适性。倘此论题得以论证,本书期待拟象说能在前人的基础上对人物传说研究有所探索,同时对所有类型传说的研究具有一定的参考价值,这是拟象说在民间传说研究所应当具有的价值。

第一节 拟象说对人物传说
研究的普遍适用

对于名医拟象的关注,意在通过名医传说的分析提出拟象说,此说初衷并非只限于名医传说一类,而理应具有更为广泛的适用性。名医传说是本书的论述重点,同时也是拟象说的阐释载体,这一点并不能说明名医传说是拟象说的唯一适用对象,因此全书亦拒绝这样的误解。拟象说抽象于更广阔的文化背景,理所当然有广阔的适用范围。作为理论假说,拟象说具有延伸扩展的特性。拟象说从名医传说延伸扩展至人物传说,从人物传说的特点而言是自然而合理的。人物传说是一个传说集合,名医传说属于人物传说的子类,拟象说存在向同类传说延伸扩展的可能性。在人物传说的审美风格、艺术手法、历史形态演变、结构分析等研究中,拟象说具备特定的解释力和阐发力。就这个意义而言,拟象说在人物传说研究上具备普适性。

首先，就拟象说而言，其适用范围并不局限于名医传说，而是具有延伸扩展能力。

名医传说是本书的论述重点，因而也理所当然地对"名医"给予重点关注，在此基础上提出的"名医拟象"，是探讨拟象说在名医传说研究中的一次尝试。"名医拟象"的提法是宽泛而又具体的，它可以对整个名医群体予以概括，同时又是拟象说的个案演示。本书在名医拟象的问题上花费了较多气力，并力图避免将名医拟象与拟象说混同起来，以免隐藏了拟象说的整体特征。对于名医拟象的分析，名医传说是有效的阐释载体，能够提供足够丰富的材料和有力的证据。离开了名医传说，"名医拟象"的分析无从谈起。但拟象说却对名医传说并没有依赖性，如果没有"名医拟象"的中介作用，甚至难以将拟象说和名医传说直接联系起来。因此，本书以名医传说来阐发"名医拟象"，以此切入拟象说的整体阐释，在此过程中亦揭示名医传说的某些特质，名医拟象适用于名医传说的具体分析，而拟象说适用领域则不局限于名医传说。名医传说不仅不是拟象说的唯一适用对象，而且无法束缚拟象说的延伸扩展。尽管对名医拟象和拟象说作了细致的区分，但本书仍不希望造成拟象说来源于或只适用于名医传说的假象和误解，因此有必要将拟象说的延伸扩展能力强调出来。

与同名医拟象借助名医传说来阐发不同的是，拟象说有着更广阔的文化背景。拟象说直接导源于中国传统文化中最具代表性的象思维。象思维是中国文化根基性的思维方式之一，影响深远。有学者认为："一个民族的特殊品格，乃是由其文化所塑造的。而一个民族文化的特殊品格，则与其思维方式的特性直接相关。中国传统文化的特殊品格，正是与华夏民族的'象思维'发达和早熟紧密联系在一起。……恢弘精微的中国传统文化，都是'象思维'原发创生的产物，又是这种思维方式的承载者和体现者。"①象思维一向被分化或转化为形象思维、意象思维、物象思维、具象思维等种种。拟象说在对"象"的认识上深受象思维涵盖，符合象思维对"象"的基本设定和固有内涵。最能体现象思维的典籍无疑非《周易》莫属，而拟象说的源头即是《周易》。《易传》有言：象也者，像也。这是拟象说的宣言，不仅指出了象的内涵，而且点明了拟的原理。《周易》通过图像、文字、数字十分恰当地阐发了拟象原理，而它奠定的思维定式直到今天影响犹存。拟象说随着时代发展，不断吸收新的成分，渐趋完善。法国哲学家让·鲍德里亚（Jean Baudrillard）基于对后现代社会的批判提出的，也被他反复使用的 Simulation 一词被翻译为汉字的"拟象"或"拟像"。翻译家们可能并没有过多考虑汉语词汇"拟象"的本来含义，因为翻译而来的"拟像（象）"看不出与传统词汇"拟象"有任何关联。当下语境中所说的"拟象说"并不排除鲍德里亚拟像（象）理论中对真实、超现实、非指涉性的一些看法，也不讳言从他对现代社会文化的批判中得到启发。

今天的抽象之物不再是地图、副本、镜子或概念了。仿真的对象也不再是国土、指涉物或某种物质。现在是用模型生成一种没有本源或现实的真实：超真实。国土不再先于地图，已经没有国土，所以是地图先于国土，亦即拟象在先，地图生成国土。如果今天重述那个寓言，就是国土的碎片在地图上慢慢腐烂了。遗迹斑斑的是国土，而不是地图，在沙漠里的不是帝国的遗墟，而是我们自己的遗墟。真实自身的沙漠。②

---

① 王树人.回归原创之思——"象思维"视野下的中国智慧[M].南京：江苏人民出版社.2005：14－15

② ［法］让-鲍德里亚（Jean Baudrillard）著.马海良译.仿真与拟象[A]，见汪民安等.后现代性的哲学话语——从福柯到赛义德[M].杭州：浙江人民出版社.2000：329

　　尽管具体的话语情境不同,但"拟象在先"的说法颇具启发意义,而且与中国传统的"拟象"说是相通的。因此,拟象说有着深厚的文化背景,有着丰富的内涵,理应有广阔的适用范围。

　　任何一种假说和理论都有一定的适用范围,倘若范围太小,则可能没有广泛的适用性;倘若范围太大,则可能丧失一定的针对性。但无可置疑的是,假说和理论有其相匹配的适用范围。名医传说可以作为名医拟象的恰当适用范围,但明显不适合于拟象说。拟象说成为一种理论,必须具备一定的延伸扩展能力。这种能力使拟象说可以适用于恰当的范围,而不至漫无边际地泛溢。名医传说中的名医拟象是拟象说的一次具体实践,如果在同类传说中同样适用,那么拟象说至少在适用对象上有了突破,它所应具备的延伸扩展能力亦有了直接的展示。拟象说丰富的文化内涵,保证了延伸扩展实现的可能性。

　　其次,就人物传说而言,适于拟象说的延伸扩展。

　　从名医拟象在名医传说中的适用性来看,拟象说延伸扩展至与名医传说并列的同类传说,乃至覆盖整个人物传说,是较为可行的。名医传说如果分解为单个人物的传说,则可无限分为扁鹊传说、华佗传说、孙思邈传说、李时珍传说等等,那么名医拟象就是从这些无数单个人物抽象而来。可以类比的是,由吴承恩传说、施耐庵传说、蒲松龄传说、曹雪芹传说等组成的文人传说,也可以抽象出文人拟象;由王羲之传说、唐伯虎传说、郑板桥传说等组成的书画家传说,可以抽象出书画家拟象;由项羽传说、刘邦传说、唐太宗传说、蔺相如传说等组成的帝王将相传说,可以抽象出帝王将相拟象;由鲁班传说、蔡伦传说、蒙恬传说等组成的能工巧匠传说,可以抽象出能工巧匠拟象等,由此可以看出,名医拟象并非单独存在,人物传说中与名医传说并列着大量同类传说,名医拟象可以较为顺利地生发为文人拟象、书画家拟象等。拟象说可以在名医传说的同类传说中延伸扩展,那么也可以推广到整个人物传说来。从分类上讲,这类传说之所以被归为一类,就在于存在极大共性,这种共性使拟象说的延伸扩展成为可能。

人物传说区别于民间传说其他种类的根本特点在于以人物为中心,故事讲述围绕某个固定人物展开。人物传说的次级分类,即以此类人物的身份特征为依据,如帝王将相传说、始祖传说、英雄传说、能工巧匠传说、文人传说、名医传说等①;这些传说的再次级一般以人物姓名为依据和标志,如项羽传说、尧舜禹传说、武灵王传说、鲁班传说、李白传说、张仲景传说等。从三级分类中可以看到"人物"在人物传说中的重要性,而在某个具体的传说中,某个人物的重要性更加明显。所有人物传说最大的共性就是人物的核心地位。拟象说以人物为关注重心,尤其侧重于人物形象的建构机制。换句话说,拟象说把握了人物传说的真正命脉,所以才能够在人物传说上具有适用性。人物传说包罗万象,有的可以再分类,有的不足以成类,但都属于人物传说。但只要有某个固定的人物在,那么就可以被称为人物传说,同样的,只要有某个固定人物在,就可以被纳入拟象说的分析范围;即使没有固定的人物,只要围绕人物展开,也可以被称为人物传说,同样的,也可以被纳入拟象说的分析范围。因此,对人物的重视,让人物传说适用于拟象说的延伸扩展。

人物传说数量巨大,作为传说主人公的人物恒河沙数,这些人物多数是历史人物,也有少数是不见于史籍的虚拟、假托人物。就传说中的人物而言,姓名是历史人物的,也并不见得这个人物可以等同真实的历史人物,更不要说名不见经传的无名人物、小人物、虚构人物了。这也是传说中人物的一个特点。拟象说对人物来源并没有特别的限定,更谈不上要求人物来源于正史,这对一个本就

① 此分类见姜彬.中国民间文学大辞典[M].上海:上海文艺出版社.1992:76-78

是拟构的象来说,是没有任何意义的。另外,人物传说可以根据人物姓名、人物身份进行分类,而拟象说并不限定这种姓名和身份。如果需要,拟象说可以具体为名医拟象、文人拟象、能工巧匠拟象等等,不至于锱铢计较具体人物在姓名、身份上的差别,更不会陷入无数人物的汪洋大海。拟象说的这些特点可以在人物传说的分析中具备某种宏观性,更多地侧重整体人物形象的拟构,再以此观照亿万计的具体传说中的人物差异。拟象说侧重拟构的象,这一象区别于每个传说所塑造的人物的"形象",也不同于传说演述者和听众的"想象"。因此在宏观分析上,摆脱了具体传说间人物形象差异的束缚,摆脱了不同个体理解差异的束缚。拟象说的宏观性质促成了在人物传说上的延伸扩展。

再次,就人物传说研究而言,拟象说具有适用性。

在人物传说的审美风格方面,往往表现在对传说中人物的感情认同,以此表达惩恶扬善的思想,寄托美好愿望。或重娱乐、戏说之处,也通过传说中人物来展示。例如在名医传说中,饱含对名医的形象定位:

> 医生最重要的是把病人摆在第一位,而不是追逐名利,目光如豆。古代名医并没有为人民服务的口号,却始终一心一意地在为人民服务,以救死扶伤为天职,从不漠视病人的痛苦。他们不辞辛苦,送医上门,哪里有病人就到哪里,有求必应,不分昼夜,随请随到。他们扶困济贫,对穷人治病可以一文不取,甚至还把病人接到自己家里医治,管吃管喝。而对于贪官污吏、豪强恶霸,便不免侧目而视。虽也给他们医病,但却要给他们加上点小小的惩罚或教训。①

名医拟象的形象设定即是强调名医具有高尚的医德,这种医德通

---

① 贾芝.民间传说中的中国传统医学——序《神医名药的传说》[A],见黄泊沧、陈林涌.神医名药的传说[M].北京:中国妇女出版社.1987:3

过种种细节表现出来。人物传说的审美风格往往悄然地转化为传说中人物形象的美学风格。拟象说在拟构人物形象时,抽象人物群体特点,兼顾人物形象的美学风格,并且集中起来,反映在拟构的象上。

在人物传说的艺术手法方面,人物塑造是至为重要的一点。民间传说一般在较短的篇幅内表现矛盾冲突,人物较为普遍地分为善恶两类。例如著名的四大传说中:

> 围绕着主人公的,是两种互相对立的人物。一种是与主人公同质取向的人物,如梁山伯、小青、许仙、万喜良、牛郎,这些人物不是主人公的朋友(如小青),就是她们所钟情、喜爱、甚至甘愿为之奋斗牺牲的对象。他们与主人公站在同一营垒,组成矛盾斗争的一方。当然,由于气质、性格、地位的不同,他们同主人公之间又显出一定的距离。然而,正是这种‘距离’,使他们对主人公形象的发展和完善起到了一种辅助和陪衬的作用。另一种则是同主人公异质取向的人物,如法海、祝员外、马家公子、秦始皇、王母(或天帝、岳父),他们往往是旧势力或一切黑暗的恶势力的代表者或集大成者,是同主人公相敌对的力量。由于他们的存在和行动,不断地为主人公的斗争设置障碍,促使矛盾激化。然而,也正是这种光明与黑暗近距离的搏斗,造成了强烈的对比效果,假、恶、丑的充分表演,进一步从反面衬托出主人公真、善、美的光辉。这些同质与异质,同质与同质人物之间的矛盾斗争、感情纠葛,构成了作品简炼而完整的基本框架。①

这种人物设计方法、矛盾处理方式基本可以由四大传说推延至整个人物传说。拟象说的适用性在于提供人物形象的前设特征,具体传说中的人物塑造的根据是什么呢?就是人物拟象。传说采取

---

① 贺学君.中国四大传说[M].杭州:浙江教育出版社.1989:99-100

如此的人物设置也好,矛盾处理方式也罢,在人物塑造方面仍然以拟象为图纸。

在人物传说的历史形态与现代流变方面,一定数量的传说集结在某个人物名下,成为以该人物命名的一类传说,人物拟象发挥了至为重要的作用。传说在流变过程中会发生变异,传说的人物自然也会变化掉,那么一则关于张三的传说就变为关于李四的传说,在不断变异中,哪些传说是张三的,哪些是李四的,并不那么容易分清。如果把华佗传说中的"华佗"全部机械地改为"李时珍",当然有不适,但把相关时间、地点、背景稍加改动,也完全合适。那么,何为华佗传说,何为李时珍传说呢? 它们何以区分你我呢? 很显然,并没有十分恰当的标准,因为它们同属于名医传说,同类传说间张冠李戴的情况最为常见,它们能够如此便利地互相转嫁,就在于它们依托同样的名医拟象。同样地,变异不仅发生在同类传说中,也发生在不同类的传说中。名医传说何以区别于文人传说,名医传说何以区别于帝王将相传说,名医传说何以区别于英雄传说,单单依靠传说中的人物姓名,显得既笨拙又不符合实际。各类传说间能够实现互相转化,在于有同样的拟象设定。一定数量的传说可以归为一类,在于符合拟象的设定。而人物传说中的人物姓名只不过是外在的符号而已。

结构主义式或类结构主义式的分析在民间文学的研究中分外常见,人物传说研究概莫能外。细部的情节构成和整体的故事类型归类,是常见的分析手法。就列维-施特劳斯的结构主义神话学而言,尚希冀从结构的分析中得见思维的实质,而新近的结构分析却似乎难以给出结构分析的意义所在,演变成为结构主义式表格框架的展示。在人物传说研究中,拟象说所侧重的部分不能够十足地从结构主义分析中获得,但却可以从结构主义的分析中得到自身的价值,从而赋予结构主义分析以一定的存在意义。拟象说中的象是拟构的象,象的拟构机制是如何的,结构主义分析或许可以提供一些线索。结构分析得见传说的一些形式特点，最终用来解释某些叙事要素在整个传说中所扮演的角色。对于拟象而言，哪些形式要件真正作用于"拟"上来。毋庸讳言，某些形式要件确实在拟象的拟构机制上发挥独特作用。例如在名医传说的分析中，一定的叙事模式和故事类型极其关键地影响了人们对拟象的认知。

综上所述，从拟象说、人物传说、人物传说研究三方面来共同说明拟象说在人物传说研究上的普适性。简而言之，就拟象说本身而言，本书以名医传说来阐发名医拟象，而拟象说明显适用于更大的范围，并不约束在名医传说的阐释范围内，因其有深厚的理论渊源和文化背景，因此具备延伸扩展能力；人物传说最大的特点是以人物为中心，而拟象说亦聚焦人物，无论从分类还是从宏观视角，拟象说适于人物传说范围内的延伸扩展；更为重要的是，从人物传说的多种研究方法和分析方式来说，拟象说具备适用性，均能从现有的研究中发现新鲜的要素。因此，拟象说在人物传说研究上具有普适性。

第二节　拟象说对人物传说
研究的创新尝试

名医拟象在名医传说研究中所具地位和作用可以为拟象说在人物传说研究中的推广普及提供一个个案。透过这一个案的代表性，拟象说或可推延到人物传说研究中。同一般经验推广不同，从名医拟象到拟象说，从名医传说到人物传说，双方的层级提升并非如同天平两端加上了同样的砝码，拟象说在人物研究上具有普适性成为全新的理论问题。上文从拟象说、人物传说、人物传说研究三方面来论证这个问题。将拟象说应用于人物传说的研究中，其普适性说明了这个假说适用于某个范围。但仅仅具备普适性是不够的,拟象说必须在人物传说研究中具备一些与以往研究不同的特质,这样才足以说明拟象说能够在针对类似的分析对象时提供新颖的视角和独特的见解。质言之,拟象说在人物传说研究中应当具备创新的尝试。

拟象说在人物传说研究上的尝试集中表现在为人物研究提供了一条新路。人物是人物传说的根本标志,微观上通过具体的人物姓名区别于别的传说,宏观上通过人物的中心地位区别于它类传说,由此,人物成为人物传说研究的重点。拟象说正是在人物研究上具有独特的优势。无论是涉及人物性质、形象、特征的分析,还是关于人物设置、附着在人物身上的感情寄托、文化信息的分析,拟象说提供了新的认识路径。

人物对人物传说至为重要,没有人物的突出位置,就难以称其为人物传说,没有人物的区别作用,就难以归类为人物传说。人物传说这一传说种类的由来就在于鲜明的特征:以人物为中心。其他种类的传说中也有人物,但却并不称为人物传说,主要就在于侧重点不同。史事传说侧重以叙述历史事件,地方风物传说侧重于具有地方特色的山川古迹、花鸟虫鱼、风俗习惯或土特产的由来和命名,民间工艺传说侧重于某种工艺的来历、高超之处及发展脉络等。即使某些分类间存在交叉,但宽泛地讲,只要以人物为中心,都可以归入人物传说的一类,无论是偏重史事的还是偏重讲述风俗缘起的,以人物为中心就成为人物传说的命名依据。由于是以人物为中心的,整个传说故事自然围绕某个人物展开,这个人物就成为故事的核心。这也是人物传说一个显著的特征。曹操传说中,曹操是当仁不让的主角,始终处于舞台中心;关羽传说中,关羽亦如是;华佗传说中,华佗亦如此。在三国人物传说中,曹操、关羽、华佗等三国时期的人物都可能成为中心人物。在亳州人物传说中,曹操、华佗等历史上的亳州名人就成为中心人物。人物在故事中的核心地位显而易见。即使像刮骨疗毒这样关羽和华佗都可能成为中心人物的传说,无论具体演述中倾向如何,可以归入关羽传说或华佗传说中。在实际的人物传说演述情境中,人物传说中的人物往往是演述者和听众的最大兴趣点,诸如"今天我们讲一个武松的故事"、"我们想听张三丰的故事"之类的表述常出现在传说演述场景中。讲的人需要提起听众的兴趣,只要提出传说的主人公就可以了;听众有什么样的期待,希望听到哪一类的故事,最好的办法是说出故事中的主要人物。这不仅说明人物有标示传说类型和指代具体传说故事的作用,而且能够极大地提高演述者和听众的兴趣,是他们最大的兴趣点。而且,演述者和听众都不是被动的,他们在传说故事的讲和听中寄予了丰富的个人情感,这种情感外在地体现于演述情境中,同时极大程度上借助传说故事中的人物(尤其是中心人物)表达出来。孟姜女传说中,对暴政的不满通过孟姜女来传达;在梁祝传说中,对爱情的追求,通过梁祝来表达……人们的感情寄托在中心人物身上,这些人物也成为某种感情——反抗精神或爱情等——的象征。在人物传说中,(中心)人物是最显著的标志和最明显的特征。正是基于这一点,在人物传说的研究中,对传说中人物的研究一直是重点。

对于人物传说中的人物性质而言,一直伴随着传说与历史、传说与信仰、传说与(文人)文学之间关系的讨论。尤其是传说与历史的关系,使得传说人物与历史人物的关系最为密切。一定程度上可以认为,"相当一部分人物传说中的主人公是历史人物,他们在不同的时代背景下作出这样那样的贡献,起了进步的历史作用。……传说中的主人公,除了是历史人物外,也有不少是通过艺术虚构创造的典型。"①对人物传说中人物的各种情况的认识,一般也遵循这种观点:

从一般情况说,民间传说大抵为一种群众之文艺创作,虽

---

① 钟敬文.民间文学概论[M].上海:上海文艺出版社.1980:190、192

然彼不能不取材于社会事实(往往并涉及某种自然现象)。我国民间实有恒河沙数之传说,在形成上自然有种种不同情况,但大略可分为三种:一、幻想或想象成分较多或简直占压倒优势之作;二、现实成分较多,幻想只限于局部者;三、基本上依据"真人真事"作成者。①

严格说来,传说人物并不宜直接表述为"历史人物",因为这可能引起把传说人物和某个历史上的真实人物等同起来的误解,例如,传说中的曹操与历史上的曹操,传说中的项羽和历史中项羽。尽管传说中的曹操、项羽直接借用了历史人物曹操、项羽的名号,但有足够的理由认为,传说中曹操、项羽的名号与作为历史人物的曹操、项羽并无直接关系。诚然,有诸多传说直接化用历史记载,有些传说也进入历史,传说和历史的纠缠关系支持了"传说的要点,在于有人相信"②的观点。但这种"相信"完全不等同于对历史事件的"相信"。邹明华提出的"专名说"③,就是直面此种"相信"背后隐藏的传说真实性问题。同样的讨论也发生在传说中的人物与民间信仰对象关系的讨论上,如关羽传说与关公信仰,孙思邈传说与药王信仰。对于拟象而言,真正存在某个历史时空中的那个人物究竟如何,已经不再重要,而且也没有严苛追求的必要,因为传说中的象本身就是拟构的象,这个象并不依靠特定的历史原型而存在。拟象有多种表达路径,传说是一,信仰偶像是一,文学意象亦是一,历史表述自然亦是一。传说中的人物就是拟象的表达形式,不宜对原本浑然一体的象人为地划分为历史的、文学的,进而

① 钟敬文.刘三姐试论[A],见钟敬文.民间文学论集[M].上海:上海文艺出版社.1982:119

② [日]柳田国男著,连湘译.传说论[M].北京:中国民间文艺出版社.1985:9

③ 邹明华.专名与传说的真实性问题[J].文学评论.2003(06):175-179

再根据并不严格的划分来厘清二者关系。

对于人物传说的研究，自然不自然地均会涉及传说中的人物形象。一般情况下，具名的人物，其形象通常是较为稳定的。在名医传说中，名医一般都是非道即儒的形象，根据实际情况，孙思邈多道家之风，韦慈藏多佛家之风，张仲景多穿官服，邳彤多着武装。除了外在形象外，内在要求医术高明、道德高尚。同样的，能工巧匠传说中的能工巧匠们头脑聪明、善于发明、机智奇巧，清官传说中的清官为官清正、为民做主、体恤民生……在实际的口头传说中，都是清官的包公、海瑞、于成龙形象是存在差异的，但均符合这一类人物的整体形象特征。这样的形象是如何形成的呢？自然是集体创造的成果。一则传说从出现伊始，就开始不断流传，演述者和听众都参与到人物形象的塑造中来。在不断演述的过程中，人物形象不断丰富，因为不同的演述者在不同的演述中都要加入个人的理解。经过千人万口的改造，某个人物或某类人物的形象就渐趋固定下来，类似于京剧舞台上的脸谱，有了一定的程式。传说的每一次演述，塑造了一定的人物形象，但总不能恰当地涵盖为这个人物的所有形象。人们听到了一则关于刘三姐的传说，对刘三姐的形象有了一定的认识，但在无数关于刘三姐的传说面前，人们得到的刘三姐的形象总是多维中的一维。因此，人物传说中人物具有一个抽象的象存在，具体演述的传说所传达的人物形象，只不过是这个象的一种个体表达。这个抽象的象，是集体参与的结果，抽离于演述过程，成为拟构的象。正因为拟构的象的存在，保持了人物形象的稳定性。因为拟象不以每一次演述而发生改变，在具体演述中人物形象的细微差异必须遵从拟象。在人物形象具有一定稳定性的同时，也会不断发生变迁，这种变迁在不间断的演述中逐渐进行。传说中的曹操，可能是帝王的形象，又是奸臣的形象，又是文人的形象。在不同的传说中，侧重面是不同的，各种曹操的形象，各有一定的文化背景支撑，但就相应的传说而言，无论是向哪种形象倾斜，都必须符合人物拟象，否则无法达到形象的变迁。倘若一则关于曹操的传说，并不符合文人拟象，那么自然曹操不会变迁为文人形象。拟象不是一成不变的，在千人万口的不断演述中，凝结成集体智慧，逐渐适应群体认知。

在具体的人物传说中，中心人物的形象活灵活现、栩栩如生，每一则传说都会由于主人公的不同而差别甚大。但就整体而言，一类人物都有一定的特征，就如同上文提到的名医、能工巧匠、清官那样，群体有一定的特点，以区别于他者。这种特征可以看作群体身份标签，彰示自身，区别他者。这样的群体标签基本消除华佗、张仲景、孙思邈、李时珍等名医间的差异，统合到名医群体中来，消除狄仁杰、包公、海瑞、于成龙等之间的差异，统合到清官群体下来，消除苏轼、解缙、唐伯虎、纪晓岚等之间的差异，统合到文人墨客的群体中来……当然，个体有个体的特征，整体有整体的特征。拟象充分给予了整体特征和个体特征以空间。名医拟象设定名医的群体特征是医术高明、道德高尚，在具体表达中，必然具名某位名医，而如何表达医术高明、道德高尚，则有诸多事迹，那么在演述中，结合不同个体特征出现的传说就精彩纷呈了。叶天士和万密斋都是名医，为了表现他们的医术高明，都可以给他们冠以"一针救两命"的固定故事，以两人各自不同的名义讲述出来。拟象是关于群体的象，具体传说是这个象的具体表达。

任何人物传说都没有人物设置方面的限制，就如同没有篇幅长短的限制一样。人物传说通常包含三类人物，一种是中心人物，一种是对立人物，一种是辅助人物。一则人物传说少到一个人物，多到数十个人物，都可以归入这三类中。人物的设置，往往被认为是叙事分析，以人物的构成来分析矛盾变化。如果以叙事的完整、矛盾的激烈、情节的曲折来讲，三类人物齐全，各有司职，人物形象鲜明是较为完满的。实际上，人物传说中这三类人物的重要性是不同的。中心人物必然存在，这是毋庸置疑的；而对立人物并不必要存在,居于次要的地位;辅助人物也不必要存在,居于最末的位置。拟象并不关涉人物在类别、数量上的设置,但人物设置并非与拟象毫无关联。拟象对传说中的人物形象有基本预设,叙事往往为这种人物形象服务,因此只要不违背拟象的预设,对立人物和辅助人物可以任意增添删减。而出现在人物传说中的其他人物,也有相应的拟象预设。例如下面这则简短的传说:

> 一次,刘墉与和珅陪同乾隆在宫门外赏景,忽然过来一人,身背一个大竹篓,乾隆问和珅道:"此人竹篓里装的何物?"和珅支支吾吾答不上来,乾隆又问刘墉,刘墉马上答道:"装的东西。"乾隆故意刁难道:"为何只能装东西,不能装南北吗?"刘墉道:"因为南方属于丙丁火,北方属于壬癸水,火放入竹篓会燃烧,水放入竹篓会漏掉。而东为甲乙木,西为庚辛金,木和金放入竹篓则安然无事,故竹篓内只能装东西,不能装南北。"乾隆听了,暗自佩服。直到今天,人们把手里拿的,肩上背的一些物品还统称为"东西",据说就是从那时开始的。①

上则传说出现了三个人物:刘墉—中心人物,和珅—对立人物,乾隆—辅助人物。从叙事来讲,人物设置是精炼而合理的。拟象对三个人物的特征均有预设,为此种预设服务。只要不违背此种预设,和珅—对立人物、乾隆—辅助人物可以去掉,也可以增加皇后、太监、大臣等其他人物。总之,人物设置不能够溢出中心人物的拟象预设,对立人物和辅助人物也有相应的拟象预设约束。

对于人物传说中的人物,人们都寄托了丰富的感情,这种感情是群体共同感情的反映。在上则传说中,对刘墉这样的好官,是喜爱的、欢迎的,对和珅这样的贪官是憎恶的、嘲讽的。这种感情寄

---

① 谢永军、段秀丽.中国民间故事全书·河北保定北市区卷[M].北京:知识产权出版社.2011:105

托是群体作用的结果,反映群体的感情取向,自然作用于拟象。因此,人物拟象就带有一定的感情倾向。拟象本身是无所谓感情的,当一个群体、民族对某种人物抱有一定感情基调的时候,拟象带有某种感情色彩。拟象所具有的这种感情色彩,反过来促成了人物传说中的感情寄托。在白蛇传中,人们在白娘子身上寄托了深厚的同情,她对于真挚爱情的追求感动了无数人。大胆追求爱情,不畏强权困苦,是这类人物拟象的预设。因此得到喜爱和同情是理所当然的。而白娘子作为这类人物拟象的一个特例,她有非人(蛇精)的成分,在这一点上,她是妖怪的一类。人们对蛇是恐惧的,对妖怪是恐惧的,对人与妖怪的婚配是排斥的,在白蛇传的流传中自然不乏对白娘子否定的声音。这种否定的声音对白娘子追求真挚爱情的形象是有损害的,然而这种声音并没有在广大范围内得到民众的认可。大胆追求爱情、不畏强权困苦的人物拟象预设占据白蛇传的主流。白娘子所表现出的真挚、勇敢、智慧、善良也满足了人们对真善美的感情需求。拟象带上了或爱或憎的感情取向,这种取向强化了人物特征预设,人们通过人物表达的感情寄托就更加直接、热烈、鲜明。

　　人物传说中的每一个人物,尤其是中心人物,不仅仅作为一个单独的人物存在,而且附带着丰富的文化信息。拟象尽管是抽象的象,但也不是无根之水,与人物传说植根于同样的文化环境。拟象将人物附带的某些文化信息高度提炼。如名医拟象,反映了中国传统社会中,医药资源缺乏,疾病盛行时,患者很难得到及时的医治,人们一旦生病,都是一次痛苦的经历。同时,由于中国古代医学条件的限制,医者不常见,名医更难得。名医拟象对名医的预设包含医术高超、医德高尚,在具体的传说中都表现出普通民众对医者的期盼,都反映了当时真实的医疗状况。如清官拟象,为什么中国传统社会对清官如此看重,就在于古代吏治诸多方面的弊端,普通民众在遭遇不公平待遇时,只能选择忍耐,只有得见清官,个人的境遇才可能得以改变。由此,清官拟象间接说明了当时的社会状况。能工巧匠拟象,反映了普通民众在日常生活、生产中的智慧,人们对这种智慧是欣赏的、钦佩的。能工巧匠拟象,不仅反映了某个时期的生活生产现状,而且展示了民众的才智和力量。

综上所述,从命名的根据、故事的核心、说者听者的最高兴趣点、感情的寄托等方面而言,人物对人物传说十分重要,人物是人物传说的显著标志和明显特征,因此,人物是人物传说研究的重点。在对人物传说中人物性质的分析中,拟象说弥合了传说人物、历史人物、信仰对象之间的差异,给出了新的认识路径和解释方法。对人物形象的分析,探讨了这个形象是如何形成的,群体参与、不断讲述、个人理解所发挥的作用,而在这个形象变迁的过程中,拟象保持稳定,在不断讲述中发生变化。对于中心人物(必要)、对立人物(不必要,次要)、辅助人物(不必要)的设置,拟象规定人物基本预设,只要不违背这种设定,可以增删对立人物和辅助人物。人们对人物传说中的人物都有感情寄托,这种寄托作用于拟象,拟象反过来促成这种感情寄托。对于传说中人物附带的文化信息的分析,拟象根植于同样的文化环境,将附带的文化信息高度提炼。所以说,拟象说可以为人物传说的人物研究提供一条新路。

第三节　拟象说对传说研究的启发意义

如果说拟象说在人物传说研究上具有普遍的适用和创新尝试,一定程度上说明了它具备相当的理论延伸扩展能力,至于它能否恰当地运用于整个传说研究领域,尚需持谨慎的态度。但就拟象说在人物传说研究上的实践来看,已经能够得见它在其他类型传说研究中的前景,可以看到它所带来的启发意义。这种启发意义在于拟象说对所有类型传说中的人物形象分析提供借鉴,进而对传说的基本特征有了某些新的认识,在此基础上尝试为传说研究提供一种具有传说学特色的认识方法。

首先,拟象说为传说中人物形象的研究提供借鉴。

理论上讲,拟象之象远不仅仅限于人物之象,而且这个"象"可以无限延伸,延伸至万物之象,万千之象。就理论实践而言,拟象说在人物形象的解说上具有天然优势,可以借助人物形象的多面性来申说自身的理论张力。这就使得拟象说成为人物传说研究的一个有效工具。相应地,所有类型中涉及人物形象的研究都可以从拟象说中汲取营养。

在民间传说中,人物研究往往占据着重要地位。"民间传说所述说的对象,主要是'人'和'物'。所谓'人',包括那些具有非常力量(所谓'超自然力')的特异人物和历史上的某些人物在内。所谓'物',就是指山川、草木、鸟兽,以及建筑物等。在一般传说中,除了上说两者外,还有神仙、鬼怪等那些想象的产物,在实际的传说中,这些对象,往往是彼此交错在一起的。"①诚然,人和物是民间传说所诉说的主要对象,还有其他各种对象,彼此交错在一起。"彼此交错在一起"的某种含义即是所有对象指向"人"。山川、草木、鸟兽、建筑物、民俗活动的传说都以人的活动为中心,这些风物的命名、来历、故事无不附着在某个人物身上。动植物传说要么以人物为中心,要么采用拟人表达。神仙鬼怪无一不是人的另一种表达形式。因此,人物作为民间传说的主要诉说对象,也是民间传说的主要研究对象。

尽管各种类型的传说并不都像人物传说那样将人物摆在最核心的位置,但这依然不影响拟象说在分析人物形象时的作用。就像拟象说在人物传说研究中所做的那样,发挥着类似的作用。同

---

① 钟敬文.《浙江风物传说》序[A],见钟敬文.新的驿程[M].北京:中国民间文艺出版社.1987:314-315

时,拟象说还将所拟之象扩展到"物"象,而不仅仅限于人物之象。

其次,关于传说与历史、传说与信仰、传说与文学关系的讨论。

拟象说直接涉及了关于"象"的诸多表达路径,不仅仅是传说,而且有历史、信仰和文学。这里所探讨的并不是各种人为划分的学科之间的交叉或隔离关系,而且在对抽象的象的表达路径上的不同视角与方式。就传说、历史、信仰、文学而言,如果表达的是同一种"象",那么可以把这个"象"看作是高度一致的,而不是从属于不同的学科领域。例如关公的象,传说的关公、史传的关羽、信仰的关帝、文学的关圣,它们均来自一个关公的抽象之象,这个象是群体性的认知图式。传说、历史、信仰、文学如果表达这个象,就采用自身的方式来表达,就是这个象的表达路径之一。因此,从表达路径的角度来看,传说、历史、信仰、文学常常被并列起来,尽管从任何学科划分的角度来看,它们都无法并列起来。那么,它们之间存在的交叉,就是表达路径上的交叉,而不是学科或学科次级分类上的交叉了。拟象的任何一种表达路径都有特定的方式,如果某种表达路径出现了信息缺位,那么另一种表达路径就可能取而代之,并且带有前者的色彩。例如,历史性质的史传缺失了,传说就可能补充进去,并表现为史传的形态;这当然也是文学表述的补位。信仰的表达路径,往往仰仗于史传和传说提供合法性和合理性。史传和传说就填补了"信仰前"的信息空白。尽管它们形式上是相互并列的,但是在不同的文化背景中,每种表达路径的重要性是不同的。如果过于注重历史表达路径,那么传说自然就会向历史表达路径靠拢,采用历史表达路径的形式和话语方式,至少表面上看起来更像是历史文献。同时,传说也更自然地倾向于从历史记载中演化而来,进而流布民间。而民间自发生成的传说,如果没有采取历史表达路径的方式,很可能就被认为是不真实的而被抛弃了。如果过于看重信仰的力量,那么历史和传说都会向信仰的表达方式考虑,表现为信仰的方式。总之,拟象说将这些来自不同学科的划分归结为同一种象的不同表达路径，围绕这个象来探讨它们之间的关系。

第三，拟象说对传说叙事的新认识。

拟象说对"象"的界定并不是限于"形象"，因此极力避免"叙事塑造形象"的说法。拟象说的核心观点认为不是叙事创造拟象，而是拟象创造叙事，这是对传说叙事性质的定位。叙事之象必须有所依据，叙事行为必须有所依托。在故事类型的某个具体叙事中，主人公可以在一定范围内任意变换，其他人物也会随之发生改变，叙事中的时间和场景自然也会发生变换。而且叙事本身的时间、场景和人物不同，被讲述的同一故事亦存在差别。一个具体的故事便是如此，那么故事类型涵盖众多的具体故事，一类传说如何标示自身呢？一个似是而非的解释便是叙事所创造的人物形象；然而，人物形象是在叙事完成后实现的，而且这个人物形象也不能确定地固定下来。大量传说塑造了各种人物形象，这些形象互相作用，产生了多种人物群像。这个群像尽管具有群体的一些特点，却又在民间传说的具体叙事场景中显得支离破碎。因此，拟象的概念有助于说明在拟象与叙事的关系。叙述所叙之事，一般是完整的，是无数次重复叙述之一个代表。正因为拟象，才有所谓之事，所成之事。拟象具有规定性，这种规定性确定之后，在规定范围内产生大量叙事。名医拟象以特定叙事模式，借由特定的故事类型表达。叙事模式和故事类型均是叙事的外壳，它们均是拟象表达的工具。拟象作为传说传播群体的知识沉淀下来，有一定的限定性，亦对故事的基本形态有了心理预设。新的传说产生过程中，创作的群体会按照潜意识中的预设建构传说故事，每一个传播者的每一次讲述都会根据个体对拟象的设定修改某些细节和具体词句。按照拟象的预设，以特定的叙事模式，选择合适的故事类型，再具体到某个人物身上，大量的名医传说就涌现出来。即使叙事不断发生变异，拟象依然保持稳定。拟象并不固定在某个特定人物身上,不是关于某个具体人物的象,附着的具体人物不影响拟象的整体特征。故事情节可以万千种变化,不同的讲述者可以有不同的说法,但拟象是保持不变的:一方面,它是一个整体的象,不是一个个体的象,所以不具体表现为具体人物;一方面,它是一个拟构的象,不是一个实描的象,所以不在具体细节上做确定性描绘。无论传说的主人公是谁,故事类型如何,它们仅是在具体的传说讲述中发生了变化,而不是人们潜意识中的拟象发生了变化。所讲述故事的不同并不代表叙述者、听众对拟象的认识有什么不同。拟象是发展变化,但有自身发展变化的规律,但并不因为传说传播过程中的改变而变化。因此,拟象在传说变异中保持稳定。

第四,拟象说对传说传播机制的新认识。

民间传说通过不断的演述过程进行传播,由演述者和受众共同完成,拟象是演述者—受众的共同经验范围。共同经验范围的重要性在于使演述者和受众的信息交流得以完成,使传说不断传播。如果共同经验范围过小,那么信息交流的局限就较多,信息交流的效果就受到很大限制;如果共同经验范围足够大,那么信息交流就较为顺利,引起的误解就较少,效果较好。如果演述者和受众在拟象上没有共同的经验,那么信息交流就难以进行,传说的演述行为也不能实现。这往往是一种极端的情况,但并不排除具体情境下类似情况的出现。如果演述者和受众在拟象上的共同经验范围越小,那就表明双方在对拟象的认识上存在偏差的可能性越大,共通性就越差,那么在信息交流上就会遭遇很多局限,传播效果也差,传说的演述行为无从完成或中断。反之,双方在拟象上的共同经验范围越大,则信息交流顺畅,效果更好。拟象伴随着二者信息交换的整个过程。就受众而言,拟象是认知的依据和工具。受众根据自己对拟象的理解对信息进行筛选,根据自己对拟象的理解对信息进行解码,解码后的信息充实到对拟象的理解中,根据自己对名医拟象的理解进行反馈。拟象在细节上的扩展使受众转化为演述者成为可能,受众和演述者的持续转化,使传说得以传承。就演述者而言,拟象是演述依据。演述者在演述中加入个人因素,根据自己理解删减、添加内容,融入个人感情,增加倾向性,以自己的话语方式表达。演述者的改编依据即是拟象,演述前积累的素材符合拟象设定,演述中的改编符合拟象设定,检验演述效果以拟象为依据。

第五,拟象说对传说集体性的新认识。

传说属于民间文学的一类,自然也具有集体性的特点。所谓集体性,主要表现在创作过程和流传过程。整个群体自然是创作者,流传的过程也即是集体创作再加工的过程。这种集体性一方面强调了整个群体在民间传说创作中的主体地位,一方面也指出了个别演述者的重要作用。然而,民间传说的集体性并不一定适用于文人文学的创作主体分析。民间传说的演述过程中,真正能够反映集体性的在于民间传说的受众,而非传说演述者。演述者的重要作用另当别论,并不主要体现在集体性上。因此,传说的研究,可以注重文本,可以注重演述者,却极大程度上忽略了受众。无论是民间传说的搜集者、整理者,还是研究者,他们都是首先作为受众存在,但他们却过多地关注了演述者、演述的文本、演述的环境,乃至演述所涉及的其他诸多方面。就像很多采风者所做的那样,记录用的摄像机一直对着手舞足蹈口若悬河的演述者,而对处于另一方的受众则关注度不足。拟象说则对演述者—演述行为—受众给予了同等重视,尤其是演述者—受众的互相转化体现了民间传说的传承,受众转化为演述者,尤其体现了传说的集体性。从某种意义上讲,传说的集体性真正体现在受众层面上。拟象关注受众转化为演述者的过程,不仅仅在这个过程中体现了传说的传承和变异,而且这一过程是传说集体性的体现,从中亦能看到拟象所发挥的作用。就传说的受众而言,他们以自己对拟象的理解,完成了信息筛选、解码的过程,充实了对拟象的理解,倘若将这一过程外化,并希望得到某种集体认识对拟象进行验证的话,自然就必须作为演述者出现。如果这一过程不是偶然的个体行为,而是不断重复的群体行为,那么传说的集体性自然得以体现。

最后,拟象说为传说研究提供一种具有传说学特色的认识方法。

神话、传说、故事经常并列使用,这三个术语既有区别也有联系;神话学、传说学、故事学却境遇天壤。神话学深厚高远,故事学新帜繁立,传说学似乎只有在和前两者并列意义时才被提及。"传说学这个名词,过去很少提到。如果作为民间文艺学中的一门分支学科来理解,以前不是受神话学的统率,就是和故事学或童话学混在一起。"①神话学已经积累了足够的学术财富,成为显学,故事学也已经完成了一定的积累,而传说学似乎一直处于起步阶段:"我们理想中以马克思主义哲学为指导的、具有明显的中国特色的民间传说学,正在努力建筑的过程中。"②传说学的崛起呼声已有近三十年,仍没有出现一部传说学纲领式的专著。传说核③、传说圈④、传说群⑤等诸多新概念的提出,极大地丰富了传说学的理论工具,探索着传说学摆脱依赖相邻学科方法的新路。传说与神话、故事有着交叉的部分,因此神话学和故事学自然涉及传说。神话学的相对成熟,让传说在研究上有着诸多的借鉴。这一方面有利于促进传说学的成熟,一方面却始终无法从相邻学科中挣脱出来,

---

① 乌丙安.民俗文化新论[M].沈阳:辽宁大学出版社.2001:286

② 钟敬文.《中国民间传说论文集》序[A],见中国民间文艺研究会理论研究部.中国民间传说论文集[M].北京:中国民间文艺出版社.1986:4

③ [日]柳田国男著、连湘译.传说论[M].北京:中国民间文艺出版社.1985

④ 乌丙安.论中国风物传说圈[J].民间文学论坛.1985(2):13-31

⑤ 顾希佳.传说群:梁祝故事的传说学思考[J].民俗研究.2003(2):67-76

成为独立的学科。

　　与类型分析、历史溯源、思维探索、艺术鉴赏等常见的传说研究相比,拟象说希望可以成为一种具有传说学特色的认识方法。首要的一点在于拟象说从传说的分析中提炼而来,天然带有传说学的浓厚气息。尽管借鉴了兄弟学科的多种分析方法和表述工具,但依然可以看到浓厚的传说烙印。拟象说的提出,直面的是传说研究中所面临的问题,而不是神话学或故事学理论不适之后的细微调整。拟象说的提出,直面的是大量的传说材料,而不是其他学科放置在"传说"地域里的闲置物。拟象说的提出,直面的是传说的基本特征,而不是通行于民间文学各子类的共同特征。因此,拟象说理应是传说学研究较为得心应手的工具,而且能够被相邻学科所借鉴,以处理类似传说材料所遇到的问题。拟象说不是封闭的认识方法,与传说相关的学科应当可以适用。即使被使用于其他场合,拟象说仍然能够体现出传说所带有的蕴味。

参考文献

丛书：

二十四史［G］.北京：中华书局.1995

中国民间故事集成［G］. 北京：中国 ISBN 中心等.1998—2008

中国画像石全集编辑委员会.中国画像石全集［G］. 济南：山东美
　　术出版社；郑州：河南美术出版社.2000

白庚胜.中国民间故事全书［G］.北京：知识产权出版社.2005—2014

陈庆浩、王秋桂.中国民间故事全集［G］.台北：远流出版事业股份
　　有限公司.1989

道藏［G］.北京：文物出版社；上海：上海书店；天津：天津古籍出
　　版社.1988

古代典籍：

题［春秋］师旷.禽经［M］.北京：中华书局.1991

题［春秋］左丘明.国语［M］.上海：上海古籍出版社.1998

［魏］何晏注.［宋］邢昺疏.论语注疏［M］.北京：中华书局.2009

［战国］墨翟.墨子［M］.北京：中华书局.1985.

［战国］吕不韦.吕氏春秋［M］（影印浙江书局本）.上海：上海古籍
　　出版社.1989

［战国］韩非.韩非子［M］（影印浙江书局本）.上海：上海古籍出版
　　社.1989

［战国］佚名.鹖冠子［M］.北京：中华书局.1985

题［战国］列御寇.列子［M］.北京：中华书局.1985

题［秦］孔鲋.孔丛子［M］.北京：中华书局.1985

［汉］伏胜撰、［汉］郑玄注.尚书大传［M］.北京：中华书局.1985

［汉］陆贾.新语［M］.诸子集成［G］（第七册）.北京：中华书局.1986

［汉］贾谊.新书［M］.北京：中华书局.1985

［汉］韩婴.韩诗外传［M］.北京：中华书局.1985

［汉］刘安等编、［汉］高诱注.淮南子［M］（影印浙江书局本）.上海：上海古籍出版社.1989

［汉］司马相如著、金国永校注.司马相如集校注［M］.上海：上海古籍出版社.1993

［汉］孔安国传、［唐］孔颖达等正义.尚书正义［M］.上海：上海古籍出版社.2007

［汉］焦延寿.焦氏易林［M］.北京：中华书局.1985

［汉］戴德撰、［北周］卢辩注.大戴礼记［M］.北京：中华书局.1985

［汉］桓宽.盐铁论［M］.诸子集成［G］（第七册）.北京：中华书局.1986

［汉］刘向.战国策［M］.上海：上海古籍出版社.1985

［汉］刘向.新序［M］.北京：中华书局.1985

［汉］刘向.说苑［M］.北京：中华书局.1985

［汉］刘向.列仙传［M］.北京：中华书局.1985

［汉］刘向.楚辞［M］.北京：中华书局.1985

［汉］扬雄著、张震泽校注.扬雄集校注［M］.上海：上海古籍出版社.1993

［汉］桓谭.新论［M］.上海：上海人民出版社.1977

［汉］佚名.春秋合诚图［M］.春秋纬［G］（影印江都朱氏补刊《黄氏逸书考》本）.上海：上海古籍出版社.1993

题［汉］黄石公.素书［M］.北京：中华书局.1985

[汉] 王充.论衡[M].诸子集成[G]（第七册）.北京：中华书局.1986

[汉] 班固.白虎通[M].北京：中华书局.1985

[汉] 刘珍等.东观汉记[M].北京：中华书局.1985

[汉] 王符.潜夫论[M].上海：上海古籍出版社.1990

[汉] 魏伯阳著、[清] 袁仁林注.古文周易参同契注[M].北京：中华书局.1985

[汉] 郑玄.周礼郑氏注[M].北京：中华书局.1985

[汉] 郑玄注、[唐] 孔颖达等正义.礼记正义[M].北京：中华书局.2009

[汉] 郑玄注、[唐] 贾公彦疏.周礼注疏[M].北京：中华书局.2009

[汉] 应劭.风俗通义[M].北京：中华书局.1985

[汉] 张仲景.伤寒论[M].中华医书集成[G]（第2册）.北京：中医古籍出版社.1999

[汉] 张仲景.金匮要略方论[M].中华医书集成[G]（第2册）.北京：中医古籍出版社.1999

[汉] 宋衷注、[清] 秦嘉谟等辑.世本八种[M].北京：中华书局.2008

题[汉] 东方朔.海内十洲记[M].景印文渊阁四库全书[G]（第1042册）.台北：商务印书馆.1986

[魏] 曹植.曹子建集[M]（影印明活字本）.四部丛刊初编·集部（第98册）.上海：上海书店.1989（据商务印书馆1926版重印）

[魏] 嵇康.嵇中散集[M]（影印双鉴楼藏明嘉靖刊本）.四部丛刊初编·集部（第98册）.上海：上海书店.1989（据商务印书馆1926版重印）

[魏] 杨泉.物理论[M].北京：中华书局.1985

［魏］刘邵.人物志［M］（涵芬楼影印正德刊本）.四部丛刊初编·
　　子部（第 74 册）.上海：上海书店.1989（据商务印书馆
　　1926 版重印）

［魏］王弼注、［晋］韩康伯注、［唐］孔颖达疏、［唐］陆德明正
　　义.周易正义［M］.北京：中华书局.2009

［晋］皇甫谧.针灸甲乙经［M］（影印明刻《医统正脉》本）.北京：
　　人民卫生出版社.1956

［晋］皇甫谧著、徐宗元辑.帝王世纪辑存［M］.北京：中华书
　　局.1964

［晋］张华.博物志［M］.景印文渊阁四库全书［G］（第 1047 册）.台
　　北：商务印书馆.1986

［晋］张华.博物志［M］.北京：中华书局.1985

［晋］杜预注、［唐］孔颖达等正义.春秋左传正义［M］.北京：中华
　　书局.2009

［晋］崔豹.古今注［M］.北京：中华书局.1985

［晋］郭璞著、张宗祥校录.足本山海经图赞［M］.上海：古典文学
　　出版社.1958

［晋］干宝.搜神记［M］.北京：中华书局.1979

［晋］葛洪著、王明校释.抱朴子内篇校释［M］.北京：中华书
　　局.1980

［晋］葛洪.神仙传［M］.北京：中华书局.1991

［晋］葛洪.肘后备急方［M］（影印明万历刊本）.北京：人民卫生出
　　版社.1956

［晋］王嘉撰、［南朝梁］萧绮录、齐治平校注.拾遗记［M］.北京：
　　中华书局.1981

［晋］陶潜.搜神后记［M］.北京：中华书局.1981

［南朝宋］刘敬叔.异苑［M］.北京：中华书局.1991

［南朝梁］释僧佑.出三藏记集［M］.北京：中华书局.1995

［南朝梁］陶弘景.真诰［M］.北京：中华书局.1985

［南朝梁］陶弘景著、尚志钧、尚元胜辑校.本草经集注［M］.北京：
　　人民卫生出版社.1994

［南朝梁］任昉.述异记［M］.北京：中华书局.1985

［南朝梁］殷芸编、周楞伽辑注.殷芸小说［M］.上海：上海古籍出
　　版社.1984

［南朝梁］萧统编、［唐］李善等注.六臣注文选［M］（影印四部丛
　　刊本）.北京：中华书局.1987

［南朝陈］徐陵.徐孝穆集［M］（涵芬楼影印明屠隆本）.四部丛刊
　　初编·集部（第101册）.上海：上海书店.1989（据商务印书
　　馆1926版重印）

［北魏］郦道元.水经注［M］（影印光绪新化三味书室合校本）.成
　　都：巴蜀书社.1985

［北齐］刘昼.刘子［M］.北京：中华书局.1985

［北周］佚名.无上秘要［M］.道藏［G］（第25册）.北京：文物出版
　　社；上海：上海书店；天津：天津古籍出版社.1988

［隋］萧吉著、钱杭点校.五行大义［M］.上海：上海书店出版
　　社.2001

［唐］陆德明.经典释文［M］（影印北京图书馆藏宋本）.北京：中华
　　书局.1983

［唐］欧阳询.艺文类聚［M］.上海：上海古籍出版社.1982

［唐］孙思邈.备急千金要方［M］（影印江户医学影北宋本）.北京：
　　人民卫生出版社.1955

［唐］孙思邈.千金翼方［M］（影印清翻刻元大德梅溪书院本）.北
　　京：人民卫生出版社.1955

［唐］王勃.王子安集［M］（影印明张绍和刊本）.四部丛刊初编·
　　集部（第102册）.上海：上海书店.1989（据商务印书馆
　　1926版重印）

［唐］杨炯著、徐明霞点校.杨炯集［M］.北京：中华书局.1980

［唐］刘知幾.史通［M］（影印明万历刊本）.四部丛刊初编·史部（第 54 册）.上海：上海书店.1989（据商务印书馆 1926 版重印）

［唐］司马贞.补史记三皇本纪［A］.二十五史（百衲本）［G］第一册.史记（影印宋庆元黄善夫刊本）.杭州：浙江古籍出版社.1998

［唐］段成式.酉阳杂俎［M］.北京：中华书局.1981

［唐］李商隐著、刘学锴、余恕诚编校注.李商隐文编年校注［M］.北京：中华书局.2002

［唐］陈少微.大洞炼真宝经九还金丹妙诀［M］.炉鼎火候品第八·造炉，见道藏［G］（第 19 册）.北京：文物出版社；上海：上海书店；天津：天津古籍出版社.1988

题［唐］沈汾.续仙传［M］.道藏［G］（第 5 册）.北京：文物出版社；上海：上海书店；天津：天津古籍出版社.1988

［宋］李昉等.太平御览［M］（据涵芬楼影印宋本重印）.北京：中华书局.1960

［宋］李昉.太平广记［M］.北京：中华书局.1961

［宋］张君房.云笈七籤［M］.北京：中华书局.2003

［宋］丁度等.集韵［M］（影印扬州使院重刻本）.北京：中国书店.1983

［宋］宋敏求.唐大诏令集［M］.北京：商务印书馆.1959

［宋］苏颂编撰、尚志钧辑校.本草图经［M］.合肥：安徽科学技术出版社.1994

［宋］高承等.事物纪原［M］.北京：中华书局.1985

［宋］刘恕.资治通鉴外纪［M］（影印涵芬楼藏明刊本）.四部丛刊初编·史部（第 35 册）.上海：上海书店.1989（据商务印书馆 1926 版重印）

［宋］苏辙.古史［M］(影印国图藏宋刻元明递修本).北京：北京图
　　书馆出版社.2003

［宋］朱长文.琴史(外十种)［M］(影印四库本).上海：上海古籍
　　出版社.1991

［宋］郭若虚.图画见闻志［M］.北京：中华书局.1985

［宋］龚原.周易新讲义［M］.北京：中华书局.1991

［宋］寇宗奭.本草衍义［M］.北京：中华书局.1985

［宋］晁载之.续谈助［M］.北京：中华书局.1985

题［宋］邵雍.梦林玄解［M］(影印明崇祯刻本)，见《续修四库全
　　书》编纂委员会.续修四库全书［G］(第 1063－1064 册).上
　　海：上海古籍出版社.2002

［宋］张浚.紫岩易传［M］.景印文渊阁四库全书［G］(第 10 册).台
　　北：商务印书馆.1986

［宋］曾慥.道枢［M］.道藏［G］(第 20 册).北京：文物出版社；上
　　海：上海书店；天津：天津古籍出版社.1988

［宋］郑樵.通志［M］.北京：中华书局.1987

［宋］李焘.续资治通鉴长编［M］.北京：中华书局.1985

［宋］韩元吉.桐阴旧话［M］，见［明］陆楫等.古今说海［M］.成都：
　　巴蜀书社.1988

［宋］洪适.隶释·隶续［M］(影印洪氏晦木斋刻本).北京：中华书
　　局.1985

［宋］项安世.周易玩辞［M］(影印四库本).上海：上海古籍出版
　　社.1990

［宋］罗泌.路史［M］(影印西山堂嘉庆间重镌宋本).先秦史研究
　　文献三种［M］(第 3－8 册).北京：国家图书馆出版社.2013

［宋］张杲.医说［M］.景印文渊阁四库全书［G］(第 742 册).台北：
　　商务印书馆.1986

［宋］程迥.医经正本书［M］.北京：中华书局.1985

［宋］叶适.习学记言序目［M］.北京：中华书局.1977

［宋］程卓.使金录［M］（影印乾隆李氏抄本），见《续修四库全书》编纂委员会.续修四库全书［G］（第423册）.上海：上海古籍出版社.2002

［宋］冯椅.厚斋易学［M］.景印文渊阁四库全书［G］（第16册）.台北：商务印书馆.1986

［宋］潘自牧.记纂渊海［M］.景印文渊阁四库全书［G］（第930-932册）.台北：商务印书馆.1986

［宋］陈振孙.直斋书录解题［M］.北京：中华书局.1985

［宋］周守忠.历代名医蒙求［M］（影印尹家书铺刊本）.北京：人民卫生出版社.1955

［宋］林光世.水村易镜［M］（影印通志堂经解本），见四库全书存目丛书编纂委员会.四库全书存目丛书［G］（经1册）.济南：齐鲁书社.1997

［宋］李駉.黄帝八十一难经纂图句解［M］.北京：人民卫生出版社.1997

［金］元好问著、狄宝心校注.元好问诗编年校注［M］.北京：中华书局.2011

［金］赵秉文.滏水集［M］.景印文渊阁四库全书［G］（第1190册）.台北：商务印书馆.1986

题［宋］王道.古文龙虎经注疏［M］.道藏［G］（第20册）.北京：文物出版社；上海：上海书店；天津：天津古籍出版社.1988

题［宋］窦汉卿.疮疡经验全书［M］（影印明隆庆大酉堂刻本），见《续修四库全书》编纂委员会.续修四库全书［G］（第1012册）.上海：上海古籍出版社.2002

［元］李冶.敬斋古今黈［M］.北京：中华书局.1985

［元］王好古.阴证略例［M］.北京：中华书局.1985

［元］刘壎.隐居通议［M］.北京：中华书局.1985

［元］陈栎.历代通略［M］.景印文渊阁四库全书［G］（第 688
　　册）.台北：商务印书馆.1986

［元］释觉岸、［明］释幻轮.释氏稽古略·续集［M］（影印光绪十
　　二年刊本）.扬州：江苏广陵古籍刻印社.1992

［元］赵道一.历世真仙体道通鉴［M］.道藏［G］（第 5 册）.北京：文
　　物出版社；上海：上海书店；天津：天津古籍出版社.1988

［元］陶宗仪.南村辍耕录［M］.北京：中华书局.1959

［元］陶宗仪等.说郛三种［M］.上海：上海古籍出版社.1988

［元］王履.医经溯洄集［M］.北京：中华书局.1985

［明］李贤等.大明一统志［M］.景印文渊阁四库全书［G］（第
　　472－473 册）.台北：商务印书馆.1986

［明］韩㦧著、丁光迪点校.韩氏医通［M］.北京：人民卫生出版
　　社.1989

［明］李东阳等、［明］申时行等.大明会典［M］（影印明刊本）.扬
　　州：广陵书社.2007

［明］王九思等.难经集注［M］.北京：中华书局.1991

［明］孙承恩.文简集［M］.景印文渊阁四库全书［G］（第 1271
　　册）.台北：商务印书馆.1986

［明］李濂.医史［M］（影印上图藏明刻本），见《续修四库全书》编
　　纂委员会.续修四库全书［G］（第 1030 册）.上海：上海古籍
　　出版社.2002

［明］王三聘.古今事物考［M］.北京：中华书局.1985

［明］江瓘.名医类案［M］（缩影知不足斋丛书刊本）.北京：人民卫
　　生出版社.1957

［明］方有执.伤寒论条辨［M］.北京：人民卫生出版社.1957

［明］王世贞.列仙全传［M］.北京：中华书局.1961

［明］焦竑.澹园集［M］.北京：中华书局.1999

［明］王士性.广志绎［M］.北京：中华书局.1981

［明］朱国祯.涌幢小品［M］.北京：中华书局.1959

［明］李日华.六研斋二笔［M］.景印文渊阁四库全书［G］（第867 册）.台北：商务印书馆.1986

［明］沈德符.万历野获编［M］.北京：中华书局.1959

［明］董斯张.广博物志［M］（影印学海堂刊本）.扬州：江苏广陵古籍刻印社.1987

［明］李中梓.删补颐生微论［M］（影印崇祯刻本），见四库全书存目丛书编纂委员会.四库全书存目丛书［G］（子 46 册）.济南：齐鲁书社.1995

［明］刘侗、于奕正.帝京景物略［M］.北京：北京古籍出版社.1980

［明］陈耀文.天中记［M］（影印四库本）.上海：上海古籍出版社.1991

［明］陈子龙等.明经世文编［M］（影印崇祯刻本杂合本）.北京：中华书局.1962

［明］周游、王黉.开辟衍绎［M］（影印明崇祯麟瑞堂刊本）.上海：上海古籍出版社.1990

［清］黄宗羲.明文海［M］（影印原涵芬楼藏钞本）.北京：中华书局.1987

［清］马骕.绎史［M］.上海：商务印书馆.1937

［清］屈大均.翁山文外［M］，见《清代诗文集汇编》编纂委员会.清代诗文集汇编［G］（119）.上海：上海古籍出版社.2010

［清］王宏翰.古今医史［M］（影印清抄本），见《续修四库全书》编纂委员会.续修四库全书［G］（第 1030 册）.上海：上海古籍出版社.2002

［清］吴乘权.纲鉴易知录［M］.北京：中华书局.1960

［清］高士奇.牧斋遗事［M］.清代野史［M］（第 6 辑）.成都：巴蜀书社.1987

［清］徐道、程毓奇.神仙通鉴［M］.藏外道书［G］（第 32 册）.成都：

巴蜀书社.1994

[清] 彭定求等.全唐诗[G].北京：中华书局.1960

[清] 陈梦雷等.古今图书集成[G].北京：中华书局；成都：巴蜀书社.1986

[清] 姚际恒.古今伪书考[M].北京：中华书局.1985

[清] 魏荔彤.伤寒论本义[M].北京：中医古籍出版社.1997

[清] 徐大椿.医贯砭[M].徐大椿医书全集[M].北京：人民卫生出版社.1988

[清] 吴谦等.医宗金鉴[M]（影印清武英殿刊本）.北京：人民卫生出版社.1957

[清] 沈青崖等.[雍正]陕西通志[M]，见中国西北文献丛书编辑委员会.西北稀见方志文献[G]（第1至5卷）.兰州：兰州古籍书店.1990

[清] 牛运震著、李念孔等点校.读史纠谬[M].济南：齐鲁书社.1989

[清] 陆时化.吴越所见书画录[M]（影印清怀烟阁刻本），见《续修四库全书》编纂委员会.续修四库全书[G]（第1068册）.上海：上海古籍出版社.2002

[清] 曹雪芹.脂砚斋重评石头记[M].北京：人民文学出版社.1975

[清] 魏之琇.续名医类案[M]（影印信述堂本）.北京：人民卫生出版社.1957

[清] 王昶.金石萃编[M]（影印民国扫叶山房本）.北京：中国书店.1985

[清] 毕沅.关中胜迹图志[M].景印文渊阁四库全书[G]（第588册）.台北：商务印书馆.1986

[清] 段玉裁.说文解字注[M]（影印经韵楼本）.上海：上海古籍出版社.1981

［清］章学诚.湖北通志检存稿［M］.章氏遗书［M］（嘉业堂本）.吴兴刘氏刊刻.1922

［清］赵本植.［乾隆］庆阳府志［M］.中国地方志集成·甘肃府志辑［G］（第22册）南京：凤凰出版社.2008

［清］永瑢等.四库全书总目［M］.北京：中华书局.1965

［清］嵇璜等.续通志［M］.景印文渊阁四库全书［G］（第392－401册）.台北：商务印书馆.1986

［清］赵绍祖撰、赵英明、王懋明点校.读书偶记［M］.北京：中华书局.1997

［清］严可均.全晋文［M］.北京：商务印书馆.1999

［清］徐松.宋会要辑稿［M］.北京：中华书局.1957

［清］秦嘉谟.月令粹编［M］（影印琳琅仙馆刻本），见《续修四库全书》编纂委员会.续修四库全书［G］（第885册）.上海：上海古籍出版社.2002

［清］周寿昌撰、许逸民点校.思益堂日札［M］.北京：中华书局.2007

［清］顾禄.清嘉录［M］.上海：上海古籍出版社.1986

［清］姚振宗.隋书经籍志考证［M］.师石山房丛书［G］.上海：开明书店.1936

［清］章楠.医门棒喝［M］.北京：中医古籍出版社.1987

［清］陆以湉.冷庐医话［M］.北京：中医古籍出版社.1999

［清］俞樾.春在堂杂文［M］（影印清光绪刻本），见《清代诗文集汇编》编纂委员会.清代诗文集汇编［G］（686）.上海：上海古籍出版社.2010

［清］长顺等.［光绪］吉林通志［M］.长春：吉林文史出版社.1986

［清］郭庆藩辑、王孝鱼整理.庄子集释［M］.北京：中华书局.1961

［清］刘启端等.大清会典图［M］（影印光绪石印本），见《续修四库全书》编纂委员会.续修四库全书［G］（第795－797册）.上

海：上海古籍出版社.2002

崔适著、张烈点校.史记探源[M].北京：中华书局.1986

张骥.史记扁仓列传补注[M]（张氏自刻本）.1935

[唐] 王冰编次、[宋] 高保衡、林亿校正、吴润秋整理.素问[M].中华医书集成[G]（第 1 册）.北京：中医古籍出版社.1999

[宋] 史崧重编、胡郁坤、刘志龙整理.灵枢经[M].中华医书集成[G]（第 1 册）.北京：中医古籍出版社.1999

郭霭春.黄帝内经灵枢校注语译[M].贵阳：贵州教育出版社.2010

郭霭春.黄帝内经素问校注语译[M].贵阳：贵州教育出版社.2010

佚名著、[晋] 郭璞传.山海经[M]（影印浙江书局本）.上海：上海古籍出版社.1989

袁珂.山海经校注[M].上海：上海古籍出版社.1980

佚名.神农本草经[M].中华医书集成[G]（第 5 册）.北京：中医古籍出版社.1999

佚名撰.宣和画谱[M].上海：商务印书馆.1936

佚名.王明.太平经合校[M].北京：中华书局.1960

佚名.九转灵砂大丹资圣玄经[M].道藏[G]（第 19 册）.北京：文物出版社；上海：上海书店；天津：天津古籍出版社.1988

佚名.逸周书[M].北京：中华书局.1985

佚名.轩辕黄帝传[M].北京：中华书局.1991

现代著作：

专著：

[1] 阿大等.长征的故事[M].韬奋书店.1945

[2] 白刃.大时代的插曲——敌后抗战故事[M].东北书店.1948

[3] 柏桦.恩格斯的故事[M].西北新华书店.1946

[4] 曹东义.神医扁鹊之谜——扁鹊—秦越人生平事迹研究[M].北京：中国中医药出版社.1996

［5］曹靖华.列宁的传说及其它［M］.上海：文化生活出版
　　　社.1940

［6］昌图民间文学三套集成办公室.中国民间文学集成·辽宁
　　　卷·昌图资料本［M］.内部资料.1986

［7］长葛县民间文学三套集成编委会.中国民间故事集成·河南
　　　省许昌市长葛县卷［M］.内部资料.1990

［8］陈邦贤.中国医学史［M］.北京：团结出版社.2006

［9］陈勤建.中国鸟文化——关于鸟化宇宙观的思考［M］.上海：
　　　学林出版社.1996

［10］陈子谦.钱学论［M］.成都：四川文艺出版社.1992

［11］程殿臣等.邯郸地区故事卷［M］.北京：中国民间文艺出版
　　　社.1989

［12］程守祯.扁鹊信仰探究［D］.山东大学.2011

［13］程蔷.中国民间传说［M］.杭州：浙江教育出版社.1989

［14］辞海编辑委员会.辞海·医药卫生分册［M］.上海：上海辞书
　　　出版社.1981

［15］崔秀汉.中国医史医籍述要［M］.延吉：延边人民出版
　　　社.1983

［16］大东区"三集成"编委会.中国民间文学集成·辽宁卷·沈阳
　　　大东资料本［M］.大东区"三集成"编委会.1986

［17］董均伦.刘志丹的故事［M］.东北书店.1947

［18］董璐.传播学核心理论与概念［M］.北京：北京大学出版
　　　社.2008

［19］董晓萍.《三国演义》的传说［M］.海口：南海出版公司.1990

［20］窦昌荣、吕洪年.古代名医的传说［M］.上海：上海文艺出版
　　　社.1982

［21］杜学德.中国民间文学集成·邯郸市故事卷［M］.北京：中国
　　　民间文艺出版社.1989

［22］段宝林、祁连休.民间文学词典［M］.石家庄：河北教育出版社.1988

［23］鄂西土家族苗族自治州群众艺术馆.鄂西民族民间故事传说集［M］.内部资料.1983

［24］范牧.河南民间文学集成·南阳民间故事［M］.郑州：中原农民出版社.1992

［25］范正义.保生大帝——吴真人信仰的由来与分灵［M］.北京：宗教文化出版社.2008

［26］冯模健.建安神医董奉传奇及养生智慧［M］.北京：中国中医药出版社.2010

［27］福建人民出版社编辑部.福建民间故事［M］.福州：福建人民出版社.1960

［28］中国人民政治协商会议福建省寿宁县委员会文史资料委员会.寿宁历史名人录（寿宁文史第七辑）［M］.内部资料.1995

［29］干祖望.孙思邈评传［M］.南京：南京大学出版社.1995

［30］高少峰.药圣孙思邈的传说［M］.通辽：内蒙古少年儿童出版社.1997

［31］高文铸.华佗遗书［M］.北京：华夏出版社.1995

［32］高宣扬.当代法国思想五十年［M］.北京：中国人民大学出版社.2005

［33］高院艾.黄陵文典·黄帝故事卷［M］.西安：陕西人民出版社.2008

［34］葛兆光.中国思想史［M］（第一卷）.上海：复旦大学出版社.1998

［35］顾颉刚.古史辨［M］（第一册）.上海：朴社.1926

［36］顾颉刚、钟敬文等.孟姜女故事论文集［M］.北京：中国民间文艺出版社.1981

［37］郭翔、陈美仁、郑湘宁.民间传说神话［M］.北京：中医古籍出

版社.2008

［38］郝长燚.不断被记忆的李时珍——李时珍形象演变与社会文化变迁［D］.南开大学硕士学位论文.2011

［39］何其芳.吴玉章同志革命故事［M］.苏南新华书店.1949

［40］何裕民、张晔.走出巫术丛林的中医［M］.上海：文汇出版社.1994

［41］河南省通许县民间文学编委会.中国民间文学集成·河南通许县卷［M］.内部资料.1989

［42］贺学君.中国四大传说［M］.杭州：浙江教育出版社.1989

［43］胡适.胡适文存三集［M］.上海：亚东图书馆.1930

［44］湖北省蕲春县文化局.李时珍的传说［M］.湖北省蕲春县文化局.1983

［45］湖北省群众艺术馆、湖北省民间文艺研究会.千古风流［M］.武汉：长江文艺出版社.1983

［46］湖南人民出版社.红军桥（革命传说）［M］.长沙：湖南人民出版社.1957

［47］湖南省文学艺术界联合会.湖南民间故事集成［M］.长沙：湖南文艺出版社.2009

［48］华北新华书店编辑部.保证打胜仗的人——后方支援前线的故事［M］.华北新华书店.1947

［49］桓台县政协文史资料委员会.桓台历史故事选［M］.内部资料.1994

［50］黄爱菊.曹州民间故事［M］.济南：山东文艺出版社.1999

［51］黄泊沧、陈林涌.神医名药的传说［M］.北京：中国妇女出版社.1987

［52］黄寿祺、张善文.周易译注［M］.上海：上海古籍出版社.2004

［53］黄新成等.法汉大词典［M］.重庆：西南师范大学出版社.2000

［54］黄竹斋.难经会通［M］.中华全国中医学会陕西分会、陕西省中医研究所.1981

［55］黄竹斋.医圣张仲景传［M］.西安：中华全国中医学会陕西分会、陕西省中医研究所.1981

［56］黄竹斋.孙思邈传［M］.西安：中华全国医学会陕西分会.1981

［57］吉林民间文艺研究会.地方风物传说［M］.长春：吉林人民出版社.1962

［58］贾芝.炎黄汇典·民间传说卷［M］.长春：吉林文史出版社.2002

［59］贾芝.中国民间故事选［M］（第3集）.北京：人民文学出版社.1988

［60］贾芝、孙剑冰.中国民间故事选［M］.北京：作家出版社.1958

［61］江继甚.汉画像石选［M］.上海：上海书店.2000

［62］姜彬.中国民间文学大辞典［M］.上海：上海文艺出版社.1992

［63］金东辰.中国医史三字经［M］.济南：山东科学技术出版社.1991

［64］孔繁仲.安徽民间故事［M］.合肥：安徽人民出版社.1980

［65］李伯聪.扁鹊和扁鹊学派研究［M］.西安：陕西科学技术出版社.1990

［66］李经纬等.中医大辞典［M］.北京：人民卫生出版社.1995

［67］李良松.甲骨文化与中医学［M］.福州：福建科学技术出版社.1994

［68］李新明.轩辕故里的传说［M］.郑州：中原农民出版社.1990

［69］李秀琴.民间谜语故事精粹［M］.太原：山西教育出版社.1990

［70］李振清.药王史话［M］.北京：中国民间文艺出版社.1989

［71］辽宁省瓦房店市民间文学集成领导小组、张柯夫.中国民间文学集成·辽宁分卷·瓦房店资料本(民间传说)［M］.辽宁省瓦房店民间文学集成领导小组.1987

［72］聊城地区文化局.鲁西民间故事［M］.济南:山东文艺出版社.1986

［73］林立舟.中国历代名人传说［M］.北京:新华出版社.1984

［74］凌纯声、芮逸夫.湘西苗族调查报告［M］.上海:商务印书馆.1947

［75］刘仁远.扁鹊汇考［M］.北京:军事医学科学出版社.2002

［76］刘思志.崂山志异［M］.北京:中国民间文艺出版社.1988

［77］刘锡诚.20世纪中国民间文学学术史［M］.开封:河南大学出版社.2006

［78］刘月斗.宁晋县故事卷［M］.北京:中国民间文艺出版社.1989

［79］流沙河.十二象［M］.北京:生活·读书·新知三联书店.1987

［80］卢南乔.山东古代科技人物论集［M］.济南:齐鲁书社.1979

［81］鲁迅.中国小说史略［M］.上海:北新书局.1927

［82］吕超如.药王考与郑州药王庙［M］.广州:实学书局.1948

［83］罗永麟.论中国四大民间故事［M］.北京:中国民间文艺出版社.1986

［84］马昌仪.古本山海经图说［M］.济南:山东画报出版社.2001

［85］《民间文学》编辑部.关于"义和团传说故事"调查报告［M］.内部资料.1959

［86］缪文渭、黎邦农.华佗故事［M］.合肥:安徽人民出版社.1983

［87］穆孝天.华佗的传说［M］.合肥:安徽人民出版社.1960

［88］南召县民间文学集成编委会.中国民间故事集成·河南南召县卷［M］.内部资料.1987

[89] 牛正波等.华佗研究[M].合肥：黄山书社.1994

[90] 欧阳珊婷.扁鹊医学之研究[D].中国中医科学院.2013

[91] 潘君明、高福民.苏州民间故事大全[M].苏州：古吴轩出版社.2006

[92] 彭维金、李子硕、重庆市文化局民间文学集成办公室、巴县文化局民间文学集成办公室.魏显德民间故事集[M].重庆：重庆出版社.1991

[93] 祁连休、程蔷.中华民间文学史[M].石家庄：河北教育出版社.1999

[94] 钱超尘、温长路.华佗研究集成[M].北京：中医古籍出版社.2007

[95] 钱超尘、温长路.李时珍研究集成[M].北京：中医古籍出版社.2003

[96] 钱超尘、温长路.孙思邈研究集成[M].北京：中医古籍出版社.2006

[97] 钱超尘、温长路.张仲景研究集成[M].北京：中医古籍出版社.2004

[98] 钱穆.黄帝[M].北京：三联书店.2004

[99] 钱远铭.李时珍史实考[M].广州：广东科技出版社.1988

[100] 钱远铭.李时珍研究[M].广州：广东科技出版社.1984

[101] 钱锺书.管锥编[M].北京：生活·读书·新知三联书店.2007

[102] 青海省西宁市文联.河湟民间文学集[M]（第6集）.内部资料.1983

[103] 清丰县民间文学集成编委会.中国民间故事集成·河南清丰县卷[M].内部资料.1989

[104] 任骋.七十二行祖师爷的传说[M].郑州：海燕出版社.1986

[105] 汝南县民间文学集成编委会.中国民间故事集成·河南汝

南县卷[M].内部资料.1991

[106] 三中、吕樵.神奇麒麟湖：南阳麒麟湖风景区的传说[M].南阳：南阳麒麟湖旅游风景区.2002

[107] 山东省博物馆、山东省文物考古研究所.山东汉画像石选集[M].济南：齐鲁书社.1982

[108] 山东省泗水县民间文学《三集成》办公室.泗水县民间文学集成资料汇编[M]（二分册）.内部资料.1988

[109] 山东新华书店.关于斯大林的传说[M].新华书店.1946

[110] 尚秉和.易说评议[M].北京：光明日报出版社.2006

[111] 尚启东、尚煦.华佗考[M].合肥：安徽科学技术出版社.2005

[112] 盛宁.人文困惑与反思：西方后现代主义思潮批判[M].北京：生活·读书·新知三联书店.1997

[113] 盛亦如等.杏林采英[M].石家庄：河北少年儿童出版社.1994

[114] 史简.刘关张传奇——三国人物外传[M].北京：大众文艺出版社.1998

[115] 市中区民间文学集成办公室.枣庄市民间文学资料选编·市中民间故事集[M].内部资料.1989

[116] 四川民间文艺研究会.大巴山红军传说[M].成都：四川人民出版社.1960

[117] 宋兆麟.巫与巫术[M].成都：四川民族出版社.1989

[118] 泰安市郊区民间文学集成办公室.泰安市郊区民间文学资料选编·民间故事集[M].内部资料.1989

[119] 谭达先.中国的解释性传说[M].北京：商务印书馆.2002

[120] 谭达先.中国解释性传说概论[M].台北：贯雅文化事业公司.1993

[121] 谭达先.中国描述性传说概论[M].台北：贯雅文化事业公

司.1993

[122] 谭达先.中国四大传说新论[M].台北：贯雅文化事业公司.1993

[123] 唐明邦.李时珍评传[M].南京：南京大学出版社.1991

[124] 陶阳.泰山的传说[M].济南：山东人民出版社.1955

[125] 陶阳.泰山民间故事大观[M].北京：文化艺术出版社.1984

[126] 汪民安等.后现代性的哲学话语——从福柯到赛义德[M].杭州：浙江人民出版社.2000

[127] 汪晓娟.波德里亚拟像说探析[D].厦门大学.2009

[128] 王重民等.敦煌变文集[M].北京：人民文学出版社.1957

[129] 王逢振等.最新西方文论选[M].桂林：漓江出版社.1991

[130] 王建中、闪修山.南阳两汉画像石[M].北京：文物出版社.1990

[131] 王宁宇、党荣华.陕西药王祀风俗考察记[M].北京：学苑出版社.2010

[132] 王庆宪.中医思维学[M].重庆：重庆出版社.1990

[133] 王树人.回归原创之思："象思维"视野下的中国智慧[M].南京：江苏人民出版社.2005

[134] 王新昌、唐明华.医圣张仲景与医圣祠文化[M].北京：华艺出版社.1994

[135] 魏长春.中医实践经验录[M].北京：人民卫生出版社.1986

[136] 温长路、高树良.张仲景研究文献索引[M].北京：中医古籍出版社.2005

[137] 乌丙安.民俗文化新论[M].沈阳：辽宁大学出版社.2001

[138] 巫瑞书.孟姜女传说与湖湘文化[M].长沙：湖南大学出版社.2001

[139] 细河区民间文学三套集成领导小组.中国民间文学集成·辽宁分卷·细河区资料本[M].细河区民间文学三套集成

领导小组.1986

[140] 惠磊.孙思邈药王文化考[D].陕西中医学院.2012

[141] 夏小军.岐伯汇考[M].兰州：甘肃科学技术出版社.2008

[142] 夏曾佑.中国古代史[M].上海：商务印书馆.1935

[143] 项城县民间文学集成编委会.中国民间故事集成·河南项城县卷[M].内部资料.1987

[144] 萧三.朱总司令的故事[M].东北新华书店辽东分店.1949

[145] 新华书店.毛泽东的故事[M].新华书店.1949

[146] 徐炳昶.中国古史的传说时代[M].重庆：中国文化服务社.1943

[147] 严健民.远古中国医学史[M].北京：中医古籍出版社.2006

[148] 阎洪章.三峡土特产的传说[M].北京：中国民间文艺出版社.1985

[149] 阳谷县地方史志编纂委员会.阳谷县志[M].北京：中华书局.1991

[150] 杨复俊.中国民间故事集成·河南淮阳卷[M].淮阳民间文学集成编纂委员会.1988

[151] 杨金萍.汉画像石与中医文化[M].北京：人民卫生出版社.2010

[152] 杨明.欣然斋笔记[M].上海：东方出版中心.2010

[153] 杨明天.俄语的认知研究[M].上海：上海外语教育出版社.2004

[154] 杨士孝.二十六史医家传记新注[M].沈阳：辽宁大学出版社.1986

[155] 叶涛、韩国祥.中国牛郎织女传说[G].桂林：广西师范大学出版社.2008

[156] 宜琴等.一切为了前线——拥军故事[M].东北书店.1947

[157] 易希高.丝路传奇[M].重庆：重庆出版社.1984

［158］于开庆等.民间文学手册［M］.沈阳：辽宁大学中文系.1982

［159］俞吾金等.现代性现象学——与西方马克思主义者的对话［M］.上海：上海社会科学院出版社.2002

［160］袁飞等.太平天国的歌谣和传说［M］.上海：上海文艺出版社.1959

［161］袁珂.中国神话传说词典［M］.上海：上海辞书出版社.1985

［162］翟作正.山阳城民间故事［M］.郑州：中原农民出版社.1990

［163］张纯岭.徂徕山民间故事［M］.泰安：山东省出版总社泰安分社.1990

［164］张慧剑、蒋兆和.李时珍［M］.上海：华东人民出版社.1954

［165］张景波、辽阳县民间文学三套集成办公室.中国民间文学集成·辽宁分卷·辽阳县资料本［M］.辽阳县民间文学三套集成办公室.1986

［166］张树人.中国民间文学集成·辽宁分卷·黑山资料本［M］.黑山县民间文学三套集成领导小组.1987

［167］张益芳、遵义市文化局、遵义市文艺集成志书编辑部.中国民间故事集成·遵义卷［M］.贵阳：贵州人民出版社.2002

［168］张仲景博物馆.医圣祠石刻历代名医画像［M］.内部资料.2002

［169］张仲景医史文献馆.张仲景研究资料索引（1926—1982）［M］.张仲景医史文献馆.1983

［170］张紫晨.中国古代传说［M］.长春：吉林文史出版社.1986

［171］漳州市民间文学集成编委会.中国民间故事集成·福建卷·漳州市分卷［M］.内部资料.1991

［172］赵剑、王明皋.药王孙思邈的传说［M］.西安：陕西少年儿童出版社.1984

［173］赵景深.童话概要［M］.上海：北新书局.1927

［174］赵县三套集成办公室.赵县民间文学集成［M］（第二集）.内

部资料.1987

[175] 镇江市民间文艺研究会.镇江民间故事[M].北京：中国民间文艺出版社.1982

[176] 郑伯成等.神医李时珍[M].武汉：湖北少年儿童出版社.1993

[177] 郑土有.晓望洞天福地——中国的神仙和神仙信仰[M].西安：陕西人民教育出版社.1991

[178] 郑一民.神医扁鹊的故事[M].北京：新华出版社.1985

[179] 知人等.关汉卿的传说[M].北京：大众文艺出版社.1998

[180] 中国民间文艺研究会.毛泽东的故事和传说[M].北京：工人出版社.1954

[181] 中国民间文艺研究会河南分会.长生果[M](《河南民间故事丛书》之六).郑州：河南人民出版社.1982

[182] 中国民间文艺研究会理论研究部.中国民间传说论文集[M].北京：中国民间文艺出版社.1986

[183] 中华全国中医学会安徽分会等.华佗学术讨论会资料汇编[C].内部资料.1981

[184] 中华全国中医学会山东分会等.全国扁鹊秦越人里籍学术研讨会论文集[C].内部资料.1987

[185] 中原新华书店.刘伯承的故事[M].中原新华书店.1949

[186] 钟敬文.民间文学概论[M].上海：上海文艺出版社.1980

[187] 钟敬文.新的驿程[M].北京：中国民间文艺出版社.1987

[188] 钟敬文.钟敬文民间文学论集[M].上海：上海文艺出版社.1982

[189] 周作人.自己的园地[M].北京：晨报社.1923

[190] 朱宏杰.中国民间文学集成·抚宁民间故事卷[M](第2卷).秦皇岛市抚宁县三套集成办公室.1987

[191] 朱锡禄.嘉祥汉画像石[M].济南：山东美术出版社.1992

［192］朱永远、庞立恒、杨树人.滦南民间故事选［M］.唐山市民间文学三套集成办公室.1986

［193］诸葛珮.名医朱丹溪的传说［M］.杭州：浙江文艺出版社.1985

［194］遵义县民间文学集成办公室.中国民间故事集成·贵州省遵义地区遵义县卷［M］.遵义县民间文学集成办公室.1988

［195］左炳文、赵景春、毕根庭.河间风物传说［M］.北京：书目文献出版社.1994

论文：

［1］安迪光.论后汉书张仲景之无传［A］.王新昌、唐明华.医圣张仲景与医圣祠文化［M］.北京：华艺出版社.1994：509－515

［2］白寿彝.殷周传说和记录中的氏族神［J］.北京师范大学学报（人文社会科学版）.1962（3）：33－48

［3］边集文.华扁名字的由来［J］.中医药学报.1984（2）：64－65

［4］岑家梧.槃瓠传说与瑶畬的图腾崇拜［J］.责善半月刊.1947（7）：2－8、1947（8）：9－15

［5］陈伯吹.简说神话、传说和童话［J］.语文学习.1958（9）：20－22

［6］陈兰.药王孙思邈［J］.民俗研究.1995（2）：86－87

［7］陈汝惠.民间童话与神话、传说的区别及其传统形象［J］.厦门大学学报（哲学社会科学版）.1956（3）：16－17

［8］陈无咎.读子耀疑［J］.医界春秋.1935（99）：27－31

［9］陈寅恪.三国志曹冲华佗传与佛教故事［J］.清华学报.1930（1）：17－20

［10］程蔷.关于传说学的几个理论问题［J］.民间文学论坛.1987（5）：67－74

［11］程毅中.从神话传说谈到“白蛇传”［N］.文学遗产.1954（4）

[12] 楚图南.中国西南民族神话的研究[J].西南边疆.1938(1)：32－63

[13] 丁鉴塘.扁鹊遗迹辑略[J].中华医史杂志.1981(4)：228－232

[14] 东人达.扁鹊小考[J].医学与哲学(人文社会医学版).1980(2)：74－75

[15] 东人达.扁鹊考异[J].河北中医杂志.1981(3)：60

[16] 东人达.就扁鹊问题的再考证[J].医学与哲学(人文社会医学版).1981(4)：78－79

[17] 窦昌荣、吕洪年.谈名医传说和它的民俗学意义[J].上海师范大学学报(哲学社会科学版).1986(2)：129－134

[18] 龚维英."炎帝神农氏"形成过程探索[J].华南师范大学学报(社会科学版).1984(2)：109－112

[19] 顾颉刚.传说专号序[J].民俗周刊.1929(47)：序1

[20] 顾颉刚.孟姜女故事研究集自叙[J].民俗周刊.1928(1)：13－16

[21] 顾希佳.传说群：梁祝故事的传说学思考[J].民俗研究.2003(2)：67－76

[22] 韩健平.传说的神医：扁鹊[J].科学文化评论.2007(5)：5－14

[23] 胡适.《三侠五义》序[A].胡适.胡适文存三集[M].上海：亚东图书馆.1930：661－706

[24] 黄竹斋.神医秦越人事迹考[A].难经会通[M].中华全国中医学会陕西分会、陕西省中医研究所.1981

[25] 何爱华.华佗姓名与医术来自印度吗？——与何新同志商榷[J].世界历史.1988(4)：155－158

[26] 何爱华.秦越人(扁鹊)生卒及行医路径考[J].新中医药.1958(8)：34－39

[27] 何爱华.秦越人为《扁鹊传》传主的事实不能否定[J].中医药学报.1990(6)：52－53

[28] 何其芳.关于梁山伯祝英台故事[J].民间文艺集刊.1951(2)：14－22

[29] 何仙童.驳张仲景官居长沙太守的三项依据[J].中国保健营养(下旬刊).2013(04下)：2054－2055

[30] 贾芝.民间传说中的中国传统医学——序《神医名药的传说》[A].黄泊沧、陈林涌.神医名药的传说[M].北京：中国妇女出版社.1987

[31] 贾芝.民间传说刘三姐的新形象[J].文学评论.1960(5)：21－27

[32] 郎需才.华佗果真是波斯人吗？——与日本松木明知先生商榷[A].中华全国中医学会安徽分会等.华佗学术讨论会资料汇编[C].1981：26－30

[33] 李良松.《四库全书》中的岐伯文献通考[J].中医研究.2011(3)：71－76

[34] 李起.华佗焉非中国人——兼议松木明知先生的"新知见"[J].日本学论坛.1994(1)：56－57

[35] 李颖科.炎帝非神农考[A].史前研究[C].西安：三秦出版社.2000：651－653

[36] 李永先.扁鹊、秦越人辨析[J].东岳论丛.1988(2)：92－97

[37] 廖国玉.张仲景官居长沙太守的三项根据[A].王新昌、唐明华.医圣张仲景与医圣祠文化[M].北京：华艺出版社.1994：516－519.

[38] 林青.扁鹊的文化解读[J].民族艺术.1999(4)：102－115

[39] 刘道清.南阳医圣祠"晋碑"质疑[J].中原文物.1983(1)：37－39

[40] 刘敦愿.扁鹊名号问题浅议[J].山东中医学院学报.1989(3)：

39－43

[41] 刘敦愿.汉画象石上的针灸图[J].文物.1972(6)：47－52

[42] 刘铭恕、杨天宇.扁鹊与印度古代名医耆婆[J].郑州大学学报(哲学社会科学版).1996(5)：100－102

[43] 刘世恩等.仲景里贯十二说[A].国际张仲景学术思想研讨会论文集[C].中华中医药学会.2004：59－62

[44] 刘守华等.盖世的业绩 不朽的魅力——《李时珍的传说》前言[J].黄冈师范学院学报.1985(2)：36－37

[45] 罗舒庭.《华佗果真是波斯人吗?》辨补——兼就教松木先生[A].中华全国中医学会安徽分会等.华佗学术讨论会资料汇编[C].1981：31－33

[46] 马伯英.孙思邈故里纪念建筑现状及沿革：孙思邈故里考察记[J].中华医史杂志.1981(4)：205－208

[47] 马俊乾等.南阳医圣祠新发现晋碑及其有关问题[J].中原文物.1982(2)：66－68

[48] 马堪温.内丘县神头村扁鹊庙调查记[J].中华医史杂志.1955(2)：100－103

[49] 马堪温.唐代名医孙思邈故里调查记[J].中华医史杂志.1954(4)：253－258

[50] 毛光骅.汤阴县扁鹊墓和墓碑的访查[J].中华医史杂志.1985(2)：125－126

[51] 宁锐、王明皋.孙思邈的传说与耀县二月二庙会[J].中国民间文化.1993(1)：215－223

[52] 庞光华.华佗非梵语译音考[J].古汉语研究.2000(3)：55

[53] 彭华.《华佗传》《曹冲传》疏证——关于陈寅恪运用比较方法的一项检讨[J].史学月刊.2006(6)：77－85

[54] 钱超尘、温长路.张仲景生平暨《伤寒论》版本流传考略[J].河南中医杂志.2005(1)：3－7、(2)：3－7、(3)：3－6、

（4）：3－7

[55] 裘沛然.张仲景守长沙说的商讨[J].新中医.1984（11）：46－48

[56] 宋柏林等.我对仲景长沙太守说的看法[J].国医论坛.1991（1）：41－42

[57] 苏礼.秦越人扁鹊是战国时期人[J].中医文献杂志.2010（3）：23－24

[58] 孙红昺.驳华佗非中国人说——兼答日本松木明知副教授[J].新医学杂志.1985（8）：444－445

[59] 谭达先.世界性"医圣"传说的里程碑——鄂东民间故事传说集《神医李时珍》评略[J].黄冈师范学院学报.1995（2）：73－74

[60] 唐兰.马王堆出土《老子》乙本卷前古佚书的研究——兼论其与汉初儒法斗争的关系[A].马王堆汉墓帛书整理小组.经法[M].北京：文物出版社.1976：149－190

[61] 王兵翔.有关"医圣"张仲景二三问题[J].郑州大学学报（哲学社会科学版）.1981（4）：110－112

[62] 王树芬.论张仲景诊王仲宣一案的真实性及其价值[J].中华医史杂志.1997（1）：29－31

[63] 王寅.iconicity 的译名与定义[A].王寅.中国语言象似性研究论文精选[C].长沙：湖南人民出版社.2009：77－83

[64] 卫聚贤.扁鹊的医术来自印度[J].华西医药杂志.1947（1）：19－25

[65] 卫聚贤.老子与扁鹊的年代及籍贯考[J].史学季刊.1933（1）：48－69

[66] 文元、江泳.关于扁鹊的两个问题[J].北京中医药大学学报（中医临床版）.1998（1）：20－22

[67] 乌丙安.论中国风物传说圈[J].民间文学论坛.1985（2）：

13－31

[68] 吴金华.三国志发微(三):《魏志》该不该补《张仲景传》[EB/OL].吴金华博客.2013－1－7.http://blog.sina.com.cn/s/blog_4f148f370101e7bh.html

[69] 许光岐.关于张仲景为王仲宣诊病故事的考察[J].上海中医药杂志.1958(3):41－43

[70] 玄珠.神话的意义与类别[J].文学周报(第五辑).1928:633－641

[71] 杨金萍.汉画像石中鸟图腾与中医关系之考析[A].王新陆.中医文化论丛[C].济南:齐鲁书社.2005:207－213

[72] 杨金萍、何永.汉画像石中鸟图腾与中医[J].医学与哲学(人文社会医学版).2007(1):63－65

[73] 叶又新.神医画象石刻考[J].山东中医药大学学报.1986(4):54－60

[74] 张胜忠.扁鹊的图腾形象[J].河南中医杂志.1997(4):201－202

[75] 张一民.关于黄帝时期的扁鹊[J].语文教学.1984(1):52－53

[76] 章次公.史记扁鹊列传集释[J].新中医药.1955(9):23－25

[77] 章次公.史记扁鹊列传集释(一续)[J].新中医药.1955(10):40－45

[78] 章次公.史记扁鹊列传集释(二续)[J].新中医药.1955(11):30－38

[79] 赵际勐、樊蕾.岐伯研究简述[J].中华医史杂志.2011(3):(41)179－182

[80] 赵玉青、孔淑贞.中国的医圣扁鹊——秦越人[J].中华医史杂志.1954(3):153－157

[81] 周及徐."炎帝神农说"辨伪[J].四川师范大学学报(社会科学版).2006(6):67－73

[82] 周作人.神话与传说[A].周作人.自己的园地[M](第四

版).北京：晨报社.1923：36－37

[83] 周作人.童话略论[J].绍兴县教育会月刊.1913(2)：2－9

[84] 邹明华.专名与传说的真实性问题[J].文学评论.2003(06)：175－179

[85] 邹学熹.张机仲景略传[J].成都中医药大学学报.1981(3)：78－79

外文及译著：

[美] 阿尔伯特·洛德(Lord, A. B.)著、尹虎彬译.故事的歌手[M].北京：中华书局.2004

[美] 沃纳·赛佛林(Severin, J.W.)、[美] 小詹姆斯·坦卡德(Tankard, Jr.J.)著、郭镇之等译.传播理论——起源、方法与应用[M].北京：华夏出版社.2000

[美] 费什(Stanley E. Fish).文学在读者中：感受文体学.王逢振等.最新西方文论选[M].桂林：漓江出版社.1991

[美] 道格拉斯·凯尔纳(Kellner, D.)著、陈维振等译.波德里亚——一个批判性读本[M].南京：江苏人民出版社.2008

[美] 道格拉斯·凯尔纳(Kellner, D.)、斯蒂文·贝斯特(Best, S.)著、张志斌译.后现代理论：批判性的质疑(第二版)[M].北京：中央编译出版社.2006

[美] 沃利斯(Wallis, B).现代主义之后的艺术——对表现的反思[M].北京：北京大学出版社.2012

[美] 路易斯·亨利·摩尔根著、杨东莼等译.古代社会[M].南京：江苏教育出版社.2005

Jean Baudrillard. *Simulacra and Simulation* [M]. trans. Sheila Faria Glaser. Michigan：University of Michigan Press.1994

[日] 柳田国男著、连湘译.传说论[M].北京：中国民间文艺出版社.1985

［日］山田庆儿.扁鹊传说［J］.东方学报.1988：73－158

［日］泷川资言考证、［日］水泽利忠校补.史记会注考证校补［M］.上海：上海古籍出版社.1985

［日］岩濑溥撰、白希智译.传说学探索［J］.民间文学论坛.1985（3）：74－80

［法］罗兰·巴特（Roland Barthes）著、屠友祥.*S/Z*［M］.上海：上海人民出版社.2000

［法］让-鲍德里亚（Jean Baudrillard）著、马海良译.仿真与拟象［A］.汪民安等.后现代性的哲学话语——从福柯到赛义德［M］.杭州：浙江人民出版社.2000

［法］波德里亚（Jean Baudrillard）著、车槿山译.象征交换与死亡［M］.南京：译林出版社.2006

［法］布希亚（Jean Baudrillard）著、洪凌译.拟仿物与拟像［M］.台北：时代文化出版企业股份有限公司.1998

［法］雅克·拉康（Jacques Lacan）、［法］让·鲍德里亚（Jean Baudrillard）等著、吴琼编.视觉文化的奇观——视觉文化总论［M］.北京：中国人民大学出版社.2005

［法］茹贝尔著、郑永慧译.俄罗斯民间传说［M］.上海：新文艺出版社.1956

［德］H·R·姚斯（Hans Robert Jauss）、［美］R·C·霍拉勃（Robert C.Holub）著、周宁、金元浦译.接受美学与接受理论［M］.沈阳：辽宁人民出版社.1987

冯俊等著、陈喜贵等译.后现代主义哲学讲演录［M］.北京：商务印书馆.2003

［捷］依腊谢克著、丁如译.不屈的好汉们——捷克斯洛伐克古代传说［M］.上海：少年儿童出版社.1955

［瑞士］卡尔·古斯塔夫·荣格著、徐德林译.原型与集体无意识［M］.北京：国际文化出版公司.2011

后 记

　　概观中国民间文学的整体发展脉络和目前的研究现状,传说学无疑是较为薄弱的一环,无论是理论层面的阐释还是传说现象的解释。本书正是基于这样的学术背景,将问题限定在传说学的领域之内。诚然,单个理论问题的探究并不能解决传说学面临的诸多问题,然而,传说学的发展又必须借助一个个具体问题的解决,并在此基础上提出具有传说学色彩的理论观点。作为本书核心术语使用的"拟象"概念,如果并不加以严格限定,并不能够直面民间传说的基础研究。因此,本书限定了"拟象"概念的传说学归属。这样做的初衷和目的也在于能够恰当地切入传说学的问题领域中来,也是为传说现象的解释和理论的尝试找到一个合适的突破点。本书选取名医传说作为论述的对象,除了兼顾名医传说的特殊性之外,更为注重名医传说在民间传说中的代表性,并以此作为面对所有民间传说类型的通道入口。而且这样做的另外一个学术考量,在于名医传说研究的空白颇多,可以借此得到名医传说研究的实质收获。因此,本书的基本问题,狭义讲(所呈现的样貌)是围绕名医传说所展开的名医拟象的阐发。这个基本问题在深层次上指向了一个传说学的理论探讨,民间传说在创作、传播、演进、衍生等方面的特殊机制,探讨这一机制是借助对名医传说的内容层面来处理的,那么民间传说文本与形象之间的独特性、口头文本与形象背后的互动关系就被当作表象的问题来说明深层的机制问题。诚然,表象和深层的问题都不容易解决,"拟象"概念希望贯通这些层面。在形象无法解释的民间传说现象中,拟象就体现了其特有的价值。二者这种价值不仅仅体现在单纯文本的分析之上。

　　为了能够有效地解决本书所提出的基本问题，本书进行了整体问题的细分。不仅强调大而化小，而且强调问题解决的内在逻辑性。本书所依靠的传说材料，主要来自古籍中的传说记载、现代收集的传说资料和个人田野调查所得。在论述基本问题中，尽量选择较为公认的传说素材，避免某些不恰当的材料进入研究，引起某些误解。阐述具体问题时，尽量选择人们较为熟知的传说，这样更容易让人接受并可以省去某些介绍基本材料背景的旁支文字。这些都有利于具体问题的阐发。在注重传说材料甄选使用的同时，本书还涉及了民俗学、神话学、美学、考古学、历史学等毗邻领域的素材和观点，这不仅反映了传说学与其他诸多学科的交叉，也说明了传说学研究所应当具备的跨学科视野。在全书的架构上，首先厘清了本研究所使用的核心概念"拟象"，对其基本定义进行了限定，对其性质与内涵进行了阐发。当然，这个概念有着特定的文化语境和应用视野，通过这方面的讨论来说明拟象概念的学术指向。在此基础上，提出了与"拟象"紧密相关的"名医拟象"概念，并作为本书的基本概念之一。接下来，在对名医传说进行基本分析的基础上，直面名医传说的初始问题。这里的问题切分即是以名医拟象与名医传说密不可分为前提的。而书中相关章节所阐发的名医传说的传播、演述行为和演变互动等诸多方面的问题也是基于这种前提。这样的切分不仅注意了名医拟象概念自身的阐释，而且兼顾了它的历史发展脉络。与此同时，也应当看到在结合具体问题时，名医拟象所具有的解释力和说服力。名医传说有诸多问题层面可以阐发，而名医拟象所结合的名医传说的具体问题，背后都有特定的理论指向。这些具体问题是民间传说研究中的基本问题，也是常问常新的问题，更为重要的是，在这些看似讨论过度的问题上，"拟象"有着特别的发现和价值。

　　本书的主要目的在于以确定的研究对象和研究视野,避免传说学中出现的泛学科倾向,换句话说,传说学目前的研究从理论观点到操作手段,都是借助于毗邻的神话学和故事学,甚至于更远的学科。这样的研究目的在确定了研究对象和基本问题时,就注定了本书要面向传说和传说学。就本书实际所涉及的具体问题而言,研究目的在于提出与以往传说故事传播方式、传播机制、演述行为阐释、演进互动等方面上一些不同的观点。在这当中,名医拟象也不能看作是一种被动的文本反映,更不能看作是类似形象的感知。它可以用来帮助处理研究中的具体问题,民间传说如何发生了演变,民间传说在人际传播中是什么在发挥作用,民间传说演述中受众和演述者分别扮演了什么样的角色,名医传说与相关的名医史传、名医崇祀的互动中有哪些机制在发挥作用等问题。虽然拟象并不能全部并且完满地回答这些问题,但能够触及基本问题并且提出一些新的观点,这即是本书的目的。

　　本书希望具有理论和实践两方面的意义。在理论上提出一种新的传说学假说——拟象说,以此来阐释基本的传说现象,期待推进传说学的理论探讨。在实践上,希望通过本书可以推进原本较为薄弱的名医传说研究,并且以此为典型,发掘人物传说的整体研究价值。这两者结合起来,最大的意义在于能够在传说学的探索中有所尝试。以名医拟象为切入点,借助名医传说的个案,来面对民间传说的共性问题。由此,应该能够在民间文艺学的整体研究中有所新见。

　　这本书是在博士论文的基础上修改而成的。在论文的写作过程中,我的导师郑土有教授从最初选题的选定、写作计划的制定、后期修改都给我以悉心的指导。论文能够完成,和郑老师的指导和督促是分不开的。在上海读博士期间,郑老师和师母对我的生活十分关心,让我感受到了家的温暖。有了他们的关心和帮助,我在上海度过了愉快的读书时光。同时,我还要感谢郑元者教授和张勤副教授在我论文写作、修改过程中给予的重要帮助。郑元者教授是我硕士时期的导师，一直关心我的学业情况，不断给我以鼓励和指导。张勤副教授为我论文的修改提出了很多有价值的建议。有了他们的关心和帮助，我更有了坚持不懈的毅力。在我论文选题和写作的过程中，同门的师兄师姐和师妹参与了我论文各章节的讨论，给我的论文提出各个方面的建议。从他们那里，我学到了很多。我喜欢这样的学习氛围，希望以后可以不断地向他们请教。感谢他们为了我论文的不断完善付出宝贵的时间和精力。

特别需要指出的是，复旦古籍所的张万乐兄是我硕士时的同室好友，他在工作之余帮我查校古籍方面的文献，给我提了很多珍贵的建议，让我受益匪浅。我硕博时期的挚友胡继成君，博士期间与我住在同一单元，允许我随时查阅并使用他中医方面的藏书，对我帮助很大。从我硕博时期的诸多同学及朋友那里，我收获了无价的友谊，在此一并表示感谢。当然，我要感谢我的家人：我的爱人、父母和孩子。他们在我读书期间给我莫大的支持。如果没有他们的艰辛付出和默默支持，我是不可能全身心投入到学业上的。

论文完成之后，一直没能够静下心来仔细思考，更谈不上修改。文中提出的观点，尤其是"拟象"的提法，总有未能思考到位的遗憾。这期间郑老师一直敦促和鼓励我把论文修改下出版，我才鼓起勇气重读了论文。重新改变了体例，对文中不太恰当的地方做了修改。但修改是细微的，没能触及原先存在的问题。借上海古籍出版社提供的出版契机，此次把论文整理后出版，希望能够求教于各路方家。书稿初成，心中抱有很多遗憾。借此书出版，期盼可以在各位前辈和同好的帮助下，不断学习，有所长进。